RUDYARD KIPLING

Die besten Geschichten

RUDYARD KIPLING

Die besten Geschichten

aus den indischen Bergen

Aus dem Englischen von
Marguerite Thesing

Anaconda

Titel der Originalausgabe: *Plain Tales from the Hills*
(Kalkutta, London: Thacker 1888)
Die Übersetzung von Marguerite Thesing folgt der Ausgabe
Schlichte Geschichten aus den indischen Bergen
(Potsdam: Gustav Kiepenheuer Verlag 1925).
Orthografie und Interpunktion wurden den Regeln der
neuen deutschen Rechtschreibung angepasst.

Die Deutsche Nationalbibliothek verzeichnet diese Publikation in der
Deutschen Nationalbibliografie; detaillierte bibliografische Daten sind
im Internet unter http://dnb.d-nb.de abrufbar.

© 2015 Anaconda Verlag GmbH, Köln
Alle Rechte vorbehalten.
Umschlagmotiv: Gino D'Achille (geb. 1935), »Colonial India«,
Illustration aus dem »Woman's Own« Magazin,
Private Collection / Bridgeman Images
Umschlaggestaltung: www.katjaholst.de
Satz und Layout: Roland Poferl Print-Design, Köln
Printed in Czech Republic 2015
ISBN 978-3-7306-0293-5
www.anacondaverlag.de
info@anacondaverlag.de

Inhalt

Inhalt

Lispeth

Sie war die Tochter Sonoos aus den Bergen und Jadehs, seines Weibes. Eines Tages missriet ihnen der Mais, und zwei Bären hausten die Nacht über in ihrem einzigen Mohnfeld oben über dem Sutlej-Tal nach Kotgarh zu; darum wurden sie Christen zur nächsten Erntezeit und brachten die Kleine ins Missionshaus zur Taufe. Der Kotgarh-Geistliche gab ihr den Namen Elisabeth, den man »Lispeth« spricht in den Bergen, bei den Pahari.

Später kam die Cholera ins Kotgarh-Tal und raffte Sonoo und Jadeh dahin, und Lispeth wurde bei der Frau des Geistlichen von Kotgarh halb Dienerin, halb Gesellschafterin. Das geschah nach der Zeit der Herrenhuter Missionare, aber damals, als Kotgarh seinen Namen »Herrin der nördlichen Berge« noch nicht ganz vergessen hatte.

Ob das Christentum Lispeth förderte oder ob unter allen Umständen die Götter ihres Volks das Gleiche für sie getan hätten, das weiß ich nicht; jedenfalls wurde sie sehr schön. Wenn ein Mädchen der Berge schön wird, ist es wert, dass man fünfzig Meilen über schlechte Wege wandert, um sie zu sehen. Lispeth hatte ein griechisches Gesicht – ein Gesicht, wie man es oft malt und selten sieht. Sie sah aus wie blasses Elfenbein und war außerordentlich groß für ihre Rasse. Dazu hatte sie Augen, die wunderbar waren; und wäre sie nicht in dem abscheulichen Kattun der Missionskleider einhergegangen, sie hätte dem, der ihr unerwartet am Berge begegnete, als das Urbild der auf die todbringende Jagd ausziehenden römischen Diana erscheinen müssen.

Lispeth nahm das Christentum leicht an und ließ es auch nicht, als sie zum Weib reifte, wie es manches Mädchen in den Bergen tut. Ihre Landsleute hassten sie, weil sie eine Memsahib geworden war, wie sie sagten, und sich täglich wusch; und die Frau des Geistlichen wusste nicht, was sie mit ihr anfangen sollte. Eigentlich kann man von einer stolzen Göttin, die fast sechs Fuß misst, nicht verlangen, Teller und Schüsseln zu waschen. Darum spielte sie mit den Kindern des Geistlichen, nahm teil am Unterricht der Sonntagsschule, las alle Bücher im Haus und wurde schöner und schöner, wie die Prinzessinnen im Märchen. Die Frau des Geistlichen meinte zwar, das Mädchen müsse nach Simla in Dienst gehen, als Kindermädchen oder als sonst etwas »Besseres«. Aber Lispeth wollte es nicht. Sie fühlte sich glücklich, wo sie war.

Kamen Reisende – nicht oft in jenen Jahren – nach Kotgarh, schloss sich Lispeth in ihr Zimmer ein, aus Furcht, man könne sie nach Simla oder sonst wohin in die weite Welt mitnehmen.

Eines Tages, als sie einige Monate über siebzehn Jahre alt war, machte Lispeth einen Spaziergang. Sie machte es nicht wie die englischen Damen, die anderthalb Meilen zu Fuß gehen und den Rückweg fahren; sie legte zwanzig, dreißig Meilen zurück auf ihren »kleinen Nachmittagspromenaden«, kreuz und quer zwischen Kotgarh und Narkunda. Diesmal kam sie bei tiefer Dämmerung heim und machte den halsbrecherischen Abstieg nach Kotgarh mit etwas Schwerem im Arm. Die Frau des Geistlichen war im Wohnzimmer eingenickt, als Lispeth schwer atmend und ganz erschöpft von ihrer Last eintrat. Lispeth legte sie aufs Sofa nieder und sagte schlicht: »Dies hier ist mein Mann. Ich fand ihn auf der Straße nach Bagi. Er hat sich verletzt. Wir wollen ihn pflegen, und wenn er gesund ist, soll Ihr Mann uns trauen.«

Es war das erste Mal, dass Lispeth ihre Auffassung der Ehe kundgab, und die Frau des Geistlichen schrie vor Entsetzen. Allein zunächst musste sie sich um den Mann auf dem Sofa kümmern.

Er war ein junger Engländer; ein spitzer Gegenstand hatte ihm den Kopf bis zum Knochen aufgeschlagen. Lispeth sagte, sie hätte ihn unten am Khud gefunden und hierhergebracht. Er atmete unregelmäßig und war bewusstlos.

Er wurde zu Bett gebracht und von dem Geistlichen, der etwas von Medizin verstand, verbunden; Lispeth wartete vor der Tür, für den Fall, dass sie sich nützlich machen könne. Sie setzte dem Geistlichen auseinander, dass das der Mann sei, den sie heiraten wolle, und der Geistliche und seine Frau kanzelten sie hart ab wegen ihres unpassenden Benehmens. Lispeth hörte still zu und wiederholte ihren Vorsatz. Es gehört ein gut Stück Christentum dazu, die unzivilisierten Instinkte des Ostens, wie die Liebe auf den ersten Blick, zu tilgen. Lispeth hatte den Mann gefunden, den sie anbetete, und sie sah nicht ein, warum sie ihre Wahl verschweigen sollte. Sie dachte auch nicht daran, sich fortschicken zu lassen. Sie wollte diesen Engländer pflegen, bis er wohl genug war, sie zu heiraten. Das war ihr harmloser kleiner Feldzugsplan. Nach vierzehntägigem leichten Wundfieber kam der Engländer zu vollem Bewusstsein und dankte dem Geistlichen, seiner Frau und Lispeth – besonders Lispeth – für ihre Güte. Er bereise den Osten, sagte er – von »Globetrottern« sprach man nicht in jenen Tagen, wo die junge P&O-Linie noch klein war –, und sei von Dehra Dun gekommen, um in den Bergen von Simla Pflanzen und Schmetterlinge zu sammeln. In Simla kenne ihn daher niemand. Er glaube, er sei an der Felswand abgestürzt, als er an einem faulen Baumstamm nach einem Farn gegriffen; seine Kulis müssten wohl mit seinem Gepäck durchgegangen sein. Er wolle nach Simla zurück, sobald er sich etwas kräftiger fühle. Das Bergsteigen habe er satt.

Seine Abreise beeilte er nicht gerade, und nur langsam kam er wieder zu Kräften. Lispeth ließ sich weder von dem Geistlichen noch von seiner Frau bereden; darum sprach diese mit dem Engländer und erzählte ihm, wie es um Lispeths Herz stand. Er lachte herzlich und fand die Sache sehr niedlich und romantisch, das reinste Himalaja-Idyll. Da er sich aber in der Heimat verlobt habe, würde hier wohl nichts passieren. Selbstredend würde er vorsichtig sein. Und er war es. Trotzdem fand er es sehr angenehm, mit Lispeth zu plaudern, mit Lispeth spazieren zu gehen, ihr allerlei Liebes zu sagen, ihr Kosenamen zu geben und sich langsam zu erholen. Ihm bedeutete das alles gar nichts, Lispeth die ganze Welt. Sie war glücklich in diesen beiden Wochen, denn sie hatte den Mann gefunden, den sie lieben konnte.

Als Kind der Wildnis gab sie sich keine Mühe, ihre Gefühle zu verbergen. Und dem Engländer machte das Spaß. Als er aufbrach, ging Lispeth mit ihm den Berg hinauf bis nach Narkunda, sehr, sehr unruhig und unglücklich. Die Frau des Geistlichen, als gute Christin abgeneigt gegen alles, was irgendwie Aufsehen oder gar Skandal erregen konnte – mit Lispeth konnte sie gar nicht fertigwerden – hatte dem Engländer geraten, er solle Lispeth sagen, dass er wiederkommen werde, um sie zu heiraten. »Sie ist das reinste Kind, wissen Sie, und ich fürchte, im Grunde ihrer Seele eine Heidin«, sagte die Frau des Geistlichen. Darum versprach der Engländer auf dem zwölf Meilen langen Bergweg, den Arm um ihre Taille gelegt, dass er wiederkommen und sie heiraten werde; und Lispeth ließ es ihn immer wieder versichern. Sie weinte auf der Narkunda-Höhe, bis sie ihn auf dem Mutiana-Steig aus den Augen verlor.

Dann trocknete sie ihre Tränen, ging zurück nach Kotgarh und sagte zu der Frau des Geistlichen: »Er kommt wieder und heiratet mich. Er ist nur zu seinen Landsleuten gegangen, um es ihnen zu sagen.« Und die Frau tröstete Lispeth und sagte: »Er kommt wieder.« Als der zweite Monat zu Ende ging, wurde Lispeth ungeduldig und erfuhr, dass der Engländer übers Meer nach England gereist sei. Sie wusste, wo England lag, weil es in ihrer kleinen geografischen Schulfibel stand. Aber sie hatte natürlich keinen Begriff vom Meer, da die Berge ihre Heimat waren. Im Hause hatte man eine alte zusammensetzbare Weltkarte. Lispeth hatte damit gespielt, als sie Kind war. Nun holte sie sie wieder hervor, setzte sie an den Abenden zusammen, weinte für sich und suchte sich vorzustellen, wo ihr Engländer sei. Da sie weder von Entfernungen noch von Dampfern einen Begriff hatte, waren ihre Vorstellungen einigermaßen falsch. Es hätte auch nicht das Geringste ausgemacht, wenn sie völlig richtig gewesen wären. Denn der Engländer dachte nicht daran, wiederzukommen und ein Mädchen der Berge zu heiraten. Er hatte sie und ihre Welt schon ganz vergessen, als er in Assam Schmetterlinge jagte. Später schrieb er ein Buch über den Osten, aber Lispeths Name stand nicht darin.

Als der dritte Monat zu Ende ging, pilgerte Lispeth täglich nach Narkunda, um zu sehen, ob nicht ihr Engländer des Wegs käme. Das gab ihr Trost, und die Frau des Geistlichen, die sie glücklicher fand, glaubte, dass sie ihre »barbarische und höchst unzarte Laune« überwunden habe. Bald darauf vermochten diese Gänge Lispeth nicht mehr zu trösten, und ihre Stimmung verschlimmerte sich sehr. Folglich hielt die Frau des Geistlichen die Zeit jetzt für geeignet, sie den wahren Stand der Dinge wissen zu lassen – dass der Engländer ihr nur sein Wort gegeben hätte, um sie zu beruhigen, dass er keinerlei Absichten gehabt hätte und dass es »nicht recht und nicht schicklich« für Lispeth sei, an eine Heirat mit einem Engländer zu denken, der aus feinerem Ton geknetet sei und der sich überdies einem Mädchen seines Volkes versprochen habe. Lispeth erklärte, das wäre ja unmöglich, denn er hätte ihr doch gesagt, dass er sie liebe, und sie – die Frau des

Geistlichen – hätte doch auch mit eigenem Mund bestätigt, dass er wiederkäme.

»Wie kann denn das nicht wahr sein, was Sie und er gesagt haben?«, fragte Lispeth.

»Es war nur eine Ausflucht, um dich ruhig zu machen, Kind«, sagte die Frau des Geistlichen.

»Dann haben Sie mich also belogen«, sagte Lispeth. »Sie und er?«

Die Frau des Geistlichen senkte den Kopf und erwiderte nichts. Auch Lispeth schwieg ein Weilchen; dann ging sie ins Tal hinab und kam in der Tracht des Berglandes zurück, schandbar schmutzig, aber ohne Nasen- und Ohrringe. Sie hatte ihr Haar mit schwarzem Zwirn in einen langen Zopf geflochten, wie ihn die Weiber in den Bergen tragen.

»Ich will zu meinem Volk zurück«, sagte sie. »Lispeth habt ihr getötet. Nur der alten Jadeh Tochter ist übrig geblieben, die Tochter eines Pahari, die Dienerin der Tarka Devi. Ihr Engländer seid Lügner, alle miteinander.«

Ehe sich die Frau des Geistlichen von dem Schreck über Lispeths Umkehr zu den Göttern ihrer Mutter erholt hatte, war das Mädchen auf und davon; und sie kam nie wieder.

Sie schloss sich mit solcher Leidenschaft ihrem unsauberen Volk an, als wolle sie einholen, was das Leben, von dem sie schied, ihr schuldig geblieben war; nach kurzer Zeit heiratete sie einen Holzhauer, der sie nach Pahari-Weise schlug, und ihre Schönheit welkte bald.

»Es gibt keinen Maßstab für die Tollheiten der Heiden«, sagte die Frau des Geistlichen, »und ich glaube, dass Lispeth im Grunde ihrer Seele immer eine Ungläubige gewesen ist.«

Wenn man bedenkt, dass Lispeth in dem reifen Alter von fünf Wochen in die Kirche aufgenommen war, macht dieser Ausspruch der Frau des Geistlichen keine Ehre.

Lispeth war eine sehr alte Frau, als sie starb. Des Englischen war sie stets mächtig, und wenn sie betrunken genug war, konnte man sie bisweilen dazu bewegen, die Geschichte ihrer ersten Liebe zu erzählen.

Dann war es schwer zu begreifen, dass das runzelige Wesen mit dem verschwommenen Blick, das einem rußigen Lumpenbündel so ähnlich sah, einstmals die »Lispeth aus dem Kotgarher Missionshaus« gewesen war.

Drei Walzer – und eine Extratour

In der Ehe tritt immer eine Reaktion ein, manchmal eine starke, manchmal eine schwache, aber früher oder später kommt sie. Sie muss von ihr und von ihm überwunden werden, wenn sie beide ihr ferneres Leben lang nicht gegen den Strom schwimmen wollen.

Bei den Cusack-Bremmils trat die Reaktion erst im dritten Ehejahr ein. Selbst in der besten Zeit war Bremmil schwer zu fesseln gewesen. Aber bis das Baby starb, war er doch ein idealer Gatte. Mrs Bremmil ging in Schwarz, magerte ab und trauerte, als wenn dem Weltall der Boden ausgefallen wäre. Bremmil hätte sie vielleicht trösten sollen. Er versuchte es wohl auch; allein je mehr er tröstete, umso mehr grämte sich Mrs Bremmil, und umso ungemütlicher fühlte sich folglich Bremmil. Tatsache war es, dass sie beide einer Arznei bedurften. Und das Heilmittel kam. Heute kann Mrs Bremmil darüber lachen, aber damals erschien ihr die Sache gar nicht lächerlich.

Mrs Hauksbee erschien nämlich auf der Bildfläche; und wo die hinkam, blieben Unruhe und Aufregung meistens nicht aus. In Simla nannte man sie die »Sturmschwalbe«; allein meines Wissens hatte sie sich diesen Beinamen schon fünf Mal verdient. Sie war eine kleine, brünette, schlanke, mehr als schlanke Frau mit großen, lebhaften veilchenblauen Augen und den reizendsten Manieren von der Welt. Man konnte ihren Namen bei keinem Nachmittagstee erwähnen, ohne dass nicht jede Frau im Zimmer aufstand und – nun, nicht gerade Segen auf ihr Haupt herabflehte. Sie war klug, witzig, geistvoll und sprühender als die meisten Frauen, aber von allen Teufeln der Bosheit und des

Mutwillens besessen. Sie konnte nett sein, sogar zu ihrem eigenen Geschlecht. Aber das ist eine andere Geschichte.

Bremmil ging seiner Wege nach dem Tod des Babys und nach der allgemeinen Ungemütlichkeit, die dem folgte. Und Mrs Hauksbee nahm ihn in Beschlag. Sie legte keinen Wert darauf, ihre Eroberungen zu verheimlichen. Sie nahm ihn öffentlich in Beschlag und sah darauf, dass man es sah. Er ritt mit ihr, er ging mit ihr spazieren, er plauderte mit ihr, machte Ausflüge mit ihr und frühstückte mit ihr bei Peliti, bis man die Stirn runzelte und »shocking« rief! Mrs Bremmil blieb zu Hause, kramte unter den Sachen ihres toten Kindes und weinte über der leeren Wiege. Sie wollte von nichts anderem wissen. Aber schließlich machte ihr doch ein halb Dutzend guter Freundinnen ihre Lage klar, damit ihr ja nicht das Beste daran verloren ginge. Mrs Bremmil nahm es ruhig hin und bedankte sich für den Liebesdienst. So klug wie Mrs Hauksbee war sie nicht, aber sie war nicht dumm. Sie behielt alles für sich und sprach auch Bremmil nicht von dem, was sie gehört hatte. Das sollte man sich merken. Reden halten oder über einen Mann weinen hat noch nie genutzt.

Wenn Bremmil zu Hause war, was selten geschah, war er zärtlicher als gewöhnlich; und dadurch zeigte er seine Karten. Die Zärtlichkeit sollte einerseits sein Gewissen, andererseits Mrs Bremmil beschwichtigen. Beides misslang.

Da wurden »Mr und Mrs Cusack-Bremmil zum 26. Juli 9½ Uhr nach Peterhoff gebeten. Im Auftrag Ihrer Exzellenzen Lord und Lady Lytton, der diensttuende Adjutant.«

In der linken Ecke unten: »Es wird getanzt.«

»Ich kann nicht gehn«, sagte Mrs Bremmil. »Es ist zu kurz ... die arme kleine Florrie ... Aber das braucht ja dich nicht abzuhalten, Tom.«

Im Augenblick meinte sie, was sie sagte, und Bremmil erwiderte, er wolle schon hingehen, natürlich nur um die Form zu wahren. Er sagte die Unwahrheit, und Mrs Bremmil wusste es. Sie ahnte – und die Ahnungen einer Frau sind zuverlässiger als eines Mannes Gewissheit –, dass er von Anfang an hatte gehen wollen, und zwar mit Mrs Hauksbee. Sie saß und überlegte, und das Ergebnis dieser Überlegung war die Erkenntnis, dass das Andenken eines toten Kindes die Zuneigung eines lebenden Gatten bei Weitem nicht aufwiegt. Sie entwarf ihren Plan und setzte ihr Alles darauf. In jener Stunde wurde ihr klar, dass sie Tom Bremmil bis ins Tiefste kannte, und diese Erkenntnis setzte sie in die Tat um.

»Tom«, sagte sie, »am 26. abends bin ich bei Longmores zu Tisch. Willst du nicht lieber im Klub essen?«

Damit ersparte sie Bremmil eine Ausrede, mit der er sich zum Essen mit Mrs Hauksbee hatte freimachen wollen. Er war ihr dankbar dafür, kam sich aber zugleich kleinlich und schlecht vor. Und das schadete ihm nichts. Bremmil verließ das Haus um fünf Uhr, um auszureiten. Gegen halb sechs kam ein großer lederüberzogener Korb von Phelps für Mrs Bremmil. Sie war eine Frau, die sich zu kleiden verstand; und sie hatte nicht umsonst eine Woche damit zugebracht, dies Kleid zu entwerfen, es zu schneiden, säumen, versteifen, es bauschen und rauschen machen zu lassen, oder wie die Ausdrücke alle heißen mögen. Es war ein pompöses Kleid – Halbtrauer natürlich. Ich kann's nicht beschreiben, aber die »Queen« hätte es eine »Creation« genannt. Es war ein niederschmetterndes, atemberaubendes Kleid. Sie ging nicht gerade mit Mut an die Ausführung ihres Plans. Aber als sie vor dem großen Spiegel stand, musste sie sich mit Genugtuung gestehen, dass sie nie in ihrem Leben so gut ausgesehen hatte. Sie war eine große Blondine und hatte, wenn sie wollte, eine prachtvolle Haltung.

Nach dem Essen bei Longmores ging sie auf den Ball nicht allzu früh – und traf in der Tür Bremmil, Mrs Hauksbee am Arm. Ihr Blut wallte auf, und sie sah einfach herrlich aus, als sich die Herren um ihre Tanzkarte rissen. Sie vergab alle Tänze, bis auf drei, und die ließ sie frei. Mrs Hauksbee fing von ihr einen Blick auf und wusste, dass er Krieg zwischen ihnen bedeutete, Krieg bis aufs Messer. Sie ging schon etwas benachteiligt in den Kampf, denn sie hatte Bremmil ein ganz klein wenig zu viel herumkommandiert, und er fing gerade an, es lästig zu finden. Überdies war ihm seine Frau nie so reizvoll erschienen. Er staunte sie von der Saalecke aus an, er starrte ihr von den Gängen aus nach, wenn sie mit ihren Tänzern vorbeiging, und je mehr er starrte, umso mehr nahm sie ihn gefangen. Er konnte kaum glauben, dass das dieselbe Frau war, die mit roten Augen und im wollenen Trauerkleid morgens über dem Frühstückstisch weinte. Mrs Hauksbee tat ihr Bestes, ihn auf ihrer Seite zu behalten, aber schon nach den nächsten zwei Tänzen ging er zu seiner Frau über und bat sie um einen Tanz. »Ich fürchte, Sie kommen zu spät, Mister Bremmil«, sagte sie mit schelmisch blitzenden Augen. Er musste um einen Tanz betteln und erhielt schließlich als große Gunst den fünften Walzer. Glücklicherweise war der fünfte auf seiner Karte frei.

Sie tanzten zusammen, und durch den Saal ging eine leise Bewegung. Bremmil hatte eine dunkle Ahnung gehabt, dass seine Frau tanzen könne, aber dass sie so göttlich tanze, war ihm neu. Nach dem ersten Walzer erbat er einen zweiten, selbstverständlich als große Gunst, nicht etwa als sein Recht. Und Mrs Bremmil sagte: »Zeig mir deine Tanzkarte, mein Schatz.« Er zeigte sie ihr, wie ein Schuljunge seinem Lehrer verbotene Süßigkeiten aushändigt. Sie war mit »H« besät, auch bei der Tischführung stand ein »H« – Mrs Bremmil sagte gar nichts, aber sie lächelte verächtlich und strich mit dem Bleistift Nummer 7 und 9 – zwei

»H«– aus und gab sie ihm mit ihrem Namen – einem Kosenamen, den nur sie und er gebrauchten – zurück. Dann drohte sie
ihm mit dem Finger und sagte lachend: »Du dummer, dummer
Kerl!«

Mrs Hauksbee hatte das gehört und fühlte, dass sie den Kürze-
ren gezogen hatte, wie sie später gestand. Bremmil nahm den
siebenten und neunten dankbar an. Den siebenten tanzten sie,
den neunten versaßen sie in einem der kleinen Zelte. Was Bremmil sagte und auch was Mrs Bremmil sagte, geht keinen von uns
etwas an.

Als die Musik »The Roast Beef of Old England« zu spielen begann, gingen die beiden auf die Veranda, und Bremmil sah sich
nach dem »Dandy« (es war noch vor der Zeit der Rikschas) seiner Frau um, während sie in der Garderobe war. Mrs Hauksbee
erschien und sagte: »Sie führen mich doch zu Tisch, Mr Bremmil?« Bremmil wurde rot und sah dumm aus: »Ach ... hm! Ich
gehe mit meiner Frau nach Hause, Mrs Hauksbee. Es muss wohl
ein Missverständnis vorliegen.« Als Mann redete er natürlich so,
als wenn Mrs Hauksbee ganz allein daran schuld wäre.

Mrs Bremmil kam aus der Garderobe in einem Schwanenfeder-
mantel mit einem duftigen weißen Schal um den Kopf. Sie
strahlte, und sie hatte auch guten Grund dazu.

Das Paar verschwand in der Dunkelheit. Bremmil ritt sehr nahe
an dem Dandy.

Dann sagte Mrs Hauksbee zu mir – sie sah im Lampenlicht etwas welk und abgespannt aus –: »Glauben Sie mir, die dümmste
Frau kann einen klugen Mann lenken, aber es muss schon eine
sehr kluge Frau sein, die mit einem Narren fertigwird.«

Dann gingen wir zu Tisch.

Vergeudet

Einen jungen Menschen, der in die Welt hinaus soll und auf eigenen Füßen stehen muss, nach dem von Eltern so beliebten Bevormundungssystem zu erziehen zeugt nicht von Klugheit. Er muss schon eine Ausnahme unter tausend sein, wenn er sich nicht durch eine Menge völlig unnötiger Widerwärtigkeiten durchschlagen soll; und unter Umständen wird er scheitern, aus dem einfachen Grund, weil er die wahren Verhältnisse von Wert und Unwert nicht kennengelernt hat.

Man lasse einen jungen Hund getrost die Seife im Badezimmer fressen oder einen frisch gewichsten Stiefel anknabbern, er wird vergnügt knurrend weiterknabbern, bis er schließlich merkt, dass ihm nach Hammeltalg und Wichse sehr schlecht wird. Und daraus wird er folgern, dass ihm weder Seife noch Stiefel gut bekommen. Und dass es eine Dummheit ist, einen großen Hund ins Ohr zu beißen, wird ihm schon sehr bald der erste beste ältere Hund aus der Nachbarschaft beibringen. Da er jung ist, wird er's nicht vergessen und mit sechs Monaten schon wohlerzogen und verfeinerten Geschmacks ins Leben hinausgehen. Man stelle sich aber die schrecklichen Übelkeiten und die Prügel vor, die er hätte ausstehen müssen, wenn man ihn von Seife, Wichse und großen Hunden schützend ferngehalten hätte, bis er mit männlich scharfen Zähnen zur hohen Schule des Lebens herangereift wäre. Dann wende man diese Erkenntnis auf das Bevormundungssystem an und achte auf seine Ergebnisse. Es ist immer noch, um ein nicht gerade schönes Wort zu gebrauchen, das größere von zwei Übeln.

Es war einmal ein junger Mensch, der nach der Theorie des Bevormundungssystems auferzogen worden war. Und die Theorie war sein Tod. Er lebte vom Tag seiner Geburt an im Schoß der Familie, bis er, fast als Primus, auf die Kriegsschule nach Sandhurst kam. Er war in allem, was ein Privatlehrer gut zensiert, ausgezeichnet unterrichtet, und sein Zeugnis trug die gewichtige Bemerkung, dass er »seinen Eltern nie im Leben eine Stunde Kummer bereitet habe«. Was er in Sandhurst außer dem regelrechten Pensum lernte, ist nicht der Rede wert. Aber er sah um sich und fand Seife und Wichse sozusagen recht gut. Er aß davon und kam nicht gerade als Primus aus Sandhurst zurück. Es gab im Zwischenakt eine Szene mit den Seinigen, die viel von ihm erwartet hatten. Dann folgte ein Jahr »vom Gift des Lebens unberührt« in einem Regiment dritten Ranges, wo die jüngeren Offiziere Kinder waren und die älteren alte Weiber. Schließlich kam er nach Indien, wo er, abgeschnitten vom Beistand seiner Eltern, in schlimmen Zeiten nur auf sich selbst angewiesen war.

Nun ist Indien das Land vor allen Ländern, wo man nichts zu ernst nehmen darf – die Mittagsglut natürlich ausgenommen. Zu viel Arbeit und allzu viel Energie bringen dort einen Menschen geradeso sicher um wie zu viel Laster und Alkohol. Liebeleien haben nichts auf sich, weil ja jeder bald versetzt wird; weil entweder er oder sie die Garnison verlässt, um nicht wieder zurückzukehren. Tüchtige Arbeit hat nichts auf sich, weil jeder nach seinen schlechtesten Leistungen beurteilt wird und weil sein Bestes gewöhnlich doch nur anderen zugutekommt. Untüchtige Arbeit hat nichts auf sich, weil andere nicht tüchtiger sind und weil die Unfähigkeit sich in Indien länger hält als sonst wo. Vergnügungen haben nichts auf sich, weil man sie, kaum genossen, auch schon wiederholen muss und weil die meisten Vergnügungen nur darin bestehen, sich anderer Leute Geld zu gewinnen. Auch Krankheit hat nichts auf sich, weil sie alltäglich ist und weil ein anderer des Toten Amt und Würden einnimmt schon in den acht Stunden zwischen Tod und Begräbnis. Gar nichts hat etwas auf sich, nur Heimaturlaub und Zuschüsse, und auch das nur der Seltenheit wegen. Es ist ein schwerfälliges, ein »kutcha« (rohes) Land, wo alle mit unvollkommenen Mitteln arbeiten, wo man am klügsten niemand und nichts ernst nimmt und aus dem man am besten möglichst bald in eine Gegend flüchtet, wo Vergnügen wirklich Vergnügen ist und wo es sich noch lohnt, einen guten Ruf zu haben.

Der junge Mensch nun – die Geschichte ist eigentlich so alt wie das Land – kam und nahm alles ernst. Er war hübsch und wurde verhätschelt. Und auch das Verhätscheln nahm er ernst. Frauen rieben ihn auf, die nicht wert waren, dass man ein Pony sattelte, um zu ihnen zu reiten. Sein neues, freies Leben in Indien gefiel ihm sehr. Und es erscheint – unter dem Gesichtswinkel eines Leutnants – zuerst wirklich reizvoll: nichts als Ponys, Spielpartner, Tanzereien usw. Er kostete davon wie ein junger Hund von der Seife. Nur kam er leider erst zum Kosten, als seine Zähne schon männlich scharf waren. Er fühlte sich nicht sicher – ganz wie der junge Hund – und begriff nicht, warum man ihn nicht mit derselben Rücksicht behandelte wie im Haus seines Vaters. Das kränkte ihn.

Er entzweite sich mit anderen jungen Leuten, und da er äußerst empfindlich war, vergaß er es nicht und regte sich darüber auf. Er fand Gefallen am Whist, an Gymkhanas und ähnlichen Dingen, mit denen man sich nach dem Dienst zerstreut. Aber er nahm auch die ernst, genauso ernst, wie er einen »Kater« nahm. Und weil er ein Neuling war, verlor er beim Spielen sein Geld. Und auch seine Verluste nahm er ernst. Er verwandte ebenso viel Energie und Interesse auf ein billiges Rennen von Ekka-Pony-Erstlingen mit Stutzmähnen wie auf ein Derby. Daran war einesteils seine Unerfahrenheit schuld – wie bei einem jungen Hund, der ärgerlich den Zipfel des Kaminteppichs anbellt; zum anderen Teil kam es von dem Schwindel her, der ihn ergriff, als er aus seiner Ruhe in den unruhigen Glanz eines bewegteren Lebens hineintaumelte. Niemand warnte ihn vor Seife und Stiefelwichse, denn ein Durchschnittsmensch hält es für selbstverständlich, dass ein anderer Durchschnittsmensch sich davor in Acht nimmt. Es war herzzerreißend mit anzusehen, wie der Junge sich die Stirn einrannte. Es war nicht viel anders, als wenn ein zu hart gerittenes Füllen, das dem Stallknecht durchgeht, in die Knie bricht und sich zerschlägt.

Die Zügellosigkeit bei Vergnügungen, die kein Ausbrechen lohnen, geschweige denn ein wildes Toben, dauerte sechs Monate: die ganze kühle Jahreszeit hindurch. Wir glaubten, dass die Hitze und die Erkenntnis, Geld und Gesundheit eingebüßt und seine Pferde lahm geritten zu haben, den ›Jungen‹ zur Vernunft und zum Stehen bringen würden. In neunundneunzig Fällen von hundert wäre das auch sicherlich geschehen. Man kann diesen Vorgang in jeder indischen Garnison gesetzmäßig verfolgen. Aber gerade dieser Fall war eine Ausnahme. Denn der ›Junge‹ war empfindsam und nahm alles ernst, was ich nun wohl schon zehn Mal gesagt habe. Wir konnten natürlich nicht wissen, in welchem Licht ihm seine Tollheiten erschienen. Außergewöhnlich oder gar erschütternd waren sie nicht. Er war finanziell fürs Leben vielleicht lahmgelegt und bedurfte daher einiger Fürsorge. Doch eine einzige heiße Saison würde die Erinnerung an seine Streiche absterben lassen, und irgendein Wucherer hätte ihm über seine Geldnöte hinweggeholfen. Aber er muss wohl eine ganz andere Auffassung der Dinge gehabt und sich für rettungslos verloren gehalten haben. Sein Oberst redete ihm am Schluss der kalten Jahreszeit ins Gewissen. Das machte ihn noch unglücklicher; und es war doch nur ein ganz gewöhnlicher »Rüffel«.

Was nun eintrat, ist ein merkwürdiges Beispiel für die Art und Weise, wie wir alle miteinander verkettet und füreinander verantwortlich sind. Das, was dem ›Jungen‹ den letzten Stoß gab, war die Bemerkung einer Frau, mit der er plauderte. Sie zu wiederholen ist zwecklos, denn es war eine von den kleinen, oft grausamen Bemerkungen, die man hinwirft, ohne sie bedacht zu haben. Aber ihm trieb sie das Blut zu Kopf. Er blieb drei Tage lang ganz für sich und kam dann um zwei Tage Urlaub ein. Er wollte angeblich in der Nähe eines etwa dreißig Meilen entfernten Unterkunftshauses für Kanal-Ingenieure jagen. Er bekam Urlaub und war abends bei der Offiziersmesse lauter und herausfordernder denn je. Er wolle Hochwild jagen, sagte er, und fuhr um halb elf in einer Ekka fort. In der Nähe des Unterkunftshauses gab es nur Rebhühner, und das ist doch kein Hochwild. Darum lachten alle.

Am nächsten Morgen kam ein Major von kurzem Urlaub zurück und hörte, dass der ›Junge‹ auf Hochwildjagd gegangen sei. Der Major hatte den ›Jungen‹ liebgewonnen und ihn öfter während der kalten Zeit im Zaum zu halten versucht. Er runzelte die Stirn, als er von dem Ausflug hörte, und ging auf die Zimmer des ›Jungen‹, um sie zu durchstöbern.

Als er kurz darauf zurückkam, machte ich gerade dem Kasino meinen Besuch. Außer uns war niemand im Vorzimmer.

Er sagte: »Der ›Junge‹ ist auf der Jagd. Schießt man Hochwild mit einem Revolver und einem Schreibzeug?«

Ich sagte: »Unsinn, Major!«, denn ich verstand, was er meinte.

Er sagte: »Unsinn oder nicht, ich fahr zu dem Kanal – im Augenblick. Ich habe keine Ruhe.«

Dann sagte er nach einer Minute Überlegung: »Können Sie lügen?«

»Das wissen Sie am besten«, gab ich zur Antwort. »Es ist ja mein Beruf.«

»Also gut«, sagte der Major, »Sie müssen mit mir in einer Ekka zum Kanal kommen, gleich, im Augenblick, Schwarzwild schießen. Ziehen Sie sich Ihren Jagdanzug an, rasch, und fahren Sie mit Ihrer Büchse hier wieder vor.«

Der Major war ein energischer Mann; und ich wusste, dass er keinen Befehl umsonst gab. Darum gehorchte ich und fand bei meiner Rückkehr alles bereit für einen Jagdausflug; den Major in einer Ekka, Flintentaschen und Proviant aufgeladen.

Er entließ den Kutscher und fuhr selbst. Im Ort ging es noch im Schritt. Aber sobald wir die staubige Straße und die Ebene erreicht hatten, ließ er das Pony ausgreifen. Ein indisches Pferd kann zur Not alles leisten. Wir legten die dreißig Meilen in noch nicht drei Stunden zurück, aber das arme Tier war auch halb tot.

Einmal sagte ich: »Warum solch elende Eile, Major?«

Er antwortete ruhig: »Der ›Junge‹ ist schon seit einer, zwei, fünf – vierzehn Stunden jetzt, allein! Ich sage Ihnen ja, ich habe keine Ruhe!«

Seine Unruhe kam auch über mich, und ich half das Pony anpeitschen.

Als wir das Unterkunftshaus erreichten, rief der Major nach dem Diener des ›Jungen‹, erhielt aber keine Antwort. Wir gingen ans Haus heran, riefen den ›Jungen‹ mit Namen und erhielten ebenfalls keine Antwort.

»Er wird noch jagen«, sagte ich, und im gleichen Augenblick sah ich in einem Fenster Licht von einer Windlaterne. Es war vier Uhr nachmittags. Wir blieben wie versteinert in der Veranda stehen und hielten den Atem an, um jeden Laut zu erhaschen. Da hörten wir vom Zimmer her das *Brr – brr – brr* von tausend Fliegen. Der Major sagte nichts, aber er nahm seinen Helm ab, und wir schlichen ins Zimmer.

Der ›Junge‹ lag mitten im kahlen, weiß getünchten Zimmer tot auf dem Feldbett. Er hatte sich mit einem Revolverschuss den Schädel fast zerschmettert. Gewehrtasche und Bettzeug waren noch verschnürt. Auf dem Tisch lag seine Schreibmappe mit Fotografien. Er war in den Tod gegangen, hatte sich verkrochen wie eine vergiftete Ratte!

Der Major sagte leise vor sich hin: »Armer Junge; armer, armer Teufel!« Dann wandte er sich vom Lager ab und sagte: »Ich brauche Ihre Hilfe in dieser Sache.«

Da ich wusste, dass der ›Junge‹ durch eigene Hand gestorben war, verstand ich, was er mit dieser Hilfe meinte. Ich ging also zum Tisch, nahm einen Stuhl, zündete mir eine Zigarre an und sah die Schreibmappe durch. Der Major blickte mir über die Schulter und sagte immer wieder leise: »Zu spät gekommen! – Wie eine Ratte im Loch! – Armer, armer Teufel!«

Der ›Junge‹ musste wohl die halbe Nacht darüber verbracht haben, an die Seinigen, seinen Oberst und an ein Mädchen in der Heimat zu schreiben. Nachdem er damit zu Ende gewesen, musste er sich erschossen haben. Denn er war schon lange tot, als wir kamen.

Ich las alles, was er geschrieben hatte, und gab dann Blatt für Blatt dem Major.

Wir sahen aus seinem Bericht, wie schwer er alles genommen hatte. Er schrieb von »unerträglicher Schmach«, von »unauslöschlicher Schande«, »sträflichem Leichtsinn«, »einem verpfuschten Leben« und so fort. Daneben standen viel private Dinge für Vater und Mutter, viel zu heilig alles, um abgedruckt zu werden. Der Brief an das Mädchen zu Hause war der traurigste. Mir stieg etwas in die Kehle, als ich ihn las. Der Major machte keinen Versuch, trockenen Auges zu bleiben. Ich achtete ihn darum. Er las, und der Schmerz schüttelte ihn. Er weinte unbekümmert wie ein kleines Kind. Die Briefe waren so trostlos, so hoffnungslos und so ergreifend. Wir vergaßen die Torheiten des ›Jungen‹ und dachten nur an das, was so armselig auf dem Feldbett lag, und an das Geschreibsel in unserer Hand. Es war völlig undenkbar, die Briefe in die Heimat gehen zu lassen. Sie hätten seines Vaters Herz gebrochen und seine Mutter getötet, nachdem sie erst den Glauben an ihren Sohn getötet hätten.

Schließlich trocknete der Major ruhig seine Tränen und sagte: »Eine nette Überraschung für eine ahnungslose englische Familie. Was sollen wir tun?«

Ich wusste, warum mich der Major mitgenommen hatte, und antwortete: »Der ›Junge‹ ist an der Cholera gestorben. Wir waren in der Zeit bei ihm. Wir dürfen uns nicht mit Halbheiten begnügen. Kommen Sie.«

Darauf folgte die traurigste Komödie, die ich je mitgespielt habe: das Erdichten eines ungeheuren Lügenbriefs, der doch strotzen musste von Glaubwürdigkeiten, um des ›Jungen‹ Haus zu trösten. Ich begann den Brief zu entwerfen, und der Major gab mir, während er das Geschreibsel des ›Jungen‹ zusammenraffte und im Kamin verbrannte, hie und da einen Wink. Als wir anfingen, war es Abend, heiß und ruhig. Die Lampe brannte nur trübe. Allmählich gelang mir der Entwurf. Ich schrieb, dass der ›Junge‹ ein Muster aller Tugenden, der Liebling seines Regiments gewesen wäre, dass er alle Aussicht auf eine glänzende Laufbahn gehabt hätte, und noch mehr; dass wir ihm in seiner Krankheit beigestanden hätten – für kleine Lügen, versteht sich, war kein Raum – und dass er leicht gestorben wäre. Wieder würgte mich etwas an der Kehle, als ich das niederschrieb und an die Ärmsten dachte, die es lesen würden. Und dann lachte ich auf über das Possenhafte, und ins Lachen mischten sich wieder Tränen, bis der Major erklärte, wir hätten jetzt Alkohol nötig.

Ich wage nicht, zu sagen, wie viel Whisky wir getrunken hatten, ehe der Brief fertig war. Wir spürten nichts davon. Wir nahmen des ›Jungen‹ Uhr, sein Medaillon und seine Ringe.

Zu guter Letzt sagte der Major: »Wir müssen auch eine Locke schicken. Frauen legen Wert darauf.«

Wir hatten aber guten Grund, ihm keine Locke abzuschneiden. Der ›Junge‹ hatte schwarze Haare; der Major glücklicherweise ebenfalls. Ich schnitt dem Major mit dem Messer eine Locke von der Schläfe und legte sie unserer Sendung bei. Lachen und Schluchzen packte mich wieder, und ich musste aufhören. Dem Major ging es kaum anders. Und doch wussten wir beide, dass die schlimmere Arbeit erst getan werden musste.

Wir verschlossen die Sendung; Fotografien, Medaillon, Petschafte, Ringe, Brief und Locke, alles mit dem Siegel des ›Jungen‹.

Darauf sagte der Major: »Um Gottes willen, lassen Sie uns hier fortgehen, aus dem Zimmer fort, wir müssen weiterdenken.«

Wir gingen hinaus und schritten am Kanalufer auf und nieder und aßen und tranken, was wir mit uns hatten, bis der Mond aufging. Heute weiß ich genau, wie einem Mörder zumute ist. Wir zwangen uns schließlich dazu, in das Zimmer mit der Lampe und dem, was noch drinnen war, zurückzugehen, und die neue Arbeit begann. Ich schreibe darüber nicht. Es war zu grauenvoll. Wir verbrannten die Bettstatt und warfen die Asche in den Kanal. Wir hoben die Matten vom Boden und verbrannten auch sie. Ich ging ins Dorf, um Spaten zu holen – fremder Leute Hilfe wollte ich nicht –, während der Major ... das andere besorgte. Vier harte Stunden lang gruben wir das Grab. Bei der Arbeit stritten wir darüber, ob es richtig wäre, über dem Grab die Begräbnisformeln, soweit wir uns ihrer erinnerten, zu sprechen. Wir einigten uns auf das Vaterunser und auf ein persönliches, formloses Gebet für den Seelenfrieden des ›Jungen‹. Dann schütteten wir das Grab zu und legten uns auf der Veranda – nicht im Haus – zur Ruhe. Wir waren sterbensmüde.

Beim Aufwachen sagte der Major stumpf: »Wir können vor morgen nicht zurück. Wir müssen ihm schon die nötige Zeit zum Sterben lassen. Vergessen Sie nicht, dass er erst heute Morgen gestorben ist. Das klingt natürlicher.«

Der Major musste also die ganze Nacht wach gelegen und gegrübelt haben. Ich erwiderte: »Weshalb haben wir eigentlich die Leiche nicht ins Quartier zurückgebracht?«

Der Major sann einen Augenblick nach: »Weil die Leute ausgerissen sind, als sie von der Cholera hörten. Weil die ›Ekka‹ fort war.«

Das war in der Tat wahr. Wir hatten das Ekka-Pony ganz vergessen, und es war allein wieder nach Hause gelaufen.

Also waren wir uns selbst überlassen, den ganzen langen schwülen Tag im Unterkunftshaus am Kanal. Wir prüften wieder und immer wieder unsere Geschichte vom Tod des ›Jungen‹, ob sich auch nicht etwa eine schwache Stelle darin befände.

Nachmittags erschien plötzlich ein Einheimischer. Wir sagten ihm, dass ein »Sahib« an der Cholera gestorben sei, und fort war er. Als die Dämmerung kam, sprach mir der Major von seinen alten Sorgen um den ›Jungen‹ und erzählte schreckliche Geschichten von Selbstmord und verhindertem Selbstmord, bis uns die Haare zu Berge standen. Er sagte, dass er, als er jung und das Land ihm fremd war, auch auf dem Weg zum Tal der Schatten gestanden hätte, ganz wie der ›Junge‹. Und darum könne er dem armen ›Jungen‹ die chaotischen Kämpfe nachfühlen. Er sagte auch, dass junges Volk in Augenblicken der Reue seine Sünden stets für schwerer und unverzeihlicher hält, als sie es in Wirklichkeit sind. Wir verplauderten den ganzen Abend und gingen immer wieder die Geschichte von des ›Jungen‹ Tod durch. – Als der Mond aufgegangen und der ›Junge‹ – unserer Theorie nach – eben begraben sein konnte, gingen wir geraden Wegs über Land zur Garnison. Wir liefen von acht Uhr abends bis zum nächsten Morgen sechs Uhr. Obgleich wir todmüde waren, vergaßen wir doch nicht, in des ›Jungen‹ Zimmer zu gehen, um seinen Revolver mit der fehlenden Munition an Ort und Stelle zu tun; und auch die Schreibmappe legten wir auf den Tisch. Wir suchten den Oberst auf und meldeten ihm den Todesfall. Mehr denn je fühlten wir uns als Mörder. Dann gingen wir zu Bett und schliefen, bis der Zeiger wieder auf der gleichen Stelle stand. Wir waren völlig erschöpft.

Unsere Geschichte wurde geglaubt, solange es nötig war. Denn nach vierzehn Tagen dachte niemand mehr an den ›Jungen‹. Einige fanden nur noch Zeit, zu bemerken, der Major habe unverantwortlich gehandelt, dass er dem Toten die Möglichkeit eines militärischen Begräbnisses genommen habe. Das Traurigste von allem war der Brief von des ›Jungen‹ Mutter an den Major und mich, mit großen Tintenflecken, die den Bogen bedeckten. Sie schrieb uns viel Liebes über unsere große Güte und dass sie ihr Leben lang uns dankbar sein würde.

Und in Wahrheit hatte sie auch Grund, uns dankbar zu sein, nur nicht ganz aus dem Grund, den sie meinte.

Miss Youghals »Sais«

Hier und da hört man die Behauptung, es gäbe in Indien keine Romantik. Aber hier und da irrt man sich. Unser Leben hat so viel Romantik, wie uns guttut. Manchmal auch mehr.

Strickland war bei der Polizei. Die Leute verstanden ihn nicht. Darum sagten sie, er sei ein Mann von zweifelhaftem Charakter, und wichen ihm aus. Strickland hatte sich das selbst zu verdanken. Er hatte das sonderbare Prinzip, dass ein Polizeibeamter in Indien die Einheimischen ebenso gut kennen müsse wie die Einheimischen sich selbst. Nun gibt es aber zurzeit in ganz Oberindien nur einen einzigen Menschen, der sich nach Belieben für einen Mohammedaner oder Hindu, für einen einheimischen Schuhflicker oder Fakir ausgeben kann. Und der ist geachtet und gefürchtet bei den Leuten von Ghor Kathri bis zum Jamma Musjid. Von ihm glaubt man, dass er sich unsichtbar machen kann und dass er Gewalt hat über alle Teufel. – Aber was hat ihm das schließlich bei der Regierung genutzt? Nicht das Geringste. Er ist darum nicht Vizekönig geworden, und sein Name blieb England unbekannt. Strickland war so töricht, sich diesen Mann zum Vorbild zu wählen. Treu seinem Prinzip stöberte er in lauter anrüchigen Gegenden herum, die zu erforschen sich kein anständiger Mensch herabgelassen hätte – in allen schmutzigen Winkeln und Ecken. Er bildete sich sieben Jahre lang in dieser eigentümlichen Weise aus, aber die Leute wussten es nicht zu würdigen. Er suchte unablässig Geheimnisse der Einheimischen auszuspionieren, was natürlich jeder vernünftige Mensch für Unsinn hielt. Während seines Urlaubs wurde er einmal in Allahabad in die »Sat Bhai« aufgenommen. Er kannte das Eidechsenlied der »Sansis« und den Halli-

Hukk-Tanz, einen religiösen Cancan von etwas aufregender Natur. Wer weiß, wann, wie und wo der Halli-Hukk-Tanz getanzt wird, kann stolz darauf sein, denn dann kennt er mehr als die äußere Schale der Verhältnisse. Strickland war nicht stolz, obwohl er einmal in Jagadhri beim Bemalen des Totenstiers – für jedes englische Auge ein Geheimnis – geholfen hatte, obwohl er die Diebessprache der »Changars« beherrschte, obwohl er einmal einen abgefeimten Pferdedieb bei Attok ganz allein gefangen hatte und ein andermal sogar auf der Kanzel einer Grenzmoschee gestanden und den Gottesdienst ganz wie ein »Mullah« abgehalten hatte.

Die Krone seiner Leistungen war sein elftägiger Aufenthalt als Fakir in den Gärten von »Baba Atal« in Amritsar, bei dem er die Spuren der großen Nasiban-Mordaffäre auffand. Aber die Leute sagten ja ganz richtig: »Warum in aller Welt bleibt Strickland nicht ruhig in seinem Büro sitzen; kann er nicht einfach seine Berichte schreiben, neue Beamte einführen und sich still halten, statt immer nur die Unfähigkeiten seiner Vorgesetzten aufzudecken?« Aus diesem Grund half ihm selbst die Nasiban-Sache nicht vorwärts. Und darum kehrte er, als sich sein erster Zorn gelegt hatte, wieder zu seiner seltsamen Gewohnheit zurück, das Leben der Einheimischen zu erforschen. Übrigens, wenn jemand erst einmal an solch absonderlichem Vergnügen Geschmack gefunden hat, wird er es sein Leben lang nicht wieder aufgeben. Nichts in der Welt hat stärkere Reize; selbst die Liebe nicht. Wenn andere Leute auf zehn Tage in die Berge gehen, nahm Strickland Urlaub für die »Jagd«, wie er es nannte. Er verkleidete sich, wie es ihm gerade gut schien, mischte sich unter das braune Volk und war für eine Weile verschwunden. Er war ein stiller, brünetter junger Mensch, schlank und schwarzäugig und, wenn er bei der Sache war, ein sehr interessanter Gesellschafter. Es lohnte sich, Strickland über die Entwicklung des Volkes, wie er sie auffasste, reden zu hören. Die Einheimischen hassten ihn, aber sie fürchteten ihn auch. Er wusste zu viel.

Als Youghals an den Ort kamen, verliebte sich Strickland ernstlich – wie er alles tat – in Miss Youghal. Und sie verliebte sich nach einem Weilchen in ihn, weil er ihr ein Rätsel war. Da sprach Strickland mit ihren Eltern. Aber Mrs Youghal erklärte, dass sie ihre Tochter nicht in den Verwaltungszweig, der am schlechtesten im ganzen Reich bezahlt würde, hineinheiraten lasse. Und der alte Youghal erklärte mit genauso vielen Worten, dass er zu Stricklands Tun und Treiben kein Vertrauen habe und dass er ihm verbunden wäre, wenn er allen mündlichen und schriftlichen Verkehr mit seiner Tochter aufgäbe. »Gut«, sagte Strickland, denn er wollte seiner Liebsten das Leben nicht zur Last machen. Er ließ die Sache nach einer langen Unterredung mit Miss Youghal ganz fallen.

Im April zogen Youghals nach Simla.

Im Juli nahm Strickland drei Monate Urlaub, »dringender Privatangelegenheiten halber«. Er schloss sein Haus zu, wenn auch um alles in der Welt kein Einheimischer »Estreekin Sahibs« Hab und Gut wissentlich angetastet hätte, und reiste zu einem Freund, einem alten Färber, nach Tarn Taran. Seitdem war jede Spur von ihm verloren, bis mir eines Tages auf der Promenade in Simla ein »Sais« die folgenden wunderlichen Zeilen übergab:

Verehrter alter Freund,
händigen Sie bitte dem Überbringer eine Kiste Zigarren – am liebsten Super Nr. 1 – aus. Die frischesten erhalten Sie im Klub. Meine Schulden zahle ich, sobald ich wieder da bin. Augenblicklich stehe ich außerhalb der »Welt«.
Ihr
E. Strickland

Ich ließ zwei Kisten kommen und übergab sie mit den besten Grüßen dem Sais. Und der Sais war Strickland selbst gewesen. Er hatte beim alten Youghal Dienst genommen und besorgte Miss Youghals Araber. Der Ärmste sehnte sich nach englischem Tabak und wusste auf jeden Fall, dass ich schweigen würde, bis alles erledigt wäre.

Mit der Zeit fing Mrs Youghal, die in ihrer Bedienung anfing, an, überall, wo sie verkehrte, von ihrem Muster-Sais zu sprechen, dem es nie zu viel war, frühmorgens aufzustehen, um Blumen für den Frühstückstisch zu pflücken, der die Pferdehufe wichste – wirklich wichste –, ganz wie ein Kutscher in London. Miss Youghals Araber sah entzückend aus; er war das reine Wunder. Strickland – Dulloo meine ich – entlohnte das reizende Lob, das ihm Miss Youghal beim Ausreiten spendete. Ihre Eltern freuten sich, dass sie ihre törichte Neigung für den jungen Strickland so ganz vergessen hatte, und nannten sie ein gutes, liebes Kind.

Strickland beteuert, dass diese zwei Monate Dienst für ihn die härteste geistige Schulung bedeutet haben, die er je durchgemacht. Dass die Frau eines anderen Sais sich in ihn verliebte und ihn mit Arsenik vergiften wollte, weil er nichts von ihr wissen wollte, ist noch nebensächlich. Aber er musste sich auch zur Ruhe zwingen, wenn Miss Youghal mit einem anderen ausritt, der mit ihr flirtete, und musste hinter ihnen herlaufen, ihnen die Decke nachtragen und jedes Wort mit anhören. Auch musste er guter Laune bleiben, wenn ihn ein Polizist auf der Benmore-Terrasse schalt, besonders einmal, als ihn ein junger »Naik«, den er selber aus dem Dorf Isser Jang ausgehoben hatte, anschrie, oder wenn ihn gar ein junger Unterbeamter »Sau« nannte, weil er ihm nicht rasch genug aus dem Weg ging.

Aber das Leben bot ihm auch Entschädigungen. Er gewann einen tiefen Einblick in die Schliche und Spitzbübereien der

»Sais«; Einblicke, tief genug, wie er sagte, um die halbe »Chamar«-Bevölkerung Ostindiens ins Gefängnis bringen zu können, wenn er im Dienst gewesen wäre. Er wurde Meister im Knöchelspiel, das alle Sänftenträger und Pferdeknechte spielen, wenn sie vor dem Regierungsgebäude oder nachts vorm Gaiety-Theater warten müssen. Er lernte Tabak rauchen, der drei Viertel aus Kuhdünger bestand, und studierte die Weisheiten des Graukopfs, der die Sais vor dem Regierungsgebäude beaufsichtigte. Und dessen Worte waren wertvoll. Er sah manches, was ihm Spaß machte; und er gibt sein Ehrenwort darauf, dass niemand Simla wirklich würdigen kann, der es nicht vom Standpunkt eines Sais aus gesehen hat. Und er meint auch, dass sein Schädel, wenn er alles Geschaute veröffentlichen würde, nicht nur an einer Stelle eingeschlagen werden würde.

Stricklands Schilderung seiner Qualen, wenn er in feuchten Nächten vor der »Benmore-Terrasse« trotz Pferdedecke das Licht sah und die Musik hörte, während der Walzer ihm in den Beinen juckte, ist wirklich nicht langweilig.

Strickland wird demnächst ein Buch über seine kleinen Erlebnisse schreiben. Das Buch wird wert sein, gekauft, oder gar noch mehr: beschlagnahmt zu werden.

So diente er treu wie Jakob um Rahel. Sein Urlaub war fast zu Ende, als die Explosion erfolgte. Er hatte sich wirklich mit bestem Willen bei allen Courschneidereien beherrscht, aber schließlich ging es über seine Kraft. Ein hervorragender, alter General ritt mit Miss Youghal aus und begann jenen so verletzenden Backfischflirt, den Frauen schwer abweisen können und der den Zuhörer rasend macht. Miss Youghal zitterte vor Furcht, weil ihr Sais das alles hörte. Strickland-Dulloo ertrug es, solange er es aushielt. Aber dann ergriff er die Zügel des Generals und forderte ihn in fließendem Englisch auf, abzusitzen, um sich über die Felswand hinabwerfen zu lassen. Einen Augenblick später weinte Miss Youghal, und Strickland sah ein, dass er sich endgültig verraten habe – dass alles aus sei.

Den General rührte fast der Schlag, als Miss Youghal ihm die Geschichte der Vermummung und der von ihren Eltern missbilligten Verlobung vorschluchzte. Strickland war wütend über sich selbst und noch wütender über den General, weil er ihn gezwungen hatte, seine Karten aufzudecken. Er sagte nichts, hielt den Kopf des Pferdes und nahm sich vor, den General zur einzigen Genugtuung wenigstens durchzuprügeln. Als der General die Geschichte gründlich erfasst hatte und wusste, wer Strickland war, begann er zu prusten und zu schnaufen und fiel fast aus dem Sattel vor Lachen. Strickland verdiene das Viktoriakreuz, sagte er, schon allein darum, weil er es über sich gebracht hätte, wie ein Sais in eine Pferdedecke zu kriechen. Dann schalt er sich selbst und schwur, dass er Prügel verdiene, wenn er auch zu alt sei, sie von Strickland zu empfangen. Und dann beglückwünschte er Miss Youghal zu ihrem Verlobten. Das Anstößige bei der Sache kam ihm gar nicht in den Sinn, denn er war ein netter alter Herr, der nur eine Schwäche fürs Flirten hatte. Er lachte noch einmal auf und schalt den alten Youghal einen Narren. Da ließ Strickland den Kopf des Pferdes los und schlug dem General vor, ihnen zu helfen, wenn er so dächte. Strickland kannte des alten Youghal Schwäche für Leute in hohen Stellungen, mit Titeln und Orden. »Es ist ja beinahe ein Fastnachtsschwank«, sagte der General. »Aber bei Gott, ich helfe, und wenn auch nur, um meiner verdienten Tracht Prügel zu entgehen. Jetzt gehen Sie nur erst nach Hause, teurer Sais-Polizeibeamter, und machen Sie sich wieder menschlich. Ich werde inzwischen einen Angriff auf Mr Youghal versuchen. Und Sie, Miss Youghal, darf ich wohl bitten, nach Hause zu reiten und sich zu gedulden.«

Fünf Minuten später gab es im Klub ein wildes Hallo. Ein Sais mit Pferdedecke und Halfter ging umher und bat alle Leute, die er kannte: »Um Himmels willen, leihen Sie mir anständige Sachen!« Da man ihn nicht gleich erkannte, gab es ein paar eigenartige Szenen, ehe sich Strickland ein heißes Bad mit Soda verschaffte und ehe er von dem einen ein Hemd, von jenem einen Kragen, von einem Dritten ein paar Hosen und so weiter erhielt. Er galoppierte mit der halben Klubgarderobe an seinem Leib auf dem Pony eines wildfremden Menschen zu dem Haus des alten Youghal. Der General, »angetan mit Purpur und köstlichem Linnen«, war vor ihm gekommen. Was er gesagt hatte, erfuhr Strickland nie. Aber Youghal empfing Strickland ziemlich höflich. Und Mrs Youghal, gerührt von der Treue des verwandelten Dulloo, war fast gütig. Der General strahlte und frohlockte. Miss Youghal kam herein, und ehe der alte Youghal wusste, wie ihm geschah, hatte man ihm seinen väterlichen Segen abgerungen, und Strickland war mit Miss Youghal zur Post, um nach seinen Sachen zu telegrafieren. Die letzte Verwicklung kam, als ihn ein wildfremder Mensch auf der Promenade ansprach und das gestohlene Pony forderte.

So wurden schließlich Strickland und Miss Youghal getraut, aber unter der strengen Verpflichtung, dass Strickland seine alten Gewohnheiten fallen lassen und sich an seinen Dienst halten sollte, der lohnender sei und schließlich doch nach Simla führe. Strickland liebte seine Frau damals viel zu sehr, um sein Wort nicht zu halten. Aber es war eine schwere Prüfung für ihn, denn die Straßen und Basare und ihr Leben waren für ihn voll geheimer Bedeutung. Sie riefen Strickland, zu ihnen zurückzukehren und seine alten Entdeckungsfahrten wieder aufzunehmen.

Vielleicht erzähle ich noch einmal, wie er sein Versprechen brach, um einem Freund zu helfen. Aber das ist lange her, und heute ist er fast unbrauchbar für das, was er eine »Jagd« nannte. Er verlernt allmählich die Sprache des Volks, das Kauderwelsch der Bettler, ihre Zeichen und Winke, und den Lauf geheimer Strömungen, die man nie auslernt, wenn man sie meistern will. Aber er schreibt ausgezeichnete Regierungsberichte.

Im Joch

Auf dem Gravesender Hafenboot, das von dem nach Bombay bestimmten Dampfer der P&O-Linie zurückkehrte, um den Anschluss an den Londoner Zug nicht zu versäumen, waren viele, die weinten. Aber niemand weinte so heftig und unverhohlen wie Miss Agnes Laiter. Sie hatte Grund zu weinen, denn der Mann, den sie einzig liebte und – wie sie sagte – stets einzig lieben würde, ging nach Indien. Und Indien, das weiß jeder, gehört zu gleichen Teilen dem Dschungel, Tigern, giftigen Schlangen, der Cholera und den indischen Soldaten.

Phil Garron lehnte sich im Regen über Bord und fühlte sich auch sehr unglücklich. Aber er weinte nicht. Man schickte ihn auf eine Teeplantage. Was das bedeutete, war ihm nicht im Geringsten klar, er glaubte nur, dass er auf stolzem Ross über Plantagenhöhen reiten würde, um dafür ein fürstliches Gehalt zu beziehen. Deshalb war er seinem Onkel, der ihm diese Stellung verschafft hatte, sehr dankbar. Er wollte jetzt im Ernst sein träges, nutz- und zielloses Leben ändern, jährlich einen großen Teil seines großartigen Gehalts zurücklegen, in sehr kurzer Zeit wieder heimkehren und Agnes Laiter heiraten. Phil Garron hatte drei Jahre lang seinen Freunden auf der Tasche gelegen, und da er nichts zu tun gehabt hatte, sich natürlich verliebt. Er war ein netter Mensch, aber nicht gerade stark in seinen Ansichten, Meinungen und Grundsätzen. Und wenn er auch nie zu Fall gekommen war, freuten sich seine Freunde doch, als er Abschied nahm, um sich in die geheimnisvolle Teegegend bei Darjeeling zu begeben. Sie sagten: »Gott befohlen, lieber Junge. Lass dich hier so bald nicht wieder sehen.« Oder sie gaben es ihm wenigstens zu verstehen.

Im Joch

Bei der Ausfahrt war er erfüllt von dem großen Vorsatz, zu beweisen, dass er hundertmal besser sei, als man von ihm geglaubt hatte. Er wollte wie ein Pferd arbeiten und Agnes Laiter im Triumph heimführen. Es war viel Gutes an ihm, auch abgesehen von seinem guten Äußeren. Sein einziger Fehler war eine Schwäche, eine ganz, ganz kleine, wirklich ganz kleine Schwäche. Er sparte so wenig, wie eine Morgenzeitung an Papier spart. Und doch konnte man nirgends auf etwas hinweisen, von dem man hätte sagen können: »Hier ist Phil Garron verschwenderisch oder leichtsinnig gewesen.« Und ebenso vermochte man in seinem Charakter keine bestimmten Untugenden zu entdecken. Aber er war »unerfreulich« und so schmiegsam wie Ton.

Agnes Laiter ging zu Hause ihren Pflichten nach, mit roten Augen – denn ihre Familie war gegen die Verlobung –, während Phil nach Darjeeling fuhr. Seine Mutter sagte zu ihren Freunden: »Nach einem Hafen am bengalischen Meerbusen.« Phil war an Bord recht beliebt, hatte viele Bekanntschaften und eine ganz anständige Weinrechnung und schrieb von jedem Hafen aus unendlich lange Briefe an Agnes Laiter. Er begann seine Tätigkeit auf der Plantage, irgendwo zwischen Darjeeling und Kangra, und obwohl Gehalt, Pferd und Arbeit nicht ganz seinen Vorstellungen entsprachen, kam er ganz gut vorwärts und bildete sich auf seine Ausdauer unnötig viel ein.

Als er sich mit der Zeit an das Joch der Arbeit und ihre starre Regelmäßigkeit gewöhnt hatte, verlor sich das Bild Agnes Laiters aus seinem Gedächtnis. Nur in Mußestunden, die nicht häufig waren, kam es ihm zurück. Er konnte sie vierzehn Tage lang ganz vergessen, bis er sich wie ein Schuljunge, der seine Aufgaben nicht gemacht hat, mit einem Ruck ihrer erinnerte. Sie vergaß Phil nicht, denn sie gehörte zu denen, die nie vergessen. Es erschien nur ein anderer – ein wirklich begehrenswerter junger

Mann – im Haus von Mrs Laiter. Die Möglichkeit einer Heirat mit Phil lag in unverminderter Ferne, und seine Briefe waren so unbefriedigend, und ein häuslicher Druck wurde auf das Mädchen ausgeübt, und der junge Mann war wirklich begehrenswert, was sein Einkommen betraf, und so war das Ende vom Lied, dass Agnes ihn heiratete und einen stürmischen Brief an Phil in die Wüste von Darjeeling sandte. Sie schrieb, dass sie in ihrem Leben keine glückliche Stunde mehr haben würde. Und diese Prophezeiung bewahrheitete sich.

Phil empfing den Brief und fühlte sich schlecht behandelt. Das geschah zwei Jahre nach seiner Abreise. Und jetzt dachte er wieder dauernd an Agnes Laiter. Er betrachtete ihr Bild und warf sich in die Brust in dem Glauben, dass er der treueste Liebhaber der Weltgeschichte gewesen sei. Er wärmte sich an der Glut der Überzeugung, dass er wahrhaft schlecht behandelt würde. Dann setzte er sich hin und schrieb einen letzten Brief, eine höchst rührselige Predigt-Epistel im Stil des »Vereint bis in den Tod. Amen!«. Er setzte auseinander, dass er in alle Ewigkeit treu bleiben würde, dass alle Frauen gleich wären, dass er sein gebrochenes Herz verbergen wolle usw., aber wenn im Lauf der Zeit usw. usw., er könne warten usw. usw., Rückkehr zur alten Liebe usw. usw., und das alles auf acht eng beschriebenen Seiten. Vom künstlerischen Standpunkt aus war es eine saubere Arbeit; aber ein gemeiner Philister, der Phils wahre Gefühle kannte – nicht die, zu denen er sich beim Schreiben aufschwang –, hätte in dem Brief das durch und durch kleinliche und selbstische Werk eines durch und durch kleinlichen, selbstischen und schwachen Menschen erkannt. Aber auch dies Urteil wäre nicht ganz gerecht gewesen. Phil zahlte das Porto und fühlte jedes Wort, das er geschrieben, wenigstens zweieinhalb Tage lang. Es war das letzte Aufflackern, ehe die Flamme erlosch.

Das Schreiben machte Agnes Laiter sehr unglücklich. Sie schloss es weinend in ihren Schreibtisch und wurde zum Besten ihrer Familie Frau Soundso. Und das ist auch die Pflicht jeder christlichen Jungfrau.

Phil ging seiner Wege und gedachte seines Briefs nur noch so, wie ein Künstler an eine fein nuancierte Skizze denkt. Sein Wandel war nicht schlecht, aber auch nicht gut, bis er Dunmaya, der Tochter eines ehemaligen Radschput-Majors der englischindischen Armee, begegnete.

Das Mädchen hatte einen Tropfen fremden Bluts in den Adern. Dieser Tropfen stammte aus den Bergen, und sie gehörte deshalb nicht zu einer hohen Kaste. Wo Phil sie kennenlernte oder wie er von ihr erfuhr, gehört nicht zur Sache. Sie war ein gutes Mädchen und schön; in ihrer Art sehr klug und schlau, aber selbstverständlich auch etwas herb. Man darf nicht vergessen, dass Phil sehr behaglich lebte, sich keinen kleinen Genuss missgönnte, keinen Heller zurücklegte, seine englische Korrespondenz aufgab und das Land, in dem erlebte, allmählich als seine Heimat zu betrachten anfing. Viele Männer gehen diesen Weg und werden unbrauchbar. Das Klima seines Ortes war gut, und es schien wirklich nichts zu geben, um dessentwillen er hätte wieder nach Hause gehen sollen.

Er tat, was mancher Pflanzer schon vor ihm getan hatte: Er entschloss sich, ein Mädchen aus den Bergen zu heiraten und einen Hausstand zu gründen. Er war damals siebenundzwanzig Jahre alt und hatte noch ein langes Leben vor sich, aber nicht die nötige Energie. Also heiratete er Dunmaya nach dem Brauch der englischen Kirche. Einige Pflanzer sagten, er sei ein Narr, und manch andere wieder, er sei ein weiser Mann. Dunmaya war ein durchaus ehrlicher Mensch und sah trotz ihrer Hochachtung vor den Engländern ziemlich klar die Schwächen ihres Mannes. Sie lenkte ihn mit Vorsicht und unterschied sich nach kaum einem Jahr in Kleidung und Haltung fast nicht mehr von einer Engländerin. (Es ist erstaunlich, dass ein Hindu aus den Bergen trotz lebenslänglicher Schulung immer doch ein Hindu bleibt, während eine Hindufrau in sechs Monaten sich die meisten Lebensgewohnheiten ihrer englischen Schwestern zu eigen macht. Es war einmal eine Kulifrau. Aber das ist eine andere Geschichte.) Dunmaya kleidete sich mit Vorliebe in Schwarz und Gelb, und es stand ihr gut.

Inzwischen lag der Brief in Agnes' Schreibtisch. Sie dachte dann und wann an den armen, entschlossenen Phil, der unter den Schlangen und Tigern von Darjeeling schwer arbeiten musste, und an seine immer noch vergebliche Hoffnung, dass sie einmal zu ihm zurückkehren würde. Ihr Mann war zehn Phils wert, nur war sein Herz rheumatisch. Drei Jahre nach ihrer Heirat, nachdem er in Nizza und Algier vergebens Heilung gesucht hatte, ging er nach Bombay, wo er starb. Agnes war frei. Da sie eine fromme Frau war, sah sie in seinem Tod und dem Ort seines Todes den ausgesprochenen Willen der Vorsehung. Und als sie sich etwas von dem Schlag erholt hatte, zog sie Phils Brief hervor. Sie las ihn von Neuem mit den »usw.«, den langen Gedankenstrichen und den kurzen Gedankenstrichen und küsste ihn wieder und wieder. Niemand kannte sie in Bombay. Sie hatte das große Einkommen ihres Mannes, und Phil konnte nicht weit sein. Es war nicht recht und vielleicht unpassend, aber sie beschloss wie eine Romanheldin, ihren alten Geliebten aufzusuchen, ihm Hand und Vermögen anzutragen und den Rest ihres Lebens mit ihm irgendwo, fern von fühllosen Seelen, zu verbringen. Zwei Monate saß sie einsam in Watsons Hotel und malte sich ihren Plan aus. Und es entstand ein hübsches Bild. Dann machte sie sich auf die Suche von Phil Garron, Angestellter einer Teeplantage mit einem mehr als gewöhnlich unaussprechlichen Namen.

★

Sie fand ihn. Ihr Suchen hatte einen Monat gedauert. Denn die Plantage lag gar nicht im Darjeeling-Distrikt, sondern mehr nach Kangra zu. Phil hatte sich sehr wenig verändert, und Dunmaya war sehr nett zu ihr.

Die größte Sünde und Schande an der ganzen Geschichte aber ist, dass Phil, der wirklich kaum einer Erinnerung wert war, von Dunmaya geliebt wurde und noch geliebt wird. Und dass Agnes, deren ganzes Leben er vernichtet hatte, ihn noch heißer liebt.

Und noch schlimmer als all das ist es, dass Dunmaya jetzt aus ihm einen anständigen Menschen macht und dass ihr Einfluss ihn zu guter Letzt vor der ewigen Verdammnis bewahren wird.

Offenbar ist das durchaus ungerecht.

Zwielicht

Kein Mann wird wohl je die volle Wahrheit dieser Geschichte erfahren. Frauen werden sie sich vielleicht zuflüstern, wenn sie nach Bällen ihr Haar für die Nacht ordnen und ihre Opferlisten miteinander vergleichen. Ein Mann darf solcher Tätigkeit natürlich nicht beiwohnen, und so kann denn diese Geschichte nur ganz oberflächlich – unscharf – erzählt werden.

Man soll eine Schwester nie der Schwester gegenüber loben in der Hoffnung, dass die Schmeicheleien das rechte Ohr doch noch erreichen und so für später Wege ebnen. Denn zu allererst sind Schwestern Frauen und dann erst Schwestern. Und man findet schließlich, dass man sich geschadet hat.

Wusste Saumarez das wohl, als er sich entschloss, um die ältere Miss Copleigh zu werben? Saumarez war ein merkwürdiger Mensch. In den Augen der Männer hatte er wenig Vorzüge, aber er war beliebt bei Frauen und besaß genug Dünkel, den Rat des Vizekönigs damit versorgen zu können. Vielleicht wäre auch noch etwas für den Stab des Oberstkommandierenden übrig geblieben. Er stand im Zivildienst. Sehr viele Frauen interessierten sich für Saumarez, vielleicht nur darum, weil sein Benehmen ihnen gegenüber verletzend war. Ein Pony wird den, der es im Anfang seiner Bekanntschaft über die Schnauze schlägt, nicht gerade lieben, aber es wird in der Folge ein tiefes Interesse für alle seine Schritte hegen. Die ältere Miss Copleigh war nett, rundlich, hübsch und liebenswürdig. Die jüngere war weniger hübsch und, nach Männern zu urteilen, die den eben erwähnten Wink missachteten, eher abweisend als fesselnd. Beide Mädchen hatten eigentlich die gleiche Figur und in Stimme und Aussehen eine starke Ähnlichkeit, wenn auch niemand nur einen Augenblick im Zweifel sein konnte, welche die Nettere von beiden war.

Saumarez fasste seinen Entschluss, die Ältere zu heiraten, als sie kaum von Behar gekommen waren. Wenigstens glaubten wir alle, dass er es beabsichtige, was auf dasselbe herauskommt. Sie war zweiundzwanzig und er dreiunddreißig, mit Gehalt und Nebeneinnahmen von monatlich vierzehnhundert Rupien. Die Partie, wie wir sie uns dachten, war also in jeder Hinsicht günstig. Saumarez heißt er, und summarisch ist er, wie jemand einmal von ihm gesagt hat. Nach dem Entwurf seiner Resolution bildete er einen Sonderausschuss, in dem er allein beriet und beschloss, die rechte Stunde abzuwarten. Die Copleigh'schen Mädchen gingen »paarweise auf die Jagd«, wie wir uns in unserer nicht gerade liebenswürdigen Art ausdrückten. Wir wollten damit sagen, dass man die eine nie ohne die andere zu fassen bekam. Es waren sehr zärtliche Schwestern, aber ihre gegenseitige Anhänglichkeit konnte bisweilen lästig werden. Saumarez hielt sich geschickt zwischen beiden, und nur er selbst hätte sagen können, nach welcher Seite sein Herz neigte, wenn es auch jeder zu erraten glaubte. Er ritt und tanzte viel mit ihnen, aber es gelang ihm doch nie, die eine für ein Weilchen von der anderen zu trennen.

Unter Frauen hieß es, dass die beiden Mädchen aus tiefem Misstrauen gegeneinander so fest zusammenhielten, jede in der Furcht, die andere könne ihr einen Vorsprung abgewinnen. Aber das geht einen Mann nichts an. Saumarez sprach weder dafür noch dagegen. Er war so geschäftsmäßig aufmerksam, wie es ihm seine Arbeit und sein Polospielen irgend erlaubten. Zweifellos hatten beide Mädchen ihn gern.

Als sich die heiße Jahreszeit näherte und Saumarez sich noch immer nicht erklärt hatte, behaupteten die Frauen, dass den Mädchen die Sorge aus den Augen sähe. Sie machten einen abge-

spannten, bekümmerten und reizbaren Eindruck. Männer sind in
diesen Dingen völlig blind, es sei denn, dass sie ihrer Anlage nach
mehr Weibliches als Männliches haben. In diesem Fall ist es be-
langlos, was sie denken und sagen. Ich behaupte, die heißen
Apriltage nahmen den Copleigh'schen Mädchen die Farbe. Man
hätte sie zeitiger in die Berge schicken müssen. Niemand, weder
Mann noch Frau, ist ein Engel, wenn die Hitze kommt. Die jüngere Schwester wurde bitter, um nicht zu sagen zynisch, und die
Liebenswürdigkeit der Älteren wurde fadenscheinig. Sie war allzu erzwungen.

Der Ort, wo sich dies zutrug, war nicht gerade klein, lag aber
nicht an der Bahn und war vernachlässigt. Es gab keine Gärten,
keine Musik und keine Vergnügungen, die der Rede wert gewesen wären. Man brauchte fast einen Tag, um nach Lahore
zum Ball zu fahren. Die Leute waren für jede kleine Unterhaltung dankbar.

Ungefähr Anfang Mai, als es sehr heiß war, kurz vor dem »Auszug« der letzten zwanzig Leute in die Berge, veranstaltete Saumarez ein Mondscheinpicknick zu Pferd. Es sollte bei einem alten, sechs Meilen entfernten Grabmal nahe am Flussbett
stattfinden. Man verließ den Ort wie die Arche Noah. Des
Staubs wegen musste man paarweise in viertelstündigem Ab-
stand reiten. Es waren zusammen sechs Paare, die Anstandsda-
men mit eingerechnet. Mondscheinpicknicks sind am Ende der
Saison, ehe die jungen Mädchen alle in die Berge gehen, von
Nutzen. Sie führen Verständigungen herbei und sollten darum
von Ballmüttern begünstigt werden, besonders von denen, deren Schützlinge im Reitkleid am vorteilhaftesten aussehen. Ich
kannte einmal einen Fall – aber das ist eine andere Geschichte.
Wir nannten dies Picknick das »große Verlobungspicknick«, weil
wir alle wussten, dass Saumarez der älteren Miss Copleigh einen

Antrag machen würde. Und außer dieser Sache gab es noch eine andere, die möglicherweise auch ihren glücklichen Abschluss finden konnte. Die Luft in der Gesellschaft war gewitterschwül und verlangte nach einer Entladung.

Wir trafen uns um zehn Uhr auf dem Exerzierplatz. Die Nacht war entsetzlich heiß. Die Pferde kamen schon beim Schritt in Schweiß. Aber es war doch noch besser als das Stillsitzenmüssen in unseren dunklen Häusern. Beim Aufbruch im Vollmond waren wir vier Paare; eine Gruppe zu dritt. Saumarez mit den Copleigh'schen Mädchen und ich. Während ich hinterdreinritt, überlegte ich mir, mit wem Saumarez wohl nach Hause reiten würde. Alle waren glücklich und zufrieden, aber jeder fühlte die herannahenden Ereignisse. Wir ritten langsam, und es wurde fast Mitternacht, ehe wir das alte Grabmal erreichten. Wir wollten ihm gegenüber in dem verwüsteten Garten an der Zisternenruine essen und trinken. Ich kam etwas später als die anderen und sah, ehe ich den Garten betrat, am nördlichen Horizont einen leichten, schwarzbraunen Wolkenstreifen. Allein mir hätte es wohl niemand gedankt, wenn ich ein so gut eingefädeltes Vergnügen wie dies Picknick verdorben hätte. Was hat denn auch schließlich ein Sandsturm mehr oder weniger zu bedeuten? Wir sammelten uns an der Zisterne. Einer hatte ein Banjo – ein höchst gefühlvolles Instrument – mitgebracht. Drei oder vier von uns sangen. Man lächle nicht darüber. Unsere Vergnügungen in den entlegenen Orten sind spärlich. Wir plauderten in Gruppen oder alle miteinander, lagen unter den Bäumen, warteten auf das Abendessen und ließen sonnenverbrannte Rosen uns ihre Blätter zu Füßen streuen. Das Essen war herrlich, so gut auf Eis gekühlt, wie man es sich nur wünschen kann, und wir ließen uns Zeit.

Ich hatte gefühlt, wie die Luft heißer und heißer wurde, aber die anderen schienen es erst zu merken, als der Mond plötzlich verlosch und ein brennend heißer Wind die Orangenbäume peitschte, dass sie aufrauschten wie das Meer. Ehe wir wussten, wie uns geschah, war der Sandsturm über uns und alles eine einzige brausende, wirbelnde Finsternis. Der Esstisch wurde buchstäblich in die Zisterne hinabgeblasen. Wir hatten Furcht, in der Nähe des alten Grabbaus zu bleiben, weil der Sturm ihn hätte umstürzen können. Darum tasteten wir uns zu den Orangenbäumen, wo die Pferde angebunden waren, um zu warten, bis der Sturm sich gelegt hätte. Dann verlor sich auch der letzte Lichtschimmer, und man konnte nicht die Hand vor den Augen sehen. Die Luft war schwer von Staub und Sand aus dem Flussbett, der in Stiefel und Taschen drang, uns den Nacken hinabrieselte und Brauen und Bart bedeckte. Es war einer der schlimmsten Sandstürme des ganzen Jahres. Wir standen eng zusammengedrängt dicht bei den zitternden Pferden; der Donner krachte über uns, und die Blitze schossen wie Wasserstrahlen aus einem Schlauch nach allen Richtungen. Solange die Pferde sich nicht losrissen, war keine Gefahr. Ich stand geduckt mit dem Rücken gegen den Wind, mit der Hand vorm Mund und hörte, wie die Bäume sich peitschten. Erst als es blitzte, konnte ich sehen, wer bei mir stand, und entdeckte Saumarez mit der älteren Miss Copleigh dicht neben mir, und vor mir mein Pferd. Die ältere Miss Copleigh erkannte ich an ihrem Hutschleier, den die jüngere nicht trug. Die ganze Elektrizität der Luft war mir in die Glieder gefahren, und ich zitterte und zuckte von Kopf bis zu Fuß, ganz wie ein Maishalm vorm Regen. Es war ein herrlicher Sturm. Der Wind schien die Erde emporzuheben und in großen Klumpen vor sich herzuschleudern, und aus dem Boden quoll eine Glut wie am Tag des Jüngsten Gerichts.

Nach der ersten halben Stunde besänftigte sich der Sturm ein wenig, und ich hörte dicht vor meinem Ohr eine leise Stimme – wie die Stimme einer vom Wind getriebenen, verlorenen Seele – still verzweifelt vor sich hin sagen: »Ach, mein Gott, mein Gott.« Dann taumelte die jüngere Miss Copleigh mir in die Arme und rief: »Wo ist mein Pferd! Ich will nach Hause, ich muss nach Hause! Bringen Sie mich nach Hause!«

Ich glaubte, Blitzen und Finsternis ängstigten sie, und darum sagte ich ihr, es sei keine Gefahr, und sie müsse warten, bis der Sturm vorüber sei. Aber sie antwortete nur: »Nein, darum nicht! Darum nicht! Ich muss nach Hause! Bitte, bringen Sie mich doch von hier fort!«

Ich sagte ihr wieder, sie dürfe nicht gehen, ehe es hell sei; dann fühlte ich nur noch, wie sie mich im Vorübergehen streifte. Es war zu dunkel, um sehen zu können, wohin sie ging. Im nächsten Augenblick zerriss ein gewaltiger Blitz den ganzen Himmel, als wäre das Ende der Welt gekommen, und alle Frauen schrien auf.

Unmittelbar darauf fühlte ich die Hand eines Mannes auf meiner Schulter und hörte Saumarez mir etwas ins Ohr brüllen. Das Rauschen der Bäume und das Heulen des Windes ließen mich seine Worte nicht gleich verstehen, aber schließlich hörte ich ihn sagen: »Ich habe um die Falsche angehalten! Was soll ich tun?« Einen Grund, mich ins Vertrauen zu ziehen, hatte Saumarez nicht. Ich war nie sein Freund und bin es auch jetzt nicht. Aber ich glaube, keiner von uns beiden war in jenem Augenblick bei Besinnung. Er zitterte vor Aufregung, und ich fühlte mich so seltsam erregt, als liefe mir ein elektrischer Strom durch alle Glieder. Da mir nichts Besseres einfiel, sagte ich: »Sie Narr, wie können Sie auch in einem Sandsturm anhalten!« Aber ich sah ein, dass das den Fehler nicht gutmachte.

Dann schrie er: »Wo ist Edith, Edith Copleigh?« Edith war die jüngere Schwester. Ich antwortete überrascht: »Was wollen Sie denn von der?« Es ist kaum zu glauben, aber während der folgenden zwei Minuten schrien wir uns an wie Wahnsinnige. Er beteuerte, dass er von jeher um die jüngere Schwester habe anhalten wollen, und ich erklärte ihm, bis ich heiser war, dass er sich geirrt haben müsse. Auch das ist dadurch zu erklären, dass wir beide nicht bei Besinnung waren. Das Ganze erschien mir wie ein böser Traum, vom Stampfen der Pferde in der Dunkelheit bis zu Saumarez' Wort, dass er von Anfang an nur Edith Copleigh geliebt habe. Er umklammerte noch immer meine Schulter und flehte mich an, ich solle ihm sagen, wo Edith Copleigh sei, als der Sturm wieder aussetzte, eine Helle eintrat und wir die Sandwolke in die Ebene vor uns hinauswirbeln sahen. Da wussten wir, dass das Schlimmste vorüber war. Der Mond stand tief; es herrschte ein mattes Zwielicht, wie es eine Stunde vor der wirklichen Morgendämmerung einzutreten pflegt. Aber der Schimmer war nur ganz schwach, und die schwarzbraune Wolke brüllte dahin wie ein Stier. Ich dachte daran, wo wohl Edith Copleigh wäre, und während ich noch nachdachte, sah ich dreierlei zugleich: Einmal Maud Copleighs lächelndes Gesicht aus der Dunkelheit auftauchen und sich Saumarez nähern, der neben mir stand. Sie flüsterte: »George«, und hängte sich ihm in den Arm, der meine Schulter nicht gepackt hielt. Und ich sah auf ihrem Gesicht jenen Ausdruck, der nur ein, zwei Mal im Leben einer Frau erscheint, wenn sie vollkommen glücklich ist, wenn der Himmel im strahlenden Glanz voller Geigen hängt und wenn ihr die ganze Welt in lichte Wolken zerfließt, weil sie liebt und wiedergeliebt wird. Und zugleich sah ich Saumarez' Gesicht, wie er Maud Copleighs Stimme hörte, und sah außerdem ein graues Leinenkleid fünfzig Schritt weit von den Orangenbäumen sich aufs Pferd heben.

Es muss wohl die Folge meiner Überreizung gewesen sein, dass ich mich so schnell in Dinge mischte, die mich nichts angingen.

Saumarez wollte dem Kleid nach, aber ich drängte ihn zurück und sagte: »Sie bleiben hier. Klären Sie die Geschichte auf. Ich werde sie zurückholen.« Und ich stürzte zu meinem Pferd. Mich beherrschte die völlig unnötige Vorstellung, dass alles ordnungsgemäß und schicklich vor sich gehen und dass vor allem Saumarez erst den glücklichen Ausdruck Maud Copleighs auslöschen müsse. Während ich meinem Pferd das Zaumzeug überwarf, dachte ich daran, wie er das wohl zuwege bringen würde.

Ich galoppierte hinter Edith Copleigh her und nahm mir vor, sie unter irgendeinem Vorwand gemächlich zurückzubringen. Aber sobald sie mich bemerkte, ließ sie ihr Pferd in noch schärferen Galopp fallen, und ich sah mich zu einer ernstlichen Verfolgung genötigt. Sie rief mir drei oder vier Mal zurück: »Lassen Sie mich! Ich will nach Hause! Lassen Sie doch!« Aber meine Pflicht war, erst mit ihr zu unterhandeln, wenn ich sie eingeholt hatte. Der Ritt stimmte gut zu dem ganzen wüsten Traum. Der Boden war sehr schlecht, und von Zeit zu Zeit jagten wir durch wirbelnde, würgende Staubgespenster, Nachzügler des flüchtigen Sturms. Es wehte ein brennend heißer Wind, der einen üblen Geruch wie aus dumpfigen Ziegelöfen mit sich führte. Und durch das Zwielicht zwischen den Staubgespenstern auf der weiten, öden Ebene schimmerte das graue Reitkleid auf dem grauen Pferd. Sie hielt anfangs auf die Stadt zu. Dann wendete sie nach dem Fluss und ritt durch ein Lager verbrannten Dschungelgrases, über das man nicht einmal hätte Schweine treiben mögen. Bei kühler Überlegung wäre es mir nicht im Traum eingefallen, nachts über solches Land zu reiten. Aber beim Zucken der Blitze und bei dem Höllengeruch schien es ganz richtig und natürlich. Ich ritt und schrie, und sie beugte sich vornüber und peitschte ihr Pferd vorwärts. Und der Sturm hielt Nachernte, packte uns und stieß uns vorwärts wie Fetzen Papier.

Ich weiß nicht, wie weit wir ritten; aber das Stampfen der Pferdehufe, das Brüllen des Sturms, die Jagd des matten, blutig roten Mondes durch gelbe Nebel schien eine Ewigkeit gedauert zu haben. Ich war buchstäblich in Schweiß gebadet, vom Helm bis zu den Gamaschen, als der Graue vor mir strauchelte, wieder auf die Beine kam und stocklahm stillstand. Auch mein Tier war völlig erschöpft. Edith Copleigh war in einem traurigen Zustand, ohne Hut, von Staub überzogen, und weinte bitterlich. »Können Sie mich nicht in Ruhe lassen?«, sagte sie. »Ich wollte doch nur nach Hause! Lassen Sie mich doch, bitte!«

»Miss Copleigh, Sie müssen mit mir zurück. Saumarez hat Ihnen etwas zu sagen.«

Ich hatte mich höchst einfältig ausgedrückt, aber ich kannte Miss Copleigh kaum und konnte ihr nicht in ein paar Worten sagen, was mir Saumarez gesagt hatte, wenn ich auch zum Schaden meines Pferdes Vorsehung spielen sollte. Saumarez würde es selbst besser können, glaubte ich. Alle ihre Vorwände, dass sie müde sei und nach Hause müsse, fielen zusammen. Ihr Schluchzen warf sie im Sattel hin und her; ihr schwarzes Haar flatterte im Wind. Ich wiederhole nicht, was sie gesagt hat, denn sie war völlig fassungslos.

Das war also die gefühllose Miss Copleigh! Und da stand ich, ihr fast wildfremd, und suchte ihr klarzumachen, dass Saumarez sie liebe und sie zurückkommen müsse, um es ihn selbst sagen zu hören. Ich glaube, es gelang mir, sie zu verständigen, denn sie riss den Grauen zusammen und ließ ihn, so gut es ging, den Weg zum Grabbau zurückhinken. Und der Sturm donnerte vorwärts nach Umballa. Die ersten großen lauen Regentropfen fielen. Ich erfuhr, dass sie dicht neben Saumarez gestanden habe, als er sich ihrer Schwester erklärte, und dass sie heimgewollt habe, um sich in Ruhe – wie es sich für ein englisches Mädchen schickt – auszuweinen. Sie betupfte im Weiterreiten unablässig ihre Augen mit dem Taschentuch und plapperte mir, um sich in ihrer Erregung zu erleichtern, alles vor. Es war vollständig unnatürlich und schien doch in jenem Augenblick ganz selbstverständlich. Die ganze Welt bestand nur aus den beiden Copleigh'schen Mädchen, Saumarez und mir. Wir waren alle eingeschlossen von Blitzen und Finsternis, und die Leitung dieser irregeleiteten Welt lag in meiner Hand.

Als wir in der düsteren Totenstille nach dem Sturm zum Grabbau zurückkamen, brach die Dämmerung an. Noch war niemand gegangen. Alle warteten auf unsere Rückkehr, Saumarez vor allem. Er war blass und verhärmt. Als Miss Copleigh und ich heranhinkten, kam er uns entgegen, hob sie vom Pferd und küsste sie vor der ganzen Gesellschaft. Es war wie auf dem Theater, und diese Ähnlichkeit wurde noch erhöht, als die verstaubten, gespensterhaften Männer und Frauen unter den Orangenbäumen wie im Theater Beifall klatschten zu Saumarez' Wahl. Nie in meinem Leben habe ich etwas so wenig Englisches erlebt. Schließlich sagte Saumarez, wir müssten nach Hause oder der ganze Ort würde uns suchen kommen, und »ob ich wohl so freundlich sein wollte, mit Maud Copleigh heimzureiten?« – »Mit dem grüßten Vergnügen«, erwiderte ich.

So bildeten wir denn sechs Paare und zogen nach Hause, immer zwei und zwei. Saumarez ging neben Edith Copleigh her, die sein Pferd ritt.

Die Luft war wieder rein, und ganz allmählich, als die Sonne aufging, fühlte ich, dass wir uns in ganz gewöhnliche Männer und Frauen zurückverwandelten und dass das »große Verlobungspicknick« eigentlich etwas ganz Fremdartiges, Unirdisches gewesen war, etwas, was sich nie wieder ereignen würde. Es war mit dem Sandsturm, dem elektrischen Summen der Luft verschwunden.

Ich war müde und zerschlagen und schämte mich eigentlich, als ich nach Hause kam und nach einem Bad ins Bett ging.

Es gibt noch eine andere Lesart dieser Geschichte, die von Frauen stammt. Aber die wird wohl niemals niedergeschrieben werden ... es sei denn, dass Maud Copleigh einmal Lust dazu verspürt.

Pluffles' Befreiung

Mrs Hauksbee war manchmal auch ihrem eigenen Geschlecht gegenüber nett. Das soll diese Geschichte beweisen. Man glaube davon ganz so viel, wie man mag.

Pluffles war Leutnant bei den »Unaussprechlichen«. Er war sehr grün, selbst für einen Leutnant sehr grün. Er war grün über und über, wie ein Kanarienvogel, der noch nicht flügge ist. Das Schlimmste aber bei der Sache war, dass er dreimal so viel Geld hatte, als ihm guttat; denn Pluffles' Papa war ein reicher Mann und Pluffles sein einziger Sohn. Mama Pluffles vergötterte ihn. Sie war nur etwas weniger grün als Pluffles und glaubte ihm alles, was er sagte.

Pluffles' schwache Seite war, nie zu glauben, was andere Leute sagten. Er zog es vor, »sich auf sein eigenes Urteil zu verlassen«, wie er es nannte. Aber er hatte im Leben geradeso wenig ein gutes Urteil wie beim Reiten guten Sitz und sichere Hand. Infolgedessen kam er mehr als einmal in Verlegenheit. Die größte Dummheit jedoch, die er je zustande gebracht hat, beging er in Simla – vor einigen Jahren, als er vierundzwanzig war.

Er fing damit an, sich wie üblich auf sein eigenes Urteil zu verlassen, und die Folge davon war, dass er nach kurzer Zeit mit Händen und Füßen an den Rädern von Mrs Reivers Rikscha hing.

An der ganzen Mrs Reiver war nichts Gutes, mit Ausnahme ihrer Toiletten. Sie taugte gar nichts, von ihrem Haar, das seinen Lebenslauf auf dem Kopf einer Bretonin begonnen hatte, bis zu ihren Stiefelhacken, die fast sechseinhalb Zentimeter hoch waren. Sie war nicht so offen mutwillig wie Mrs Hauksbee; sie war berechnend boshaft.

Es gab ihretwegen niemals einen Skandal; dazu war sie nicht großzügig genug. Sie war die Ausnahme, die die Regel bestätigt, dass die Engländerinnen in Indien ebenso nett sind wie ihre Schwestern in der Heimat. Sie brachte ihr Leben mit diesem Beweis zu.

Mrs Hauksbee und sie hassten sich inbrünstig. Sie hassten sich viel zu sehr, um öffentlich aneinanderzugeraten; aber was sie voneinander erzählten, war überraschend, um nicht zu sagen – originell. Mrs Hauksbee war ohne Falschheit, genau wie ihre Vorderzähne, und sie wäre eine Frau für Frauen gewesen, wenn sie nicht ihre mutwilligen Neigungen gehabt hätte. An Mrs Reiver war nichts echt als ihre Selbstsucht. Und so fiel der arme kleine Pluffles gleich am Anfang der Saison ihr zur Beute. Sie hatte es auf ihn abgesehen, und Pluffles war nicht der Mann, ihr zu widerstehen. Er verließ sich auch hier auf sein eigenes richtiges Urteil und wurde gerichtet.

Ich habe erlebt, wie Hayes ein bockiges Pferd zuritt, ich habe einen Tonga-Kutscher ein widerspenstiges Pony bändigen und einen strengen Wärter einen aufsässigen Hund für die Jagd zurichten sehen, aber Pluffles' Dressur übertraf alles. Er lernte apportieren wie ein Hund, und auch wie ein Hund auf Mrs Reivers Zuruf warten. Er lernte Verabredungen einhalten, die Mrs Reiver nicht im Geringsten einzuhalten gesonnen war. Er lernte sich für einen Tanz im Voraus bedanken, den Mrs Reiver nie mit ihm zu tanzen gedachte. Er lernte fünf Viertelstunden an der Windseite des »Elysium« fröstelnd warten, bis Mrs Reiver sich entschloss, auszureiten. Er lernte, in einem dünnen Gesellschaftsanzug im strömenden Regen eine Rikscha suchen, um dann neben ihr herzulaufen. Er lernte, was es heißt, wie ein Kuli angeredet und wie ein Küchenjunge herumgeschickt zu werden. Alles das lernte er und noch manches dazu. Und er zahlte für seinen Unterricht. Vielleicht hatte er die dunkle Vorstellung, dass alles das vornehm und imponierend sei, dass es ihm bei den Männern eine »Stellung« gebe und dass man doch eigentlich nicht anders könne. Es fühlte sich niemand verpflichtet, Pluffles vor seiner Torheit zu warnen. In jenem Winter ging es zu flott zu, als dass man sich noch hätte darum kümmern können; und außerdem ist es immer ein undankbares Geschäft, sich in anderer Leute Dummheiten einzumischen. Pluffles' Oberst hätte ihn, sobald er gehört hätte, wie die Dinge lagen, zum Regiment zurückkommandieren sollen. Aber Pluffles hatte sich während seines letzten Urlaubs in England verlobt, und nichts verabscheute der Oberst mehr als einen verheirateten Leutnant. Als er von Pluffles' »Dressur« hörte, lachte er in sich hinein und meinte, es wäre für den Jungen eine ganz gute Schule. Es war aber durchaus keine gute Schule für ihn. Sie verführte ihn, über seine Verhältnisse zu leben, die nicht schlecht waren. Vor allem aber machte diese »Erziehung« aus dem Durchschnittsjungen einen Mann übelster Art. Er geriet in schlechte Gesellschaft, und über seine kleinen Rechnungen bei Hamilton musste man staunen.

Da nahm Mrs Hauksbee sich der Sache an. Sie spielte ihr Spiel allein, denn sie wusste, was die Leute von ihr sagen würden, und sie spielte es für ein Mädchen, das sie noch nie gesehen hatte. Pluffles' Braut wollte im Oktober unter der Obhut einer Tante nach Indien kommen, um Pluffles zu heiraten.

Anfang August hielt es Mrs Hauksbee für die rechte Zeit, einzuschreiten. Ein geübter Reiter weiß im Voraus ganz genau, was sein Pferd im nächsten Augenblick tut. Ebenso weiß eine Frau von Mrs Hauksbees Erfahrung sehr wohl, was ein junger Mensch unter gewissen Verhältnissen tut, zumal wenn er in eine Frau von Mrs Reivers Schlag vernarrt ist. Sie sagte sich, dass der kleine Pluffles früher oder später seine Verlobung um nichts und wieder nichts lösen würde, einfach nur Mrs Reiver zu Gefallen, die ihrerseits Pluffles so lange sich im Dienst und zu Füßen halten würde, wie es ihr der Mühe wert schien. Sie erklärte, dass sie sich auf solche Erscheinungen verstünde. Und in der Tat, wenn sie es nicht konnte, wer konnte es dann!

Sie zog aus, um Pluffles aus dem Feuer der feindlichen Geschütze herauszuschlagen; genau wie Mrs Cusack-Bremmil unter Mrs Hauksbees Augen Bremmil erobert hatte.

Diese besondere Fehde dauerte sieben Wochen − wir nannten sie den siebenwöchigen Krieg −, und man rang auf beiden Seiten um jeden Zollbreit Boden. Ein ausführlicher Bericht davon würde einen Band füllen und dennoch unvollständig sein. Wer solche Dinge kennt, kann sich die Einzelheiten selbst ausmalen. Es war ein großartiger Kampf − solange Jakko steht, wird es keinen zweiten geben −, und Pluffles war der Siegespreis. Man sprach schändlich über Mrs Hauksbee, denn man wusste nicht, um was sie spielte. Mrs Reiver focht zum Teil, weil Pluffles ihr nützlich war, hauptsächlich aber weil sie Mrs Hauksbee hasste und weil es eine Kraftprobe zwischen beiden galt. Was Pluffles sich dabei dachte, wusste niemand. Selbst in seiner besten Zeit hatte Pluffles nicht viele Gedanken, und auf die wenigen, die ihm kamen, war er unheimlich stolz. Mrs Hauksbee sagte sich: »Den Jungen muss ich mir einfangen, und das einzige Mittel dazu ist gute Behandlung.«

Darum behandelte sie ihn, solange der Ausgang des Kampfes zweifelhaft war, als Mann von Welt und Erfahrung. Pluffles fiel nach und nach von seiner Lehnsherrin ab und ging schließlich zum Feind über, der ihn besser würdigte. Er wurde nie mehr auf Ausschau nach Rikschas gesandt, noch wurden ihm Tänze versprochen, die nie getanzt wurden, noch wurde die Schwächung seines Geldbeutels fortgesetzt. Mrs Hauksbee hielt ihn an der Trense, und nach der Führung unter Mrs Reivers Hand wusste er den Wechsel zu schätzen.

Mrs Reivers hatte es ihm abgewöhnt, von sich selber zu reden, und ihn stattdessen von ihren eigenen Vorzügen sprechen lassen. Mrs Hauksbee tat das Gegenteil und gewann dadurch sein Vertrauen, sodass er sogar seine Verlobung in der Heimat erwähnte. Er sprach davon in einem überlegenen Ton als von einer »jugendlichen Torheit«. Das geschah, als er eines Nachmittags bei ihr zum Tee war und sie lustig und bezaubernd zu unterhalten glaubte. Mrs Hauksbee hatte eine ältere Generation seines Schlags knospen, blühen und schließlich als wohlgenährte Hauptleute und dickbäuchige Majors verfallen sehen.

Nach mäßiger Schätzung konnte Mrs Hauksbee gegen dreiundzwanzig verschiedene Rollen spielen. Einige Männer behaupteten, noch mehr.

Sie fing jetzt an, mit Pluffles wie eine Mutter zu reden, als lägen zwischen ihnen nicht fünfzehn sondern dreißig Jahre. Sie sprach mit einer tiefen, zitternden Stimme, die etwas Besänftigendes hatte, obgleich ihre Worte alles eher als besänftigend waren. Sie machte ihn auf die grenzenlose Torheit, um nicht zu sagen Niedrigkeit seiner Handlungsweise und auf die Kleinlichkeit seiner Anschauungen aufmerksam. Er stammelte etwas wie »sich als Mann von Welt auf sein eigenes Urteil verlassen können«, und das bahnte ihr den Weg für das, was sie ihm noch zu sagen hatte. Von jeder anderen Frau hätten Pluffles die Worte vernichtet; aber der weiche, girrende Ton, den Mrs Hauksbee annahm, stimmte ihn mild und reuig, als wäre er in einer Art höherem Gottesdienst gewesen. Allmählich zog sie ganz sanft und zart aus Pluffles den Dünkel, wie man die Stäbe aus einem Regenschirm zieht, ehe man ihn neu bezieht. Sie sagte ihm, was sie von seinem Urteil und seiner Weltkenntnis hielt und dass ihn seine Darbietungen vor den anderen lächerlich gemacht hätten und dass er jetzt auch mit ihr herumliebeln würde, wenn sie es ihm nur gestattete. Sie versicherte ihm, dass eine Heirat aus ihm erst etwas Rechtes machen würde, und entwarf ein hübsches kleines Bild – ganz ins Rosenrote schillernd – von der zukünftigen Mrs Pluffles und wie sie sich ihr Leben lang auf »Urteil und Weltkenntnis« eines Gatten, der sich nichts vorzuwerfen hatte, werde stützen können. Sie allein weiß, wie sie diese beiden Behauptungen verband. Pluffles fiel der Widerspruch jedenfalls nicht auf.

Es war eine vollendete kleine Predigt – viel besser, als sie irgendein Pastor hätte halten können –, die mit einem rührenden Hinweis auf Mama und Papa Pluffles schloss, zugleich mit dem weisen Rat, mit seiner jungen Frau doch nach England zurückzugehen.

Darauf schickte sie Pluffles spazieren, damit er sich über ihre Worte klar würde. Pluffles schnäuzte sich und verließ sie aufrechten Ganges. Mrs Hauksbee lachte.

Was Pluffles in Sachen seiner Verlobung beabsichtigt hatte, wusste allein Mrs Reiver, und die schwieg sich zeitlebens aus. Wahrscheinlich hätte sie den Bruch als Huldigung vor ihr nicht ungern geschehen sehen.

Pluffles erfreute sich in den nächsten Tagen manchen Gesprächs mit Mrs Hauksbee. Sie hatten alle den gleichen Zweck, ihm auf den Pfad der Tugend zu helfen.

Mrs Hauksbee wollte ihn bis zuletzt unter ihren Fittichen halten. Darum missbilligte sie auch seinen Plan, nach Bombay zur Trauung zu fahren. »Der Himmel weiß, was ihm geschehen könnte«, sagte sie. »Pluffles steht unter dem Fluch Reubens, und darum ist Indien nicht der rechte Ort für ihn.

Zu guter Letzt kam die Braut mit ihrer Tante, und Pluffles, der seine Verhältnisse einigermaßen in Ordnung gebracht hatte, wobei ihm Mrs Hauksbee ebenfalls half, konnte heiraten.

Mrs Hauksbee atmete erleichtert auf, als die beiden »Ja« gesprochen waren, und ging ihrer Wege.

Pluffles folgte ihrem Rat und zog in die Heimat. Er quittierte den Dienst und züchtet jetzt irgendwo zu Hause hinter grün gestrichenen Zäunen bunte Kühe. Vermutlich ist er darin sehr urteilsfähig. Hier in Indien wäre er gescheitert.

Wenn daher jemand etwas ungewöhnlich Hässliches von Mrs Hauksbee sagt, erzähle man ihm die Geschichte von Pluffles' Befreiung.

Amors Pfeile

Sumpf, dessen Kühle einst Büffel umdrängt,
Versiegt von der Glut jetzt, verdorrt und zersprengt;
Baumstumpf, den salzige Gräser umschlingen;
Pfad, den die Hügel der Ratten umringen;
Heimliche Höhle am flüchtigen Fluss,
Aloe sticht dich in Flanken und Fuß.
Spring, wenn du's wagst, auf ein Ross vor der Zeit;
Weich lieber aus – gehe weit, geh weiter,
Horche, da vorn ruft der beste Reiter:
Kinder, zur Seite! Noch weiter! Ganz weit!

Die Peora Jagd

Es war einmal in Simla ein sehr hübsches Mädchen, die Tochter eines armen, aber ehrlichen Kreisrichters. Sie war ein gutes Kind, aber sie kannte nun einmal ihre Macht und nutzte sie. Die Mama war um die Zukunft ihrer Tochter besorgt, wie es jede gute Mama sein sollte.

Wenn ein Junggeselle Regierungskommissar ist und das Recht besitzt, an seinem Rock Orden wie zierlichste Zuckerbäckerarbeit in Gold und Emaille zu tragen, und zudem noch außer vor einem Mitglied des Staatsrats, einem Vizegouverneur oder Vizekönig vor jedermann den Vortritt hat, dann ist er wert, geheiratet zu werden. Wenigstens behaupten die Damen das. Nun gab es damals in Simla einen Regierungskommissar, der all das, was ich eben erwähnt habe, hatte, trug und war. Er war ein unansehnlicher Mann, ja ein hässlicher Mann, mit zwei Ausnahmen der hässlichste in Asien. Er hatte ein Gesicht, von dem man

träumte und das man hernach auf einen Pfeifenkopf zu schnit-
zen in Versuchung kommen könnte. Sein Name war Saggott –
Barr-Saggott –, Antonius Barr-Saggott, und daran schlossen sich
sechserlei Titel. Als Beamter war er einer der tüchtigsten Leute
in der indischen Regierung, im geselligen Verkehr glich er einem freundlich lächelnden Gorilla.

Als er Miss Beighton seine Aufmerksamkeit zuwandte, hat meiner Ansicht nach Mrs Beighton vor Wonne geweint und der
Vorsehung für das Glück ihrer alten Tage gedankt.

Mr Beighton schwieg dazu. Er war ein gutmütiger Mann.

Nun ist solch Kommissar sehr reich. Sein Gehalt übersteigt die
kühnsten Träume; es ist so ungeheuer groß, dass er es sich leisten kann, so zu sparen und zu knausern, dass er darin selbst einem Mitglied des Staatsrats den Rang streitig machen würde.
Die meisten Kommissare sind knickerig, aber Barr-Saggott war
eine Ausnahme. Er war ein verschwenderischer Wirt, ritt die
besten Pferde, gab Bälle; er war überhaupt eine Macht im Land
und trat entsprechend auf.

Man darf dabei nicht vergessen, dass meine Erzählung sich in einer fast prähistorischen Ära der britisch-indischen Geschichte
zugetragen hat. Mancher erinnert sich vielleicht noch der Jahre,
wo das Lawn-Tennis noch im Schoß der Zeiten ruhte und alles
Krocket spielte. Aber vordem gab es in der Tat eine Zeit, wo
selbst das Krocket noch nicht erfunden war und wo das Bogenschießen – 1844 in England zu neuem Leben erweckt – eine
ebenso große Seuche war wie heute das Lawn-Tennis. Damals
sprach man wissenschaftlich von »Zielen«, »Lockern«, »Schei-
ben«, von »56 Pfund« – und von »Eibenbogen«, wie man heute
von »Rückschlag«, »Smashen«, »Netzspiel« oder von »16-Unzen-
Rackets« redet.

Miss Beighton schoss göttlich, über Damendistanz – das heißt mehr als sechzig Meter –, und war unter den Damen von Simla der anerkannt beste Schütze. Die Herren nannten sie nur die »Diana von Tara-Devi«.

Barr-Saggott machte ihr den Hof, und das Herz ihrer Mutter jauchzte, wie gesagt, und lobsang. Kitty Beigthon nahm die Sache ruhiger. Es war ihr nicht unangenehm, von einem Kommissar mit vielen Titeln ausgezeichnet zu werden und die Herzen anderer Mädchen mit Eifersucht erfüllen zu können. Aber es war nicht zu leugnen: Barr-Saggott war unmenschlich hässlich, und all seine Verschönerungsversuche machten ihn nur noch grotesker. Man hatte ihn nicht umsonst den »Langur« – den grauen Affen – getauft. Kitty war es ganz angenehm, ihn zu ihren Füßen zu haben, aber angenehmer war es ihr doch, ihm aus dem Weg zu gehen und mit dem leichtfüßigen Cubbon, dem Dragoner aus Umballa, der ein hübsches Gesicht, aber keine Aussichten hatte, spazieren zu reiten. Kitty hatte Cubbon mehr als gern, und er machte gar kein Hehl daraus, dass er bis über die Ohren in sie verliebt war, denn er war ein ehrlicher Mensch. So floh denn Kitty von Zeit zu Zeit vor dem würdevollen Werben Barr-Saggotts in die Gesellschaft des jungen Cubbon. Ihre Mutter schalt sie darum. »Aber Mutter«, sagte sie, »Mr Saggott ist ja so ein – ja wirklich – so, so entsetzlich hässlich!«

»Mein liebes Kind«, sagte Mrs Beighton salbungsvoll, »wir sind alle nicht anders, als uns die allmächtige Vorsehung geschaffen hat. Außerdem wirst du selbst vor deiner Mutter den Vortritt haben. Denke daran und sei vernünftig!«

Kitty warf ihren Kopf in den Nacken und sagte allerlei Unehrerbietiges über »Vortritte«, Kommissare und die Ehe überhaupt. Mr Beighton kratzte sich den Kopf, denn er war ein gutmütiger Mann.

Als Barr-Saggott gegen Ende der Saison die Zeit für gekommen hielt, entwickelte er einen Plan, der seinen administrativen Fähigkeiten alle Ehre machte. Er veranstaltete einen Bogenwettkampf für Damen und setzte ein besonders kostbares, diamantenbesetztes Armband als Preis aus. Er entwarf die Bedingungen sehr geschickt, und jedermann merkte, dass das Armband ein Geschenk für Miss Beighton sein sollte und dass mit seiner Annahme Kommissar Barr-Saggotts Herz und Hand verknüpft war. Die Bedingungen lauteten auf eine »St.-Leonhards-Runde« – 36 Schüsse auf 60 Meter Distanz –, nach den Regeln des Toxophilita-Klubs zu Simla.

Ganz Simla war geladen. Prachtvolle Teetische standen unter den Zedern von Annandale, wo jetzt die Tribüne steht, und in einsamer Pracht funkelte das Diamantenarmband auf blauem Samt im Sonnenschein. Miss Beighton drängte sich fast zu sehr zum Wettbewerb. An dem bewussten Nachmittag ritt ganz Simla nach Annandale, um bei dem allerdings umgekehrten Urteil des Paris dabei zu sein. Kitty ritt mit dem jungen Cubbon, der offensichtlich unruhig war. An dem, was folgte, trug er keine Schuld. Kitty war blass und erregt und betrachtete das Armband sehr lange. Barr-Saggott war mit großer Pracht gekleidet, noch erregter als Kitty und hässlicher denn je.

Mrs Beighton lächelte herablassend, wie es der Schwiegermutter eines wohllöblichen Regierungskommissars zukam, und das Schießen begann. Alles stand in einem Halbkreis, als die Damen eine nach der anderen vortraten.

Es gibt nichts Langweiligeres als ein Bogenschießen. Man schoss und schoss und hörte auch noch nicht auf zu schießen, als die Sonne aus dem Tal schwand und ein leiser Abendwind durch die Zedern spielte. Man wollte Miss Beighton schießen und gewinnen sehen. Cubbon stand an dem einen Ende des Halbkreises und Barr-Saggott am anderen. Miss Beighton war die Letzte auf der Liste. Die Leistungen waren schwach gewesen und das Armband plus Kommissar Barr-Saggott ihr so gut wie sicher.

Der Kommissar spannte ihr den Bogen mit höchsteigener Hand. Sie trat vor, warf einen Blick auf das Armband, und ihr erster Pfeil traf aufs Haar die Mitte »Gold«. Das zählte neun Punkte.

Der junge Cubbon am linken Flügel erblasste, und sein böser Geist gab Barr-Saggott ein, zu lächeln. Aber wenn Barr-Saggott lächelte, wurden Pferde scheu. Und Kitty sah sein Lächeln. Sie blickte zur Linken, nickte kaum merklich Cubbon zu und schoss weiter.

Ich wollte, ich könnte die folgende Szene beschreiben. Sie war ganz außergewöhnlich und unerhört. Miss Kitty schoss ihre Pfeile äußerst bedächtig, sodass jeder sehen konnte, was sie tat. Sie war ein vollendeter Schütze, und ihr 46-Pfund-Bogen war auf sie geeicht. Viermal hintereinander nagelte sie ihre Pfeile in die hölzernen Füße der Scheibe und einmal gerade auf den obersten Rand. Alle Damen sahen einander an. Dann machte sie einige Fantasieschüsse ins Weiße, die je als ein Punkt gerechnet wurden. Fünf Mal schoss sie so. Es war ein herrliches Schießen. Aber Barr-Saggott, nach dessen Absicht sie ins »Gold« treffen sollte, um das Armband zu gewinnen, wurde blässlich grün wie zartes Wassergras. Darauf zielte sie zweimal über die Scheibe hinaus, dann zweimal links vorbei, immer mit der gleichen bedächtigen Vorsicht. Und ein kühles Schweigen senkte sich auf die Gesellschaft, während Mrs Beighton ihr Taschentuch hervorzog. Schließlich schoss Kitty in den Boden, unmittelbar vor der Scheibe, und zersplitterte einige Pfeile und traf darauf das »Rote« (sieben Punkte), nur um zu zeigen, was sie konnte, wenn sie wollte. Und sie schloss ihre erstaunliche Leistung wieder mit einigen willkürlichen Schüssen in die Scheibenfüße. Hier ist die Zahl ihrer Punkte, wie sie notiert worden sind:

Miss Beighton.	Gold	Rot	Blau	Schwarz	Weiß	Treffer	Summe
	I	I	0	0	5	7	21

Barr-Saggott sah aus, als wären die letzten Pfeile in seine Beine statt in die Scheibenfüße gegangen, und die tiefe Stille wurde von dem triumphierend schrillen Ruf eines stumpfnäsigen, sommersprossigen, halbwüchsigen Mädchens unterbrochen: »Dann habe ich ja gewonnen!«

Mrs Beighton rang nach Fassung, so gut sie konnte, aber sie weinte doch vor allen Leuten. Ihre gute Erziehung half ihr nichts bei dieser Enttäuschung. Kitty spannte ihren Bogen mit einem boshaften Ruck ab und ging auf ihren Platz zurück, während Barr-Saggott sich zu stellen suchte, als wenn es ihm ein Vergnügen sei, das Armband um das derbe, rote Handgelenk der Stumpfnase zu legen. Es war eine peinliche, höchst peinliche Szene. Alle verabschiedeten sich gleichzeitig und überließen Kitty dem Segen ihrer Mama.

Aber Cubbon begleitete sie statt ihrer nach Hause – und das andere ist nicht wert, gedruckt zu werden.

Die drei Musketiere

Mulvaney, Ortheris und Learoyd sind Gemeine in der zweiten Kompanie eines Linienregiments und meine persönlichen Freunde. Sicher weiß ich es nicht, aber ich glaube, die drei zusammen sind die schlimmsten Leute im Regiment, wenn es lustige Spitzbübereien gilt.

Sie erzählten mir, als wir neulich in Umballa im Wartesaal saßen, folgende Geschichte. Ich stiftete das nötige Bier, und die Geschichte war schon sechs Liter wert.

Wer kennt Lord Benira Trig nicht! Er ist erstens Herzog oder Graf oder sonst etwas »Zivilistisches«, zweitens ein Peer und drittens ein Globetrotter. In allen drei Eigenschaften verdient er, wie Ortheris sagt, »noch lange keine Achtung«. Er ist ziemlich drei Monate hier gewesen, um für ein Buch über »Unsere Impedimenta in Indien« Material zu sammeln. Ein Kosak im Frack hätte nicht ungelegener kommen können.

Sein Hauptfehler war es, dass er überall die Garnisonen zur Musterung ausrücken ließ, denn er war, glaube ich, ein ganz Radikaler. Nach der Parade pflegte er mit dem Oberstkommandierenden zu tafeln und sich vor dem ganzen Offizierstisch ihm gegenüber in beleidigender Weise über den Zustand der Truppen zu äußern. Das war nun einmal so Beniras Art.

Einmal jedoch hat er die Sache übertrieben. Er kam an einem Dienstag ins Quartier von Helanthami. Am Mittwoch wollte er in den Basaren Einkäufe machen und »äußerte den Wunsch«, am Donnerstag die Truppen zu besichtigen. An – einem Donnerstag! Am Ruhetag! Da er ein Lord war, konnte der Kommandant ihm seinen Wunsch nicht gut abschlagen. Die Leutnants hielten im Kasino eine Protestversammlung und überhäuften den Oberst mit Kosenamen.

»Aber was die wahre Demonstration war, die haben wir in der Kaserne gemacht«, sagte Mulvaney, »wir drei nicht zuletzt.« Mulvaney schwang sich aufs Buffet, machte sich's beim Bier bequem und fuhr fort: »Als es am meisten krachte und die ganze zweite Kompanie diesen Kerl, den Trig, auf dem Übungsplatz um die Ecke bringen wollte, da hält hier der Learoyd seinen Helm hin und sagt: Was hast du noch gesagt?«

»Gesagt hab ich«, ergänzte Learoyd, »Geld her! Wir wollen sammeln, Kinder. Ich wette, dass die Parade abgesagt wird, und wenn sie's nicht wird, dann sollt ihr euer Geld wiederhaben. Weiter habe ich nichts gesagt, aber die Kompanie weiß, was es heißt, wenn ich was sage. Als ein hübsches Stück Geld beisammen war, ging ich weg. Ich musste mir die Geschichte überlegen. Mulvaney und Ortheris gingen mit.«

»Was ausgefressen wird, wird auch zu dritt ausgefressen!«, erklärte Mulvaney.

Ortheris unterbrach ihn: »Lesen Sie die Zeitung?«

»Manchmal«, sagte ich.

»Na, wir lesen sie, und wir haben so einen richtigen Überfall in Szene gesetzt, so 'ne richtige, na, sagen wir – Verführung.«

»Ent-führung, du Stadtfrack!«, sagte Mulvaney.

»Ent- oder Verführung, das ist doch ganz schnuppe. Die Hauptsache ist, dass wir Mister Benira aus dem Weg haben wollten. Der sollte am Donnerstag was Besseres zu tun kriegen als Parade halten. Ich sagte, wir wollen mal sehen, ob das Geschäft nicht noch was abwirft.«

»Kriegsrat haben wir gehalten, wie wir bei der Artilleriekaserne vorbei sind«, fuhr Mulvaney fort. »Ich war der Vorsitzende, Learoyd Finanzminister, und hier der Kleine –«

»Der reinste Bismarck! Wenn's geglückt ist, ist's mein Verdienst.«
»Ach, das Stück von 'nem Menschen, der Benira, hat sich ganz
alleine reingelegt«, sagte Mulvaney. »Weiß Gott, wir hatten nicht
die blasse Ahnung, wie wir's andrehen sollten. Er machte Besor-
gungen im Basar, zu Fuß Gott sei Dank. Es war schon schumm-
rig, und wir, wir passten auf, wie das Männchen in die Läden
rein- und wieder raushuppte. Geredet hat er, aber verstanden hat
ihn keiner. Und dann schiebt er so mit seinen Paketen und seinem spitzen kleinen Bauch zu uns ran und sagt so recht großartig: ›Na, liebe Kinder, habt ihr nicht den Wagen vom Herrn
Oberst gesehen?‹ – ›Wagen‹, sagte Learoyd. ›Wagen gibt's hier
nicht, hier haben wir bloß Ekkas.‹ – ›Was ist denn das?‹, fragte da
Trig. Learoyd zeigt ihm nun eine in der Straße, und Trig meinte: ›Wie prachtvoll orientalisch. Ich werde in einer Ekka fahren.‹
Na, nu wusst' ich, dass es der Regimentsheilige gut mit uns
meinte. Ich kriege also 'ne Ekka zu fassen und sage zu dem Satan von Kutscher: ›Du, schwarzes Vieh, hier kommt gleich ein
Sahib für deine Ekka. Er will mal rasch zu den Padsahi-Sümp-
fen!‹ Sie waren bloß zwanzig Meilen weit weg. ›Er will Schnep-
fen schießen, verstehst du? Fahr zu, als wenn's in die Hölle geht,
verstanden? Reden brauchst du nicht mit dem Sahib. Der versteht dich doch nicht! Wenn er was brüllt, dann brüll du nur
Hüh! Erst fährst du mir vorsichtig, nachher haust du drauflos,
was das Zeug hält. Je mehr du haust, umso zufriedener ist der Sahib, verstehst du? Da hast du 'ne Rupie von mir.‹
Der Kutscher hatte gemerkt, dass irgendwas los war. Er grinste
und sagte: ›Ich fahren verflucht schnell!‹ – Was ich für Angst hatte, dass der Wagen käme, ehe ich unseren süßen kleinen Benira
mit Gottes Hilfe bugsiert hatte. Er packte sein Dreckzeug in die
Ekka und kugelte nach wie 'n Meerschweinchen. Meinen Sie,
er hätte uns ein Glas Bier geben lassen? Dafür, dass wir ihm den

Weg gezeigt hatten? ›Na, sage ich zu den andern, der ist weg, nach den Sümpfen.‹«

Und nun erzählte Ortheris weiter.

»In dem Moment kommt gerade der kleine Bhuldoo, was der Junge von einem der Sais bei der Artillerie ist. In London wär er ein großartiger Zeitungsjunge geworden, denn scharf ist er und nie zu faul. Natürlich hatte er gesehen, wie wir Mister Benira aufgepackt hatten. ›Was haben Sie denn da eben gemacht, Sahibs?‹, sagt er. Learoyd nimmt ihn beim Ohr und sagt:

»Gesagt hab ich«, fuhr Learoyd fort, »›junger Mann, der Mann da will am Donnerstag die Kanonen raushaben, Donnerstag, verstehst du? Dann musst du auch ran! Also nimm dir ein Pony und hau drauflos, und fahr den Kerl in die Sümpfe. Mach, dass du hinter der Ekka herkommst, und sag dem Kutscher, dass du fahren willst. Der Sahib kann kein Indisch, er ist ein bisschen – verstehst du? Karr' die Ekka in den Sumpf, lass den Sahib sitzen, und mach, dass du nach Haus kommst. Hier hast du 'ne Rupie.‹«

Das Nächste sagten Mulvaney und Ortheris abwechselnd. Man möge den Sprecher selbst herausfinden.

»Das war so ein richtiger kleiner Teufel, der Bhuldoo, und er zwinkert mit den Augen und sagt kaum was und ist fort. – Wir wollen doch mal sehen, ob man da nicht noch Geld rausschlagen kann, sage ich. – Na, und ich möchte erst mal wissen, wie die Sache abläuft. – Also gehen wir doch raus nach den Sümpfen und retten den Kleinen vor dem mörderischen Bhuldoo! – Natürlich, wie auf dem Theater. – Also sind wir im Laufschritt raus zu den Sümpfen. Aber da hören wir schon ein Getrappel hinter uns, und da war's, weiß Gott, der kleine Bhuldoo mit 'ner ganzen Räuberbande, drei Stück, die – na, so ein bisschen echt musste die Sache doch aussehen – haste was kannste drauflosritten. Und wir rannten, und die rannten, und wir platzten fast vor

Lachen. Da kamen wir an den Sumpf und hörten dumpfe Klagetöne durch die Abendlüfte säuseln.« (Ortheris machte das Bier poetisch.) Das Duett begann von Neuem. Mulvaney hob an.

»Wir hörten den Räuber Bhuldoo den Kutscher anschreien, einen von den jungen Teufelskerlen mit einem Knüppel auf das Ekka-Verdeck schlagen und Benira Trig Mord und Totschlag brüllen. – Bhuldoo reißt den Kutscher vom Bock, packt die Zügel und fährt wie verrückt in den Sumpf. Der Kutscher kommt nun zu uns ran und sagt: ›Der Sahib ist halb tot vor Angst. Was ist denn das für eine Teufelssache?‹ – ›Nur Ruhe‹, sagen wir, ›nimm hier das Pony und komm mit uns. Der Sahib ist angefallen, und nun müssen wir ihn befreien.‹ – ›Angefallen?‹, sagte der Kutscher. ›Unsinn, das ist doch Bhuldoo.‹ – ›Zum Henker mit Bhuldoo‹, geben wir zur Antwort, ›es ist ein verdammter, wilder Heide aus dem Gebirge. Acht sind's, die den Sahib angefallen haben, verstehst du! Merk dir's, hier hast du 'ne Rupie dafür.‹ – Und da sehen wir auch schon die Ekka umkippen und ins Wasser platschen und hören den Benira um Vergebung seiner Sünden flehen. Und Bhuldoo und seine Freunde sind auch im Wasser und prügeln sich.«

Hier zogen sich die drei Musketiere hinter ihre Biergläser zurück.

»Nun, und was geschah nun?«, fragte ich.

»Ja, was nun geschah?«, antwortete Mulvaney und wischte sich den Mund. »Sollen vielleicht drei so tapfere Soldatenkerle wie wir den Stolz des Herrenhauses überfallen und ersaufen lassen? Niemals. Wir stellten uns also in Reih und Glied und machten Sturm auf den Feind. Zehn Minuten lang, das sage ich Ihnen, konnten wir unser eigenes Wort nicht verstehen. Das Getrommel auf dem Verdeck und Benira und die Bande radauten um die Wette. Die Stöcke pfiffen nur so rum um die Ekka. Ortheris

paukte mit seinen Fäusten aufs Verdeck, und Learoyd schrie:
›Nehmt euch bloß vor ihren Messern in acht!‹ Und ich schlug
rechts und links um mich und trieb ganze Regimenter Heiden-
volk nur so in die Flucht. Kreuz Maria und Joseph, es war ärger
als Ahmid Kheyl und Maywind zusammen. Nach einer Weile
flieht Bhuldoo und die ganze Gesellschaft. Haben Sie schon einmal einen richtig lebendigen Lord seine Adligkeit einen halben
Meter tief im Sumpfwasser verstecken sehen? Weiß Gott, er sah
aus wie so 'n bibbernder Wasserschlauch. Na, und es dauerte
auch ganz hübsch lange, bis wir unserm Freund Benira klarge-
macht hatten, dass er noch lebte. Aber noch länger hat's gedauert, bis wir die Ekka aus dem Dreck kriegten. Und schließlich
kam auch der Kutscher wieder ran und schwor, er hätte mitge-
holfen, den Feind zu vertreiben. Benira war vor Angst ganz
krank. Wir brachten ihn ganz gemütlich ins Quartier zurück,
damit die Nässe recht hübsch durchsickern konnte. Und sie ist
gesickert! Dem Regimentsheiligen alle Ehre, sie hat dem Lord
Benira das Mark aus den Knochen gesogen.«
Da sagte Ortheris langsam mit unermesslichem Stolz: »Er sagt zu
uns: ›Ihr seid meine edlen Retter‹, sagt er. ›Stolz kann die bengalische Armee auf euch sein‹, sagt er. Und dann beschreibt er uns
die furchtbare Räuberbande, die ihn angefallen hat. Vierzig
Mann wären es gewesen, sagt er, die Übermacht hätte ihn über-
wältigt. Na, das stimmt. Aber nicht einen Augenblick hätte er seine Geistesgegenwart verloren, sagt er. Und das stimmt auch. Dem
Kutscher gab er fünf Rupien für seinen edlen Beistand. Und nach
uns würde er sehen, wenn er mit dem Obersten gesprochen hätte. Denn's Regiment kann auf uns stolz sein, sagt er.«
»Na, wir drei«, sagte Mulvaney mit engelreinem Lächeln, »wir
drei haben schon mehr als einmal Bob Bahadurs ganz besondere Aufmerksamkeit in Anspruch genommen. Aber er ist wirklich

ein anständiger kleiner Herr, unser Oberst Bob. Ortheris, mein Sohn, nun fahr du fort!«

»Wir bringen ihn also zum Oberst ins Haus, elend genug, und laufen rüber in die Kaserne und sagen, dass wir Benira vom blutigen Tod errettet hätten und dass Donnerstag wahrscheinlich keine Parade wäre. – Na, und zehn Minuten drauf kommen drei Briefe, für jeden von uns einer. Weiß Gott, der alte Schafskopp schickt uns jedem ein Goldstück. Am Donnerstag lag er im Krankenhaus, um sich von seinem blutigen Zusammenstoß mit der Heidenbande zu erholen. Und die ganze zweite Kompanie soff sich auf sein Wohl untern Tisch. Aber der Oberst sagte, als er von unserer Tapferkeit hörte: ›Irgendwo ist hier doch 'ne Spitzbüberei im Gang gewesen‹, sagt er, ›ich kann man bloß euch drei nicht überführen.‹«

»Meine spezielle Ansicht ist«, sagte Mulvaney, kletterte vom Buffet herunter und drehte sein Glas um, »sie würden uns auch nicht überführt haben, wenn sie's gekonnt hätten. Denn Parade am Donnerstag verstößt erstens gegen die Natur, zweitens gegen's Reglement und nicht zuletzt gegen Terence Mulvaneys Willen.«

»Schön, mein Sohn«, sagte Learoyd, »aber, junger Mann, was wollen Sie denn mit dem Notizbuch?«

»Lass ihn nur«, sagte Mulvaney, »nächsten Monat um die Zeit sind wir schon auf dem Schiff; der Herr will uns ja bloß unsterblich machen. Aber behalten Sie's bei sich, bis wir meinem Freunde Bob Bahadur aus der Schussweite sind.«

Und ich bin Mulvaney gehorsam gewesen.

Der Wendepunkt

Schädel häufte er zu Ballen,
Dreißigtausend hochgetürmten,
Seinem Mädchen zu gefallen,
Wo des Oxis Wasser stürmten.
Grimmig sprach Attula Khan:
»Liebe schuf dies Nichts zum Mann!«
Oattars Geschichte

Wenn man Empfängen, Hoffestlichkeiten und Privatbällen den
Rücken kehrt, wenn man Menschen und Dinge, die man in seinem zivilisierten Leben kennengelernt hat, weit hinter sich lässt,
kommt man zuletzt an die Grenzen, wo kein Tropfen weißen Bluts
mehr pulsiert und der volle Strom des schwarzen zu fluten anfängt.
Es ist leichter, sich unerwartet mit einer jüngst geadelten Herzogin
zu unterhalten, als mit den Menschen jenes Grenzgebiets, ohne ihre Sitten oder ihre Gefühle tief zu verletzen. Schwarzes und weißes
Wesen mischt sich dort auf sonderbare Weise. Manchmal verrät
sich das Weiße in Ausbrüchen ungestümen kindischen Stolzes – eines verschrobenen Rassenstolzes –, und manchmal das Schwarze in
noch ungestümerer Selbsterniedrigung und Demut, halb heidni-
schen Gebräuchen und einem seltsamen, unerforschlichen Trieb
zum Verbrechen. Eines Tages wird dies Grenzvolk, das ohne Frage
tiefer steht als die Schicht, aus der Derozio, der Nachahmer Byrons,
hervorgegangen ist, auch seinen Schilderer oder Dichter hervor-
bringen. Und dann werden auch wir erst erfahren, wie es wirklich
lebt und fühlt. Vorläufig kann kein Bericht Wahrheit oder auch nur
größere Wahrscheinlichkeit vermitteln.

Miss Vezzis kam von jenseits der Grenze. Sie sollte bis zur Ankunft einer englischen Kinderwärterin die Kinder einer Dame beaufsichtigen. Die Dame sagte, Miss Vezzis wäre ein schlechtes, schmutziges und unzuverlässiges Kindermädchen. Sie kam nie auf den Gedanken, dass Miss Vezzis ein eigenes Leben zu führen und eigene Sorgen zu tragen hatte und dass gerade diese Dinge für Miss Vezzis in aller Welt das Wichtigste waren. Sehr wenige Dienstherrinnen erkennen diesen Standpunkt an. Miss Vezzis war schwarz wie Pech und für unseren Geschmack abschreckend hässlich. Sie trug Kleider aus bedrucktem Kattun und ausgetretene Schuhe. Wenn sie die Laune verlor, schalt sie mit den Kindern in dem Dialekt der Grenzsprache, einem Mischmasch aus Englisch, Portugiesisch und Hindustanisch. Sie war nicht anziehend, nicht reizvoll, aber sie hatte ihren Stolz und liebte es, sich »Miss« Vezzis nennen zu lassen.

Jeden Sonntag putzte sie sich wunderschön heraus und besuchte ihre Mama, die den größten Teil ihres Lebens auf einem alten Korbsessel in einem schmierigen Morgenrock aus Tussurseide versaß. Sie lebte in einem kaninchenbauartigen Haus, das voll war von lauter Vezzis, Pereiras, Ribieras, Lisboas, Gonsalvas und einer stets wechselnden Gesellschaft von Bummlern. Überall roch es nach Speiseresten, Knoblauch und abgestandenem Weihrauch; alte Kleider lagen herum, Unterröcke hingen statt Vorhängen an den Wänden, und alles war voll von leeren Flaschen, zinnernen Kruzifixen, vertrockneten Immortellen, jungen, herrenlosen Hunden, Gipsfiguren der Heiligen Jungfrau und alten Hutkrempen.

Miss Vezzis erhielt für ihre Tätigkeit als Kindermädchen zwanzig Rupien im Monat und zankte sich allwöchentlich mit der Mama über ihren Zuschuss zum Haushalt. Wenn sie sich ausgestritten hatten, kletterte Michele D'Cruze gemächlich über die niedrige Lehmmauer, um Miss Vezzis im Stil der Grenzleute – mit allerlei Förmlichkeiten – den Hof zu machen. Michele war ein armes, kümmerliches Gewächs, ganz schwarz, aber er hatte seinen Stolz. Nicht um alles in der Welt hätte er sich mit einer Wasserpfeife im Mund sehen lassen; er blickte auf die Einheimischen herab, wie es nur ein Mann, der sieben Achtel von ihrem Blut in seinen eigenen Adern hat, tun wird. Die Familie der Vezzis hatte auch ihren Stolz. Sie führte ihren Ursprung auf einen mythischen Schienenleger zurück, der auf der Sone-Brücke gearbeitet hatte, als die ersten Eisenbahnen nach Indien kamen, und sie hielten sehr auf ihre englische Abstammung. Michele war Telegrafist mit 35 Rupien Monatsgehalt. Die Tatsache, dass er Regierungsbeamter war, stimmte Miss Vezzis milde gegen die Unzulänglichkeit seiner Ahnen.

Nach einer sehr peinlichen Legende – der Schneider, Dom Anna, hatte sie von Poonani mitgebracht – hatte nämlich einst ein schwarzer Jude aus Cochinchina in die Familie D'Cruze hineingeheiratet. Außerdem war es ein offenes Geheimnis, dass ein Onkel von Mrs D'Cruze noch heute in einem südindischen Klub irgendwelche niederen Küchendienste verrichtete. Er schickte Mrs D'Cruze zwar allmonatlich 7 Rupien 8 Anna, aber sie litt trotz alledem schwer unter dieser Schändung der Familie.

Nichtsdestoweniger überwand sich Mrs Vezzis nach Verlauf einiger Sonntage so weit, diesen Makel zu übersehen und ihre Einwilligung in Miss Vezzis' Heirat mit Michele zu geben, allerdings unter der Bedingung, dass Michele mindestens 50 Rupien monatlich zur Gründung eines Hausstands aufzuweisen habe. Diese bewundernswerte Vorsicht muss wohl ein letztes Erbteil vom Yorkshirer Blut des mythischen Schienenlegers gewesen sein. Denn jenseits der Grenze setzen die Leute ihren Stolz darein, zu heiraten, wann sie wollen, und nicht, wenn sie es können.

Angesichts der Beförderungsaussichten Micheles hätte Mrs Vezzis ebenso gut fordern können, er solle mit dem Mond in der Tasche wiederkommen. Aber er war sehr verliebt in Miss Vezzis, und das gab ihm den Mut, auszuharren. Eines Sonntags begleitete er Miss Vezzis zur Messe, und als sie dann Arm in Arm durch den heißen, dumpfigen Staub wieder nach Hause gingen, schwor er ihr bei den verschiedensten Heiligen, deren Namen uns hier nichts angehen, dass er nimmermehr von Miss Vezzis lassen werde. Und sie schwor bei ihrer Ehre und der ihrer Heiligen – die Eidesformel war etwas sonderbar: »In nomine sanctissimae« (Gott weiß den Namen der Heiligen) und so weiter –, dass auch sie nie von ihm lassen wolle. Der Schwur endigte mit einem Kuss auf Micheles Stirn, linke Backe und Mund.

In der nächsten Woche wurde Michele versetzt. Und Miss Vezzis' Tränen flossen auf den Fensterrahmen eines Coupés dritter Klasse, als er auf dem Bahnhof Abschied nahm.

Auf den Karten mit den Telegrafenlinien Indiens findet man eine lange Strecke an der Küste, von Backergunge bis Madras. Michele ging nach Tibasu, einer kleinen Telegrafennebenstelle im ersten Drittel dieser Linie, um Depeschen von Berhampur nach Chikakola weiterzugeben. Außerdem konnte er nach dem Dienst an Miss Vezzis und die Möglichkeit denken, einmal 50 Rupien im Monat zu verdienen. Das Tosen des bengalischen Meeres und einen bengalischen Schreiber hatte er zur Gesellschaft, sonst nichts. Er schrieb verliebte Briefe an Miss Vezzis, deren Kuverts er innen mit Kreuzen beklebte.

Als er fast drei Wochen in Tibasu war, kam er an den Wendepunkt seines Lebens.

Man darf nie vergessen, dass die Einheimischen so wenig wie Kinder verstehen, was Autorität heißt und was es bedeutet, sie zu verletzen. Und darum müssen sie stets und ständig die äußeren Zeichen unserer Autorität sichtbar vor Augen haben. Tibasu war ein gottverlassenes kleines Nest, in dem eigentlich nur ein paar Orissa-Mohammedaner wohnten. Denen kam nun der Gedanke, ganz für sich einen kleinen Aufstand in Szene zu setzen, da sie bereits längere Zeit nichts vom »Sahib« Steuereinnehmer gehört hatten und den indischen Richter gründlichst missachteten. Aber die Hindus stellten sich ihnen entgegen und schlugen ihnen die Köpfe blutig, bis sie Gefallen an der Zügellosigkeit fanden. Und Hindus und Mohammedaner machten nun beide eine völlig planlose »Revolution«, nur um zu sehen, wie weit sie es treiben könnten. Sie plünderten sich gegenseitig die Läden und beglichen die Konten ihres persönlichen Grolls auf ihre Art. Es war ein unangenehmer kleiner Aufruhr, der aber nicht wert war, in der Zeitung erwähnt zu werden.

Michele arbeitete gerade in seinem Dienstraum, als er jenen Lärm hörte, den man im ganzen Leben nicht wieder vergisst, jenes »Ah-Yah« einer aufgebrachten Volksmenge. (Wenn dieser Lärm drei Töne tiefer wird und sich in ein dumpf dröhnendes »Uh« verwandelt, geht, wer es hört, am besten seiner Wege, zumal wenn er allein ist.) Der einheimische Polizeiaufseher stürzte zu Michele hinein und meldete, dass die Stadt in Aufruhr sei und dass man das Telegrafenamt stürmen wolle. Der Schreiber setzte seine Mütze auf und verschwand in aller Ruhe durchs Fenster. Der Polizeiaufseher folgte trotz seiner Angst dem alten Rasseinstinkt, der auch den winzigsten Tropfen weißen Bluts noch anerkennt, und fragte: »Was befiehlt der Sahib?«

Dieses »Sahib« war für Michele entscheidend. In all seiner entsetzlichen Angst fühlte er, der Mann mit dem Juden aus Cochinchina und dem knechtischen Onkel im Stammbaum, dennoch, dass er der einzige Vertreter englischer Autorität am Ort war. Er dachte an Miss Vezzis und die fünfzig Rupien und tat, was die Lage der Dinge forderte. Es gab sieben einheimische Polizisten in Tibasu und vier altmodische, nicht einmal gezogene Musketen. Alle sieben waren bleich vor Furcht, aber doch noch zu leiten. Michele schloss den Telegrafenapparat ab und schritt an der Spitze seiner Armee dem Gesindel entgegen. Als die schreiende Bande um die Ecke bog, legte er an und feuerte, und gleichzeitig, instinktiv, schossen auch seine Leute.

Der ganze Haufen – bis ins Mark feige Hunde – heulte auf und rannte davon; ein Toter und ein Sterbender waren geblieben. Michele war in Angstschweiß gebadet, aber er unterdrückte seine Schwäche und ging in den Ort hinunter an dem Haus vorbei, in dem sich der Richter verbarrikadiert hatte. Die Straßen waren menschenleer. Tibasu war noch verängstigter als Michele. Er war dem Pack zur rechten Zeit entgegengetreten.

Er ging zum Telegrafenamt zurück und rief Chikakola um Hilfe an. Noch ehe die Antwort kam, erschienen die Ältesten von Tibasu als Abordnung. Sie erklärten, dass der Richter Micheles Handlungsweise für »verfassungswidrig« halte, und versuchten ihn einzuschüchtern. Aber das Herz Michele D'Cruzes war weiß und stark, denn er liebte Miss Vezzis, das Kindermädchen, und hatte zum ersten Mal »Verantwortlichkeit« und »Erfolg« gekostet. Und das ist ein berauschender Trank, der schon mehr Menschen zuschanden gemacht hat als Branntwein. Michele gab zur Antwort, der Richter möge sagen, was er wolle; er, der Telegrafist, sei die englische Regierung in Tibasu, so lange, bis der Hilfssteuereinnehmer ankomme, und er werde die Ältesten des Orts für weitere Unruhen verantwortlich machen. Sie sagten gesenkten Hauptes: »Übe Gnade«, oder etwas Gleichbedeutendes, und gingen in großer Furcht wieder fort. Und einer beschuldigte den anderen, den Aufruhr angezettelt zu haben.

Michele machte die ganze Nacht mit seinen sieben Polizisten die

Runde und ging bei Morgengrauen dem Hilfssteuereinnehmer entgegen, der herangeritten kam, um Tibasu zu unterwerfen. Aber in Gegenwart des jungen Engländers fühlte sich Michele immer mehr in seine angeborene Natur zurückfallen. Sein Bericht von dem Aufstand in Tibasu endete mit einem krampfhaften Tränenausbruch, aus Kummer, einen Menschen getötet zu haben, aus Scham, sich nicht mehr so erhaben fühlen zu können wie während der Nacht, und aus kindischem Zorn, dass seine Zunge der Schilderung seiner großen Taten nicht gewachsen war. Es war der Tropfen weißen Bluts, der in Micheles Adern ohne sein Wissen wieder versiegte.

Aber der Engländer verstand. Nachdem er die Tibasuner verwiesen und mit dem Richter geredet hatte, bis dieser wohllöbliche Beamte grün und gelb wurde, nahm er sich Zeit zu einem offiziellen Bericht über Micheles Führung. Dieses Schreiben kam ins richtige Fahrwasser und brachte den Erfolg, dass Michele von Neuem versetzt wurde mit dem fürstlichen Gehalt von 66 Rupien im Monat.

Er wurde unter allem herkömmlichen Pomp mit Miss Vezzis getraut, und heute krabbeln bereits verschiedene kleine D'Cruze auf den Veranden des Haupttelegrafenamtes herum.

Aber wenn man Michele auch das Einkommen des ganzen Bezirks verspräche, er könnte doch nie und nimmer zum zweiten Mal, was er in Tibasu für Miss Vezzis, das Kindermädchen, gekonnt hatte.

Und das beweist, dass in sieben Fällen von neun eine Frau dahintersteckt, wenn ein Mann etwas leistet, was in keinem Verhältnis zu seinem Gehalt steht.

Nur ein Sonnenstich kann Ausnahmen davon schaffen.

Uhren

Was in den Büchern des Brahmanen steht, steht auch in seinem Herzen.

Ich hab wie du es nicht gewusst, dass so viel Böses in der Welt.

Im Anfang war die ganze Geschichte eigentlich nur ein Scherz, aber sie ist jetzt weit genug gediehen und wird allmählich ernst. Leutnant Platte war arm und trug deshalb seine Waterbury-Uhr an einem einfachen Lederriemen.

Der Oberst hatte auch eine Waterbury-Uhr und trug als Kette den Maulriemen eines Zaumzeugs. Maulriemen sind die besten Uhrketten. Sie sind stark und kurz. Nun ist zwischen einem Maulriemen und einem gewöhnlichen Lederriemen kein großer Unterschied; und zwischen zwei Waterbury-Uhren überhaupt keiner. Der Uhrriemen des Obersten war in der ganzen Garnison bekannt. Der Oberst war kein großer Reiter, aber er wollte die Leute gern glauben machen, dass er es früher gewesen war, und entwarf fantastische Geschichten von dem Jagdzaumzeug, dem dieser besondere Maulriemen zugehört hatte. Im Übrigen war er peinlich gewissenhaft.

Platte und der Oberst zogen sich im Klub um. Beide hatten Verabredungen, hatten sich verspätet und waren in großer Eile. Das war ihr Kismet. Beide Uhren lagen auf der Spiegelkonsole; die Riemen hingen herab. Das war ihre Unvorsichtigkeit. Platte war zuerst fertig, ergriff eine Uhr, sah in den Spiegel, rückte seinen Schlips zurecht und eilte fort. Vierzig Sekunden später tat der Oberst ganz dasselbe. Jeder hatte des anderen Uhr.

Wer hat noch nicht bemerkt, dass fromme Leute meist auch äußerst argwöhnisch sind? Sie scheinen – selbstverständlich nur der Frömmigkeit halber – mehr vom Laster zu wissen als die wahrhaft Verderbten. Vielleicht waren sie vor ihrer Einkehr auch besonders schlimm. – Jedenfalls überragt ein gewisser Schlag guter Menschen alle anderen in der Fähigkeit, Böses zu wittern und auch im Unschuldigsten das Schlimmste zu sehen. Der Oberst und seine Frau gehörten zu diesem Schlag. Aber die Frau Oberst war die Schlimmere von beiden. Sie machte den Klatsch der Garnison, sie unterhielt sich sogar mit ihrer indischen Jungfer. Das sagt alles. Die Frau Oberst hatte die Laplace'sche Ehe auseinandergebracht. Die Frau Oberst machte der Verlobung Ferris-Haughtrey ein Ende. Die Frau Oberst brachte den jungen Buxton so weit, dass er seine Frau im ersten Jahr ihrer Ehe in der heißen Stadt zurückhielt. Infolgedessen starb die kleine Mrs Buxton und das Baby mit ihr. Solange noch ein Regiment im Land steht, wird man sich all dieser Dinge und der Frau Oberst erinnern.

Aber nun zurück zum Obersten und Platte. Vom Ankleidezimmer aus ging jeder seiner Wege. Der Oberst aß mit zwei Geistlichen zusammen, und Platte ging zu einem Herrenessen mit nachfolgendem Whist.

Man merke sich, wie leicht unheilvolle Verwicklungen entstehen. Hätte Plattes Sais der Stute nicht die neuen Geschirrpolster aufgelegt, dann hätten sich die Scharnierbänder nicht durch das mürbe Leder und die alten Polster in den Widerrist der Stute durchgedrückt, als sie morgens um zwei Uhr heimtrabte. Die Stute hätte sich nicht gebäumt, wäre nicht ausgebrochen, in den Graben gestürzt, hätte den Wagen nicht umgekippt und Platte im Bogen über die Aloehecke auf Mrs Larkyns wohlgepflegten Rasen geworfen, und diese Geschichte wäre nie geschrieben worden. Aber die Stute hat all dies nun einmal getan. Und während Platte sich wie ein angeschossener Hase auf dem Rasen überschlug, flog Uhr samt Riemen aus seiner Westentasche wie der Degen eines Infanteriemajors beim *feu de joie* aus der Scheide und rollte im Mondlicht weiter, bis sie unter einem Fenster liegen blieb.

Platte stopfte sein Taschentuch unter das Polster, richtete den Wagen auf und fuhr nach Hause.

Man merke sich das Spiel des Kismet! Dergleichen geschieht nur einmal alle hundert Jahre. Gegen Ende seines Essens mit den beiden Geistlichen knöpfte der Oberst seine Weste auf und beugte sich über den Tisch, um einige Missionsberichte durchzusehen. Der Uhrkettenhalter schlüpfte durch das Knopfloch, und die Uhr, Plattes Uhr, glitt in aller Stille auf den Teppich, wo der Wirt sie am nächsten Morgen fand und aufhob.

Der Oberst wollte heim zum Weib seiner Seele, aber der Kutscher war betrunken und verlor den Weg. So kam der Oberst erst zu einer unpassenden Stunde nach Hause, und seine Entschuldigungen wurden nicht anerkannt. Wäre die Frau Oberst nicht ein so ungewöhnliches »Gefäß des Zorns, zur Vernichtung ausersehen« gewesen, dann hätte sie gewusst, dass die Gründe eines Mannes, der absichtlich lange ausbleibt, immer stichhaltig und gut gewählt sind. Die Dürftigkeit an des Obersten Erklärung war ein Beweis für ihre Wahrheit.

Man merke sich wieder das Spielen des Kismet! Die Uhr des Obersten, die so plötzlich mit Platte auf Mrs Larkyns Rasen fiel, wählte sich ihren Platz gerade unter Mrs Larkyns Fenster, die sie am nächsten Morgen fand, wiedererkannte und zu sich nahm. Sie hatte in der Nacht so um zwei Uhr Plattes Wagen umstürzen und ihn selbst auf die Stute fluchen hören. Sie kannte Platte und hatte ihn gern. Am selben Tage noch zeigte sie ihm die Uhr und erfuhr die ganze Geschichte. Er neigte den Kopf, blinzelte und sagte: »Pfui, wie empörend! Unerhört von dem alten Herrn! Bei seinen religiösen Ansichten obendrein! Ich würde die Uhr an die Frau Oberst schicken und um Aufklärung bitten!«

Mrs Larkyn dachte an die Laplaces, die sie gekannt hatte, als Laplace und seine Frau noch aneinander glaubten, und erwiderte: »Das werde ich tun. Ich glaube, es wird ihr ganz heilsam sein. Aber verstehen Sie, wir dürfen ihr niemals die Wahrheit gestehen.«

Platte war in dem Glauben, dass sich seine Uhr in dem Besitz des Obersten befände, und überzeugt, dass die Rücksendung von Uhr und Maulriemen mit ein paar liebenswürdigen Zeilen von Mrs Larkyn nur eine vorübergehende Störung erregen würde. Mrs Larkyn wusste es besser. Sie wusste, dass jeder Tropfen Gift im Herzen der Frau Oberst guten Boden fand.

Das Paket und ein Briefchen mit einigen Bemerkungen über die Besuchszeit des Obersten wurden der Frau Oberst hinübergeschickt, die sich darauf weinend auf ihr Zimmer begab und mit sich zurate ging.

Wenn die Frau Oberst eine Frau in der Welt mit heiliger Inbrunst hasste, dann war es Mrs Larkyn. Mrs Larkyn war eine frivole Dame und nannte die Frau Oberst eine »alte Katze«. Die Frau Oberst behauptete, eine gewisse Person in der Offenbarung Johannis erinnere auffallend an Mrs Larkyn. Sie nannte auch noch andere biblische Namen ans dem Alten Testament. (Die Frau Oberst war übrigens die Einzige, die etwas gegen Mrs Larkyn sagte beziehungsweise wagte. Alle anderen nahmen sie als ein amüsantes, ehrliches Persönchen.) Wenn also der Oberst zu so gottloser Stunde unter dem Fenster dieses »Weibsbilds« Uhren hatte fallen lassen, so war das verbunden mit der Tatsache seiner späten Heimkehr in der bewussten Nacht, so war das …

Bei dieser Stelle erhob sie sich und suchte ihren Mann auf. Er leugnete alles, nur nicht sein Eigentumsrecht an der Uhr. Sie beschwor ihn, bei seiner Seelen Seligkeit die Wahrheit zu sagen. Er leugnete abermals und fluchte. Ein eisiges Schweigen herrschte während einer Pause von fünf tiefen Atemzügen.

Die Rede, die darauf folgte, geht uns nichts an. Sie war aufgebaut auf weiblicher und ehelicher Eifersucht, auf dem Bewusstsein ihres verblühten Alters, auf tiefem Argwohn, der aus dem Text stammt, der da sagt, dass selbst die Herzen der Säuglinge böse sind von Jugend auf; aufgebaut auf giftigem Hass gegen Mrs Larkyn und auf die Grundsätze des Glaubens, in dem die Frau Oberst erzogen war.

Und zu allem tickte die verruchte Waterbury-Uhr in ihrer dürren, zitternden Hand. In dieser Stunde, glaube ich, fühlte die Frau Oberst ein Teil von dem nimmermüden Argwohn, den sie dem alten Laplace eingegeben hatte, ein wenig von dem Jammer der armen kleinen Miss Haughtrey und etwas von dem Kummer, der an Buxtons Herzen nagte, als er seine Frau vor seinen Augen sterben sah. Der Oberst versuchte stammelnd zu erklären. Aber er erinnerte sich, dass seine Uhr verschwunden gewesen war, und das Geheimnis wurde noch dunkler. Die Frau Oberst predigte und betete abwechselnd, bis sie müde war. Dann ging sie, um auf Mittel zu sinnen, wie sie das »verstockte Herz ihres Gatten demütigen könne«. In unserer Sprache nennt sich das »zwiebeln«.

Völlig durchdrungen von der Lehre über die Erbsünde, konnte und konnte sie ihm nicht gegen den Schein glauben. – Sie wusste zu viel und verstieg sich zu den wildesten Schlussfolgerungen. Aber es geschah ihr recht. Es verdarb ihr Leben, wie sie das Leben der Laplace verdorben hatte. Sie verlor das Vertrauen zum Oberst, denn er hatte – und hierin lag das Bekenntnis ihres Argwohns – vielleicht, so folgerte sie, schon viele Male gesündigt, ehe die gütige Vorsehung an der Hand eines so unwürdigen Werkzeugs wie Mrs Larkyn seine Schuld aufgedeckt hatte. Er war ein gemeiner, böser, grauköpfiger Wüstling. Das mag wohl als ein gar zu plötzlicher Umschlag in der Gesinnung einer so lange verheirateten Frau erscheinen. Aber es ist eine altehrwürdige Tatsache, dass Mann oder Frau, denen es zur Gewohnheit und zum Vergnügen geworden ist, von gleichgültigen Menschen Böses zu denken und zu sagen, schließlich auch ihren Liebsten und Allernächsten das Schlechteste zutrauen. Man könnte auch meinen, dass der Fall mit der Uhr zu klein und zu unbedeutend sei, um ein solches Missverständnis herbeiführen zu können. Aber es ist eine zweite uralte Wahrheit, dass die größten Unfälle im Leben, ganz wie bei einem Rennen, sich vor kleinen Gräben und niedrigen Hürden ereignen. In ähnlicher Weise zermürben sich Frauen, die in einem anderen Jahrhundert, unter anderen Lebensbedingungen zu einer Jungfrau von Orleans geworden wären, an den kleinlichsten Haushaltssorgen. Aber das ist eine andere Geschichte.

Ihr Glaube machte die Frau Oberst nur noch elender, weil er so hartnäckig an der Schlechtigkeit der Menschen festhielt. Und in der Erinnerung ihrer eigenen Taten musste es Freude machen, ihr Unglück und ihre Vertuschungsversuche vor der Garnison, die keinen Pfifferling wert waren, mitzusehen. Aber die Garnison wusste alles und lachte unbarmherzig, denn man hatte die Geschichte der Uhr mit vielen dramatischen Gesten von Mrs Larkyns Lippen gehört.

Ein- oder zweimal sagte Platte zu Mrs Larkyn, weil er sah, dass der Oberst sich nicht reinwaschen konnte: »Die Sache ist nun weit genug gegangen. Ich denke doch, wir sagen jetzt der Frau Oberst, wie es gekommen ist.« Aber Mrs Larkyn presste kopfschüttelnd ihre Lippen fest aufeinander und erklärte, die Frau Oberst müsse ihre Strafe tragen, so gut sie könnte. Mrs Larkyn war wirklich eine frivole Frau, und niemand hätte ihr so tiefen Hass zugetraut. Darum tat Platte auch nichts, und das Schweigen des Obersten ließ ihn allmählich glauben, dass er in der Tat in jener Nacht doch irgendwie »über die Schnur gehauen« hatte, und sich deshalb für das geringere Vergehen, außerhalb der Besuchszeit in fremder Leute Hof eingedrungen zu sein, verurteilen ließ. Platte vergaß nach einer Weile die Uhrengeschichte und ging mit seinem Regiment ins Innere des Landes. Mrs Larkyn kehrte nach England zurück, als ihres Mannes Dienstzeit in Indien abgelaufen war. Sie hat die Geschichte nie vergessen.

Aber Platte hatte schon recht, als er sagte, der Scherz wäre zu weit gegangen. Der Argwohn und seine Tragödie – von der wir Außenstehenden nichts ahnen und nichts wissen wollen – quälen die Frau Oberst langsam zu Tode und verbittern ihm das Leben. Sollte einer von ihnen diese Erzählung lesen, dann mag er überzeugt sein, dass sie ein ziemlich wahrheitsgetreuer Bericht des Falls ist. Vielleicht ist dann alles vergeben und vergessen.

Shakespeare spricht einmal von dem Vergnügen, zu sehen, wie ein Ingenieur von seiner eigenen Batterie zerrissen wird. Das beweist, dass Dichter nicht von Dingen reden sollen, die sie nicht verstehen. Es hätte ihm jeder sagen können, dass Geniekorps und Artillerie zwei ganz verschiedene Dienstzweige sind. Aber wenn man den Ausspruch verbessert und statt Ingenieur Kanonier sagt, dann ist die Moral nicht minder weise.

Der Andere

Wenn die Erde erkrankt und der Himmel ergraut,
Wenn feuchter Dunst durch die Wälder taut,
Dann reitet sein Geist, damit er die Braut
Im herbstlichen Regen noch einmal schaut.

Alte Ballade

Vor langer Zeit, in den siebziger Jahren, als es in Simla noch keine öffentlichen Gebäude gab und die Jakko-Promenade noch als
Plan in dem Fach eines Schuppens, dem Büro für Öffentliche
Arbeiten, schlummerte, wurde Miss Gaurey von ihren Eltern
mit Oberst Schreiderling verheiratet. Er war sicherlich nicht viel
mehr als fünfunddreißig Jahre älter als sie; und da er monatlich
kaum zweihundert Rupien ausgab und dazu noch Privatvermö-
gen besaß, war er in der Tat wohlhabend. Er war aus guter Familie, litt bei kaltem Wetter an Lungenbeschwerden und kämpfte in der heißen Zeit unaufhörlich mit Schlaganfällen. Aber
sterben tat er an keinem von beiden.
Wohlgemerkt, ich mache Schreiderling keine Vorwürfe. Er war
nach seiner Ansicht ein guter Ehemann; er verlor nur die Laune,
wenn er sich pflegen lassen musste. Und das war ungefähr siebzehn Tage jeden Monat. In Geldsachen war er gegen seine Frau
beinahe großzügig, und das bedeutete für ihn eine Überwin-
dung. Und doch war Mrs Schreiderling nicht glücklich. Man
hatte sie noch diesseits der zwanzig, als sie ihr ganzes armes, kleines Herz einem anderen geschenkt hatte, verheiratet. Sein Name ist mir entfallen. Ich will ihn einfach den »Anderen« nennen.

Der Andere

Er hatte weder Geld noch Aussichten und war nicht einmal hübsch. Er stand, meiner Erinnerung nach, bei der Intendantur oder beim Transportkommando. Aber trotz alledem liebte sie ihn sehr. Zwischen den beiden bestand irgendein Versprechen, als Schreiderling vor Mrs Gaurey erschien und um die Tochter anhielt. Das andere Versprechen löste sich unter Mrs Gaureys Tränen; denn sie beherrschte ihren Haushalt durch Tränen über die Missachtung ihrer Autorität und den Mangel an Ehrfurcht vor ihrem Alter. Die Tochter war ihrer Mutter nicht ähnlich. Sie weinte nicht, nicht einmal bei der Trauung.

Der Andere trug seinen Verlust in aller Ruhe. Er ließ sich in die schlimmste Garnison, die er finden konnte, versetzen. Vielleicht tröstete ihn das Klima. Er litt an Wechselfieber, und das lenkte ihn möglicherweise von seinen anderen Leiden ab.

Auch sein Herz krankte – in zwiefachem Sinn. Eine Herzklappe war angegriffen, und das Fieber machte die Sache nur schlimmer. Das zeigte sich später.

Viele Monate gingen ins Land, und Mrs Schreiderling fing an zu kränkeln. Sie verging nicht vor Gram wie Leute in den Romanen, aber sie schien sich alle Krankheitsformen der Garnison, vom gewöhnlichen Fieber aufwärts, zuziehen zu müssen. Schon in ihrer Blüte war sie nicht sonderlich hübsch gewesen, aber die Krankheit machte sie hässlich. Schreiderling sagte das ganz offen. Es war sein Stolz, stets freiheraus zu sagen, was er dachte.

Als sie aufhörte hübsch zu sein, überließ er sie sich selbst und ging seine alten Junggesellengänge. Sie pflegte, den grauen Reithut fast im Nacken, auf einem unglaublich scheußlichen Sattel, hilflos verlassen die Simlaer Promenade auf und ab zu traben. Schreiderlings Großzügigkeit reichte nicht über den Pferdekauf hinaus. Jeder Sattel, meinte er, wäre gut genug für eine so nervöse Frau wie Mrs Schreiderling. Man bat sie nie um einen Tanz,

weil sie nicht gut tanzen konnte; sie war ja so langweilig und un-
interessiert, dass sich in ihrem Vorzimmer nur selten eine Visitenkarte fand. Schreiderling sagte, er hätte sie nie geheiratet,
wenn er geahnt hätte, dass sie während der Ehe solche Vogel-
scheuche werden würde. Es war sein Stolz, stets freiheraus zu sagen, was er dachte.

Einmal ließ er sie im August in Simla zurück und ging zu seinem
Regiment. Da lebte sie ein wenig auf, aber ihr früheres Äußeres
gewann sie nicht wieder. Im Klub hörte ich, dass der Andere
schwer krank sei und in der leisen Hoffnung auf Genesung nach
Simla komme. Fieber und Herzschwäche hatten ihn an den
Rand des Grabes gebracht. Sie wusste das, und sie wusste auch –
was mir natürlich gleichgültig war –, wann er kommen wollte.
Vermutlich hatte er es ihr geschrieben. Sie hatten einander seit
einem Monat vor der Hochzeit nicht mehr gesehen. Hier beginnt der unangenehmere Teil der Geschichte.

Ein später Besuch hielt mich eines Abends bis zur Dämmerstun-
de im Hotel Dowdell fest. Den ganzen Nachmittag war Mrs
Schreiderling die Promenade hin und her geeilt. Auf dem Fahr-
weg überholte mich eine Tonga. Mein Pony, des langen Stehens
müde, fiel in Galopp. Auf der Straße gerade beim Tonga-Halte-
platz wartete Mrs Schreiderling, vom Regen durchnässt. Da
mich das nichts anging, ritt ich bergan, hörte sie aber im gleichen Augenblick aufschreien. Ich wandte sofort um und sah im
Lampenlicht des Halteplatzes Mrs Schreiderling in der Nässe neben dem Rücksitz der eben angelangten Tonga knien. Sie schrie
entsetzlich und fiel, als ich näher kam, mit dem Gesicht vornüber in den Straßenschmutz.

Auf dem Rücksitz saß starr und steif, die eine Hand an der Ver-
deckstütze, Hut und Bart vor Nässe triefend, der Andere – tot.
Das Stoßen und Rütteln während der sechzig Meilen langen

Fahrt bergauf war wohl zu viel für sein Herz gewesen. Der Tonga-Kutscher sagte: »Der Sahib starb zwei Haltestellen nach Solon. Ich habe ihn mit einem Strick festgebunden, damit er mir nicht unterwegs herausfiel. So sind wir hierhergekommen. Gibt mir der Sahib ein Backschisch? Der da«, er deutete auf den Anderen, »wollte mir eine Rupie geben.«

Der Andere saß grinsend da, als mache ihm seine spaßhafte Ankunft Vergnügen, und Mrs Schreiderling stöhnte im Straßenschmutz. Außer uns vieren war niemand am Halteplatz, und es goss in Strömen. Das Erste war, Mrs Schreiderling nach Hause zu bringen, das Zweite, zu verhindern, dass ihr Name in diese Angelegenheit hineingezogen würde. Den Tonga-Kutscher schickte ich mit fünf Rupien auf die Suche nach einer Rikscha für Mrs Schreiderling. Er sollte dem Tonga-Babu über den Anderen Bericht erstatten, und der Schreiber sollte weiter veranlassen, was ihm gut schien.

Wir trugen Mrs Schreiderling aus dem Regen und warteten unter dem Schuppendach eine Dreiviertelstunde auf die Rikscha. Der Andere blieb, wo er war. Mrs Schreiderling tat alles eher als weinen, was ihr doch am meisten geholfen hätte. Sie versuchte zu schreien, als sie wieder zur Besinnung kam, und begann für die Seele des Anderen zu beten.

Wäre sie nicht so unschuldig gewesen, wie der Tag hell ist, dann hätte sie auch für ihre eigene Seele gebetet. Ich erwartete es, aber sie tat es nicht. Dann versuchte ich, ihr das Reitkleid etwas vom Schmutz zu säubern. Endlich kam die Rikscha, und ich brachte sie fort, nicht ohne Gewalt. Es war von Anfang bis zu Ende eine schreckliche Geschichte, aber der schrecklichste Augenblick kam, als sich die Rikscha zwischen Mauer und Tonga hindurchzwängen musste und sie im Lampenschein die graue, magere Hand sah, die die Verdeckstange umklammert hielt.

Wir brachten sie nach Hause, als alle Welt gerade zu einem Ball auf den vizeköniglichen Landsitz – Peterhoff war es damals – hinausfuhr. Der Arzt erfuhr nur, dass sie vom Pferd gefallen sei und dass ich sie hinter Jakko aufgenommen habe. Er fand, dass ich wirklich großes Lob verdiene für die rasche Beschaffung ärztlicher Hilfe. Sie starb nicht. Männer vom Schlage Schreiderlings heiraten stets Frauen, die nicht so leicht sterben. Sie leben und werden hässlich.

Sie sprach keinem Menschen von ihrem Zusammentreffen mit dem Anderen, dem einzigen seit ihrer Verheiratung. Und auch als Erkältung und Husten, die Folgen jenes Abends, ihr erlaubten, wieder auszugehen, gab sie mir weder durch Worte noch durch Zeichen je zu erkennen, dass sie von unserer Begegnung am Tonga-Halteplatze wusste. Vielleicht hat sie sich wirklich nicht mehr daran erinnert.

Sie trabte wieder wie früher auf ihrem unglaublich schlechten Sattel die Promenade auf und ab und sah aus, als erwarte sie jeden Augenblick, jemand um die nächste Straßenecke biegen zu sehen. Zwei Jahre später ging sie nach England und starb – ich glaube, in Bournemouth.

Wenn Schreiderling im Kasino weinselig wurde, dann sprach er von »meiner armen, geliebten Frau«. Er war stolz darauf, stets geradeheraus zu sagen, was er dachte, der Oberst Schreiderling.

Folgen

Rosenkreuzer Gaukelspiel
War des Morgenlandes Ziel.
Die auf solche Lehren schwören,
Kannst du am Jaktala hören.
Suchst du Paracelsus' Fluren,
Folge Floods, des Suchers Spuren,
Der da spricht: Ich lass dich ahnen,
Aller Sonnen Sonnenbahnen,
Lass dir, folgst du meinen Kreisen,
Lunens Apogäa weisen.

Es gibt in Simla Anstellungen auf ein Jahr, Anstellungen auf zwei und auf fünf Jahre, und es gibt oder es gab wenigstens früher dauernde Anstellungen, wo man sein Leben lang in Simla bleiben konnte und guter Gesundheit und guten Einkommens sicher war. Natürlich durfte man in der kalten Jahreszeit aus Simla fort, denn dann ist es dort recht langweilig.

Tarrion kam, der Himmel weiß woher – irgendwo weit, weit her, aus einer gottverlassenen Gegend Mittelindiens, wo man schon Pachmari für ein Sanatorium hält und, wie ich glaube, noch mit einem Ochsengespann ausfährt. Er stand bei einem Regiment, aber seine Sehnsucht war, loszukommen und bis in alle Ewigkeit in Simla leben zu können. Er hatte keine besonderen Schwächen außer für gute Pferde und nette Gesellschaft. Er glaubte, überall etwas leisten zu können; und das ist ein herrlicher Glaube, wenn man felsenfest davon überzeugt ist. Er war vielseitig, sah gut aus und machte sich seiner Umgebung stets angenehm – sogar in Mittelindien.

So kam er nach Simla. Da er klug und unterhaltend war, fühlte er sich immer mehr zu Mrs Hauksbee hingezogen, die alles vertrug, nur keine Dummheit. Einmal leistete er ihr einen großen Dienst. Sie hatte sich mit dem diensttuenden Adjutanten verzankt und war deshalb von ihm aus Wut, wohlberechnet, statt zum großen Fest am 26. nur zu dem kleinen Ball am 6. geladen worden. Sie wollte das Fest sehr gern mitmachen, konnte es aber nicht, bis nicht Tarrion ihr das Datum auf der Einladungskarte änderte. Es war eine sehr geschickte kleine Fälschung. Als nun Mrs Hauksbee dem Adjutanten ihre Karte zeigte und spöttelte, dass er seine Rachezüge nicht geschickter mache, glaubte er wirklich, sich – versehen zu haben. Er sah ein, dass es zwecklos sei, gegen Mrs Hauksbee Krieg zu führen, was sehr weise war. Sie war Tarrion dankbar und fragte ihn, was sie für ihn tun könne. Er antwortete offen: »Ich bin ein Kriegsmann und passe auf Beute. In Simla habe ich keinen Zollbreit Boden. Wer eine Anstellung zu vergeben hat, kennt mich nicht; und ich brauche gerade eine gute, dauerhafte, einträgliche Stellung. Ich glaube, Sie können alles erreichen, was Sie wollen. Helfen Sie mir!« Mrs Hauksbee besann sich einen Augenblick und zog die Lasche ihrer Reitgerte durch die Zähne, was sie immer tat, wenn sie nachdachte. Dann blitzten ihre Augen, und sie sagte: »Ich will es tun!«, und gab ihm ihre Hand darauf. Tarrion hatte vollstes Vertrauen zu dieser großen Frau und grübelte nicht weiter nach, es sei denn, dass er überlegte, welcher Art wohl seine Anstellung sein würde.

Mrs Hauksbee fing an auszurechnen, um welchen Preis sie die Spitzen der Behörden und Staatsräte ihrer Bekanntschaft für ihren Plan gewinnen könnte, und je mehr sie darüber nachdachte, umso mehr lachte sie. Denn sie war mit ganzer Seele bei der Sache, und sie machte ihr Spaß. Dann ging sie die Stadtverwaltung durch, bei der es ausgezeichnete Stellen gibt. Aber zuletzt hielt sie es doch für das Beste, Tarrion in dem diplomatischen Dienst des Landes unterzubringen, obwohl Tarrion ihr dazu eigentlich zu gut war. Ihre Pläne, wie sie ihren Zweck zu erreichen gedachte, tun nichts zur Sache. Das Glück oder der Zufall spielten ihr den Erfolg in die Hände, und sie brauchte nur den Dingen ihren Lauf und sich die Ehre zuschreiben zu lassen.

Alle Vizekönige sind zu Beginn ihrer Tätigkeit schrullenhaft besorgt um die »Wahrung diplomatischer Geheimnisse«. Im Laufe der Zeit gewöhnen sie es sich wieder ab. Aber sie werden hier ohne Ausnahme von dieser Krankheit befallen, weil ihnen das Land zu fremd ist. Der damalige Vizekönig litt in hohem Maße daran. (Es ist schon lange her, noch ehe Lord Gufferin aus Kanada und Lord Ripen aus dem Schoß der englischen Kirche Vizekönige waren.) Infolgedessen hatten alle Leute, die nicht daran gewöhnt waren, diplomatische Geheimnisse mit sich herumzutragen, unglückliche Gesichter. Und der Vizekönig war stolz darauf, seiner Beamtenschaft einen Begriff von Verschwiegenheit beigebracht zu haben.

Nun hat aber die hohe Regierung die leichtsinnige Gewohnheit, ihre geheimsten Pläne dem Stempelpapier anzuvertrauen. Auf diesen Bogen werden alle möglichen Dinge behandelt: von der Zahlung von zweihundert Rupien an einen im Geheimdienst verwandten Eingeborenen bis zu Verweisen an »Vakils« und »Motamids« einheimischer Staaten und Schreiben an einheimische Fürsten, denen anbefohlen wird, Ordnung zu halten, keine Frauen zu stehlen oder Übeltäter mit gestoßenem roten Pfeffer vollzupfropfen, und ähnliche Dinge mehr. Selbstverständlich sollen derartige Extravaganzen nicht an die Öffentlichkeit kommen, denn offiziell fehlen einheimische Fürsten nie, und offiziell sind ihre Staaten nicht minder gut verwaltet als die unsrigen. Ebenso eignen sich außerordentliche Zuschüsse an ge-

wisse fragwürdige Persönlichkeiten nicht gerade zur Bekanntga-
be in den Zeitungen, wenn sie auch manchmal eine interessan-
te Lektüre bieten. Wenn die hohe Regierung in Simla ist, werden auch dort diese Schreiben verfertigt und in Aktenmappen
oder durch die Post den Adressaten zugestellt. Dem damaligen
Vizekönig war seine Theorie ebenso wichtig wie die Praxis. Er
war daher der Ansicht, dass ein wohlwollender Despotismus wie
der unsrige selbst Kleinigkeiten wie die Anstellung eines Unterbeamten nicht vorzeitig in die Öffentlichkeit dringen lassen dürfe. Er hatte stets ungewöhnlich starke Grundsätze.

Eine Reihe sehr wichtiger Akten war damals in Vorbereitung. Sie
sollten von einem Ende Simlas zum anderen von Hand zu Hand
weitergegeben werden. Sie steckten nicht in einem amtlichen
Umschlag, sondern in einem großen, viereckigen mattrosa Kuvert. Das Manuskript bestand aus dünnem, weichem Papier. Die
Adresse lautete: »An die Hauptkanzlei usw. usw.« Nun ist zwischen einem verschnörkelten »An die Hauptkanzlei usw. usw.«
und einem »An Mrs Hauksbee« kein allzu großer Unterschied,
zumal wenn die Adresse in einer schlechten Handschrift geschrieben ist. Der Amtsdiener war nicht dümmer, als Amtsdiener
gewöhnlich sind. Er hatte nur vergessen, wo dies höchst unamt-
lich aussehende Kuvert abzugeben war, und bat darum den ersten
besten Engländer, der gerade in großer Eile nach Annandale ritt,
ihm die Adresse vorzulesen. Der Engländer warf nur einen flüchtigen Blick darauf, sagte: »Mrs Hauksbee«, und eilte weiter.

Ebenso machte es der Amtsdiener, denn der Brief war der letzte in seiner Mappe, und er wollte rasch mit seiner Arbeit fertig
werden. Da er keine Unterschrift brauchte, steckte er den Brief
Mrs Hauksbees Diener in die Hand und ging gemütlich rau-
chend mit einem Freund weiter. – Mrs Hauksbee erwartete gerade Schnittmuster aus dünnem Papier von einer Freundin. Als

sie die große viereckige Sendung erhielt, rief sie: »Ach, das rührende Geschöpf!«, schnitt das Kuvert mit einem Papiermesser auf, und die Manuskriptblätter fielen zu Boden.

Mrs Hauksbee las. Wie gesagt, die Akten waren nicht gerade unwichtig. Mehr braucht man nicht zu wissen. Sie bezogen sich auf einen gewissen Briefwechsel, auf zwei Verfügungen, einen entscheidenden Befehl an einen einheimischen Häuptling und auf ein halb Schock andere Dinge. Mrs Hauksbee rang beim Lesen nach Luft. Denn der erste flüchtige Blick in die kahle Maschinerie der großen indischen Regierung, wenn sie aller Umhüllungen, ihres Firnisses, ihrer Farbe und ihres Räderschutzes entkleidet ist, macht selbst auf den dümmsten Menschen einen tiefen Eindruck. Und Mrs Hauksbee war eine kluge Frau. Zuerst war sie erschrocken; es war ihr zumute, als hätte sie plötzlich das Ende eines Blitzes gepackt, ohne zu wissen, was sie mit ihm anfangen solle. Am Rand der Papiere standen Bemerkungen und Monogramme. Einige davon waren noch gefährlicher als der Inhalt selbst. Die Monogramme bezeichneten Leute, die heute im Grabe ruhen, die aber zu ihrer Zeit große Männer gewesen waren. Mrs Hauksbee las weiter und überlegte dabei in aller Ruhe. Allmählich wurde sie des Werts ihres Fundes inne und sann auf die bestmögliche Art, ihn auszunutzen. Da sprach Tarrion vor. Sie und er lasen die Papiere gemeinsam durch. Tarrion, der nicht ahnte, wie sie dazu gekommen war, schwor, Mrs Hauksbee sei die größte Frau von der Welt. Und ich glaube, das ist wahr, oder wenigstens fast wahr.

»Der gerade Weg ist immer der beste«, sagte Tarrion nach anderthalbstündiger Durchsicht und Beratung. »Wenn ich recht bedenke, wäre eigentlich der Informationsdienst für mich das Rechte. Entweder das oder das Auswärtige Amt. Ich werde jetzt die hohen Götter in ihren eigenen Tempeln belagern.«

Er suchte keinen kleinen Mann auf, auch keinen kleinen großen Mann, auch nicht die schwache Spitze einer starken Behörde, sondern er ging zu dem größten und gewaltigsten Mann der ganzen Regierung und erklärte, er wolle in Simla eine Stellung mit gutem Gehalt haben. Diese ausgesuchte Unverschämtheit belustigte den Gewaltigen, und da er im Augenblick nicht beschäftigt war, hörte er die Vorschläge des dreisten Tarrion mit an. »Sie haben vermutlich doch noch besondere Fähigkeiten, außer Ihrem Selbstbewusstsein, zur Begründung Ihrer Ansprüche?«, fragte der Gewaltige. »Diese Entscheidung bleibt Ihnen überlassen«, sagte Tarrion. Und nun begann er, da er ein gutes Gedächtnis hatte, einige der wichtigeren Punkte aus den Akten anzuführen, langsam, einen nach dem anderen, ganz wie man Chlorodyne in ein Glas tropfen lässt. Als er zu dem entscheidenden Befehl kam – und es war wirklich ein entscheidender Befehl –, wurde der Gewaltige unruhig. Tarrion schloss mit den Worten: »Und ich bin doch der Ansicht, dass solch eine eingehende Kenntnis wenigstens ebenso sehr zu einer Anstellung im, sagen wir – Auswärtigen Amte befähigt wie die Tatsache, der Neffe einer hohen Offiziersfrau zu sein.«

Das traf den Gewaltigen tief. Denn er wusste, dass die letzte Anstellung im Auswärtigen Amt auf böseste Protektion hin erfolgt war.

»Ich werde sehen, was sich machen lässt«, sagte er.

»Vielen Dank«, sagte Tarrion. Er ging fort, und der Gewaltige auch, um nachzusehen, wo er eine Stelle einrichten könne.

★

Es folgte eine Pause von elf Tagen, während der es donnerte und blitzte. Viele Telegramme flogen hin und her. Die Anstellung war nicht sonderlich bedeutend. Sie brachte nur 500 bis 600 Rupien monatlich. Aber man müsste, wie der Vizekönig sagt, an dem Prinzip der »Wahrung diplomatischer Geheimnisse festhalten«, und es wäre doch wahrscheinlich lohnend, einen jungen Menschen mit so guten Informationen zu versetzen. Und somit versetzte man ihn. Man hat ihn aber doch wohl im Verdacht gehabt, dass er seine Informationen nicht nur seinen außergewöhnlichen Fähigkeiten, wie er behauptete, zu verdanken hatte. – Ein Gutteil dieser Geschichte, wie das Nachspiel wegen des fehlenden Kuverts, muss man sich selbst ergänzen, denn aus gewissen Gründen kann es nicht niedergeschrieben werden. Wer die Verhältnisse »oben« nicht kennt, wird behaupten, es sei ein Unding.

Der Vizekönig sagte, als ihm Tarrion vorgestellt wurde: »Das ist also der junge Mann, der die indische Regierung im Sturm nahm! Merken Sie es sich, so etwas gelingt nur einmal.« Er muss also doch irgendetwas gewusst haben.

Tarrion sagte, als seine Anstellung bekannt gegeben wurde: »Wäre Mrs Hauksbee zwanzig Jahre jünger und ich ihr Mann, dann wäre ich in fünfzehn Jahren Vizekönig von Indien.«

Mrs Hauksbee sagte, als er ihr fast mit Tränen in den Augen dankte, zu ihm: »Ich habe es Ihnen ja vorausgesagt«, und zu sich selbst: »Was sind die Männer doch für Narren!«

Die Bekehrung Aurelian McGoggins

Reite mit müßiger Gerte, reit' mit gestrecktem Sporn.
Einmal in der Runde zu seiner Stunde
Zeig deinem Fohlen den Zorn.
Die Peitsche zuckt, und das Zaumzeug zuckt; tief sticht der
stählerne Dorn.

Life's Handicap

Dies ist eigentlich keine Geschichte. Es ist eine Abhandlung; und
ich bin ungeheuer stolz darauf. Denn eine Abhandlung schreiben ist eine Großtat.

Jeder hat das Recht einer eigenen religiösen Anschauung. Aber
niemand – am wenigsten ein jüngerer Beamter – darf sie anderen Leuten gewaltsam eintrichtern wollen. – Hin und wieder
schickt uns die Regierung die merkwürdigsten Leute in den Zivildienst. Aber McGoggin war der Sonderbarste von allen. Er
war klug, hervorragend klug, nur führte ihn seine Klugheit auf
falsche Bahnen. Anstatt sich an das Studium der Landessprachen
zu halten, las er Bücher von Leuten wie Comte, glaube ich,
Spencer und einem gewissen Professor Clifford. (Die Bücher
findet man auf der Bibliothek.) Sie handeln vom inneren Menschen, aber vom Standpunkt derer, die keine leiblichen Nöte
kennen. Es war nicht verboten, sie zu lesen; aber McGoggins
Mama hätte ihn trotzdem dafür züchtigen müssen. Das Gelese-
ne gärte in seinem Hirn, und er kam nach Indien mit höchst
aufgeklärten Anschauungen über das Leben im Allgemeinen
und seine Arbeit im Besonderen. Sein keineswegs sehr ausführ-

liches Glaubensbekenntnis bewies nur, dass die Menschen ohne Seele, die Welt ohne Gott und das Leben ohne Auferstehung sei und dass man sich zum Wohl der Menschheit eben irgendwie durchzuschlagen habe. Eine seiner Unterlehren war augenscheinlich die, dass es noch verbrecherischer sei, Befehle auszuführen, als Befehle zu geben. Wenigstens behauptete das McGoggin. Ich glaube aber, er hatte nur seine Elementarbücher missverstanden.

Gegen den Glauben habe ich nichts einzuwenden. Er wurde in der Stadt geboren, in deren Nebel es nichts gibt als Maschinen, Asphalt und steinerne Bauten. Natürlich kommt da der Mensch allmählich zu der Überzeugung, dass es neben ihm nichts Höheres gibt und dass das Stadtbauamt die Welt erschaffen hat. Aber hierzulande, wo man die Menschen als Menschen – rohe, braune, nackte Menschen, unter dem freien, glühenden Himmel auf der allzu verbrauchten Erde – vor Augen hat, da schwinden alle diese Theorien unmerklich dahin, und man kehrt zu einfacheren Vorstellungen zurück. Das Leben in Indien ist nicht lang genug, um es mit Beweisen vergeuden zu dürfen, dass das Weltall nicht von einem obersten Herrn geleitet wird. Und das ist verständlich. Denn der Deputierte steht über dem Beamten; der Regierungskommissar über den Deputierten; über dem Kommissar wieder der Unterstatthalter und über allen denen der Vizekönig; und auch der steht wieder unter dem Staatssekretär, der dem Kaiser und König verantwortlich ist. Wenn nun der König keinem Höheren verantwortlich wäre, das heißt, wenn es überhaupt kein höheres Wesen gäbe, dann wäre unser ganzes Verwaltungssystem falsch, was natürlich völlig ausgeschlossen ist. In England kann man das den Leuten verzeihen, denn sie werden geistig verfüttert und nicht genug bewegt. Wenn man ein schweres, verfüttertes Pferd bewegt, schäumt und geifert es, bis man das Zaumzeug nicht mehr sieht. Aber es bleibt darum doch im Maul. In Indien wird kein Mensch verfüttert. Klima und Arbeit verbieten es, mit Worten wie mit Steinen um sich zu werfen.

Hätte McGoggin seinen Glauben samt allen Schlagworten auf »ismus« bei sich behalten, dann hätte ihn auch niemand danach gefragt. Aber seine Großväter waren Methodistenprediger gewesen, und der Hang zum Predigen brach bei ihm wieder durch. Alle Leute im Klub sollten zu der Einsieht kommen, keine Seele zu besitzen, und ihm helfen, den Schöpfungsgedanken zu tilgen. Er hatte ohne Zweifel keine Seele, da er noch zu jung war, und das sagten ihm viele Leute. Daraus folge aber nicht, dass seine älteren Vorgesetzten ebenso unentwickelt gewesen seien. Ob es nun eine jenseitige Welt gab oder nicht, diesseits wollte man wenigstens ungestört seine Zeitung lesen können. »Das gehört nicht zur Sache, das gehört nicht zur Sache«, pflegte Aurelian zu sagen. Darauf warf man ihm Kissen an den Kopf und forderte ihn auf, sich in die Welt zu begeben, an der sein Glauben hing. Man taufte ihn »Blastoderm« – denn nach seiner Behauptung entstammte er einer prähistorischen Familie dieses Namens – und versuchte ihn durch geißelnden Spott zum Schweigen zu bringen. Er war eine Erzplage für den Klub und ein Ärgernis, besonders für die älteren Herren. Sein Vorgesetzter, der an der Grenze zu arbeiten hatte, während er auf der faulen Bärenhaut lag, sagte ihm ganz offen, er sei für einen gescheiten Jungen doch eigentlich ein recht großer Dummkopf. Er hätte, wenn er bei der Arbeit geblieben wäre, sehr bald einen Posten im Ministerium bekommen können. Männer seines Schlags sind stets dort zu finden; Männer, die ganz Gehirn sind, scheinbar körperlos und voll von tausend Theorien. Keine Menschenseele kümmerte sich weiter um McGoggins Seele. Er hätte ihretwegen keine Seele, zwei Seelen oder auch die eines anderen haben können. Seine

Pflicht war es, zu gehorchen und vor seinen Akten zu sitzen, statt den Klub mit seinen »Ismen« zu belästigen.

Er war ein ausgezeichneter Arbeiter, aber er konnte keinen Befehl ohne Verbesserungsversuche hinnehmen. Daran war wieder sein Glaube schuld, denn er forderte von den Menschen zu viel Verantwortlichkeit und überließ zu viel ihrem Ehrgefühl. Ein altes Pferd kann man manchmal auch ohne Trense reiten, ein Füllen niemals. McGoggin machte sich bei seinen Rechtssachen mehr Mühe als sonst wer seines Alters. Er glaubte wohl, dass eine dreißig Seiten lange Urteilsverfügung in einem Fünfzig-Rupien-Prozess, bei dem beide Parteien bestimmt Meineide geschworen hatten, die Menschheit fördere. Jedenfalls arbeitete er zu viel, kränkte sich über jeden Tadel und predigte nach dem Dienst seinen lächerlichen Glauben, bis der Arzt ihn eines Tages vor Übertreibungen warnen musste. Kein Mensch wird im Juni ungestraft anderthalb Rupien Arbeit für eine Rupie leisten. Aber McGoggin war geistig immer noch verfüttert, stolz auf seine Kraft und jedem Rat unzugänglich. Er arbeitete am Tag neun Stunden ununterbrochen.

»Gewiss«, sagte der Arzt, »aber Sie werden zusammenbrechen. Ihre Tragfläche ist überlastet.« McGoggin war ein zarter Mensch. Eines Tages kam der Zusammenbruch so dramatisch, als wäre er gerade nur dieser Abhandlung zuliebe geschehen. Es war kurz vor der Regenzeit. Wir saßen alle auf der Veranda in der windstillen, dumpfig heißen Luft. Wir atmeten schwer und beteten zu den tiefschwarzen Wolken um Kühlung. Ganz, ganz aus der Ferne drang ein leises Rauschen herüber, das zum Brausen werden musste, wenn die Regenwolken erst über den Fluss kamen. Einer von uns vernahm es, erhob sich vom Stuhl, horchte auf und sagte nicht unerwartet: Gott sei Dank!

Der Blastoderm wandte sich um und sagte: »Warum? Ich versichere Sie, es sind lediglich Folgen völlig natürlicher Ursachen, atmosphärische Erscheinungen einfachster Art. Warum danken Sie dafür einem Wesen, das nie existiert hat, einem Fabelwesen, das ...«

»Blastoderm«, brummte sein Nachbar, »immer ruhig Blut! Geben Sie mir mal bitte den ›Pionier‹. Wir kennen Ihre Fabelwesen.« Der Blastoderm griff nach dem Zeitungstisch, nahm eine Zeitung und zuckte zusammen, als wenn ihn etwas gestochen hätte. Dann gab er die Zeitung weiter.

»Wie gesagt«, fuhr er langsam und mit Anstrengung fort, »lediglich Folgen völlig natürlicher Ursachen – natürlicher Ursachen – ich wollte sagen ...«

»Aber Blastoderm, Sie haben mir ja ein ganz falsches Blatt gegeben.«

Der Staub wirbelte in kleinen Wolken auf, die Baumwipfel schwankten hin und her, und die Dohlen pfiffen. Aber niemand achtete auf den Regen. Wir starrten alle den Blastoderm an, der neben seinem Stuhl stand und nach Worten rang. Er sagte noch langsamer als zuvor:

»Völlig verständlich – Wörterbuch – rote Eiche – abhängig von – Ursachen – Federball – allein ...«

»Blastoderm ist besoffen«, sagte einer. Aber Blastoderm war es nicht. Er sah uns blöde an und griff in dem einsetzenden Halbdunkel mit seinen Händen wild um sich. Er schrie gellend auf:

»Was ist denn? – Ich kann nicht – an mich halten – erreichbar – Markt – dunkel ...«

Aber seine Zunge schien im Mund zu erstarren. Und gerade als ein doppelzüngiger Blitz den weiten Himmel in drei Teile spaltete und der Regen in Strömen niederprasselte, verlor der Blastoderm die Sprache. Er schnaubte und stampfte wie ein gewaltsam gehaltenes Pferd, und sein Auge war voller Entsetzen.

Drei Minuten später war der Arzt da und ließ sich den Vorfall erzählen. »Aphasie«, sagte er, »bringen Sie ihn auf sein Zimmer. Ich habe den Krach kommen sehen.« Wir trugen den Blastoderm durch den Regenguss nach Hause, und der Arzt gab ihm Brom zum Schlafen.

Dann kam der Arzt aus dem Zimmer wieder zu uns und erklärte uns, dass die Aphasie, wie so manche Krankheit Indiens, die Menschen plötzlich wie mit einem Keulenschlag trifft. Er habe nur ein einziges Mal einen so starken Fall bei einem einheimischen Soldaten gehabt. – Ich für meine Person habe leichte Aphasie schon öfter bei stark überarbeiteten Menschen erlebt, aber dies plötzliche Verstummen war unheimlich. Wenn es auch nur, um mit dem Blastoderm zu reden, »die Folge ganz natürlicher Ursachen« war.

»Er muss Urlaub nehmen«, sagte der Arzt, »ein Vierteljahr wird er wohl nicht arbeiten können. Nein, nein, es ist weder Wahnsinn noch sonst etwas Verwandtes! Es ist nur ein völliges Versagen der Sprachfähigkeit und des Gedächtnisses. Ich denke, der Blastoderm wird sich jetzt wohl ein Weilchen still verhalten müssen.«

Zwei Tage später kam ihm die Sprache wieder. Seine erste Frage war: »Was war es denn eigentlich?« Der Arzt klärte ihn auf. »Aber ich kann es nicht begreifen!«, sagte der Blastoderm. »Ich bin doch ganz normal und soll meines Denkvermögens, meines Gedächtnisses nicht ganz Herr sein? Ist denn das möglich?«

»Gehen Sie drei Monate in die Berge«, sagte der Arzt, »und grübeln Sie nicht weiter.«

»Aber ich kann es nicht begreifen«, wiederholte der Blastoderm. »Mein eigener Verstand! Mein eigenstes Gedächtnis!«

»Das ist nicht zu ändern«, sagte der Arzt. »Es gibt manches, was Sie nicht begreifen. Wenn Sie erst einmal so lange im Beruf sind wie ich, dann werden Sie genau wissen, wie viel ein Mensch in dieser Welt sein Eigen nennen darf.«

Der Schlag duckte den Blastoderm. Er konnte ihn nicht begreifen. Mit Zittern und Zagen ging er ins Gebirge, immer in der Ungewissheit, ob es ihm wohl vergönnt sein würde, den Satz, den er begonnen, zu beenden.

Das Ereignis nahm ihm ganz heilsam seine Selbstsicherheit. Die natürliche Erklärung, dass er überarbeitet gewesen sei, befriedigte ihn nicht. Ein Etwas hatte ihm die Sprache von den Lippen genommen, wie eine Mutter die Milch von Kinderlippen wischt, und er fühlte eine Angst, eine furchtbare Angst.

So hatte denn der Klub Ruhe vor ihm, als er zurückkam. Wenn jemand gelegentlich McGoggin über menschliche Einrichtungen rechten hören sollte – über göttliche scheint er nicht mehr so viel zu wissen wie früher –, dann lege er nur seinen Finger an die Lippen und sehe zu, was dann geschieht.

Aber er mache mir keinen Vorwurf, wenn ihm ein Glas an den Kopf fliegt.

Die Einnahme von Lungtungpen

Folgende Geschichte erzählte mir mein Freund, der Gemeine Mulvaney, als wir bei einer Schmetterlingsjagd auf der steinernen Brustwehr am Weg nach Dagschai saßen. Er hatte seine eigenen Ansichten über die Armee und darüber, wie Tonpfeifen zu bemalen sind. Er behauptete, mit Rekruten käme man am weitesten, »von wegen ihrer Lammsunschuld«.

»Hören Sie zu«, sagte Mulvaney und streckte sich der Länge nach auf der Mauer in die Sonne: »Ich bin so 'n richtiger alter Regimentsgaul. Für mich ist die Armee das Leben. Ich gehöre zu den paar, die nicht ohne sie sein können. Siebzehn Jahre bin ich dabei; mir sind die Flötentöne ans Herz gewachsen. Hätte ich mir meinen Monatssuff nicht angewöhnt, dann wäre ich heute Mannschaftsoffizier. Dann wäre ich eine schöne Plage für meine Vorgesetzten, ein Schafskopf für meinesgleichen und mir selber zum Ekel. Aber ich bin nun mal, was ich bin, und bleibe der Gemeine Mulvaney ohne Extrazuschuss für gute Führung und mit einem mächtigen Durst. Aber mit Ausnahme von meinem Freund Bob Bahadur weiß ich noch immer so viel von der Armee wie sonst wer.«

Hier nannte ich einen Namen.

»Zum Henker mit Wolseley! Hier unter uns, vor Ihnen und mir und dem Schmetterlingsnetz gesagt, ist er so einer, der nichts versteht und über alles redet. Mit dem einen Auge schielt er nach dem Hof und mit dem anderen auf sein eigenes gesegnetes Ich. Andauernd hält er sich für Cäsar und Alexander in einer Person. Unser Bob, das ist ein anderer Kerl! Mit dem und ein paar Leuten, die noch keine drei Jahre Dienst hinter sich haben, will ich jede Armee von der Erde herunterfegen und meinethalben noch bis in die Hölle hinein. Weiß Gott, das ist mein Ernst! Die Rekruten, die ganz grünen, die noch nicht wissen, was eine Kugel heißt, und die sich auch nicht daran kehrten, wenn sie es wüssten, die machen die beste Arbeit. Da stopft man sie nun mit Rindfleisch voll, bis sie vor lauter Übermut nicht wissen, wohin; und wenn sie dann nichts zu tun kriegen, dann fahren sie sich selber in die Haare. Das können Sie mir schon glauben. Während der Hitze sollten sie auf Brot und Wasser gesetzt werden. Aber dann gibt's 'ne Meuterei. Wissen Sie, wie der Gemeine Mulvaney die Stadt Lungtungpen erobert hat? Nein? Das konnte ich mir denken! Der Leutnant hat den Ruhm, aber der Plan kommt von mir. Kurz ehe ich von Birma ins Lazarett kam, stand ich mit vierundzwanzig jungen Kerls unter Leutnant Brazenose. Die Galle ging uns ins Blut, weil wir Räuber fangen sollten und sie nicht kriegten. Mein Lebtag hab ich nicht solch zweibeiniges Hundepack gesehen! Ohne Hinterlader und Dolche würde man sie überhaupt für friedvolle Ackerbürger und nicht für Räuber gehalten haben, und es wäre eine Gemeinheit gewesen, sie niederzuknallen. Wir haben sie gejagt, aber erwischt haben wir höchstens das Fieber und ein paar Elefanten. Zu guter Letzt fassten wir wirklich einen. ›Behandelt ihn zart‹, sagt unser Leutnant. Na, ich bringe ihn also ein bisschen in den Dschungel und nehme mir den birmanischen Dolmetscher und meinen Ladestock mit. Und dann sage ich zu dem Kerl: ›Mein friedfertiger Freund‹, sage ich, ›nun setz dich mal auf deine Schinken und sag mal meinem Freund hier, wo deine Freunde sind, wenn sie zu Hause sind.‹ Bei der Gelegenheit lass ich ihn denn mit meinem Ladestock Bekanntschaft schließen, und er fängt auch gleich an zu schnattern. Unser Dolmetscher dolmetscht, und ich helfe der Abteilung für Nachrichtendienst mit

meinem Ladestock ein bisschen auf die Sprünge, wenn das Gedächtnis versagen wollte.

Ich höre also, dass es neun Meilen überm Fluss eine Stadt gibt,
die nur so gespickt ist mit Dolchen, Bogen, Pfeilen, Räubern,
Elefanten und so weiter. ›Na‹, sage ich, ›jetzt können wir ja die
Auskunftsstelle schließen.‹

Am Abend gehe ich also zum Leutnant und berichte. Bis dahin
hatte ich nie viel von Leutnant Brazenose gehalten. Er war zu
vollgestopft mit Gelehrsamkeit und Theorien, die nichts taugen.
›Eine Stadt, haben Sie gesagt?‹, fragt er. ›Gemäß der theoreti-
schen Kriegsführung müssen wir auf Verstärkung warten.‹ Na,
denk ich, dann können wir man gleich unser Grab schaufeln.
Denn die nächsten Truppen saßen bis an den Bauch in den
Mimbusümpfen. ›Aber‹, sagt der Leutnant, ›da hier ein besonderer Fall vorliegt, können wir ja eine Ausnahme machen. Heute
Nacht wollen wir uns dies Lungtungpen doch mal ansehen.‹

Unsere Kerls waren halb verrückt vor Freude, wie ich's ihnen erzählte. Sie liefen durch das Dickicht wie die Feldhasen. So um
Mitternacht kommen wir an den Fluss, den ich, weiß Gott, dem
Leutnant zu melden vergessen hatte. Ich war mit vieren voran.
Hatte ich 'ne Angst, dass der Leutnant wieder mit seinen Theorien anfangen würde. ›Runter mit den Sachen!‹, ruf ich. ›Runter bis aufs Hemd! Schwimmt eurem Ruhm entgegen!‹ – ›Ich
kann nicht schwimmen‹, antworten gleich zwei. ›Sollte man das
bei Menschen von eurer Bildung für möglich halten?‹, sagte ich.
›Haltet euch an einem Baumstamm fest. Conolly und ich, wir
werden euch schon rüberbugsieren, euch Jungfern!‹

Wir holen also einen alten Baumstamm, legen die Flinten und
das Zeug obenauf und schieben los. Die Nacht war stockduster,
und als wir gerade flott sind, höre ich den Leutnant hinter mir
rufen. ›Es ist ja nur ein halb trockenes Flussbett!‹, sag ich. ›Ich

fühle Grund.‹ Und ich fühlte ihn auch, denn ich war kaum vom Ufer fort.

›Ein hübsches trockenes Flussbett!‹, sagt der Leutnant. ›Vorwärts, du verrückter Kauz! Runter mit den Sachen, Jungs!‹ Ich hörte ihn lachen, und die Leute zogen sich aus und rollten 'nen Baum für die Sachen ins Wasser. Conolly und ich, wir stoßen ab mit unserem Baum, und die anderen kommen hinterher.

Der Fluss war meilenbreit. Ortheris, der hinten am Baum mithalf, brummte in den Bart, wir wären wohl aus Versehen in die Themse bei Sheerness geraten. ›Schwimm weiter, dummer Hund‹, sag ich, ›und lass hier unseren Irriwaddy mit deinen faulen Witzen in Ruh.‹ – ›Ruhe, Leute!‹, ruft der Leutnant. So schwimmen wir also im Finstern drauflos, mit der Brust gegen den Baum, und verlassen uns auf den lieben Gott und aufs Glück der britischen Armee.

Schließlich stoßen wir wieder auf Grund – Sand war's – und auf einen Mann. Ich trete ihm gerade auf den Rücken, und da kreischt der Kerl los, und fort ist er.

›Jetzt haben wir's!‹, sagt der Leutnant Brazenose. ›Wo zum Teufel ist denn nun Lungtungpen?‹ So anderthalb Minuten mussten wir warten. Unsere Leute nahmen die Gewehre, einige versuchten auch noch die Degenkoppel umzuschnallen. Wir gingen, müssen Sie wissen, mit aufgepflanzten Bajonetten los. Wir erfuhren, wo Lungtungpen war. Denn wir waren im Dunkeln an die Flussmauern geraten. Die ganze Stadt starrte von Hinterladern und solchem Krimskrams, wie ein gesträubter Katzenbuckel bei Nacht. Alles schoss auf einmal, aber über uns hinweg mitten in den Fluss.

›Gewehr in Ordnung?‹, ruft der Leutnant. ›Zu Befehl‹, sagt Ortheris. ›Ich hab das von dem Hund Mulvaney. Das hab ich nun für meinen rückständigen Sold, dass mir das lange Stück das

Schlüsselbein einschlägt.‹ – ›Vorwärts!‹, schreit Brazenose, den
Degen in der Faust. ›Stürmt die Stadt! Vorwärts! Und Gott sei
unseren armen Seelen gnädig.‹

Unsere Leute brüllten mörderisch und stürmten ins Dunkel, instinktiv auf die Stadt los. Wie das harte Gras sie in die bloßen
Beine stach, kriegten sie die blinde Wut und gingen stocksteif
drauflos wie lauter Kavallerie-Reitlehrer. Ich stieß mit dem Ge-
wehrkolben an ein Bambusding. Ich glaubte, es würde nachge-
ben. Und die anderen stoßen auch drauflos, während der Krimskrams über uns donnerte und blitzte und das Geschrei hinter der
Mauer uns das Trommelfell zerriss. Aber wir waren schon zu nahe, als dass sie uns hätten treffen können.

Schließlich krachte das Ding, was es auch war, zusammen. Und
wir alle sechsundzwanzig stolperten splitternackt wie die Neu-
geborenen in die Stadt Lungtungpen. Zuerst gab es ein großar-
tiges Handgemenge. Ich weiß nicht, ob sie uns, weiß und nass,
wie wir waren, für eine neue Sorte Teufel oder Räuber gehalten
haben. Gelaufen sind sie jedenfalls, als wenn wir beides gewesen
wären. Und wir mit Kolben und Bajonett hinterher, brüllend
vor Lachen. Auf den Straßen brannten Fackeln, und ich sah, wie
der kleine Ortheris sich jedes Mal, wenn er meine Muskete abgeschossen hatte, die Schulter rieb. Und Brazenose schritt mit
seinem Degen voran wie Richard der Löwe, nur hatte er keinen
Faden am Leib. Wir fanden ein paar Räuber versteckt unter Elefanten und hatten bis zum Morgen allerhand zu tun.

Dann wurde haltgemacht, und wir stellten uns in Reih und
Glied. Die Weiber kreischten in den Häusern, und Leutnant
Brazenose wurde rosenrot, als die Sonne uns beleuchtete. So 'ne
unanständige Parade habe ich nie mitgemacht. Fünfundzwanzig
Gemeine und ein Offizier in Frontstellung ohne so viel Zeug am
Leib, dass man 'ne Flöte damit hätte abwischen können. Acht

von uns hatten wenigstens Koppel und Patronentasche um, aber die anderen waren nur mit einer Handvoll Patronen, ohne irgendetwas an, losgezogen. Sie waren nackt wie die Venus.

›Es wird von rechts abgezählt!‹, sagt der Leutnant. ›Die Ungeraden treten ab zum Anziehen. Die Geraden zur Patrouille, bis sie von den andern abgelöst werden können!‹ Ich kann Ihnen sagen, eine Stadtpatrouille ohne was an ist ein Erlebnis! Nach zehn Minuten war ich feuerrot, so lachten die Weiber. Weder vorher noch nachher bin ich rot geworden, aber in den zehn Minuten war ich's am ganzen Kadaver. Ortheris kam nicht mit. Er sagte nur: ›Ihr könnt mich am Sonntag in der Kaserne ...‹, warf sich auf die Erde und kugelte sich vor Lachen.

Als wir alle angezogen waren, zählten wir die Toten: fünfundsiebzig von dem Räubervolk, ohne die Verwundeten. Wir hatten fünf Elefanten, einhundertsiebzig Hinterlader, zweihundert Dolche und sonst noch 'nen ganzen Haufen Diebesplunder. Von uns war niemand verletzt – höchstens der Leutnant, und der auch nur von dem Stoß, den sein Schamgefühl abgekriegt hatte. Der Älteste von Lungtungpen fragte, als er sich ergeben hatte, den Dolmetscher: ›Wenn die Engländer ohne Kleider so kämpfen, wie in aller Welt kämpfen sie dann in Uniform?‹ Ortheris rollte die Augen, knackte mit den Fingern und fing an zu tanzen, um dem Ältesten zu imponieren. Der machte, dass er in sein Haus kam. Wir trugen unseren Leutnant den ganzen Tag lang auf unseren Schultern durch die Stadt oder spielten mit den kleinen Birmanenkindern; es war eine ganz bildhübsche, kleine, dicke braune Gesellschaft.

Als ich wegen der Dysenterie zurückkommandiert wurde, habe ich zu unserem Leutnant gesagt: ›Herr Leutnant‹, sag ich, ›Sie haben das Zeug zu einem großen Mann. Aber, wenn Sie's einem alten Soldaten nicht übel nehmen, Sie sind zu sehr fürs Theoretische.‹ Er gab mir die Hand und sagte: ›Ihnen kann man's ja doch nicht recht machen, Mulvaney; Sie haben mich nun durch ganz Lungtungpen wie einen Indianerhäuptling ohne Kriegsschmuck tanzen sehen und werfen mir immer noch die Theorie vor?‹ – ›Herr Leutnant‹, sagte ich, denn ich hatte ihn gern, ›ich würde mit Ihnen ganz genauso durch die Hölle tanzen, und die anderen alle mit.‹ Ich fuhr flussabwärts und schickte ihm meinen Segen. Der liebe Gott mag dafür sorgen, dass er ihn trifft, denn er war wirklich ein forscher, aufrechter junger Offizier.

Aber nun zur Pointe! Was ich da erzählt habe, soll zeigen, was die Rekruten wert sind. Oder glauben Sie vielleicht, dass fünfzig alte Soldaten Lungtungpen im Dunkeln genommen hätten? Ich nicht! Die hätten sich vor Fieber und Kälte gefürchtet, vom Schießen noch gar nicht geredet. Zweihundert hätten's vielleicht getan. Aber die Jungen wissen wenig und kümmern sich um noch weniger. Und wo keine Furcht nicht ist, da ist auch keine Gefahr. Holt euch Junge und füttert sie gut. Dann werden sie bei der Ehre vom großen, kleinen Bob, unter einem ordentlichen Offizier, ohne Sachen, nicht nur mit schwarzem Räuberpack, nee, auch mit ganzen weißen Armeen fertigwerden. Lungtungpen haben sie nackend genommen, Sankt Petersburg werden sie in Unterhosen nehmen. Weiß Gott, das täten sie.

Hier ist Ihre Pfeife, Herr. Rauchen Sie nur recht hübsch vorsichtig; ein anständiges Kraut, wenn der Duft vom Kantinentabak erst raus ist. Ich danke Ihnen schön, aber es hat keinen rechten Zweck, wenn Sie mir meinen Beutel mit Ihrem Kraut vollstopfen. Kantinentabak ist ganz wie die Armee; man verdirbt sich daran den Geschmack für was Feineres.«

Bei diesem Ausspruch nahm Mulvaney sein Schmetterlingsnetz und ging zur Kaserne zurück.

Der Bazillentöter

Es freut die tönerne Götterwelt,
Wenn der ewige Zeus sein Schläfchen hält.
Doch die kleine Gesellschaft hat nicht bedacht,
Dass zu seiner Stunde auch Zeus erwacht.

In der Regel ist es nicht ratsam, sich in einem Land in Staatsan-
gelegenheiten zu mischen, wo Leute hoch genug bezahlt werden, damit sie sie für uns erledigen. Aber unsere Geschichte bedeutet eine berechtigte Ausnahme.
Bekanntlich erleben wir alle fünf Jahre ein tief einschneidendes
Ereignis. Ein neuer Vizekönig zieht ein und bringt mit seinem
anderen Gepäck einen Privatsekretär mit, der manchmal der eigentliche Vizekönig ist, manchmal aber auch nicht, ganz wie das
Geschick es fügt. Denn das Geschick wacht über dem Indischen
Reich, weil es so groß und hilflos ist.
Es war einmal ein Vizekönig, der einen unruhigen Geist als Privatsekretär mitbrachte – einen unbeugsamen Mann mit schmieg-
samen Umgangsformen und einer fast krankhaften Arbeitswut.
Dieser Sekretär hieß Wonder – John Fannil Wonder. Der Vizekönig hatte keinen Namen, aber er besaß eine lange Kette Graf-
schaften und eine ebenso lange Ordenskette. Unter guten Freunden pflegte er zu sagen, er wäre die galvanisierte Bug-Galione des
goldenen Staatsschiffs. Und er sah bald träumerisch, bald belus-
tigt Wonder zu, der völlig außerhalb seines Amtskreises liegende
Dinge in seine Hand zu bringen suchte. »Und wenn wir erst alle
Engel sind«, sagte Seine Exzellenz einmal, »dann wird mein lieber, guter Freund Wonder sicher eine Verschwörung anzetteln,

um dem Erzengel Gabriel die Schwanzfedern auszurupfen oder Sankt Peter die Schlüssel zu stehlen. Aber dann werde ich Anzeige erstatten.«

Die Leute murrten über Wonders Übereifer, obwohl doch der Vizekönig sich nicht weiter darüber beklagte. Bei den Staatsräten fing es an, und schließlich stimmte ganz Simla darin überein, dass in dem gegenwärtigen Regime »zu viel Wonder« und »zu wenig Vizekönig« wäre. Wonder führte andauernd Seine Exzellenz im Munde. »Seine Exzellenz hin, Seine Exzellenz her; Seine Exzellenz sind der Meinung«, und so fort. Der Vizekönig lächelte darüber, aber er kehrte sich nicht daran. Er meinte, dass seine »guten, alten Räte« den »ehrwürdigen Orient« in Frieden ruhen lassen würden, solange sie sich mit »seinem lieben Freund Wonder« herumzankten.

»Sicherlich wird sich kein weiser Mann politisch festlegen«, versicherte der Vizekönig. »Denn feste politische Versicherungen sind Sicherstellungen, die sich nur ein Narr von unberechenbaren Eventualitäten abpressen lässt. Ein Narr bin ich nicht, und das andere glaube ich nicht.«

Ich weiß nicht ganz genau, was er damit sagen wollte, wenn er nicht eine Versicherungspolice meinte. Vielleicht war es auch nur ein eigener Ausdruck des Vizekönigs für: »Gewehr in Ruh!« Nun kam zu dieser Zeit einer von jenen Leuten nach Simla, die im Leben nur eine gute Idee haben. Solche Menschen bringen die Welt vorwärts, aber für den gesellschaftlichen Verkehr sind sie wenig geeignet. Der Betreffende hieß Mellish. Er hatte fünfzehn Jahre auf seinem Besitztum im unteren Bengalien gelebt, wo er die Cholera studiert hatte. Er hielt den Träger der Cholera für einen Bazillus, der sich in unreiner Luft vermehrt und sich in dicken Flocken auf Baumzweigen festsetzt. Und dieser Bazillus konnte seiner Ansicht nach unschädlich gemacht werden durch »Mellishs unübertreffliches Räuchermittel« – ein schwarz-blaues Pulver –, »das Ergebnis fünfzehnjähriger wissenschaftlicher Untersuchungen, werter Herr!«

Erfinder sind, scheint's, alle gleichen Schlags. Sie reden alle mit erhobener Stimme mit Vorliebe über »monopolistische Ausbeutungsversuche«; sie schlagen mit der Faust auf den Tisch und tragen immer versteckt Proben ihrer Erfindungen bei sich.

Mellish behauptete, es bestünde in Simla eine medizinische Clique mit dem Generalarzt an der Spitze, die alle Krankenhausärzte des Reichs in sich begriffe. Ich weiß nicht sehr, wie er es bewies, aber er sprach von »Durchstechereien usw.«, und Mellish wollte das unbeeinflusste Zeugnis des Vizekönigs, »des Statthalters unseres allergnädigsten Kaisers und Königs, werter Herr!«. Darum kam Mellish nach Simla mit einem halben Zentner Räucherpulver im Koffer, um dem Vizekönig in einer Audienz die Vorzüge seiner Erfindung darzulegen.

Aber es ist leichter, einen Vizekönig zu Gesicht zu bekommen, als ihn zu sprechen, wenn man nicht gerade ein so bedeutender Mann ist wie Mellishe aus Madras. Er war ein vermögender Mann, so vermögend, dass seine Töchter nicht heirateten, sondern »eheliche Verbindungen eingingen«. Er selber wurde nicht bezahlt, er erhielt »Remunerationen«, und seine Reisen im Land waren »Informationsreisen«. Sein Geschäft war es, Madras mit einer langen Stange aufzurühren, wie man Karpfen in einem Teich aufrührt; und die Leute mussten aus ihrer altgewohnten Gemütlichkeit emportauchen, nach Luft schnappen und staunend ausrufen: »Hier steht Aufklärung und Fortschritt. Ist es nicht eine Lust?« Und man setzte Mellishe Denkmäler und baute ihm aus Blumen Ehrenpforten, in der Hoffnung, ihn loszuwerden. Mellishe kam nach Simla zu einer »Konferenz« mit dem Vizekönig. Das gehörte zu seinen Nebenbeschäftigungen. Der Vizekönig wusste von Mellishe nichts weiter, als dass er einer der »kleinbürgerlichen Götzen« war, die »scheinbar dem geistigen Wohlbehagen Indiens, dem Paradies des Kleinbürgertums, unumgänglich notwendig sind«. Und der Vizekönig nahm es als gegeben hin, dass Mellishe »alle öffentlichen Einrichtungen in Madras vorgeschlagen, entworfen, begründet und ausgestattet habe«. Das beweist, dass Seine Exzellenz trotz aller Träumerei solche Leute sehr gut kannte.

Mellishes Name war E. Mellishe, und Mellishs Name war E. S. Mellish. Beide wohnten im gleichen Hotel, und das Geschick, das über dem Indischen Reich wacht, fügte es, dass Wonder sich versah und das »e« am Schluss des Namens wegließ. Der Amtsdiener förderte den Fehler und übergab den Brief Mellish mit dem Räucherpulver. »Sehr verehrter Mr Mellish, würden Sie möglicherweise morgen abkommen können und mittags zwei Uhr mit uns speisen? Der Vizekönig wird eine Stunde zu Ihrer Verfügung halten.« Mellish weinte fast vor Glück und Stolz und ritt zur festgesetzten Stunde nach »Peterhoff« mit einer großen Tüte Räucherpulver im Rockschoß. Seine Stunde war gekommen, und es galt, sie zu nutzen. – Mellishe hatte die »Konferenz« so verdächtig bedeutsam gemacht, dass Wonder für ihn ein Frühstück im engsten Kreis veranstaltete, ohne Adjutanten, ohne Wonder, mit dem Vizekönig allein. Und der Vizekönig klagte, er fürchte sich, mit einem so selbstherrlichen Menschen wie Mellishe aus Madras zwanglos allein sein zu müssen.

Aber der Gast langweilte den Vizekönig gar nicht. Im Gegenteil, er belustigte ihn. Mellish war ängstlich erregt und besorgt, möglichst bald auf sein Räucherpulver zu kommen. Er redete hin und her, bis das Essen zu Ende war und Seine Exzellenz ihn aufforderte, zu rauchen. Mellish gefiel dem Vizekönig, weil er nicht fachsimpelte.

Sobald die Zigarren brannten, sprach Mellish frei von der Leber weg. Er fing mit seiner Choleratheorie an, beleuchtete seine »fünfzehnjährige wissenschaftliche Arbeit«, die Machinationen der Simlaer Ärzteclique und die Vorzüglichkeit seines Räuchermittels. Der Vizekönig sah ihn mit halb geschlossenen Lidern an und dachte: »Das scheint mir wohl doch nicht der Richtige zu sein. Aber ein originelles Huhn ist er.«

Mellishs Haar sträubte sich vor Erregung, und er stotterte. Er wühlte in seinen Rockschößen, und ehe sich's der Vizekönig versah, hatte er eine Handvoll Pulver in den großen silbernen Aschenbecher geschüttet.

»Ich b-b-b-bitte Sie, sich selbst zu überzeugen, werter Herr!«, rief Mellish. »Exzellenz haben die Güte, aus eigener Anschauung zu urteilen. Völlig unfehlbar, mein Wort darauf!«

Er tauchte seine glimmende Zigarre in das Pulver; und es begann zu dampfen wie ein Vulkan. Schwere, fettige kupferfarbene Rauchringe stiegen auf, und im Handumdrehen füllte sich das Zimmer mit einem beißenden, widerlichen Geruch, einem Gestank, der einem gewaltsam die Kehle zuschnürte. Das Pulver sprühte und zischte und schoss blaugrüne Funken, und der Qualm stieg auf, bis man weder sehen noch hören, noch atmen konnte. Aber Mellish war daran gewöhnt.

»Salpetersaurer Strontian«, schrie er. »Baryt, Knochenmehl usw. Tausend Kubikfuß Rauch auf einen Kubikzoll! Nicht ein Bazillus kann leben bleiben, nicht einer, Exzellenz!«

Aber Seine Exzellenz war geflüchtet und stand hustend auf dem Treppenabsatz, während es in ganz »Peterhoff« wie in einem Bienenkorb zu surren begann. – Die roten Ulanen stürzten herbei, und der Oberamtsdiener, der Englisch spricht, und die Leibtrabanten und die Damen liefen die Treppen hinab und riefen: »Feuer!« Denn der Rauch zog durch das ganze Gebäude, schwelte durch die Fenster, schwoll auf die Veranden und kräuselte und säuselte über dem Park. Niemand konnte das Zimmer, wo Mellish über sein Räucherpulver Vortrag hielt, betreten, bis das unbeschreibliche Zeug ausgebrannt war.

Dann stürzte ein Adjutant, der sich das Ehrenkreuz verdienen wollte, durch die Rauchwolken und schleifte Mellish in die Vorhalle. Den Vizekönig hatte sein Lachen völlig entkräftet. Erschöpft winkte er Mellish zu, der eine frische Tüte hin und her schwenkte.

»Großartig! Großartig!«, stöhnte Seine Exzellenz. »Nicht ein Bazillus kann leben bleiben. Sie haben ganz recht. Ich kann's beschwören. Ein glänzender Erfolg!«

Er lachte, bis ihm die Tränen kamen. Und Wonder, der den wahren Mellishe wutschnaubend auf der Promenade getroffen hatte, trat ein und war ungemein entrüstet über die Szene. Aber der Vizekönig war begeistert, denn jetzt war er sicher, dass Wonder sehr bald werde gehen müssen. Mellish mit dem Räucherpulver war auch sehr befriedigt, denn jetzt war die Simlaer Ärzteclique bankrott.

★

Wenige Leute können eine Geschichte so gut erzählen wie Seine Exzellenz, wenn er Lust dazu hatte. Und seine Erzählung von »meines lieben, guten Wonders Freund mit dem Räucherpulver« machte in Simla die Runde. Und frivole Leute machten Wonder mit ihren Bemerkungen unglücklich.

Aber Seine Exzellenz erzählte die Geschichte einmal zu viel – zu viel für Wonder, und zwar mit Absicht. Es war bei einem Picknick. Wonder saß hinter dem Vizekönig.

»Und einen Augenblick war ich wirklich der Meinung«, schloss Seine Exzellenz, »dass mein lieber, guter Wonder einen Meuchelmörder gedungen hatte, um sich den Weg zum Thron zu bahnen.«

Alle lachten. Aber es war ein leiser Unterton in der Stimme des Vizekönigs. Und Wonder verstand ihn. Er fand, dass seine Gesundheit nachließe, und der Vizekönig willigte in seinen Abschied. Er schilderte ihn in den leuchtendsten Farben, um ihn in den maßgebenden Kreisen zu fördern.

»Es war lediglich meine Schuld«, sagte Seine Exzellenz später mit vielsagendem Blinzeln. »Meine Unbeständigkeit muss einer so starken Natur von jeher zuwider gewesen sein.«

Entführt

Wir sind hochstehende und aufgeklärte Menschen, und darum empört uns das Verheiraten von Kindern, dessen Folgen hin und wieder recht eigenartig sind. Aber nichtsdestoweniger ist die Sitte der Hindus – die ja schließlich auch europäische Sitte, uralte Sitte ist –, Ehen ohne Rücksicht auf die Zuneigung der Heiratenden zu schließen, durchaus wohlbegründet. Wer auch nur einen Augenblick darüber nachsinnt, muss das einsehen, vorausgesetzt, dass er nicht an Wahlverwandtschaften glaubt. Dann sollte er meine Geschichte lieber ungelesen lassen. Wie kann ein Mann, der nie verheiratet war, dem man nicht zumuten würde, unter Pferden auf den ersten Blick ein einigermaßen fehlerfreies herauszufinden, wie kann solch ein Mann, dessen glühende Fantasie nur Bilder häuslichen Glücks schaut, sich an die Wahl eines Weibes wagen! Er kann weder klar sehen noch denken, trotz aller Versuche. Und wenn ein Mädchen ihren Träumen folgt, trifft sie auf die gleichen Hindernisse. Aber wenn reife, verheiratete, besonnene Leute zwei junge Menschen zusammengeben, dann tun sie es wohlüberlegt und bedenken die Zukunft. Und das Paar wird glücklich sein bis an sein Lebensende. Das weiß ein jeder. Eigentlich müsste die Regierung ein Tribunal für Eheschließungen einrichten mit den nötigen Beamten, einem Geschworenengericht würdiger Frauen, einem älteren Geistlichen und einem »zur abschreckenden Warnung« im Gerichtshof an einen Baumstamm gefesselten Paar, das aus Liebe geheiratet hatte und unglücklich ist. Alle Ehen müssten durch diese Abteilung vermittelt werden, die ja dem Unterrichtsministerium unterstellt werden könnte. Eine Übertretung müsste die gleiche Strafe finden wie ein Grundstücksverkauf ohne Stempelvertrag. Aber die Regierung nimmt nun einmal keine Vorschläge an. Sie gibt vor, zu beschäftigt zu sein. Dennoch will ich meine Auffassung niederschreiben und ein Beispiel geben, das meine Theorie beleuchtet.

Es war einmal ein tüchtiger junger Mann – ein ausgezeichneter Beamter. Er hatte eine aussichtsreiche Laufbahn vor sich und die höchsten Orden als erreichbares Ziel. Alle seine Vorgesetzten lobten ihn, denn er wusste zur rechten Zeit Zunge und Feder ruhen zu lassen. Heute gibt es in Indien nur elf Leute, die diese geheime Kunst besitzen, und alle sind, mit einer Ausnahme, zu hohen Ehren und Gehältern gelangt.

Der tüchtige junge Mann war still und verschlossen und viel zu alt für seine Jahre. Und das zieht stets seine Strafe nach sich. Hätte irgendein Unterbeamter, ein Plantagengehilfe oder sonst wer, der sein Leben unbekümmert um den nächsten Tag genießt, das getan, was er nur zu tun versucht hat, niemand hätte sich darum gekümmert. Aber als Peythroppe, der schätzenswerte, tugendsame, sparsame, stille, fleißige, junge Peythroppe, zu Fall kam, da ging durch fünf Dienstabteilungen eine nachhaltige Erschütterung.

Und das kam so. Er lernte Miss Castries kennen. Der Name hieß ursprünglich D'Castries, aber die Familie hatte das »D« aus politischen Gründen fallen lassen. Er verliebte sich mit noch größerer Energie, als er bei seiner Arbeit bewies. Ich muss betonen, dass auch nicht der leiseste Hauch – nicht der Schatten eines Hauchs – Miss Castries' Ruf trübte. Sie war ohne Fehl und sehr schön – sie war, wie harmlose Leute in England sagen würden, ein spanischer Typus. Sie hatte volles, blauschwarzes Haar bis tief auf die Stirn herab, große blaue Augen und Brauen, geradlinig und schwarz wie der Rand eines Extrablatts, das den Tod eines großen Mannes meldet. Aber – aber – aber. Sie war ein sehr liebes Mädchen und sehr fromm, aber aus manchem Grund ganz unmöglich. Ganz gewiss! Alle guten Mütter wissen, was das heißt: »unmöglich«. Es war offensichtlich unsinnig von Peythroppe, sie heiraten zu wollen. Der kleine opalfarbene Onyxrand ihrer Fingernägel sagte das so deutlich, als wenn es öffentlich gedruckt worden wäre. Außerdem bedeutete eine Heirat mit Miss Castries eine Verschwägerung mit vielen anderen Castries, mit dem Mannschaftsoffizier Castries, ihrem Vater, mit Mrs Eulalia Castries, ihrer Mutter, und allen weiteren Zweigen der Castries'schen Familie mit Monatseinkommen von 175 bis 470 Rupien, samt deren Frauen und Anverwandten.

Peythroppe hätte es weniger gekostet, wenn er einen Regierungskommissar mit einer Hundepeitsche geprügelt oder die Akten des Deputiertenbüros verbrannt hätte, als jetzt, da er eine Verbindung mit den Castries eingehen wollte. All das hätte ihn in seiner Laufbahn weniger gehindert, selbst unter einer Regierung, die *nie* vergisst und *nie* verzeiht. Das sah jeder ein, nur Peythroppe nicht. Jawohl, er wollte Miss Castries heiraten, er war mündig, und er hatte sein gutes Einkommen, – und wehe dem Haus, das Mrs Virginia Saulez Peythroppe nicht mit der dem Rang ihres Gatten zukommenden Achtung aufnehmen würde. So lautete Peythroppes Ultimatum, und alle Vorstellungen brachten ihn zur Wut.

So plötzliche Geistesstörungen befallen gerade die klarsten Köpfe. Es war einmal ein Fall – aber von dem werde ich später einmal erzählen. Der Wahn ist nur zu erklären, wenn man die Auffassung, dass Ehen im Himmel geschlossen werden, gerade in ihr Gegenteil verkehrt. Peythroppe brannte darauf, sich am Anfang seiner Laufbahn einen Mühlstein um den Hals zu binden. Und alle Erörterungen blieben fruchtlos. Er wollte Miss Castries heiraten. Die Sache wäre seine Sache. Er bäte höflichst, Ratschläge bei sich zu behalten. Einen Menschen in solchem Zustand bestärken Worte nur noch. Wie könnte er auch einsehen, dass eine Heirat hier draußen nicht seine Sache, sondern Sache der Regierung ist, der er dient?

Man erinnert sich wohl Mrs Hauksbees, der bewundernswertesten Frau Indiens. Sie hat Pluffles von Mrs Reiver befreit, sie hat Tarrion eine Stelle im Auswärtigen Amt verschafft und ist in offener Feldschlacht von Mrs Cusack-Bremmil geschlagen worden. Sie hörte von Peythroppes bejammernswerter Lage, und ihrem Kopf entsprang der Plan zu seiner Rettung. Sie besaß die Klugheit der Schlange, die logische Kraft des Mannes, die Furchtlosigkeit des Kindes und den dreifach hellen Blick des Weibes. Nie – nein, gewiss nie –, so lange, wie noch eine Tonga den Solonberg hinabkarriolt, so lange, wie noch verliebte Paare hinter Summer Hill spazieren reiten, wird wieder solch Genie wie Mrs Hauksbee erstehen. Sie wohnte der Beratung dreier Männer über den Fall Peythroppe bei, und sie stand auf, zog die Lasche ihrer Reitgerte durch die Zähne und redete.

★

Drei Wochen später aß Peythroppe mit den dreien zusammen und las, als die offizielle Zeitung hereingebracht wurde, unter den amtlichen Nachrichten zu seinem Erstaunen, dass er vier Wochen beurlaubt sei. Man frage nicht mich, wie das zuwege kam. Ich bin felsenfest überzeugt, dass die ganze große indische Regierung sich auf den Kopf stellen würde, wenn Mrs Hauksbee den Befehl dazu erteilte. Die drei hatten auch jeder einen Monat Urlaub; Peythroppe warf die Zeitung hin und fluchte. Da hörte man vom Hof her das weiche »Trapp – trapp« von Kamelen – Diebskamelen, Bikaneerzucht, die nicht beim Niederknien und Aufstehen gurgelt und heult.

Was darauf geschehen ist, weiß ich nicht. Aber so viel ist sicher: Peythroppe verschwand, verflog wie Rauch. Im Haus der drei war der »Faulenzer« in Stücke zersplittert, und in einem der Schlafzimmer fehlte ein Bett.

Mrs Hauksbee erzählte, Peythroppe sei mit den dreien nach Rajputana auf Jagd. Wir mussten ihr glauben.

Am Ende des Monats stand in der Zeitung, dass Peythroppes Urlaub um zwanzig Tage verlängert sei. Man wütete und jammerte im Haus der Castries. Der festgesetzte Hochzeitstag erschien, aber der Bräutigam kam und kam nicht, und alle die D'Silvas, Pereiras und Duckets erhoben laut ihre Stimmen und höhnten den Mannschaftsoffizier Castries, dass er sich so schändlich hätte betrügen lassen. Mrs Hauksbee ging zur Trauung und war sehr erstaunt, als Peythroppe nicht erschien. Nach sieben Wochen kamen Peythroppe und die drei aus Rajputana. Peythroppe war sehr mitgenommen, sehr blass und verschlossener denn je.

Einer der drei hatte eine Schmarre über der Nase – vom Rückschlag des Gewehrs. Zwölfkalibrige stoßen manchmal sonderbar.

Dann kam der Mannschaftsoffizier Castries, den es nach dem Blut seines treulosen einstigen Schwiegersohns dürstete. Er sagte manches – Gemeines, »Unmögliches«, was den groben, rohen »Gemeinen« unter dem »Offizier« verriet. Ich glaube, Peythroppes Augen öffneten sich. Jedenfalls hörte er ihn ruhig mit an und fasste sich dann kurz. Mannschaftsoffizier Castries forderte noch einen Schnaps, ehe er ging, um zu sterben – oder eine Klage wegen Bruchs des Eheversprechens einzureichen.

Miss Castries war ein sehr liebes Mädchen. Sie erklärte, sie wolle keinen Prozess. Wenn sie auch keine »Dame« sei, sagte sie, so sei sie doch gebildet genug, um zu wissen, dass »Damen« ihre gebrochenen Herzen nicht der Öffentlichkeit preisgeben. Und da sie ihre Eltern beherrschte, blieb es dabei. Später heiratete sie einen sehr ehrenwerten, ganz gebildeten Mann. Er reiste für eine unternehmungslustige Firma in Kalkutta und war, wie ein guter Gatte sein soll.

Peythroppe kam wieder zur Vernunft. Er leistete viel und war geachtet von allen, die ihn kannten. Eines Tages wird auch er heiraten. Aber er wird sich ein liebes, feines kleines Jungfräulein zur Frau nehmen, das nicht ohne Geld und Verbindungen und dazu auch hoffähig ist, wie jeder weise Mann tun sollte. Und er wird ihr nie im Leben erzählen, was während seines siebenwöchentlichen Jagdausflugs in Rajputana geschehen ist.

Aber man denke daran, wie viel Mühe und Kosten, denn Kamelmieten sind hoch, und die Bikaneertiere wollen wie Menschen gehalten werden – wie viel gespart worden wäre, wenn es eine zweckmäßig geleitete Eheschließungsabteilung unter Aufsicht des Kulturministers in enger Verbindung mit dem Vizekönig gegeben hätte.

Die Verhaftung des Leutnants Golightly

Wenn Golightly auf irgendetwas stolz war, dann war es darauf, offiziersmäßig und elegant auszusehen. Er behauptete, er kleide sich der Armee zuliebe mit so peinlicher Sorgfalt; aber wer ihn sehr gut kannte, wusste, dass er es seiner Eitelkeit zuliebe tat. Es war nichts auszusetzen an Golightly, nicht das Geringste. Er wusste, was ein gutes Pferd war, und konnte mehr als reiten. Er spielte ganz erträglich Billard und war ein guter Partner am Whist-Tisch. Jeder hatte ihn gern, und niemand hätte sich träumen lassen, ihn einmal mit Handschellen als Deserteur auf einem Bahnsteig zu sehen. Und doch geschah dieses traurige Wunder.

Nach Ablauf seines Urlaubs kam er von Dalhousie herab – zu Pferd. Er hatte seinen Urlaub ausgedehnt, so weit es irgend ging, und hatte Eile. In Dalhousie war es schon recht warm gewesen, und da er wusste, was er in der Ebene zu erwarten hatte, ritt er in einem neuen, eng anliegenden Khaki-Anzug in zartem Olivgrün, trug einen pfauenblauen Schlips, weißen Kragen und einen schneeweißen Tropenhelm. Er war stolz darauf, selbst auf scharfem Ritt elegant auszusehen. Und er sah in der Tat elegant aus. Aber er war bei seinem Aufbruch so in sein Äußeres vertieft gewesen, dass er ganz vergessen hatte, sich mehr als Kleingeld einzustecken. Seine Banknoten hatte er im Hotel gelassen. Seine Leute waren vorausgeritten, um ihn rechtzeitig in Pathankote mit frischen Sachen erwarten zu können. Er nannte das »in offener Marschordnung« reisen. Und er war stolz auf sein Organisationstalent.

Zweiundzwanzig Meilen hinter Dalhousie setzte der Regen ein. Es war kein leichter Gebirgsschauer, sondern ein richtiger leichter Passatregen. Golightly hastete vorwärts und wünschte sich in Besitz seines Regenschirms. Der Staub auf den Wegen wurde zu Schlamm, und das Pony bespritzte sich über und über und auch Golightlys Khaki-Gamaschen. Aber er ritt unentwegt weiter und suchte sich einzureden, dass die Regenkühle höchst angenehm sei.

Das nächste Pony war schon zu Anfang störrisch, und da Golightlys Hände vom Regen schlüpfrig-unsicher waren, warf ihn das Pony an einer Wegbiegung ab. Er lief dem Tier nach, fing es wieder ein und ritt munter drauflos. Der Sturz hatte weder seinen Anzug noch seine Stimmung verschönt. Er hatte einen Sporn verloren, aber dafür brauchte er den anderen umso fleißiger. Auf dieser Etappe hatte das Pony mehr Bewegung, als ihm lieb war, und Golightly war trotz Regen in Schweiß gebadet. Nach einer weiteren qualvollen halben Stunde versank die Welt vor Golightlys Augen in einem dickflüssigen Brei. Der Regen hatte den Kopf seines riesigen, schneeweißen Tropenhelms in einen übel duftenden Teig verwandelt, und er saß ihm auf dem Kopf wie ein halb offener Pilz. Dazu lief das grüne Futter aus.

Golightly sagte etwas, das man nicht wiederzugeben braucht. Er riss ein Stück von der Krempe, dass die Augen wieder frei wurden, und trottete weiter. Hinten klatschte ihm die Krempe gegen den Nacken und an den Seiten gegen die Ohren. Aber Ledergurt und Futter hielten den Helm gerade noch so weit zusammen, dass er nicht völlig zerfloss.

Allmählich taute aus dem Helmbrei und dem grünen Futter ein Schleim, der sich nach allen Richtungen über Golightly ergoss, mit besonderer Vorliebe über Nacken und Brust. Auch die Khakifarbe lief aus − sie war empörend unecht. Teilweise war Golightly braun, stellenweise violett; hier waren ockergelbe Ringe, dort rostbraune Streifen und schmutzig weiße Flecken, je nach der eigentümlichen Zusammensetzung der Farbstoffe. Als er sein Taschentuch herauszog, um sich das Gesicht trocken zu wischen, mischte sich das Grün des Helmfutters mit dem Blau seines Schlipses, das bis auf den Hals durchgesickert war. Die Wirkung war verblüffend.

In der Nähe von Dhar hörte der Regen auf, die Abendsonne brach durch und trocknete Golightly ein wenig; zugleich wurden auch die Farben fixiert. Drei Meilen vor Pathankote wurde das letzte Pony stocklahm, und Golightly musste zu Fuß gehen. Er drang bis Pathankote vor, wo er seine Leute zu finden hoffte. Er ahnte noch nicht, dass sein indischer Kammerdiener sich unterwegs betrunken hatte und sich am kommenden Tag mit einer »Fußverrenkung« entschuldigen würde. In Pathankote konnte er seine Leute nicht auffinden. Seine Stiefel waren hart und kotig. Der ganze Mensch starrte von Schmutz. Und das Blau des Schlipses war nicht minder ausgelaufen als der Khaki. Er riss ihn sich mitsamt dem Kragen herunter und warf ihn fort. Darauf bemerkte er etwas über Dienstboten im Allgemeinen und bemühte sich um ein Glas Whisky und Soda. Er zahlte für das Getränk acht Annas und entdeckte bei dieser Gelegenheit, dass er außerdem nur noch sechs Annas in der Tasche hatte – und das hieß in seiner Lage völlig mittellos sein.

Er ging zum Stationsvorsteher, um mit ihm wegen einer Fahrkarte erster Klasse nach Khasak, seiner Garnison, zu verhandeln. Der Schalterbeamte sagte etwas zum Stationsvorsteher, der Stationsvorsteher etwas zum Telegrafisten, und alle drei starrten Golightly interessiert an. Sie forderten ihn auf, eine halbe Stunde zu warten, unterdessen wollten sie nach Umritsar um Ermächtigung telegrafieren. So musste er denn warten. Vier Polizisten kamen und gruppierten sich malerisch um ihn. Als er sie gerade bitten wollte, sich zu entfernen, erschien der Stationsvorsteher wieder und sagte, er würde dem »Sahib« eine Fahrkarte aushändigen, wenn der »Sahib« so freundlich sein wollte, in den Schalterraum zu kommen. Golightly ging mit, und ehe er zur Besinnung kam, hatte er an jedem Arm und an jedem Bein einen Polizisten, während der Stationsvorsteher sich bemühte, ihm einen Postbeutel über den Kopf zu stülpen.

Es gab eine tüchtige Balgerei durch den ganzen Schalterraum; Golightly fiel gegen einen Tisch und holte sich eine sehr unangenehme Wunde am Auge. Aber die Polizisten waren in der Übermacht und legten ihm mithilfe des Stationsvorstehers starke Handschellen an. Als der Postbeutel wieder entfernt war, sagte er ihnen die Meinung, und der Oberpolizist bemerkte: »Ohne Zweifel haben wir hier den englischen Soldaten vor uns, den wir suchen. Hört nur sein Fluchen!« Golightly fragte den Stationsvorsteher, was zum X und was zum U denn das bedeuten solle. Der Stationsvorsteher setzte ihm auseinander, er sei der »Gemeine John Binkle vom – Regiment, fünf Fuß neun Zoll hoch, blond, graue Augen, verwahrlostes Äußeres, Merkmale: keine besonderen«, der vor vierzehn Tagen desertiert sei. Golightly versuchte eine umständliche Erklärung zu geben, aber je mehr er erklärte, umso weniger Glauben fand er beim Stationsvorsteher. Der behauptete, ein Leutnant könne unmöglich so wüst aussehen, und er habe den Befehl, seinen Gefangenen unter genügender Bedeckung nach Umritsar zu schicken. Golightly fühlte sich nicht nur der Nässe wegen unbehaglich, und seine Reden sind selbst im Auszug nicht zur Veröffentlichung geeignet. Die vier Polizisten eskortierten ihn in einem Coupé dritter Klasse nach Umritsar, und er brachte die vierstündige Fahrt damit hin, so fließend zu schimpfen, wie es ihm seine Kenntnis der Landessprache irgend erlaubte.

Auf dem Bahnsteig in Umritsar schob man ihn in die Arme ei-

nes Unteroffiziers und zweier Leute aus dem – Regiment. Golightly richtete sich auf und versuchte die Sache auf die leichte Achsel zu nehmen. Aber ihm war in seinen Handschellen mit vier Polizisten im Rücken und der gerinnenden Wunde im Gesicht gar nicht leicht zumute. Und der Unteroffizier war auch nicht zum Spaßen aufgelegt. »Es ist ein ganz lächerliches Versehen, Leute!«, weiter kam Golightly nicht. Denn der Unteroffizier befahl ihm, »das Maul zu halten und mitzukommen«. Aber Golightly wollte nicht mit, er wollte dableiben und die Sache aufklären. Und er machte es in der Tat ausgezeichnet, bis der Unteroffizier ihn mit den Worten unterbrach: »Sie wollen ein Offizier sein? Von denen sind Sie einer, die uns Schande machen. Ein großartiger Offizier sind Sie. Ihr Regiment kennen wir. Die Katzen gehen bei Nacht den Geschwindschritt, den Sie marschieren. Ein Schandfleck sind Sie fürs ganze Heer!«
Golightly hielt an sich und begann seine Erklärungen von Neuem. Man bugsierte ihn aus dem Regen ins Wartezimmer und riet ihm, sich nicht noch lächerlicher zu machen. Man wollte ihn in die Festung nach Govindghar bringen; und solches »Gebrachtwerden« ist ebenso wenig ehrenvoll wie eine Fahrt im »grünen Wagen«.
Wut, Frösteln, Missverständnisse, Handschellen und Schmerz von der Kopfwunde machten Golightly fast hysterisch. Er gab sich wirklich die größte Mühe, das auszudrücken, was seine Seele bedrückte! Als er sich schließlich heiser geschrien hatte, sagte einer der Leute: »Ich habe schon manchen Kerl in Ketten fluchen hören, aber an unseren ›Offizier‹ hier kommt keiner ran.« Sie ärgerten sich gar nicht über ihn, sie bewunderten ihn eher. Im Wartezimmer gab es Bier, und sie boten Golightly etwas an, weil er so »dammich gut« geflucht hätte. Sie baten ihn, er möchte doch von den Herumtreibereien des Gemeinen Binkle etwas zum Besten

geben. Das brachte Golightly in die äußerste Wut. Wenn er bei Besinnung geblieben wäre, dann hätte er ruhig die Ankunft des Offiziers abgewartet. Aber so versuchte er zu entweichen.

Allein der Kolben eines Martinigewehrs im Kreuz tut gehörig weh. Und eine aufgeweichte, mürbe Khakijacke zerreißt, wenn zwei Männer den Kragen packen.

Golightly erhob sich vom Boden, elend und schwindlig. Sein Hemd war über der Brust und fast über dem ganzen Rücken zerfetzt. Er ergab sich seinem Schicksal. Und in diesem Augenblick traf der Zug von Lahore ein mit einem von Golightlys Majors. Der Bericht des Majors lautete wörtlich:

»Aus dem Warteraum dritter Klasse drang ein Lärm wie von einer Rauferei. Ich ging hinein und sah den verrissensten Strolch, der mir je in meinem Leben vor Augen gekommen ist. Seine Stiefel und Hosen waren über und über mit Schmutz und Bierflecken bedeckt. Auf dem Kopf trug er etwas wie einen schmutzig grauen Komposthaufen. Die Fetzen hingen ihm über die zerschrammten Schultern. Das Hemd saß nur noch zur Hälfte an seinem Körper, und er forderte die Wache gerade auf, sich doch den Namen am unteren Zipfel anzusehen. Da er das Hemd gerade über den Kopf zog, konnte ich zuerst nicht sehen, wer es war. Aber ich war überzeugt, dass es ein Mann im ersten Stadium des Delirium tremens war, so fluchte er, während er an seinen Lumpen zerrte. Und dann drehte er sich um, und es war, eine pastetengroße Beule über dem Auge, eine grünliche Bemalung des Gesichts und violette Streifen am Hals abgerechnet – Golightly. Er war hocherfreut, mich zu sehen«, schloss der Major, »und sprach die Hoffnung aus, dass ich dem Kasino gegenüber schweigen würde. Ich habe es auch getan, aber Sie können jetzt reden, wenn Sie wollen, denn jetzt ist Golightly wieder in England.«

Golightly brachte den größten Teil des Sommers mit dem Versuch hin, den Unteroffizier und die beiden Soldaten vor das Kriegsgericht zu bringen, weil sie einen »Offizier und Gentleman« verhaftet hätten. Sie bedauerten den Irrtum natürlich unendlich. Aber die Geschichte fand ihren Weg in die Kantine und von dort aus in die ganze Provinz.

Im Hause Suddhoos

Suddhoos Haus unweit vom Taksali-Tor hat zwei Stockwerke, vier geschnitzte Fenster aus altem braunem Holz und ein flaches Dach. Man erkennt es an den fünf roten Handabdrücken auf der weißen Kalkwand zwischen den oberen Fenstern, ganz in der Stellung der Karo-Fünf. Im unteren Stock wohnen Bhagwan Dass, der Kornhändler, und ein Mann, der sich angeblich seinen Lebensunterhalt mit Stempelschneiden verdient, samt einer Schar von Weibern, Dienern, Freunden und Anhängern. Die beiden oberen Räume hatten früher Janoo und Azizun inne, mit einem kleinen schwarz und braun gefleckten Terrier, den ein Soldat einem Engländer gestohlen und Janoo geschenkt hatte. Heute wohnt nur noch Janoo in den oberen Räumen. Suddhoo schläft jetzt gewöhnlich oben auf dem Dach, wenn er nicht auf der Straße nächtigt. Früher pflegte er in der kalten Zeit nach Peschawar auf Besuch zu seinem Sohn zu gehen, der am Edwardstor mit Raritäten handelt, und dann schlief er unter einem wirklichen Lehmdach. Suddhoo ist mein guter Freund, denn sein Vetter hat einen Sohn, der dank meiner Empfehlung bei einer großen Firma unseres Orts erster Markthelfer geworden ist. Suddhoo sagt, Gott wird mich eines Tages zum Vizegouverneur machen. So Gott will, wird diese Prophezeiung sich erfüllen. Suddhoo ist sehr, sehr alt, hat weißes Haar und kaum noch einen Zahn. Er hat seinen Verstand überlebt. Er hat fast alles überlebt, nur nicht die Liebe zu seinem Sohn. Janoo und Azizun sind Kashmiris – sie sind viel auf der Straße – und gehen einem von alters her mehr oder minder ehrenwerten Beruf nach. Später hat Azizun einen Studenten der Medizin ans Nordwestindien geheiratet und führt seither ein höchst achtbares Leben irgendwo in der Nähe von Bareilly. Bhagwan Dass ist ein Wucherer und Fälscher. Er ist sehr reich. Der Mann, der vorgeblich seinen Lebensunterhalt mit Stempelschneiden verdient, heuchelt tiefe Armut. Mehr braucht man von den vier Hauptbewohnern des Hauses Suddhoos nicht zu wissen. Ich bin zwar auch noch da, aber ich bin nur der Chor, der zum Schluss auftritt, um alles zu erklären. Ich werde daher nicht mitgerechnet.

Suddhoo war nicht klug. Der Mann, der angeblich Stempel schnitt, war – denn Bhagwan Dass konnte nur lügen – der Klügste von allen, ausgenommen Janoo. Sie war außerdem schön. Aber das geht uns nichts an.

Suddhoos Sohn in Peschawar bekam Rippenfellentzündung, und der alte Suddhoo war in großer Sorge. Der Stempelschneider hörte von seiner Besorgnis und schlug Kapital daraus. Er stand auf der Höhe seiner Zeit. Er beauftragte einen Freund in Peschawar, ihm täglich die Krankheitsberichte zu telegrafieren. Und damit beginnt die Geschichte.

Der Sohn von Suddhoos Vetter teilte mir eines Abends mit, dass Suddhoo mich zu sprechen wünsche; dass er aber zu alt, zu gebrechlich sei, um zu mir zu kommen, und dass das Haus Suddhoos in alle Ewigkeit geehrt sein würde, wenn ich zu ihm käme. Ich fuhr also hin. Suddhoo hätte einem zukünftigen Vizegouverneur wirklich bei seiner damaligen Wohlhabenheit ein besseres Fuhrwerk schicken können als eine Ekka, die schrecklich stieß und rüttelte, wenn er ihn schon an einem feuchten Aprilabend in die Stadt schleifen musste. Die Ekka fuhr nicht gerade schnell. Es war tiefe Nacht, als sie der Tür des Grabmals Ranjit Singhs gegenüber nahe am Haupttor der Festung anhielt. Suddhoo erwartete mich und sagte, dass ich dank meiner Leutseligkeit ganz ohne Zweifel Vizegouverneur werden würde, ehe noch mein Haar ergraute. Wir sprachen eine Viertelstunde lang unter dem Sternenhimmel über das Wetter, über meine Gesundheit und über die Weizenernte.

Endlich kam Suddhoo zur Sache. Er erklärte, dass Janoo ihm gesagt hätte, es gäbe eine Regierungsverfügung gegen Zauberei, weil man fürchte, Zauberei könne eines Tages den Tod der Kaiserin von Indien herbeiführen. Ich kannte die Gesetze nicht, aber ich ahnte, dass sich etwas Interessantes begeben würde. Daher sagte ich, dass die Regierung weit davon entfernt sei, die Zauberei zu missbilligen, dass sie sie im Gegenteil besonders empfehle; die höchsten Staatsbeamten übten sie selber aus. (Wenn der Finanzbericht keine Zauberei ist, dann weiß ich nicht, was überhaupt Zauberei sein soll.) Und dann sagte ich zu seiner Beruhigung, dass ich, falls eine Zauberei im Gange sei, nicht das Mindeste dawider hätte; ich würde sie gerne gutheißen und unterstützen, ja sogar darauf achten, dass es »Reine Jadoo« – guter Zauber – bliebe, wohl zu unterscheiden vom bösen Zauber, der den Menschen den Tod brächte. Es dauerte lange, bis Suddhoo zugab, dass er mich gerade darum hergebeten hatte. Ruckweise und mit zitternder Stimme erzählte er mir, dass der Stempelschneider ein durchaus guter Zauberer wäre. Er gäbe ihm tagtäglich Nachricht von seinem kranken Sohn in Peschawar, Nachrichten schneller als Blitze, die immer von den Briefen bestätigt würden. Außerdem hätte er gesagt, dass seinem Sohn große Gefahr drohe, die durch »Guten Zauber« und – natürlich – nur mit Aufwand großer Geldmittel behoben werden könnte. Ich fing an zu verstehen, wie der Hase lief, und sagte Suddhoo, ich verstünde auch ein wenig Zauberei, allerdings nach den Regeln des Westens, und ich wollte mit ihm in sein Haus gehen und achten, dass alles recht und ordnungsgemäß zuginge. Wir zogen zusammen los, und unterwegs berichtete mir

Suddhoo, dass er dem Stempelschneider schon ein-, zweihundert Rupien bezahlt hätte und dass der heutige Zauber noch zweihundert Rupien kosten würde. Und das wäre doch billig, sagte er, bei der großen Gefahr, die über seinem Sohn schwebte. Ich glaube nicht, dass er diesen Ausspruch aufrichtig meinte. Die Lampen vorn am Haus waren alle verhängt, als wir kamen. Aus dem Laden des Stempelschneiders drangen entsetzliche Töne, als stöhne sich jemand die Seele aus dem Leib. Suddhoo zitterte am ganzen Körper und sagte mir, während wir uns die Treppe hinauftasteten, dass der Zauber begonnen hätte. Janoo und Azizun erwarteten uns oben an der Treppe und teilten uns mit, dass die Zauberei in ihren Räumen vor sich gehen würde, weil da mehr Platz wäre. Janoo ist eine Freidenkerin. Sie flüsterte mir zu, der Zauber wäre ein Vorwand, um Suddhoo Geld zu erpressen, und der Stempelschneider würde nach seinem Tod wohl an einen feurigen Ort kommen. Der alte Suddhoo weinte vor Furcht und Schwäche. Er ging im Halbdunkel durch das Zimmer auf und nieder und wiederholte immer und immer wieder den Namen seines Sohnes. Er fragte Azizun, ob der Stempelschneider den Preis nicht ermäßigen müsste, da er doch sein Hauswirt wäre. Janoo zog mich in die Nische eines der geschnitzten Bogenfenster. Die Fensterläden waren geschlossen, und nur eine winzige Öllampe brannte im Zimmer. Wenn ich mich still verhielt, konnte ich unmöglich bemerkt werden.

Nach einer Weile hörte das Stöhnen unten auf, und wir hörten Schritte auf der Treppe. Es war der Stempelschneider. Er stand vor der Tür still, und der Terrier schlug an. Azizun tastete nach der Kette, und er rief Suddhoo zu, er solle das Licht ausblasen. Völlige Dunkelheit herrschte im Zimmer, bis auf den rötlichen Schein von Janoos und Azizuns glimmenden Wasserpfeifen. Der Stempelschneider trat ein, und ich hörte, wie Suddhoo sich auf den Fußboden niederwarf und stöhnte. Azizun hielt den Atem an, und Janoo erschauderte und trat zurück auf eines der Betten zu. Metall klirrte, und eine blasse, blaugrüne Flamme schoss vom Boden empor. Es wurde gerade hell genug, dass ich in eine Zimmerecke gekauert Azizun mit dem Terrier auf dem Schoß sehen konnte. Janoo saß mit gefalteten Händen vornübergebeugt auf dem Bett. Suddhoo lag bebend mit dem Gesicht auf dem Boden. Und der Stempelschneider …

Hoffentlich wird mir eine Gestalt wie die des Stempelschneiders nicht noch einmal im Leben zu Gesicht kommen. Er war nackt bis zu den Hüften und trug einen faustdicken Jasminkranz um die Stirn, einen fleischroten Schurz um die Lenden und Stahlringe an den Fußgelenken. Aber all das war nicht das Furchtbare. Sein Gesicht ließ mir das Blut erstarren. Blaugrau war es, die Augen waren verdreht, dass nur noch das Weiße schimmerte; es war das Antlitz eines Dämons, eines Grabgespenstes, es war alles, nur nicht das Gesicht des schlauen, geschmeidigen alten Fuchses, der tagsüber unten an seiner Drehbank saß. Er lag auf dem Leib, die Arme auf dem Rücken gekreuzt, als hätte man ihn in Fesseln zu Boden geworfen. Kopf und Hals allein waren hochgereckt. Sie standen fast rechtwinklig zum Körper, wie der Kopf einer Kobra, die gerade emporschnellen will. Es war grauenvoll. Mitten im Zimmer stand auf dem nackten Lehmboden ein großes, tiefes Messingbecken, und in seiner Mitte wieder schwamm wie ein Nachtlicht ein blasses, blaugrünes Licht. Dreimal wand sich der Mann auf dem Boden um das Becken. Wie er das tat, weiß ich nicht. Ich sah die Muskeln längs der Wirbelsäule kraus und wieder glatt werden, aber eine andere Bewegung sah ich nicht. Außer den langsam und schwer arbeitenden Rückenmuskeln, die wie Wellen auf und nieder gingen, schien nur noch der Kopf Leben zu haben. Janoos hastige Atemzüge klangen vom Bett her. Azizun hielt sich die Hände vor die Augen, und der alte Suddhoo wischte den hängen gebliebenen Staub aus seinem weißen Bart und weinte vor sich hin. Das Furchtbarste war, dass das schleichende Wesen geräuschlos herumkroch − völlig geräuschlos. Es dauerte − man bedenke − zehn Minuten lang, während der Terrier winselte, Azizun zitterte, Janoo keuchte und Suddhoo weinte.

Ich fühlte, wie sich mir das Haar sträubte und mein Herz wie der Kolben einer Maschine hämmerte. Zum Glück verriet sich der Stempelschneider gerade mit seinem kunstvollsten Kniff und gab mir so meine Ruhe wieder. Er blies nämlich nach der dritten unbeschreiblichen Umkreisung des Messingbeckens einen Feuerstrahl durch die Nase. Nun weiß ich aber, wie man Feuer speit − ich kann es auch −, und fühlte mich erleichtert. Die ganze Sache war also Schwindel. Weiß der Himmel, was ich alles geglaubt hätte, wenn er sich mit dem Kriechen begnügt hätte, ohne den Versuch, stärkere Wirkungen zu erzielen. Die beiden Mädchen schrien auf vor dem Feuerstrahl. Des Stempelschneiders Kopf schlug mit dem Kinn dumpf auf den Boden, und nun lag sein Leib da mit schlaffen Armen wie ein Leichnam. Fünf Minuten war Ruhe, und die blaugrüne Flamme erstarb. Janoo bückte sich und rückte einen Knöchelring zurecht, während Azizun den Terrier in die Arme nahm und sich der Wand zudrehte. Mechanisch griff Suddhoo nach Janoos Wasserpfeife. Sie schob sie ihm mit dem Fuß zu. Gerade über des Stempelschneiders Körper hingen an der Wand zwei Papprahmen mit den grellen Bildern der Königin und des Prinzen von Wales. Sie blickten herab auf das Schauspiel und ließen es noch possenhafter erscheinen.

Als die Stille unerträglich zu werden begann, drehte sich der Körper, rollte vom Becken zur Wand hin und blieb mit dem

Leib nach oben liegen. In dem Becken ging es »Plum«, gerade wie wenn ein Fisch nach einer Fliege schnappt, und das grüne Licht in der Mitte lebte wieder auf.

Ich blickte nach dem Becken hin und sah den verschrumpften, runzeligen Kopf eines Hindukindes mit offenen Augen, offenem Mund und glatt geschorenem Haar im Wasser auf und nieder tauchen. Das Kriechen vorher war nicht so schlimm, weil es nicht so unerwartet kam. Ehe wir ein Wort sagen konnten, hob der Kopf an zu reden.

Selbst der, der Poes Bericht über die Stimme des magnetisierten Sterbenden kennt, wird nicht halb das Grauen nachfühlen können, das die Stimme dieses Kopfes schuf.

Zwischen jedem Wort war eine Pause von ein bis zwei Sekunden, und das helle »Ping-Ping-Ping« glich dem Ton einer Tischglocke. Einige Minuten tönte es fort, als gälte es nur sich selbst, und erst allmählich trat mir der kalte Schweiß wieder zurück. Ich fand die glückliche Lösung. Ich blickte auf den Körper neben der Tür und sah den Muskel zwischen Hals und Schulter, der mit dem regelrechten Atem eines Menschen nichts zu tun hat, gleichmäßig zucken. Das Ganze war nichts als eine genaue Wiedergabe des ägyptischen Teraphim, von dem man zuweilen liest, und die Stimme ein so geschicktes und erschreckendes Bauchrednerstückchen, wie man es sich nicht besser wünschen kann. Der Kopf schlug immerwährend plätschernd gegen den Rand des Beckens und redete. Er sprach Suddhoo, der wieder winselnd mit dem Gesicht am Boden lag, von der Krankheit seines Sohnes und von ihrem Verlauf bis zum Abend des gleichen Tages. Ich werde es dem Stempelschneider nie vergessen, dass er sich so folgsam an die Telegramme aus Peschawar hielt. Er erzählte, dass Tag und Nacht erfahrene Ärzte über dem Leben des Sohnes wachten und dass er genesen könnte, wenn der Lohn für den mächtigen Zauberer, dessen Diener der Kopf im Becken sei, verdoppelt würde.

Vom künstlerischen Standpunkt aus lag darin der Fehler. Das Doppelte des bedingten Lohnes fordern ist lächerlich, wenn man es mit einer Stimme tut, wie sie der auferstandene Lazarus gehabt haben mochte. Janoo, die wirklich eine Frau von männlichem Verstand ist, erkannte das gleichzeitig mit mir. Sie flüsterte verächtlich: »Asli Nahin! Fareib!« Und im selben Augenblick verlosch das Licht im Becken, der Kopf verstummte, und die Tür knarrte in den Angeln. Janoo schlug Licht und zündete die Lampe an. Kopf, Becken und Stempelschneider waren verschwunden. Suddhoo rang die Hände und klagte allen, die ihm zuhörten, dass er nicht noch einmal zweihundert Rupien aufbringen könnte, und wenn auch seine ewige Seligkeit davon abhängen sollte. Azizun hatte förmlich hysterische Anfälle in ihrer Ecke, während Janoo sich gelassen aufs Bett setzte, um zu erörtern, ob das Ganze nicht doch nur Mache – ein »Bunao« – sei.

Ich erklärte ihr, so gut ich konnte, den Zauber des Stempelschneiders. Aber ihre Beweise waren viel einfacher. »Zauber, der stets bezahlt sein will, ist kein echter Zauber«, sagte sie. »Meine Mutter hat immer gesagt, dass auch ein Liebeszauber nur wirksam ist, wenn er als Liebesdienst gegeben wird. Der Stempelschneider ist ein Lügner und ein Teufel. Und wäre ich Bhagwan Dass, dem Kornhändler, nicht zwei goldene Ringe und einen teuren Knöchelring schuldig, dann wollte ich schon Anzeige machen und sorgen, dass er bestraft wird. Aber ich wage es nicht, denn ich muss mein Essen bei Bhagwan Dass kaufen, und der Stempelschneider ist sein Freund und würde es mir vergiften. Schon zehn Tage dauert der närrische Zauber, und er hat Suddhoo jede Nacht viele Rupien gekostet. Bis heute hat der Stempelschneider immer nur schwarze Hennen und Zitronen und alte Zaubersprüche benutzt. Was er heute getan hat, hat er noch nie getan. Azuzin ist eine Närrin; sie wird bald einen Frauenschleier tragen. Suddhoo hat den Verstand und alle Kraft verloren. Sieh, ich hatte gehofft, von Suddhoo viele Rupien zu bekommen, solange er lebte, und noch mehr nach seinem Tod. Aber siehe da, er gibt sein Alles hin an den Spross eines Teufels und einer Eseln, an diesen Stempelschneider.«

»Warum zog mich Suddhoo denn mit in diese Sache?«, warf ich ein. »Ich könnte ja mit dem Stempelschneider reden, und dann müsste er alles zurückerstatten. Das Ganze ist eine Kinderei, eine Schande, ein Unsinn.«

»Suddhoo ist nun einmal ein altes Kind«, sagte Janoo. »Da hat er nun siebzig Jahre oben auf den Dächern gelebt und ist so dumm wie eine junge Ziege. Er hat von Ihnen wissen wollen, ob er auch nicht etwa ein Gebot der Regierung übertrete, deren Brot er vor vielen Jahren gegessen. Er betet den Staub auf den Füßen des Stempelschneiders an, und dieser Nimmersatt hat ihm verboten, den Sohn zu besuchen. Was weiß denn auch Suddhoo von den Gesetzen und von der Blitzpost. Und ich muss mit ansehen, wie er sein Geld tagtäglich an den Lügenhund da unten wegwirft.«

Janoo stampfte mit dem Fuß auf und weinte fast vor Wut. Suddhoo wimmerte im Winkel unter einer Decke, und Azizun versuchte, dem alten Narren die Pfeife in den Mund zu schieben.

★

Heute liegt die Sache folgendermaßen: Ich habe mich gedankenlos der Beschuldigung ausgesetzt, dem Stempelschneider dazu verholfen zu haben, Geld unter Vorspiegelung falscher Tatsachen zu erwerben. Und das verbietet Paragraf 420 des Indischen Strafgesetzbuches. Ich bin also nicht ohne Grund hilflos. Ich kann der Polizei keine Anzeige erstatten, denn ich habe keine Zeugen für meine Aussagen. Janoo weigert sich entschieden, und Azizun weilt irgendwo in der Nähe von Bareilly, unauffindbar in dem großen Indien. Ich selbst wage es nicht, selbst Gesetz zu spielen und mit dem Stempelschneider zu reden. Denn ich bin fest überzeugt, bei Suddhoo keinen Glauben zu finden, und außerdem würde dieser Schritt Janoos Vergiftung nach sich ziehen, die ihre Schuld mit Hand und Fuß an den Kornhändler fesselt. Suddhoo ist kindisch. Sooft wir uns begegnen, redet er murmelnd über meinen dummen Witz, dass die Regierung die schwarze Kunst eher begünstige als verbiete. Sein Sohn ist jetzt gesund, aber Suddhoo steht noch immer vollständig im Bann des Stempelschneiders, nach dessen Rat er sein Leben einrichtet. Janoo muss tagtäglich zusehen, wie der Stempelschneider das Geld einheimst, das sie Suddhoo abschmeicheln zu können gehofft hatte; und sie wird tagtäglich wütender und verdrossener.

Sie wird nie reden, weil sie es nicht wagt. Aber wenn sie nicht durch irgendetwas abgehalten wird, wird der Stempelschneider, fürchte ich, wohl Mitte Mai an der Cholera sterben, an der Cholera-Art, die weißes Arsenik zum Erreger hat. Und ich werde zum Mitschuldigen werden an einem Mord im Hause Suddhoos.

Seine Ehefrau

Schreit »Mordio« auf dem Markt, und wer
Trifft nicht des angsterfüllten Nachbarn Blick,
Der fragt: »Bist du der Mann?« – Wir hetzten Kain
Vor tausend Jahren durch die Welt;
Das schuf die Furcht der eignen Missetat, die heut
Noch steht.   *Vibarts Sittenlehre*

Shakespeare spricht einmal von Würmern, vielleicht auch von
Fliegen oder Käfern, die sich krümmen, wenn sie allzu hart getreten werden. Das Sicherste ist also, niemals einen Wurm zu treten, nicht einmal den jüngsten Leutnant, der gerade von Hause
gekommen ist, dessen Uniformknöpfe kaum aus dem Seidenpa-
pier heraus sind, und dessen Backen noch strotzen vom Saft der
heimischen Braten. Hier folgt die Geschichte eines Wurms, der
sich krümmte. Der Kürze halber wollen wir Henry Augustin
Ramsay Faizanne den Wurm nennen, obwohl er in Wirklichkeit
ein äußerst hübscher Junge war. Er hatte noch kein Härchen im
Gesicht und dazu die Taille eines jungen Mädchens, als er zum
zweiten indischen Jägerregiment kam, wo man ihn weidlich
quälte. Die »Jäger« sind ein höchst vornehmes Regiment, und
wer gut mit ihnen auskommen will, muss mancherlei verstehen:
Banjo spielen und nicht nur einigermaßen gut reiten, singen
oder schauspielern können.
Der Wurm konnte weiter nichts als vom Pony fallen und mit seinem Gespann Splitter vom Torpfosten stoßen. Aber selbst das
wurde mit der Zeit eintönig. Er liebte das Whist nicht, stieß Lö-
cher ins Billard, sang falsch, blieb zu viel für sich allein und

schrieb Briefe an seine Mama und Schwestern nach England. Aber diese fünf Eigenschaften sind Laster, die die »Jäger« nicht lieben und die sie auszurotten bemüht waren. Leutnants verstehen es bekanntlich, ihre jüngeren Kameraden »abzuschleifen«, ohne Widerspruch zu dulden. Es ist gut und heilsam und schadet niemanden, solange der Betreffende den Gleichmut nicht verliert; sonst gibt es Verdruss. Es war einmal ein Mann – aber das ist eine andere Geschichte.

Die »Jäger« »jagten« den Wurm viel herum, und er nahm alles hin, ohne mit der Wimper zu zucken. Er war so liebenswürdig, so eifrig und wurde so nett rot, dass man seine »Erziehung« abbrach und ihn sich selbst überließ. Nur sein Oberleutnant fuhr fort, dem Wurm das Leben sauer zu machen. Der Oberleutnant hatte keine bösen Absichten, aber seine Neckereien waren grob und gingen manchmal zu weit. Er wartete schon zu lange auf seine Kompanie, und das macht den Menschen immer bitter. Außerdem war er verliebt, und das war kein Vorteil.

Eines Tages entlieh er das Gespann des Wurms für eine Dame, die überhaupt nicht existierte, benutzte es den ganzen Nachmittag für sich und schickte es dann mit einigen Zeilen von der Hand der genannten Dame dem Wurm zurück. Als er an der Kasinotafel die Geschichte zum Besten gab, stand der Wurm auf und sagte mit seiner feinen, ruhigen Stimme: »Das war ein sehr netter Streich, aber ich setze meine Monatsgage gegen Ihre erste Monatsgage nach der Beförderung darauf, dass ich Ihnen eines Tages einen Streich spielen werde, den Sie zeitlebens nicht vergessen werden, und das Regiment auch nicht, selbst wenn Sie tot oder nicht mehr da sind.« Der Wurm war nicht im Mindesten aufgebracht, und die ganze Tafelrunde brach in ein Freudengeschrei aus. Der Oberleutnant musterte den Wurm von Kopf zu Fuß und von Fuß zu Kopf und sagte: »Abgemacht, Baby!« Der Wurm rief die anderen zu Zeugen seiner Wette an und zog sich dann lächelnd hinter ein Buch zurück.

Es vergingen zwei Monate. Und noch immer erzog der Oberleutnant den Wurm, der beim Nahen der heißen Zeit etwas mehr aus sich herausging. Es wurde schon gesagt, dass der Oberleutnant verliebt war. Merkwürdig war nur, dass auch das Mädchen ihn liebte. Und ob auch der Oberst schreckliche Dinge sagte, die Majors schnaubten, die verheirateten Hauptleute wie die Weisheit selber aussahen und die Leutnants spöttelten – die beiden waren verlobt.

Der Oberleutnant war so froh, seine Kompanie und zu gleicher Zeit das Jawort erhalten zu haben, dass er es vergaß, den Wurm zu treten. Das Mädchen war hübsch und hatte Vermögen. Mit dieser Geschichte aber hatte sie nichts zu tun.

Bei Beginn der heißen Zeit saß eines Abends das ganze Offizierkorps vor dem Kasino, nur der Wurm nicht, der auf sein Zimmer gegangen war, um Briefe nach Hause zu schreiben. Die Kapelle hatte aufgehört zu spielen, aber ins Haus gehen wollte niemand. Die Hauptmannsfrauen waren auch zugegen. Nun kennt die Torheit Verliebter keine Grenzen. Der Oberleutnant hatte lang und breit die Vorzüge seiner Verlobten gepriesen. Die Damen schnurrten behaglich Beifall und die Männer gähnten, als Röcke durch die Nacht rauschten und eine müde, schwache Stimme fragte:

»Wo ist mein Gatte?«

Es liegt mir fern, ein schlechtes Licht auf die Sittenstrenge der Jäger fallen lassen zu wollen, aber es ist eine unleugbare Tatsache, dass vier von ihnen wie angeschossen aufsprangen. Und von denen waren drei verheiratet. Wahrscheinlich befürchteten sie nur, dass ihre Frauen ohne ihr Wissen aus England gekommen waren. Der Vierte behauptete, er habe nur einer augenblicklichen

Erregung nachgegeben. Das setzte er uns wenigstens später so auseinander.

Die Stimme rief: »Lionel!«

Der Oberleutnant hieß Lionel. Eine Frau trat in den engen Lichtkreis der Kerzen, die auf den kleinen, runden Tischchen standen, streckte ihre Hände gegen das Dunkel aus, das den Oberleutnant umfing, und schluchzte. Wir standen alle auf in dem Gefühl, dass sich etwas ereignen würde, und waren geneigt, das Schlimmste zu glauben. In unserer kleinen, bösen Welt weiß man so wenig vom Leben des Nächsten − und eigentlich hat ja auch er allein sich darum zu bekümmern −, dass man nicht überrascht ist, wenn ein Krach kommt. Alles konnte bei allen alle Tage zum Vorschein kommen. Vielleicht war der Oberleutnant in seiner Jugend in eine Falle geraten. Männer werden manchmal auf solche Weise kampfunfähig gemacht. Wir wussten nichts, aber erfahren wollten wir es, und die Hauptmannsfrauen waren so eifrig wie wir. Wenn er wirklich in die Falle gegangen war, dann war er zu entschuldigen. Denn die Frau »von Nirgendwo« in verstaubten Schuhen und grauem Reisekleid war sehr schön. Sie hatte schwarzes Haar und große, tränenvolle Augen. Sie war schlank und hochgewachsen; der weiche, schluchzende Ton ihrer Stimme ging zu Herzen. Als der Oberleutnant aufstand, umarmte sie ihn und nannte ihn »mein Liebster« und sagte, sie habe das einsame Leben in England nicht länger ertragen können, seine Briefe seien so kalt und kurz gewesen; sie bliebe sein bis ans Ende aller Tage, und ob er ihr vergeben könnte?

Es klang nicht so ganz wie die Sprache einer Frau von Welt. Sie war zu offenherzig.

Die Sache sah wirklich böse aus. Die Hauptmannsfrauen sahen den Oberleutnant scharf von der Seite an. Das von grauen Bartstoppeln umrahmte Gesicht des Obersten schien unerbittlich wie der Jüngste Tag. Eine Weile sprach niemand.

Dann sagte der Oberst sehr kurz: »Nun, Herr Oberleutnant!« Und wieder schluchzte die Frau. Der Oberleutnant erstickte fast unter den Umarmungen und keuchte: »Es ist eine ganz verdammte Lüge! Nie im Leben habe ich eine Frau gehabt!« – »Fluchen Sie nicht!«, sagte der Oberst. »Kommen Sie mit ins Haus. Die Sache muss geklärt werden!« Und er seufzte leise, denn er kannte seine Jäger; der Oberst kannte sie.

Wir zogen alle mit ins Vorzimmer und sahen im vollen Licht erst, wie schön die Frau war. Sie stand mitten unter uns, bald schluchzend und weinend, bald hart und stolz, und hielt dem Oberleutnant wieder die Arme entgegen. Es war der vierte Akt einer Tragödie. Sie erzählte, dass der Oberleutnant sie vor anderthalb Jahren während seines Urlaubs in England geheiratet habe, und sie schien über seine Familie und seine Vergangenheit, über alles besser unterrichtet zu sein als wir. Er wurde bleich und aschfahl und versuchte, ab und zu den Strom ihrer Rede zu durchbrechen. Und wir, die wir ihre Schönheit fühlten und sein Schuldbewusstsein zu fühlen glaubten, hielten ihn für ein Ungeheuer schlimmster Art. Aber leid tat er uns.

Ich werde niemals die Anklage der Frau gegen den Oberleutnant vergessen. Er wird es auch nicht. Sie brach zu unvorbereitet aus dem Dunkel in unser eintöniges Leben ein. Die Hauptmannsfrauen hielten sich zurück, aber ihre flammenden Blicke verrieten, dass sie den Oberleutnant überführt und schuldig gesprochen hatten. Der Oberst schien um fünf Jahre gealtert. Einer der Majors hielt sich die Hand vor die Augen und beobachtete heimlich die Frau. Ein anderer kaute an seinem Schnurrbart und lächelte stillvergnügt wie im Theater. Mitten im Kreis bei den Spieltischen schnappte der Terrier des Oberleutnants nach Flöhen. Ich entsinne mich all dessen so scharf, als hätte ich eine Fotografie davon in Händen. Ich entsinne mich des entsetzten Blicks des Oberleutnants. Es war eigentlich wie die Szene auf einem Richtplatz, nur noch viel spannender. Die Frau schloss mit den Worten, dass der Oberleutnant auf seiner linken Schulter mit einem doppelten *F. M.* tätowiert sei. Das wussten wir alle, und unserem ahnungslosen Gemüt schien die ganze Sache damit besiegelt zu sein. Aber da sagte einer der unverheirateten Majors sehr höflich: »Würde Ihr Trauschein nicht zweckdienlicher sein?«

Das empörte die Frau. Sie nannte den Oberleutnant höhnisch einen Schurken und schmähte den Major, den Oberst und die anderen alle. Dann weinte sie wieder, zog ein Papier aus dem Busen und sagte gebieterisch: »Nehmen Sie! Mein Gatte – mein Ehegatte vor dem Gesetz mag es Ihnen laut vorlesen, wenn er es wagt.«

Atemlose Stille herrschte. Die Männer sahen einander tief in die Augen, während der Oberleutnant wie im Schwindel vortrat und wie benommen das Papier ergriff. Wir starrten uns verwundert fragend an, ob nicht vielleicht die Zukunft auch bei uns ähnliches aufdecken könnte. Des Oberleutnants Stimme war trocken, und als er das Papier überflogen hatte, brach er in ein heiseres Lachen der Erleichterung aus und rief der Frau zu: »Sie alter Halunke!« Aber die Frau war schon zur Tür hinaus. Auf dem Papier stand:

»Hierdurch wird bescheinigt, dass ich, der Wurm, dem Oberleutnant meine Schulden restlos bezahlt habe, und ferner, dass der Oberleutnant mir, nach unserem Übereinkommen vom 23. Februar unter Zeugenschaft des ganzen Kasinos, den Betrag einer monatlichen Hauptmannsgage schuldet, zahlbar in der gesetzlichen Währung des Indischen Reiches.«

Sofort begab sich eine Abordnung auf das Zimmer des Wurms,

wo man ihn gerade beim Aufschnüren seines Korsetts fand. Hut, Perücke, Sergekleid usw. lagen auf dem Bett. Er musste, wie er war, zurück, und die »Jäger« machten einen solchen Freudenlärm, dass die Artilleristen von ihrem Kasino herüberschickten, um anzufragen, ob sie nicht mitlachen dürften. Ich glaube, wir alle, ausgenommen Oberst und Oberleutnant, waren ein wenig enttäuscht, dass aus dem Skandal nichts geworden war. Das ist nun einmal menschlich. Über des Wurmes Schauspielkunst gab es nur eine Meinung. Sein Spiel kam einer unsauberen Tragödie so nahe, wie nur ein Scherz ihr irgend nahekommen kann. Als die Kameraden ihn mit Sofakissen bombardierten, um ausfindig zu machen, warum er ihnen sein starkes Talent verheimlicht habe, sagte er ganz ruhig: »Ihr werdet mich wohl nie danach gefragt haben. Zu Hause habe ich viel mit meinen Schwestern geschauspielert.« Meiner Ansicht nach war die Sache nicht gerade geschmackvoll und auch nicht ungefährlich. Man soll nicht mit dem Feuer spielen, selbst nicht zum Scherz.

Die »Jäger« ernannten den Wurm zum Vorsitzenden ihres dramatischen Vereins. Als der Oberleutnant seine Schuld bezahlte, was er sofort tat, legte der Wurm das Geld in Dekorationen und Kostümen an. Er war ein lieber Wurm, und die »Jäger« sind stolz auf ihn. Die Kehrseite war, dass man ihn die »Frau Oberleutnant« taufte. Und da es jetzt zwei »Frau Oberleutnant« im Regiment gibt, wird es für Fremde leicht verwirrend.

Später werde ich einmal einen ähnlichen Fall erzählen. Aber das war kein Scherz, es war bitterster Ernst.

Der Rekordbrecher

Es gibt mehr Methoden, ein Pferd das Rennen nach dem Wettbuch laufen, als es ehrlich um Kopflänge gewinnen zu lassen. Viele Leute vergessen das. Man muss sich klar darüber sein, dass jedes Rennen notwendig eine faule Sache ist, wie alles, was mit Geldverlieren verknüpft ist. Hier in Indien kommt zu seiner faulen Natur noch hinzu, dass es zu zwei Dritteln Schwindel ist, der sich nur auf dem Papier gut ausnimmt. Jeder kennt hier jeden zu gut, um mit ihm Geschäfte machen zu können. Wie könnte man in aller Welt auch jemand wegen seiner Rennverluste zwicken und plagen und drängen, wenn man seine Frau liebt und mit ihm am gleichen Ort lebt. Er sagt: »Am kommenden Montag. Heute ist es mir leider unmöglich.« Und man gibt zur Antwort: »Es ist schon gut, mein Lieber«, und schätzt sich glücklich, wenn man aus einer Zweitausend-Rupien-Schuld neunhundert herausziehen kann. Von welcher Seite man auch indische Rennen betrachtet, immer sind sie unmoralisch oder kostspielig, oder beides zugleich. Und das ist das Schlimmste. Wenn jemand Geld braucht, dann soll er es sich leihen oder erbitten. Aber stattdessen nimmt man einen australischen »Larrikin«, ein »Brumby«, das ebenso viel Rasse hat wie sein Reiter, ein paar »Chumars« mit goldbetressten Mützen, drei oder vier gestutzte Ekka-Ponys oder eine Stute von zweifelhafter Herkunft mit einem falschen Schwanz und dem Titel »Araber«, weil sie einen Knoten im Schweif hat, und schwindelt sich so durch die Welt. Rennen führen schneller als sonst etwas zum Wucherer. Wer weder Gewissen noch Gefühl hat, aber etwas von Gangarten versteht, eine zehnjährige Erfahrung mit Pferden und mehrere Tausend

Rupien im Monat hat, kann wohl gelegentlich einmal genug gewinnen, um seine Schusterrechnung bezahlen zu können.

Man erinnert sich vielleicht noch an »Shackles«. »Shackles« hatte plumpe Schlappohren wie ein Maultier, einen Rumpf, so lang und dünn wie ein Torbalken, war zäh wie Telegrafendraht und überhaupt das wunderlichste Vieh, das je unter einem Sattel gegangen ist. Es hatte keine Brandmarke, nur eine Kerbe im Ohr, denn es gehörte zu jenem Pferdegesindel, das für ein paar Pfund stückweise auf einen Dampfer verfrachtet wird, um die Ladung voll zu machen und um später außer Form in Kalkutta für 275 Rupien verkauft zu werden. Die Leute, die Geld an seinen Rennen verloren, nannten ihn ein »Brumby«. Aber wenn es je ein Pferd gegeben hatte, das einen Bug hatte wie »Harpoon« und Feuer wie »Gin«, dann war es Shackles. Seine besondere Lieblingsdistanz war zwei Meilen. Shackles hatte sich selbst trainiert, lief selbst und führte sich selbst. Wenn sein Jockey es durch Worte kränkte, blieb es mit einem Ruck stehen und warf den Kerl ab. Es widerstand jedem Geheiß. Zweien, dreien seiner ehemaligen Besitzer war das nicht aufgegangen, und so verloren sie ihr Geld. Schließlich wurde es von jemandem gekauft, der entdeckte, dass, wenn Shackles überhaupt ein Rennen machen sollte, es von ihm nur gewonnen werden konnte, wenn Shackles allein, aber auch ganz allein lief und der Jockey sich nicht rührte. Dieser Besitzer hatte einen Bereiter mit dem Namen Brunt, einen jungen Burschen aus Perth in Westaustralien. Er brachte also Brunt mit der Longepeitsche das Schwerste bei, was ein Jockey lernen kann, still zu sitzen, wieder still zu sitzen und noch einmal still zu sitzen. Nachdem Brunt diese Wahrheit völlig eingegangen war, richtete Shackles wahre Verwüstungen im Lande an. Durch keine Belastung konnte man ihn vor seiner Lieblingsdistanz aufhalten, und sein Ruf verbreitete sich von Ajmir im Süden bis nach

Chedputter im Norden. Es gab kein zweites Pferd wie Shackles, solange man ihn die Rennen auf seine Art machen ließ. Aber zu guter Letzt wurde er doch besiegt. Die Geschichte seiner Niederlage würde selbst Engel weinen machen.

Am unteren Ende der Rennbahn zu Chedputter, gerade am Auslauf der Kurve, führt die Bahn an einer von Ziegelschanzen umschlossenen, trichterförmigen Grube vorbei. Das zweite Trichterende ist kaum sechs Fuß von dem Geländer an der Außenseite entfernt. Nun hat die Rennbahn die erstaunliche Eigentümlichkeit, dass der Trichter, wenn man an einer bestimmten Stelle, etwa eine halbe Meile weit weg, auf der Bahn steht und in ganz gewöhnlicher Tonhöhe redet, von den Tönen getroffen wird und wie ein leises Echo seltsam zu wimmern anfängt. Das entdeckte zufällig ein Mann, der eines Morgens mit einem Freund dort trainierte. Er markierte den Standort, von dem aus man sprechen musste, mit Ziegelsteinen und behielt seine Weisheit für sich. Jede Eigentümlichkeit einer Rennbahn ist wertvoll, zumal in einem Land, wo eine einzige Ratte eine ganze Elefantenbrut vernichten kann und wo die Rennaufseher die Hindernisse so anzulegen wissen, dass sie ihren eigenen Ställen Vorteil bringen. Der Betreffende ließ eine ganz leidliche Landstute laufen, ein großes, weit ausgreifendes Tier mit einem wahren Teufelstemperament und der Gangart eines leicht dahinschwebenden Engels. Sie hatte einen wiegenden, gleitenden Lauf. Die Stute war aus zarter Aufmerksamkeit für Mrs Reiver »Lady Regula Baddun« oder kurz Regula Baddun genannt worden. Brunt, Shackles Jockey, war ein ganz verständiger Mensch, aber seine Nervenkraft war erschüttert. Er hatte seine Laufbahn bei einem Hindernisrennen in Melbourne begonnen, wo einige Rennaufseher gelyncht zu werden verdienten, und er gehörte zu den Jockeys, die die furchtbare Metzelei bei dem Rennen um.

den Maribyrnong-Preis, woran man sich vielleicht noch erinnern wird, überlebt haben. Sprungmauern waren damals die Festungswälle. In das Mauerwerk waren Hartholzbalken eingerammt und rechts und links Flügelmauern, so stark wie die Widerlager an einem Kirchenbau, errichtet. Einmal im Ausgriff, musste ein Pferd springen oder stürzen. Ausbrechen nach der Seite war unmöglich gemacht. Im Maribyrnong-Rennen kamen zwölf Pferde vor der zweiten Mauer ins Geschiebe. »Red Hat«, der führte, fiel diesseits der Mauer und hemmte dadurch »The Gled« samt dem ganzen großen Haufen, der ihm folgte. Der ganze Raum zwischen Flügelmauer und Flügelmauer war ein einziges ringendes, schreiendes, stoßendes Durcheinander. Vier Jockeys wurden tot herausgebracht, drei waren schwer verletzt, und unter denen befand sich Brunt. Zuweilen erzählte er die Geschichte des Maribyrnong-Rennens. Wenn er schilderte, wie Whalley auf »Red Hat« beim Sturz schrie: »Gott sei mir gnädig! Jetzt ist's aus!«, wie im nächsten Augenblick der arme Whalley von »Sithee There« und »White Otter« totgequetscht wurde und wie der Staub ein Höllenknäuel von Menschen und Pferden umhüllte, dann wunderte sich niemand mehr, dass Brunt Hindernisrennen und Australien aufgegeben hatte. Regula Badduns Eigentümer kannte die Geschichte auswendig. Brunt erzählte sie stets mit den gleichen Worten. Bildung besaß er nicht. Einmal kam Shackles zum Chedputter Herbstrennen, und sein Eigentümer ging herum und zog über die Sportsleute von Chedputter so lange her, bis sie sich gemeinsam an den Ehrenvorsitzenden wandten und sagten: »Lassen Sie ein Handicap laufen, dass Shackles geschlagen und der Hochmut seines Herrn gedemütigt wird.« Die ganze Rennwelt machte mit einer Auslese von Pferden gegen Shackles Front. Es wurden genannt: »Ousel«, der die Meile in 1,53 Minuten machen sollte, »Petard«, das Rassepferd, das von einem Kavallerieregiment trainiert war, das sich auf das Training verstand, ferner »Gringalet«, die Zuchtstute der 75er, »Bobolink«, der »Stolz von Peschawar« und viele andere.

Man nannte jenes Rennen das »Rekordbrecher-Handicap«, weil Shackles zum ersten Mal geworfen werden sollte. Die Unparteiischen setzten die Gewichte fest, der Rennfonds stiftete 800 Rupien, und die Distanz lautete: für alle Pferde eine Runde. Shackles' Herr erklärte: »Sie können das Rennen getrost auf Shackles allein einstellen! Solange er nicht unter Gewichten begraben wird, ist mir alles gleich!« Regula Badduns Herr erklärte: »Ich lasse meine Stute nur Ousel zum Sporn laufen! Regulas Distanz ist 1200 Meter, bei mehr fällt sie ab und macht ein totes Rennen. Ousel wird's nicht besser gehen, denn sein Jockey versteht nichts von langen Rennen!« Das war eine Lüge, denn Regula war in Dehra zwei Monate lang in Training gewesen, und ihre Chancen waren gut; selbstverständlich unter der Voraussetzung, dass Shackles eine Ader platzte oder dass Brunt nicht still saß.

Es wurde hoch gewettet. Allein das »Rekordbrecher-Handicap« ergab acht 1000-Rupien-Wetten, denn die Unparteiischen hatten gut gearbeitet. Der »Pionier« sagte: »Die Gunst des Publikums war geteilt.« Unverblümt heißt das, dass die verschiedenen Parteien auf ihre Pferde versessen waren. Der Ehrenvorsitzende schrie sich bei dem Lärm heiser, der Zigarrenqualm stieg wie Geschützqualm in die Luft, und die Würfel rasselten wie Kleingewehrfeuer.

Zehn Pferde starteten gleichmäßig. Regula Badduns Besitzer trabte auf einem Gaul einer bestimmten Stelle der Bahn zu, wo zwei Ziegelsteine lagen. Er stellte sich mit dem Gesicht zu den Ziegelschanzen am unteren Ende der Bahn auf und wartete.

Der Rennbericht steht im »Pionier«. Nach der ersten Meile ließ

Shackles ganz allmählich den großen Haufen hinter sich. Er hielt sich geschickt an die Außenseite und war im Begriff, die Kurve zu nehmen, das Gebiss zu fassen und die Länge der Bahn herunterzuhaspeln, ehe die anderen überhaupt merkten, dass er voran war. Brunt hielt sich still und lauschte zufrieden auf das »Trab-Trab-Trab« der Hufe im Rücken. Er wusste, dass Shackles noch ungefähr zwanzigmal ausgreifen würde, um dann tief aufzuatmen und auf das letzte Viertel wie der fliegende Holländer loszugehen. Als Shackles kürzer griff, um die Kurve zu nehmen, und den Ziegelschanzen zur Seite kam, hörte Brunt im Pfeifen des Windes eine wimmernde, klagende Stimme an der Außenseite: »Gott sei mir gnädig! Jetzt ist's aus!« Während eines einzigen Ausgriffs seines Pferdes sah Brunt den ganzen wogenden Trümmerhaufen des Marilyrnong-Rennens vor sich. Er hob sich im Sattel und schrie gellend auf. Der hastige Ruck stieß Shackles die Hacken in die Flanken, und der Schrei verletzte seine Gefühle. Er konnte nicht sofort still stehen, aber er bog aus und warf fünfzig Meter abseits von der Bahn, sehr ernst und vorsichtig, den vor Schreck gelähmten Brunt wie ein Bündel ab. Indessen lief Regula Kopf an Kopf mit Bobolink die Bahn herauf und gewann mit einer knappen Halslänge. Petard kam als schlechter Dritter. Shackles' Herr auf der Tribüne suchte sich einzureden, dass sein Feldstecher nicht in Ordnung sei. Regula Badduns Herr bei den beiden Ziegeln seufzte tief erleichtert auf und galoppierte wieder zur Tribüne. Er hatte am Totalisator durch Wetten 15 000 gewonnen.

Das Handicap brach wirklich den Rekord. Es brach fast alle Freunde Shackles' nieder, und seinem Herrn zerbrach es fast das Herz. Er ging zu Brunt, um Näheres zu hören. Der Jockey lag noch an der Stelle, wo Shackles ihn abgeworfen hatte, vom Schrecken leichenblass, und keuchte. Die Schande, das Rennen verloren zu haben, schien er gar nicht zu begreifen. Alles, was er wusste, war, dass Whalley ihn »gerufen« hatte und dass der Ruf eine »Warnung« sei; und »wenn man ihn in Stücke hiebe, niemals würde er wieder ein Pferd besteigen«. Er hatte ganz den Mut verloren und bat nur, sein Herr möge ihn durchprügeln und dann laufen lassen. Er tauge zu nichts mehr, sagte er. Er bekam seine Entlassung und schlich kreideweiß, mit blauen Lippen und schlotternden Knien zum Sattelplatz. Brunt musste dort noch manches böse Wort hören, aber er achtete nicht darauf. Er zog sich um, nahm seinen Stock und ging, auch jetzt noch vor Furcht zitternd, seiner Wege, immerfort vor sich hin murmelnd: »Gott sei mir gnädig! Jetzt ist es aus!« Nach meinem besten Wissen und Gewissen sprach er die Wahrheit.

So wurde also der »Rekordbrecher« gerannt und gewonnen. Natürlich wird mir keiner glauben. Dem Gerücht, die Russen hätten Absichten auf Indien, oder den Empfehlungen der Währungskommission schenkt man Glauben. Aber einem Stückchen nüchterner Wirklichkeit hält man nicht stand.

Jenseits

Was auch immer geschieht, der Mensch soll stets zu seiner Rasse, seinem Volk und seinem Stand halten. Man lasse Weiße bei den Weißen und Schwarze bei den Schwarzen. Was sich dann auch immer ereignen mag, alles wird seinen natürlichen Gang gehen, nichts wird plötzlich und überraschend kommen, nichts wird befremden können.

Dies hier ist die Geschichte eines Mannes, der eigenwillig aus den festen Kreisen seiner wohlanständigen Alltagsgesellschaft heraustrat und hart dafür büßen musste.

Er wusste zu viel und sah zu viel. Er kümmerte sich zu viel um das Leben der Einheimischen, aber er wird es niemals wieder tun.

Tief im Herzen der Stadt, hinter Jitha Megjis Ställen, liegt die Gasse Amir Naths. Sie stößt auf die graue Mauer eines Hauses, die von einem einzigen Gitterfenster durchbrochen wird. Am Eingang der Gasse steht ein großer Kuhstall, und die beiden Häuser rechts und links haben keine Fenster auf die Gasse. Weder Suchet Singh noch Gaur Chandi sind dafür, dass ihr Weibervolk in die Welt hinaussehen kann. Hätte Durga Charan ihre Ansicht geteilt, dann wäre er heute glücklicher, und die kleine Bisesa könnte ihr Brot jetzt selber kneten. Aus ihrem Zimmer sah man durch das Gitterfenster auf die dunkle Winkelgasse hinaus, in die nie ein Sonnenstrahl drang und in derem blauem Schlamm sich die Büffel wälzten. Sie war eine Witwe, vielleicht fünfzehn Jahre alt, und bat die Götter Tag und Nacht, ihr einen Liebsten zu schicken. Sie war nie dafür, allein zu leben.

Eines Tages kam nun jener Mann – Trejago war sein Name – auf

einem ziellosen Spaziergang in Amir Naths Gasse. Als er glücklich an den Büffeln vorüber war, stolperte er über einen großen
Haufen Viehfutter. Und erst dann sah er, dass er sich in einer
Sackgasse befand. Vom Gitterfenster her hörte er ein leises Lachen. Es war ein hübsches, liebes Lachen. Da Trejago wusste,
dass das alte Buch »Tausendundeine Nacht« immer noch ein guter, praktischer Führer ist, ging er näher ans Fenster und flüsterte die Strophen aus »Har Dyalls Liebeslied«, die mit den Worten
beginnen:

> »Kann ein Mann aufrecht stehen vor dem Antlitz der wunder-
> baren Sonne? Oder ein Liebender angesichts der Geliebten?
> Wenn meine Füße mich nicht mehr tragen, Herz meines
> Herzens, trage ich die Schuld, ich, der ich blind bin vom
> flüchtigen Schimmer deiner Schöne?«

Durchs Fenster klang das leise Klirren einer Armspange, und eine zarte Stimme sagte das Lied weiter von der fünften Strophe ab:

> »Wie kann, wie kann, ach, wie kann der Mond der Lotos-
> blume die Liebe gestehen, wenn das Tor des Himmels ver-
> schlossen ist und die Wolken zum Regen sich sammeln?
> Man hat mir mein Lieb geraubt und mit Saumtieren gen
> Norden entführt.
> Die Füße, unter die ich mein Herz gelegt, sind schwer in Ei-
> sen gekettet.
> Rufe den Schützen, dass er den Bogen bereithält …«

Die Stimme brach plötzlich ab, und verwundert fragte sich Trejago beim Gehen, wer in aller Welt wohl »Har Dyalls Liebeslied«
mit ihm so klug wettgesungen habe.

Als er am nächsten Morgen ins Büro fuhr, warf ihm eine alte Frau ein Päckchen in den Wagen. Es enthielt die eine Hälfte einer zerbrochenen gläsernen Spange, eine blutrote Dhakblüte, eine Fingerspitze Bhusa oder Viehfutter und elf Kardamomkörner. Die Sendung sollte ein Brief sein; kein grober, bloßstellender Brief, nur eine unschuldige, geheimnisvolle Liebesepistel.

Wie gesagt, Trejago wusste viel zu viel von all den Dingen. Ein Engländer sollte eigentlich solchen konkreten Brief überhaupt nicht entziffern können. Aber Trejago breitete all die Nichtigkeiten auf dem Deckel seines Schreibpults aus und begann sie zu enträtseln.

In ganz Indien deutet ein zerbrochenes Glasarmband auf eine Hinduwitwe. Denn wenn ihr Gatte stirbt, werden die Spangen auf ihrem Arm zerbrochen. Trejago verstand also wohl, was das kleine Glasstückchen sagen sollte. Die Dhakblüte kann mancherlei heißen, je nach einer näher bestimmenden Beigabe: »Ich sehne mich« – »Komm« – »Schreib« – oder auch »Es ist Gefahr«. Ein Körnchen Kardamom allein bedeutet Eifersucht, aber mehrere zerstören die Symbolik und wollen nichts weiter als eine Zahl angeben, die Zeit oder, wenn Weihrauch, Quark oder Safran beiliegt, auch den Ort. Die Botschaft hieß also: »Eine Witwe – Dhakblüte und Bhusa, elf Uhr.« Die Fingerspitze Bhusa gab Trejago den Schlüssel. Da diese Briefe sich stets an das Gefühl wenden, fand er, dass die Fingerspitze Bhusa sich auf den Haufen Viehfutter bezog, über den er in Amir Naths Gasse gestolpert war, und dass die Botschaft von dem Wesen hinter dem Gitterfenster stammen müsse, das also eine Witwe war. Also hieß die Botschaft lückenlos: »Eine Witwe in der Gasse, wo der Futterhaufen liegt, wünscht, dass man um elf Uhr kommt.«

Trejago warf lachend den ganzen Kram ins Feuer. Er wusste, dass man im Orient nicht um elf Uhr vormittags Fensterpromenaden macht und dass die Frauen sich dort nicht eine Woche vorher verabreden. So ging er denn schon in der gleichen Nacht um elf Uhr in Amir Naths Gasse, in einem weiten Umhang, wie ihn Männer ebenso wie Frauen tragen. Kaum hatten die Glocken der Stadt die elfte Stunde geschlagen, als das Stimmchen hinter dem Gitter das Liebeslied Har Dyalls bei der Strophe wieder aufnahm, wo das Mädchen ihn beschwört, zurückzukehren. Das Lied klingt in der Ursprache wundervoll. Eine Übertragung kann das Klagende nicht wiedergeben. Es lautet etwa so:

>Ich stehe einsam auf dem Dach, gen Nord,
Den Blick gewandt, wo nächtges Feuer loht,
Die Flammenspuren deines Wegs gen Nord.
Wenn du nicht kommst, Gelichter, kommt der Tod.

Zu meinen Füßen liegt die stille Stadt.
Die Tiere rasten auf des Schlafs Gebot.
Du, weit Entführter, bist auch du so matt?
Wenn du nicht kommst, Geliebter, kommt der Tod.

Das Alter hat des Vaters Weib verroht.
Auf mir liegt seines Hauses ganze Not.
Mein Trank sind Tränen, Kummer ist mein Brot.
Wenn du nicht kommst, Geliebter, kommt der Tod.«

Als das Lied verklungen war, trat Trejago näher an das Gitter und flüsterte: »Ich bin da!«
Bisesa war eine Augenweide.
An diese Nacht schloss sich manch Seltsames an, und ein Doppelleben begann, so fantastisch, dass Trejago sich heute oftmals fragt, ob nicht alles nur ein Traum gewesen ist. Bisesa oder ihre al-

te Dienerin, die ihm den Brief zugeworfen, hatte das schwere Gitter aus dem Mauerwerk gelöst, sodass es nach innen gleiten konnte und gerade so viel Raum bot, um einen gewandten Mann durch die rohe, viereckige Öffnung hindurchschlüpfen zu lassen. Tagsüber durchhastete Trejago seine eintönige Berufsarbeit oder zog sich besuchsmäßig an, um den Damen des Orts aufzuwarten. Er musste oft daran denken, ob sie ihn wohl noch kennen würden, wenn sie von der armen kleinen Bisesa wüssten. Nachts, wenn die Stadt schlief, machte er in dem übel riechenden Mantel seinen heimlichen Gang. An Sitha Megjis Ställen vorbei bog er rasch in Amir Naths Gasse ein und schlich vorüber an dem ruhenden Vieh und den starren Mauern zu Bisesa. Dann konnte er deutlich die tiefen, regelmäßigen Atemzüge der alten Weiber hören, die vor der Tür des kleinen, kahlen Zimmers schliefen, das Durga Charan seiner Schwestertochter überlassen hatte. Wer oder was Durga Charan war, danach fragte Trejago nie. Und wie es kam, dass er nicht entdeckt und niedergestochen wurde, überlegte er sich erst, als sein Wahn zu Ende war und Bisesa … doch ich will nicht vorgreifen.

Bisesa war Trejagos endlose Wonne. Sie war unwissend wie ein Vogel, und ihre verkehrten Erzählungen von dem Leben der Außenwelt, das bis in ihre Kammer drang, belustigten Trejago fast ebenso wie ihre Versuche, seinen Namen – Christopher – zu stammeln. Schon die erste Silbe war ihr fast zu schwer. Sie machte lächerliche, zarte Bewegungen mit ihren Rosenblütenhänden, als wenn sie den Namen wegwerfen wollte, und kniete dann vor Trejago nieder, um ihn nicht anders als eins von unseren Mädchen zu fragen, ob er sie auch wirklich liebe. Trejago schwor, dass er sie über alles in der Welt liebe. Und das war die Wahrheit!

Einen Monat dauerte die Torheit, dann zwang ihn sein anderes Leben, einer Dame seiner Bekanntschaft besondere Aufmerksamkeit zu widmen. Tatsache ist, dass so etwas nicht nur von unseresgleichen beobachtet und besprochen wird, sondern ganz genauso von ein paar Hundert Einheimischen. Trejago musste mit der Dame spazieren gehen, bei der Musik mit ihr plaudern und ein, zwei Mal mit ihr ausfahren. Nicht einen Augenblick kam ihm der Gedanke, dass er damit sein ihm weit lieberes fremdes Leben irgendwie stören könnte. Aber die Neuigkeit flog, geheimnisvoll wie immer, von Mund zu Mund, bis sie der alten Dienerin zu Ohren kam, die sie Bisesa weitergab. Das Kind war so unglücklich, dass es seine Arbeiten vernachlässigte und dafür von Durga Charans Weib geschlagen wurde.

Eine Woche später warf Bisesa Trejago seinen Flirt vor. Sie kannte keine Abstufungen der Liebe und sprach ehrlich mit ihm. Trejago lachte sie aus, und Bisesa stampfte mit ihren kleinen Füßen, Füßen, so klein und zart wie Maßliebchen. Beide hatten sie Platz in einer Männerhand.

Es ist viel geschrieben worden über »orientalische Leidenschaft und Erregbarkeit«; vieles ist übertrieben und von anderen entlehnt, aber ein Körnchen Wahrheit liegt doch darin. Und wenn ein Engländer die Körnchen findet, dann überraschen sie ihn nicht minder als Leidenschaften in seinem eigenen Leben. Bisesa tobte und wütete und drohte, sich das Leben nehmen zu wollen, wenn Trejago nicht augenblicks die fremde »Memsahib« fallen ließe. Trejago versuchte ihr zu erklären und zu zeigen, dass man solche Dinge im Westen anders verstünde als hier. Bisesa richtete sich starr auf und sagte schlicht:

»Ich kann sie nicht anders verstehen. Ich weiß nur, dass es nicht gut für mich ist, dass du mir lieber geworden bist als mein eigenes Leben, Sahib. Du bist ein Engländer. Ich bin ein schwarzes Mädchen« – sie war lichter als Barrengold – »und die Witwe eines Hindu.«

Dann schluchzte sie auf und sagte: »Aber bei meiner Mutter Seele, ich liebe dich. Und was mir auch widerfahren mag, dir soll kein Leid geschehen.«

Trejago versuchte das Kind zu überzeugen und zu beschwichtigen, aber Bisesa schien maßlos erregt. Sie wollte sich nicht zufriedengeben, bis nicht alle Verbindung zwischen ihnen abgebrochen sei. Er sollte auf der Stelle gehen. Und ging. Als er sich aus dem Fenster schwang, küsste sie ihn zweimal auf die Stirn. Und er ging gedankenvoll heim.

Eine Woche, drei Wochen gingen hin, ohne ein Zeichen von Bisesa. Trejago fand, das Zerwürfnis habe nun lange genug gedauert, und ging nun schon zum fünften Mal in den drei Wochen in Amir Naths Gasse. Er hoffte, dass sein Klopfen am Gitterfenster endlich wieder Antwort finden würde. Er wurde nicht enttäuscht.

Ein schwacher Strahl der Mondsichel fiel auf das Gitterfenster in Amir Naths Gasse. Es wurde bei seinem Klopfen fortgezogen. Aus dem tiefen Dunkel streckte Bisesa ihre Arme ins Mondlicht. Beide Hände waren ihr an den Gelenken abgeschnitten, und die Stümpfe waren schon fast verheilt.

Als Bisesa schluchzend den Kopf zwischen die Arme legte, heulte jemand im Zimmer auf wie ein wildes Tier, und etwas Scharfes – Messer, Schwert oder Speer – flog nach Trejagos Mantel. Das Geschoss verfehlte zwar seinen Oberkörper, aber es verletzte ihm einen Lendenmuskel. Von diesem Tage bis an sein Lebensende hinkte Trejago ein ganz klein wenig. Das Gitter wurde wieder geschlossen. Kein Lebenszeichen drang mehr aus dem Haus. Nur ein Streifen Mondlicht auf der hohen Mauer war zu sehen, sonst lag Amir Naths Gasse in tiefstem Dunkel.

Trejago kann sich nur noch erinnern, dass er wie ein Wahnsinniger zwischen den erbarmungslosen Mauern geschrien und getobt hat und dass er sich beim Morgengrauen plötzlich nahe am Fluss befand. Er warf seinen Umhang fort und ging barhäuptig nach Hause.

Bis auf den heutigen Tag hat Trejago nicht den Lauf der Tragödie erfahren. Er weiß nicht, ob Bisesa in einem Anfall grundloser Verzweiflung alles gestanden hat, ob ihr Verhältnis entdeckt und sie gefoltert wurde, bis sie gestand, ob Durga Charan seinen Namen kannte und was aus Bisesa wurde. Jedenfalls war etwas Entsetzliches geschehen; und der Gedanke, was es gewesen sein könnte, kommt Trejago manchmal des Nachts und leistet ihm Gesellschaft bis zum Morgen. Und es ist charakteristisch, dass Trejago nicht einmal erfahren hat, wo die Vorderseite von Durga Charans Haus liegt. Sie kann nach einem gemeinsamen Hof mit anderen Häusern zu liegen, vielleicht auch hinter einem der vielen Tore zu Jitha Megjis Ställen. Trejago weiß es nicht. Er kann Bisesa, die arme kleine Bisesa, nicht wiederfinden. Er hat sie in der Stadt verloren, wo jedes Mannes Haus bewacht wird und so unergründlich ist wie ein Grab. Und das Gitterfenster in Amir Naths Gasse ist zugemauert worden.

Trejago macht regelmäßig seine Besuche und wird zu den vernünftigen Leuten gezählt.

An ihm ist nichts Auffallendes außer einer kleinen Steifheit, die ihm – von einer Überanstrengung beim Reiten – im rechten Bein zurückgeblieben ist.

Irrungen

Ein Mann, der sich ganz offen sinnlos betrinkt, öfter betrinkt, als er eigentlich dürfte, ist zu heilen, aber hoffnungslos ist der, der sich in der Stille einsamem Trank ergibt, den man niemals trinken sieht.

Das ist eine Regel, und so muss es auch eine Ausnahme geben, die sie bestätigt. Der Fall Moriarty ist die Ausnahme.

Er war Zivilingenieur, und die Regierung hatte die große Liebenswürdigkeit, ihn in eine entlegene Gegend zu schicken, wo er ganz allein war mit den Einheimischen und einem Haufen Arbeit. In den vier Jahren seiner völligen Einsamkeit arbeitete er tüchtig, aber er verfiel dem Laster des stillen, heimlichen Trunkes. Er kam älter, müder und verbrauchter zurück, als ihn das Lebendig-Begrabensein in der Einöde hätte machen dürfen. Ein bekanntes Wort heißt, dass ein Mann, der über ein Jahr allein im Dschungel haust, für sein ganzes Leben die geistige Gesundheit verliert. Man schrieb Moriartys Wunderlichkeit und Schwermut dem einsamen Leben zu und sagte, er wäre wieder einmal ein Beweis dafür, wie die Regierung die Zukunft ihrer besten Leute vernichte. Er hatte den Grund zu seiner Hochschätzung durch seine Leistungen beim Brückenbau gelegt. Dass er Nacht für Nacht auf dem besten Wege war, seine Hochschätzung mit Kognak, Korn, kleinen Likörproben und solchem Zeug zu untergraben, war ihm klar. Er hatte einen kräftigen Körper und einen widerstandsfähigen Geist, sonst wäre er wie ein krankes Kamel in seiner Gegend zusammengebrochen und gestorben. So ist es schon Besseren vor ihm gegangen.

Die Regierung schickte ihn nach Ablauf seiner Zeit in der Einsiedelei nach Simla. Er ging in der Absicht hin, sich dort um eine gerade freie Stellung zu bewerben. In dieser Saison stand Mrs Reiver, deren man sich wohl noch erinnert, auf der Höhe ihrer Macht, und viele Männer waren in ihr Joch gespannt. Was über Mrs Reiver Schlechtes zu sagen war, ist bereits in einer anderen Geschichte gesagt worden. Moriarty war ein großer, breitschultriger, schöner Mann. Er war sehr still und, wenn er nicht gerade in Gedanken versunken war, ängstlich besorgt, seinem Nächsten zu gefallen. Bei plötzlichen Geräuschen fuhr er zusammen und erschrak, wenn man ihn unerwartet ansprach. Und wenn man ihn bei Tisch trinken sah, dann sah man die Hand mit dem Wasserglas ein klein wenig zittern. Aber alles das schrieb man seiner Nervosität zu. Das stille, beständige »Schluck-Schluck-Schluck, schenk ein und Schluck-Schluck-Schluck, noch mal!«, das im einsamen Zimmer vor sich ging, das wusste niemand. Es ist eigentlich ein Wunder, denn hier in Indien ist auch das privateste Leben Gemeingut.

Moriarty geriet nicht in Mrs Reivers Kreis, denn der war nicht sein Geschmack, aber in ihre Gewalt. Er sank ihr zu Füßen und erhob sie zu seiner Göttin. Schuld daran war seine Rückkehr aus dem Dschungel in die Großstadt. Er hatte die Fähigkeit verloren, zu sehen und zu wägen, wer und wie ein Mensch war.

Mrs Reivers Kälte und Härte hielt er für Hoheit und Würde, ihren Mangel an Klugheit und Redegewandtheit für Zurückhaltung und Schüchternheit. Mrs Reiver und schüchtern! Da sie niemands Achtung oder Verehrung wert war, ehrte er sie, aus der Ferne, und begabte sie mit allen Tugenden der Bibel und den meisten aus Shakespeare.

Der große dunkelhaarige, zerstreute Mann, der schon nervös wurde, wenn ein Pony hinter ihm hertrabte, folgte schmachtend Mrs Reiver und errötete vor Seligkeit, wenn sie ihm ein oder zwei Worte zuwarf. Seine bewundernde Liebe war streng platonisch. Selbst andere Frauen sahen das ein und gaben das zu. Er ging in Simla wenig aus und hörte daher nichts gegen sein Idol. Und das war gut. Mrs Reiver schenkte ihm keine besondere Aufmerksamkeit, es genügte ihr, ihn in den Reihen ihrer Verehrer zu wissen. Sie ging also hin und wieder mit ihm spazieren, nur um zu zeigen, dass sie Eigentumsrechte an ihm habe. Dabei hat Moriarty sicher allein die Kosten der Unterhaltung tragen müssen, denn Mrs Reiver hatte einem Mann seines Schlags wenig zu sagen. Das wenige, was sie sagte, war sicher nicht gewinnbringend. Moriarty glaubte mit vollstem Recht an Mrs Reivers Einfluss auf ihn, und dieser Glaube veranlasste seinen festen Entschluss, sein Laster, das nur er allein kannte, abzuschütteln.

Er muss in diesem Kampf manch merkwürdige Erfahrung gemacht haben, aber er hat nie davon gesprochen. Wirklich trank er zeitweise eine ganze Woche hindurch nichts als Wasser. Wenn ihn dann aber an einem regnerischen Abend niemand zu Tisch gebeten hatte, wenn ein tüchtiges Feuer in seinem Zimmer brannte und alles gemütlich war, dann saß er die ganze Nacht mit weitgreifenden Besserungsplänen und trank Schluck für Schluck, bis er sich schwer trunken auf das Bett legen musste. Am nächsten Morgen litt er.

Eines Nachts kam der Zusammenbruch. Seine Versuche, »der Freundschaft Mrs Reivers würdig zu werden«, quälten ihn. Die letzten zehn Tage waren sehr schlimm gewesen, und das Ende vom Lied war, dass die Folgen eines fast dreijährigen stillen Trunkes in einem einzigen Anfall milden Delirium tremens zum Durchbruch kamen. Der Anfall begann mit Selbstmordgedanken, dann folgten hysterische Krämpfe und Zuckungen und zuletzt wahrhafte Raserei. Während er vor dem Feuer saß oder im Zimmer auf und nieder schreitend sein Taschentuch in Fetzen riss, offenbarte der arme Moriarty seine innersten Gedanken über Mrs Reiver. Denn hauptsächlich galt sein Toben ihr und dem Rückfall in sein Laster, wenn er auch in dies Gedankennetz lange Amtsberichte mit verwob. Er redete und redete und redete in einem leisen Flüsterton mit sich selber und fand kein Ende. Er wusste wohl, dass etwas nicht in Ordnung war, und versuchte zwei Mal, sich zusammenzunehmen und mit dem Arzt vernünftig zu beraten. Aber er verlor sofort wieder die Macht über seinen Verstand und fiel wieder in sein Flüstern und in den Bericht seines Kummers zurück. Es ist grauenvoll, einen großen, starken Mann wie ein Kind über Dinge plappern zu hören, die er sonst in der Tiefe seines Herzens verschlossen und begraben hält. Moriarty breitete sein Innerstes vor jedem aus, der zwischen halb elf Uhr nachts und drei viertel drei Uhr morgens in sein Zimmer kam.

Aus allem, was er sagte, fühlte man den ungeheuren Einfluss Mrs Reivers und den tiefen Schmerz über seinen Rückfall. Natürlich lässt sich sein Geflüster hier nicht wiedergeben. Aber lehrreich war es, denn es zeigte, wie schwer er in seinem Urteil irrte.

Als die Störung vorüber war und seine wenigen Bekannten ihm ihre Teilnahme bezeugten, dass ihn der schwere Anfall Dschungelfieber so mitgenommen habe, schwor Moriarty sich einen heiligen Schwur. Bis zum Ende der Saison ging er wieder mit Mrs Reiver aus und betete sie in seiner stillen, ehrerbietigen Art an wie einen Engel des Himmels. Später verlegte er sich aufs Reiten. Es war kein Gestümper, sondern ein wirklich tüchtiges, schulmäßiges Reiten. Und das war ein gutes Zeichen seiner Besserung. Man konnte sogar in seinem Rücken Türen zuschlagen, ohne dass er entsetzt aufsprang. Auch das war vielversprechend. Wie er seinen Schwur hielt und was es ihn anfangs gekostet haben mag, kann niemand ermessen. Aber zweifellos hat er das

Schwerste zuwege gebracht, was ein schwerer Trinker nur zuwege bringen kann. Er trank seinen Whisky mit Soda und seinen Wein bei Tisch; aber er trank niemals in der Stille und nie so viel, dass es Macht über ihn gewann.

Einmal erzählte er einem seiner besten Freunde die Geschichte seines großen Kampfes und wie »der Einfluss einer reinen, engelhaften Frau« ihn gerettet habe. Als der Freund, erstaunt, dass man Mrs Reiver Gutes nachsagen könnte, auflachte, kostete es ihn Moriartys Freundschaft. Moriarty ist jetzt mit einer Frau verheiratet, die zehntausendmal besser ist als Mrs Reiver, einer Frau, die glaubt, dass kein Mann auf Erden besser und klüger ist als ihr Gatte. Aber noch auf dem Totenbett wird er beteuern und schwören, dass ihn Mrs Reiver hier und im Jenseits vom Verderben errettet habe.

Dass sie Moriartys Schwäche gekannt hat, glaubte niemand auch nur für einen Augenblick. Aber keiner zweifelte daran, dass sie dann Moriarty fallen gelassen und geschnitten hätte und dass sie allen ihren Bekannten die große Entdeckung mitgeteilt haben würde.

Moriarty hielt sie für etwas, was sie nie gewesen ist, und rettete sich selbst in diesem Glauben. Und das ist nicht minder gut, als wenn sie in Wirklichkeit all das gewesen wäre, was sie in seiner Einbildung war.

Es fragt sich nur noch, welcher Anteil Mrs Reiver an Moriartys Rettung zugeschrieben wird, wenn für sie der Tag der Abrechnung kommt.

Ein Bankbetrug

Wäre Reggie Burke jetzt in Indien, er würde es mir übel nehmen, dass ich diese Geschichte erzähle; da er aber zurzeit in Hongkong lebt und sie nicht lesen wird, kann ich es getrost wagen. Er war der Mann, der den großen Betrug bei der Sind- und Sialkot-Bank inszenierte. Damals war er Leiter einer Zweigstelle im Innern des Landes, ein Mann von gesunder praktischer Vernunft mit einer großen Erfahrung im einheimischen Kredit- und Versicherungswesen. Ja, er verstand sogar, die Frivolitäten des Alltags mit seiner Arbeit zu vereinen und trotzdem etwas zu leisten. Reggie Burke ritt jedes Tier, das ihm gestattete, aufzusitzen, tanzte so sauber, wie er ritt, und war bei allen Amüsements der Station unentbehrlich.

Wie er selbst betonte und wie viele Leute zu ihrer ziemlichen Überraschung entdeckten, gab es zwei Burkes, beide »ganz zu ihren Diensten«: von vier bis zehn »Reggie Burke«, zu allen Schandtaten bereit, bei einer Heiß-Wetter-Gymkhana angefangen bis zu einem Reitpicknick, und »Mr Reginald Burke«, Leiter der Zweigstelle der Sind- und Sialkot-Bank, zu sprechen von zehn bis vier. Man konnte am Nachmittag mit ihm Polo spielen und ihn unverhohlen seine Meinung äußern hören, wenn einer »kreuzte«, und ihn am nächsten Morgen aufsuchen, um auf eine Fünfhundert-Pfund-Versicherungspolice – bezahlte Prämie achtzig Pfund – eine Zweitausend-Rupien-Anleihe aufzunehmen. In diesem Fall pflegte er einen zwar zu erkennen, aber ihn selbst wiederzuerkennen war nicht ganz so einfach.

Die Direktoren der Bank – das Hauptquartier befand sich in Kalkutta, und das Wort des Generaldirektors hatte Einfluss auf die Regierung – pflegten ihre Mitarbeiter zu sieben. Sie hatten Reggie gründlichst auf Herz und Nieren geprüft. Sie vertrauten ihm, soweit Bankdirektoren ihren Zweigstellenleitern überhaupt trauen. Man urteile selbst, ob er ihr Vertrauen verdiente. Reggies Zweigstelle befand sich an einer größeren Station, und Reggie verfügte über die gewöhnlichen Hilfskräfte: einen Buchhalter und einen Kassierer, beide aus England, und eine Horde einheimischer Bankangestellter, nicht zu vergessen die nächtliche Polizeipatrouille. Der größte Teil der Geschäfte – es war ein blühender Distrikt – bestand aus allen möglichen kleineren einheimischen Wechsel- und Geldtransaktionen. Ein Narr wird niemals diese Art von Geschäften begreifen, und ein kluger Mann, der nicht mit seinem Kundenkreis verkehrt und mehr als nur eine Ahnung von deren Angelegenheiten hat, ist schlimmer dran als ein Narr. Reggie war jung für sein Alter und glatt rasiert, mit einem schalkhaften Ausdruck in den Augen und einem Kopf auf den Schultern, den nichts unter vier Litern echten Artillerie-Madeiras zu rühren vermochte.

Eines Tages bemerkte er so nebenbei, anlässlich eines großen Diners, die Direktoren hätten ihm aus England eine naturhistorische Seltenheit aus der Klasse der Buchhalter verfrachtet. Dies traf vollkommen zu. Mr Silas Riley, Buchhalter, war in der Tat ein außerordentlich seltenes Tier – ein hoch aufgeschossener, hagerer, grobknöchiger Mann aus Yorkshire, voll von jener maßlosen Einbildung, wie sie nur in der tüchtigsten Grafschaft Englands gedeiht. Arroganz ist ein mildes Wort, um die geistige Haltung von Mr S. Riley zu bezeichnen. Er hatte sich nach siebenjähriger Tätigkeit zur Stellung eines Kassierers in einer Huddersfielder Bank hinaufgearbeitet und seine ganzen Erfahrungen in den nördlichen Fabrikbezirken gesammelt. Vielleicht hätte er in die Gegend von Bombay, wo Gewinne von anderthalb Prozent den Menschen schon glücklich machen und das Geld billig ist, besser hineingepasst. Hier, in einer Weizenprovinz Oberindiens, war er unbrauchbar, denn hier bedarf ein Mann eines weiten Blicks und eines Funkens von Fantasie, um eine befriedigende Bilanz vorzeigen zu können.

In Geschäften war er von einer erstaunlichen Beschränktheit; da er im Lande fremd war, ahnte er natürlich nicht, dass das Bankwesen in Indien sich von dem in der Heimat gründlich unterscheidet. Wie fast jeder kluge Selfmademan entbehrte seine Natur nicht eines beträchtlichen Maßes von Einfalt; auf irgendeine Weise hatte er sich dank der in die üblichen Höflichkeitsfloskeln gekleideten Bedingungen seines Anstellungsschreibens den Glauben konstruiert, die Direktoren hielten besondere Stücke auf ihn und hätten ihn wegen seiner glänzenden Geistesgaben zu seinem Posten auserwählt. Dieser Gedanke wuchs und nahm immer festere Formen an und vermehrte noch seinen natürlichen Fonds Yorkshirer Einbildung. Außerdem war seine Gesundheit angegriffen; er litt an einem Lungenleiden und war daher besonders reizbar.

Nach alldem muss man wohl zugeben, das Reggie triftigen Grund hatte, seinen Buchhalter als eine naturhistorische Seltenheit zu bezeichnen. Die beiden Männer kamen überhaupt nicht miteinander aus. Riley hielt Reggie für einen wilden, hirnverbrannten Dummkopf mit einer Vorliebe für der Himmel weiß was für Ausschweifungen in gemeinen Lokalen, »Offiziersmessen« genannt; für einen Menschen, der zu dem ernsten und geheiligten Beruf des Bankfachmanns überhaupt nicht taugte. Niemals vermochte er sich mit Reggies jugendlichem Aussehen, mit seinem »Hol-dich-der-Teufel«-Gebaren abzufinden; und er konnte auch nicht Reggies Freunde verstehen – gut gewachsene, leichtsinnige Burschen von der Armee, die an Sonntagvormittagen zu Frühstücken in der Bank hinübergeritten kamen und schwüle Geschichten erzählten, bis Riley aufstand und das Zimmer verließ. Riley fuhr ohne Unterbrechung fort, Reggie zu zeigen, wie er das Geschäft führen müsse, und Reggie musste ihn mehr als einmal daran erinnern, dass eine siebenjährige begrenzte Erfahrung zwischen Huddersfield und Everley einen Mann noch nicht instand setzte, ein Geschäft im Innern Indiens zu leiten. Dann fing Riley an zu schmollen und sich darauf zu berufen, dass er eine Koryphäe der Bank und ein geschätzter Freund der Direktoren sei – und Reggie raufte sich die Haare. Wenn eines Mannes englische Angestellte ihn hierzulande im Stich lassen, so geht es ihm in der Tat schlecht, denn die Fähigkeiten der einheimischen Hilfskräfte sind durchaus begrenzt. Im Winter erkrankte Riley außerdem auf Wochen hinaus an seinem Lungenleiden, wodurch eine vermehrte Arbeitslast sich auf Reggie wälzte. Der jedoch zog das den dauernden Reibungen mit Riley vor.

Einer der reisenden Inspektoren der Bank erfuhr eines Tages von diesen Zusammenbrüchen Rileys und berichtete darüber den Direktoren. Nun war Riley der Bank von einem gewissen Parlamentsmitglied, das sich die Unterstützung von Rileys Herrn Papa zu erringen wünschte, aufgezwungen worden, und dieser wieder hatte seinen Sohn infolge des Lungenleidens in ein wärmeres Klima versetzen wollen. Das Parlamentsmitglied war zwar an der Bank beteiligt, aber einer der Direktoren hatte einen eigenen Anwärter auf Rileys Posten, und da Rileys Vater inzwischen gestorben war, bewog der Direktor den übrigen Vorstand zu der Einsicht, dieser Buchhalter, der über sechs Monate im Jahr krank wäre, müsse einem gesunden Mann weichen. Hätte Riley die wahre Geschichte seiner Anstellung gewusst, er würde sich wahrscheinlich besser benommen haben; da er aber nichts davon ahnte, wechselten seine Krankheitsperioden mit

Zeiten ruheloser, hartnäckiger, nörgelnder Einmischung in Reggies Tätigkeit, während derer er Gelegenheit fand, auf hundert verschiedene Arten, wie sie sich dem subordinierten Angestellten immer bieten, der eigenen Eitelkeit zu frönen. Reggie pflegte ihn hinter seinem Rücken mit den überraschendsten, haarsträubendsten Namen zu belegen; direkt jedoch schalt er ihn niemals, denn er meinte: »Riley ist ein so verdammt schwächliches Geschöpf, dass die Hälfte seiner ekelhaften Einbildung seinen Stichen in der Brust entspringt.«

Ende April wurde Riley in der Tat schwer krank. Der Arzt klopfte und trommelte an ihm herum und sagte ihm, er würde sich bald wieder besser fühlen. Dann ging der Arzt zu Reggie und sagte: »Wissen Sie, wie krank Ihr Buchhalter ist?« – »Nein«, sagte Reggie – »Je schlimmer, desto besser, der Teufel hol ihn! Er ist 'ne verdammte Plage, solange er sich wohlfühlt. Ich erlaube Ihnen, den Kassenschrank zu rauben, wenn Sie ihm während dieser Hitzeperiode was verschreiben, dass er den Mund hält.«

Aber der Doktor lachte nicht. »Mensch, ich mache wahrhaftig keine Witze. Ich schätze, dass er im Bett noch weitere drei Monate zu leben sowie ein oder zwei Wochen zum Sterben hat. Bei meiner Ehre und meinem Ruf, eine längere Galgenfrist ist ihm nicht bemessen. Die Schwindsucht hat ihn bis ins Mark zerfressen.«

Reggies Gesicht verwandelte sich auf der Stelle in das von »Mr Reginald Burke«, und er antwortete: »Was kann ich tun?« – »Nichts«, entgegnete der Arzt. »Praktisch gesprochen, ist der Mann bereits tot. Sorgen Sie, dass er Ruhe hat und gute Laune, und reden Sie ihm vor, dass er sich erholen wird. Das ist alles. Ich werde natürlich bis zum Schluss nach ihm sehen.«

Damit entfernte sich der Arzt, und Reggie setzte sich, um die abendliche Post durchzusehen. Der erste Brief war von dem Vorstand und bedeutete ihm, dass Mr Riley mit monatlicher Kündigung, entsprechend den Bedingungen seines Vertrags, zurückzutreten hätte; zugleich teilte man Reggie mit, dass ein direkter Brief an Riley folgte, und nannte ihm den Namen des neuen Buchhalters, eines Mannes, den Reggie kannte und gut leiden konnte.

Reggie steckte sich eine Manila an und entwarf, noch ehe er ausgeraucht hatte, den Plan zu einem Betrug. Er unterschlug den Brief der Direktoren und ging hinüber zu Riley, der so ungnädig wie immer war und sich über die Art, in der die Bank während seiner Krankheit geleitet werden würde, aufregte. Keinen einzigen Gedanken widmete er der Extraarbeit, mit der Reggie belastet war, sondern verweilte nur bei dem Schaden, der dadurch seiner eigenen Karriere entstünde. Aber Reggie versicherte ihm, alles würde gut gehen, und er, Reggie, wolle sich täglich mit Riley über die Leitung der Bank beraten. Das beruhigte Riley ein wenig; trotzdem ließ er ziemlich deutlich durchblicken, dass er von Reggies Geschäftstüchtigkeit nicht viel hielte. Reggie war ruhig und bescheiden. Dabei lagen Briefe von den Direktoren in seinem Schreibtisch, auf die ein Rothschild hätte stolz sein können.

Die Tage vergingen in dem großen, verdunkelten Haus, und der blaue Brief von der Direktion an Riley wurde von Reggie wegeskamotiert, der allabendlich die Bücher in Rileys Zimmer hinüberschleppte und ihm die laufenden Geschäfte auseinandersetzte, während Riley schimpfte. Reggie tat sein Möglichstes, um Riley die Sache mundgerecht zu machen, doch der Buchhalter war überzeugt, die Bank ginge ohne ihn vor die Hunde. Als im Juni die Bettlägerigkeit seine Stimmung zu beeinträchtigen begann, erkundigte er sich, ob die Direktion von seiner Abwesenheit Notiz genommen hätte, und Reggie erklärte, sie hätte einen ungemein mitfühlenden Brief geschrieben und die Hoffnung ausgedrückt, Riley würde seine wertvollen Dienste bald wieder aufnehmen können. Er zeigte dem Kranken sogar den Brief; und Riley bemerkte, die Direktoren hätten an ihn selbst schreiben müssen. Wenige Tage später öffnete Reggie in der Dämmerung des Krankenzimmers Rileys Post und überreichte ihm den Briefbogen – nicht den Umschlag – eines Schreibens der Direktion an Riley. Riley sagte, er ersuche ihn, in Zukunft seine Privatkorrespondenz in Ruhe zulassen; zumal er ja wüsste, dass er, Riley, so schwach sei, dass er nicht einmal seine eigenen Briefe aufmachen könnte. Reggie entschuldigte sich.

Dann wechselte Rileys Laune, und er hielt Reggie Moralpredigten über seinen lockeren Lebenswandel: seine Pferde und seine üblen Freunde. »Natürlich kann ich Sie jetzt, während ich ans Bett gefesselt bin, nicht auf dem rechten Weg halten, Mr Burke; wenn ich aber erst wieder gesund bin, hoffe ich tatsächlich, dass Sie meine Worte ein wenig berücksichtigen werden.« Reggie, der Polo, Diners und Tenniseinladungen aufgegeben hatte, um Riley zu pflegen, erklärte daraufhin, er bereue, und schob Rileys Kopfkissen zurecht und lauschte ohne das leiseste Zeichen von Ungeduld, während Riley in trockenem, abgerissenem Flüsterton sich ereiferte und ihm widersprach. Und das alles obendrein Ende Juni nach einer schweren Tagesarbeit für zwei! Als der neue Buchhalter eintraf, setzte Reggie ihm den Sachverhalt auseinander und teilte Riley mit, er hätte Logierbesuch bekommen. Riley meinte, so viel Rücksicht hätte er auch haben können, sich nicht zu einer solchen Zeit mit seinen »zweifelhaften Freunden« zu amüsieren. Die Folge war, dass Reggie den neuen Buchhalter, Carron, veranlasste, im Klub zu logieren. Carrons Ankunft entlastete Reggie ein wenig; so hatte er Zeit, Rileys Anforderungen zu genügen – zu erklären, zu beschwichtigen, Lügen zu ersinnen, dem armen Kerl immer wieder die

Kissen zurechtzuschütteln und schmeichelhafte Briefe aus Kalkutta zu fälschen. Gegen Ende des ersten Monats wünschte Riley, einiges Geld nach Hause an seine Mutter zu schicken. Reggie sandte die Anweisung. Ende des zweiten Monats traf pünktlich, wie immer, Rileys Gehalt ein. Reggie hatte es aus eigener Tasche gezahlt und ihm gleichzeitig im Namen der Direktion einen wunderschönen Brief geschrieben.

Riley war wirklich sehr krank, und die Flamme seines Lebens flackerte unstet. Mitunter war er heiter und zukunftsfroh und schmiedete Pläne, wie er nach Hause fahren und seine Mutter besuchen wolle. Reggie lauschte dem allen geduldig, nach beendeter Bürozeit, und unterstützte es nach Kräften.

Mitunter aber bestand Riley darauf, dass Reggie ihm aus der Bibel und aus düsteren, methodistengleichen Traktätchen vorlas. Alsdann verwies Riley auf die Moral der Schriften, die er so auslegte, dass sie direkt auf seinen Chef zu zielen schien. Und immer und ewig fand er Zeit, Reggie wegen der Bankgeschäfte das Leben sauer zu machen und ihm zu zeigen, wo die Sache faul stünde.

Dieses Krankenzimmerleben und die fortgesetzte Überanstrengung brachten Reggie ziemlich herunter und erschütterten seine Nerven derart, dass sich sein Billardspiel um vierzig Punkte verschlechterte. Aber die Geschäfte der Bank und die Geschäfte des Krankenzimmers mussten durchgehalten werden, ob auch das Thermometer 116 Grad im Schatten anzeigte.

Ende des dritten Monats ging es mit Riley rapide bergab, und er selbst hatte begonnen, sich darüber klar zu werden, dass er schwer krank sei. Aber die Eitelkeit, die ihn dazu trieb, Reggie zu quälen, hielt ihn auch davon ab, das Schlimmste zu glauben.

»Er bedarf irgendeines geistigen Anregungsmittels, wenn er sich hinschleppen soll«, sagte der Arzt. »Sorgen Sie, dass er Interesse

am Dasein hat, wenn Ihnen wirklich daran liegt, dass er weiter-
lebt.« So erhielt Riley entgegen sämtlichen Regeln des Geschäfts
und der Finanz eine fünfundzwanzigprozentige Gehaltserhöhung von der Direktion. Das »geistige Anregungsmittel« wirkte
wunderbar. Riley war glücklich und heiter und, wie das bei
Schwindsüchtigen häufig ist, geistig am frischesten, wenn sein
Körper am meisten daniederlag. Er schleppte sich noch einen
vollen Monat so hin, bissig, giftig, sich über die Bank aufregend,
von der Zukunft sprechend und der Bibel lauschend, während er
Reggie seiner Sünden wegen herunterputzte und hin und her
überlegte, wann er wohl nach drüben reisen könnte.

Allein eines erbarmungslos heißen Abends Ende September richtete er sich plötzlich keuchend im Bett auf und sagte hastig zu
Reggie: »Mr Burke, ich muss sterben. Ich fühle es aus mir selbst
heraus. Meine Brust ist da drinnen ganz ausgehöhlt, es ist ja nichts
mehr da, womit ich atmen könnte. Nach bestem Wissen und Gewissen habe ich nichts getan« – er begann wieder, in den Dialekt
seiner Kindheit zu verfallen –, »was ich allzu sehr zu bereuen hätte. Ich bin Gott sei Dank vor den gröberen Formen der Sünde
bewahrt worden, und ich rate Ihnen, Mr Burke … Seine Stimme erstarb, und Reggie beugte sich über ihn. »Schicken Sie mein
Gehalt für September an meine Mutter … große Dinge für die
Bank getan, wenn ich am Leben … grundfalsche Politik … nicht
meine Schuld …« Dann drehte er sich zur Wand und starb.

Reggie zog das Laken über jenes Dings Gesicht und ging auf die
Veranda hinaus, sein letztes »geistiges Anregungsmittel« – einen
mitfühlenden, ihr Bedauern über die Krankheit aussprechenden
Brief der Direktion – unberührt in seiner Tasche.

»Wäre ich nur zehn Minuten früher gekommen!«, dachte Reggie. »Vielleicht wäre es mir gelungen, ihn so aufzumuntern, dass
er noch einen Tag länger durchgehalten hätte.«

Toddys Antrag

Jawohl, Toddys Mama war eine ungewöhnlich reizende Frau, und ganz Simla kannte Toddy. Die meisten Männer hatten ihn bei irgendeiner Gelegenheit vom Tod errettet. Er selbst tanzte seiner Ayah oder Kinderfrau ungeniert auf der Nase herum und setzte täglich sein Leben aufs Spiel, zum Beispiel um herauszubekommen, was passieren würde, wenn man ein Maultier von den Gebirgsbatterien am Schwanz zog. Er war ein vollkommen furchtloser kleiner Schlingel und dazu das einzige Kind, dem es gelungen war, die geheiligte Ruhe des Gesetzgebenden Rats des Indischen Reiches zu stören.

Das kam so: Todds Lieblingsziegenbock riss sich los und floh den Berg hinauf, Todd immer hinterdrein, bis sie in den Vorgarten der vizeköniglichen Villa, die es damals noch neben »Peterhoff« gab, hineinplatzten. Der Hohe Rat hielt gerade eine Sitzung ab, und die Fenster waren wegen der Hitze geöffnet. Der rote Ulan auf der Veranda sagte zu Todd, er solle wieder gehen, aber Todd kannte den roten Ulan und die meisten Mitglieder des Rats persönlich. Außerdem hatte er sich fest an das Halsband des Bocks geklammert und wurde im Augenblick gerade über sämtliche Blumenbeete geschleift. Er keuchte daher: »Bring dem langen Staatsrat Sahib meine Salaams, und er soll mir helfen, Moti zu fangen!« Der Staatsrat hörte durch die offenen Fenster den Lärm, und so gewahrte man nach einer Weile das empörende Schauspiel, wie ein juristischer Beirat und ein Gouverneur-Statthalter unter dem direkten Vorsitz des Oberstkommandierenden und des Vizekönigs einem kleinen und sehr schmutzigen Jungen in einem Matrosenanzug mit einem wirren Schopf brauner Haare halfen, einen ungemein lebhaften und widerspenstigen jungen Ziegenbock zur Räson zu bringen. Sie trieben ihn auf den Weg und hinunter zur Hauptstraße, und Toddy zog im Triumph heim zu seiner Mama und erzählte ihr, *sämtliche* Sahibs des Geheimen Rats hätten ihm geholfen, Moti einzufangen. Worauf die Mama Toddy einen Klaps gab, weil er sich in die Verwaltung des Reichs eingemischt hatte. Aber Todd traf den juristischen Beirat am darauffolgenden Tag und sagte ihm im Vertrauen, wenn er, der juristische Beirat, jemals einen Ziegenbock einzufangen hätte, so wolle er, Todd, ihm nach Kräften dabei helfen. »Ich danke dir, Todd«, sagte der juristische Beirat.

Todd war das Idol einiger achtzig Sänftenträger und halb so vieler Saise oder Pferdeknechte. Sie alle redete er an mit »O Bruder«. Niemals kam ihm der Gedanke, dass irgendein menschliches Wesen sich weigern könnte, seine Befehle auszuführen, und stets war er der vermittelnde Engel zwischen den Dienstboten und dem Zorn seiner Mama. Die ganze Maschinerie des Haushalts drehte sich um Toddy, der von sämtlichen Leuten vergöttert wurde, angefangen bei dem indischen Wäscher bis hinab zu dem Hundejungen. Selbst Futteh Khan, der faule alte Schlingel von Aufwärter aus Mussoorie, scheute sich, bei Toddy in Ungnade zu fallen, aus Furcht, seine Kameraden könnten auf ihn herabsehen.

So genoss Toddy der Ehre ringsum im Land, von Boileaugaunge bis Chota Simla, und herrschte gerecht nach seinem Wissen. Natürlich sprach er Urdu, aber er beherrschte auch die vielen sonderbaren Nebendialekte, wie das Chatee Bolee der Frauen, und unterhielt sich feierlich mit Ladenbesitzern wie Bergkulis, ohne Unterschied. Er war frühreif für seine Jahre, und sein Verkehr mit den Eingeborenen hatte ihm einige der bitteren Wahrheiten des Lebens beigebracht: seine Armseligkeit und seinen Schmutz. Ja, er pflegte über Brot und Milch feierliche Aphorismen zum Besten zu geben, die er von der Landessprache ins Englische übersetzte, bis seine Mama vor Schreck zusammenfuhr und beteuerte, in der nächsten warmen Jahreszeit müsse Toddy aber wirklich endlich nach England geschickt werden.

Gerade als Todd auf der Höhe seiner Macht stand, doktorte der Oberste gesetzgebende Rat an einer Gesetzesvorlage herum, einer Revision des damaligen Pundschaber Grund- und Bodengesetzes, die einige hunderttausend Menschen nahe berührte. Der juristische Beirat hatte den Gesetzentwurf aufgesetzt, aufgepolstert, zurechtgestutzt und verbessert, bis er sich auf dem Papier wirklich wunderschön ausnahm. Dann begann der Rat die sogenannten untergeordneten Details festzulegen. Als ob Engländer, wenn sie den Einheimischen Gesetze geben, überhaupt beurteilen könnten, welches, vom einheimischen Gesichtspunkt aus betrachtet, die untergeordneten Details und welches die Hauptpunkte sind. Dieser Gesetzentwurf war ein Triumph der »Wahrung der Interessen des Pächters«. Eine Klausel bestimmte, dass kein Pachtvertrag länger als fünf Jahre dauern dürfe, weil ein Grundbesitzer, wenn er einen Pächter, sagen wir, auf zwanzig Jahre hin gebunden hält, ihn bis aufs Mark aussaugen kann. Der Gedanke war, in den submontanen Distrikten einen wechselnden Stand unabhängiger Ackerbauer aufrechtzuerhalten, und ethnologisch und politisch war der Gedanke korrekt. Der einzige Nachteil war, dass er vollkommen falsch war. In Indien schließt das Leben des Eingeborenen auch das seines Sohnes ein. Deshalb kann man dort keine Gesetze machen, die nur für eine Generation Gültigkeit haben. Man muss gleichzeitig vom Eingeborenengesichtspunkt die nächste Generation ins Auge fassen. Seltsamerweise hassen es Eingeborene von Zeit zu Zeit, in Nordindien ganz besonders, bevormundet zu sein, selbst wenn es gilt, sie gegen sich selbst zu schützen. Es war einmal ein Negerdorf ... Aber das ist eine andere Geschichte.

Aus zahlreichen, später noch zu erörternden Gründen war das Volk gegen die betreffende Gesetzesvorlage. Das indische Mitglied des Rats kannte die Einwohner des Pundschabs ungefähr so gut wie die Charing Cross Station in London. In Kalkutta hatte er erklärt: »Die Vorlage entspricht durchaus den Wünschen jenes großen und wichtigen Standes, unserer Ackerbau treibenden Bevölkerung« usw. usw. Des juristischen Beirats Kenntnisse von Eingeborenen beschränkten sich auf Englisch sprechende Gerichtspersonen und auf seine eigenen rotrockigen Ordonnanzen; die submontanen Distrikte gingen niemanden besonders an; die Vizekommissare waren viel zu überarbeitet, um Vorhaltungen zu machen, und die Maßnahme betraf ja außerdem nur die kleinen Pächter. Trotzdem flehte der juristische Beirat zum Himmel, dass er recht getan hätte, denn er war ein ängstlich gewissenhafter Mann. Er wusste nicht, dass kein Mensch, der sich nicht ganz ohne Tünche unter sie mischt, hinter die Gedanken der Eingeborenen kommen kann. Und selbst dann glückt es ihm nicht immer. Aber er handelte nur nach bestem Wissen und Gewissen. Und so wurde die Vorlage dem Obersten Rat unterbreitet, damit dieser ihr die letzten Finessen gebe, während Toddy auf seinen Morgenritten den Burra-Simla-Basar durchstreifte, mit dem Affen Ditta Mulls, des Händlers, spielte und nach Kinderart dem Basargeschwätz über den neuesten tollen Einfall der hohen Sahibs lauschte.

Eines Tages gab es im Haus von Toddys Mama eine Gesellschaft, zu der auch der juristische Beirat geladen war. Toddy war schon zu Bett gebracht worden, lag aber dort wach, bis er die Herren über ihrem Kaffee lachen hörte. Dann trollte er sich in rotem Flanellschlafrock und Pyjama aus dem Zimmer und suchte bei seinem Vater Zuflucht, von dem er wusste, dass er ihn nicht wieder ins Bett schicken würde. »Das hat man nun davon, Familienvater zu sein«, sagte der, gab Toddy drei getrocknete Pflaumen und etwas Wasser in einem Glase, in dem vorher Wein gewesen war, und ermahnte ihn, still zu sitzen. Todd lutschte die Pflaumen mit großer Bedachtsamkeit, denn er wusste, er würde danach wieder ins Bett gehen müssen, und nippte wie ein Mann von Welt an seinem rosa Wasser, während er der Unterhaltung lauschte. Nach einer Weile erwähnte der juristische Beirat, der mit irgendeinem Abteilungsleiter fachsimpelte, seine Gesetzesvorlage, und zwar nannte er sie bei ihrem vollen Namen: »Der revidierte Ryotwari Submontane Districts Act.« Toddy verstand nur das eine unheimliche Wort, erhob seine kleine Stimme und sagte:

»Oh, darüber weiß ich Bescheid! Hat man denn schon murramuttiert, Onkel Staatsrat Sahib?«

»Was sagst du?«, fragte der juristische Beirat.

»Murramuttiert – verbessert –, du weißt doch – schön gemacht, damit er Ditta Mull gefällt?«

Der juristische Beirat erhob sich von seinem Platz und setzte sich neben Todd.

»Was verstehst du von Ryotwari, kleiner Mann?«, forschte er.

»Ich bin kein kleiner Mann, ich bin Toddy und ich verstehe alles davon. Ditta Mull und Choga Lall und Amir Nath und – und viele, viele meiner Freunde erzählen mir davon, in den Basaren, wenn ich mich mit ihnen unterhalte.«

»So – tun sie das wahrhaftig? Was erzählen sie denn, Toddy?«

Toddy steckte seine Füße unter den roten Flanellschlafrock und sagte: »Ich muss mal überlegen.«

Der juristische Beirat wartete geduldig. Dann sagte Toddy mit unendlichem Mitleid:

»Du kannst nich meine Sprache, nich, Sahib Staatsrat?«

»Nein, leider muss ich gestehen, dass ich sie nicht kann«, sagte der juristische Beirat.

»Gut«, bemerkte Toddy, »dann muss ich Engliss überlegen.«

Eine volle Minute brachte er seine Gedanken in Ordnung; dann hub er an, sehr langsam, jeden Begriff erst von der Landesssprache ins Englische übersetzend, wie viele anglo-indische Kinder es tun. Im Auge zu behalten ist, dass der juristische Beirat ihm mit Fragen half, wenn er stockte, denn ganz war Toddy der folgenden, ausgiebigen rednerischen Leistung doch nicht fähig:

»Ditta Mull sagt: ›Dieses Ding ist der Unsinn eines Kindes und ist von Narren gemacht.‹ Aber ich finde nich, dass du ein Narr bist, Onkel Staatsrat Sahib«, fügte Toddy hastig hinzu. »Du hast mir meine Ziege gefangen. Und das sagt Ditta Mull auch: ›Ich bin kein Narr, und weshalb sollte der Sirkar sagen, dass ich ein Kind bin? Ich kann sehen, ob das Land gut ist und ob der Grundherr gut ist. Bin ich ein Narr, so komme die Sünde über mein eigenes Haupt. Auf fünf Jahre nehme ich das Land, für das ich Geld gespart habe, und ich nehme auch eine Frau und es wird mir ein kleiner Sohn geboren.‹ Ditta Mull hat jetzt nur eine Tochter, aber er sagt, bald wird er auch einen Sohn bekommen. Und er sagt: ›Nach fünf Jahren muss ich, so wie das neue Gesetz es vorschreibt, wieder gehen. Und wenn ich nicht gehe, muss ich neue Siegel und Stempelmarken auf das Papier kleben, vielleicht gar mitten in der Ernte, und einmal sich an die Gerichte wenden ist Weisheit, zweimal aber ›Johannum‹ (die Hölle).‹ Und das ist ganz richtig«, fügte Toddy ernsthaft hinzu. »Alle meine Freunde sagen es. Und Ditta Mull sagt: ›Alle fünf Jahre wieder neue Steuern und Geld für Advokaten und Gerichtsdiener und Gerichtshöfe, sonst jagt mich der Grundherr fort. Weshalb sollte ich aber gehen wollen? Bin ich ein Narr? Und wenn

ich ein Narr bin und selbst nach vierzig Jahren nicht gutes Land
erkenne, wenn ich es mit eigenen Augen sehe, so lasst mich sterben. Wenn aber das neue Gesetz *fünfzehn* Jahre sagte, dann wäre
es gut und weise. Dann ist mein kleiner Sohn ein Mann geworden und ich bin längst verbrannt, und er nimmt sich diesen oder
irgendeinen anderen Grund und braucht nur einmal Stempelmarken zu bezahlen, und auch sein kleiner Sohn wird geboren
und nach fünfzehn Jahren ein Mann werden. Wo hingegen liegt
in fünf Jahren und immer neuen Papieren der Gewinn? Nichts
liegt darin als *Dikh* – Unruhe – *Dikh*. Wir, die wir dieses Land
nehmen, sind keine jungen Männer, sondern alte – keine *Jats*,
sondern Kaufleute mit ein wenig Geld – und wir wollen fünfzehn Jahre lang Frieden haben. Auch sind wir keine Kinder, dass
der Sirkar uns als solche behandle.«
Hier hielt Toddy plötzlich inne, da ihm mittlerweile die ganze
Gesellschaft lauschte. Der juristische Beirat fragte Toddy: »Ist das
alles?«
»Alles, was ich behalten habe«, entgegnete Toddy. »Aber du soll-
test Ditta Mulls großen Affen sehen. Er sieht ganz so aus wie der
Sahib Staatsrat.«
»Toddy! Marsch ins Bett«, sagte sein Vater.
Toddy raffte seinen Schlafrock zusammen und ging.
Der juristische Beirat schlug donnernd mit der Faust auf den
Tisch – »Bei Jove!«, sagte der juristische Beirat, »ich glaube, der
Junge hat recht. Die kurze Pachtfrist ist der wunde Punkt.«
Und er brach in Gedanken an das, was Toddy gesagt hatte, zei-
tig auf. Nun war es offenbar für den juristischen Beirat unmög-
lich, mit des Händlers Affen zu spielen, um sich Erleuchtung zu
verschaffen; er tat indes etwas viel Besseres. Er stellte überall Er-
kundigungen an, wobei er sich stets vor Augen hielt, dass der
echte Eingeborene – nicht der auf der Universität geschulte

Zwitter – so scheu ist wie ein wildes Pferd, und mählich, ganz allmählich überredete er eine Reihe von Männern, die die Frage am meisten anging, ihn ihre Ansichten wissen zu lassen, und sie stimmten mit Toddys Aussagen eng überein.

So wurde diese eine Klausel des Gesetzentwurfs revidiert; und in des juristischen Beirats Brust zog unruhiger Argwohn, dass die indischen Mitglieder wenig mehr als die Befehle, die sie mit sich herumtragen, zum Ausdruck brächten. Aber er wies diesen Gedanken als unliberal weit von sich. Er war ein äußerst liberaler Mann.

Nach und nach verbreitete sich in den Basaren die Nachricht, Toddy hätte es erreicht, dass die Pachtfristklausel revidiert worden wäre; und hätte Toddys Mama sich nicht eingemischt, Toddy hätte sich an den Körben von Obst und Pistaziennüssen, Kabuli-Trauben und Mandeln, die sich auf der Veranda türmten, krank gegessen. Bis er nach England ging, stand Toddy in der Wertschätzung der Menge noch um einige Stufen höher als der Vizekönig selbst – weshalb, das vermochte Toddy, und hätte er sein kleines Leben dadurch retten können, niemals zu erraten.

In des juristischen Beirats Privatschatulle liegt noch immer ein flüchtiger Entwurf des »Revidierten Ryotwari Submontane Districts Acts«; und neben der zweiundzwanzigsten Klausel stehen mit Blaustift und von dem juristischen Beirat unterzeichnet die Worte: »Toddys Antrag«.

Die Tochter des Regiments

»Ein Herr, der von 'ner Tscherkessen-Quadrille keine Ahnung hat, soll einen dazu auch nicht auffordern und alle Leute durcheinanderhetzen.« Das waren Miss McKennas Worte, und die Miene des Feldwebels, der mein Visavis war, besagte das Gleiche. Ich hatte Angst vor Miss McKenna. Sie war sechs Fuß groß, nichts als gelbe Sommersprossen und rote Haare und trug eine unauffällige Toilette – weiße Atlasschuhe, rosa Musselinkleid, apfelgrüne Wollschärpe und schwarze Seidenhandschuhe –, außerdem noch gelbe Rosen im Haar. Daher floh ich vor Miss McKenna und suchte meinen Freund, den Gemeinen Mulvaney, auf, der sich in der Kantine bei den Erfrischungen zu schaffen machte.

»Also haben Sie mit der kleinen Jhansi McKenna getanzt, die wo den Unteroffizier Slane heiraten soll? Na, Herr, wenn Sie sich das nächste Mal mit Ihren Grafen und Gräfinnen unterhalten, dann erzählen Sie ihnen nur, dass Sie mit der kleinen Jhansi getanzt haben. Das is was, worauf Sie stolz sein können.«

Aber ich war gar nicht stolz. Im Gegenteil, ich fühlte mich ganz klein. Denn aus des Gemeinen Mulvaneys Augen leuchtete eine Geschichte; außerdem wusste ich, dass ein allzu ausgedehnter Aufenthalt vor dem Bartisch Mulvaney reif für abermaliges Strafexerzieren machen würde. Nun ist es aber ungemein peinlich, einem geschätzten Freund zu begegnen, während er in voller Marschrüstung vor der Wachtstube nachexerziert, besonders wenn man sich zufällig in Begleitung von dessen Regimentskommandeur befindet.

»Kommen Sie zu dem Exerzierplatz, Mulvaney, draußen ist's

kühler – und erzählen Sie mir von Miss McKenna. Wer und was ist sie, und warum nennt man sie ›Jhansi‹?«

»Wollen Sie damit vielleicht sagen, dass Sie noch nie von der alten Mutter Pauken ihrer Tochter gehört haben? Und Sie glauben, Bescheid zu wissen! Ich komme gleich nach, sowie ich meine Pfeife angezündet habe.«

Wir gingen hinaus unter den Sternenhimmel. Mulvaney setzte sich auf eine der Lafetten und begann in der üblichen Weise: Pfeife in den Mund geklemmt, die großen Hände verschlungen zwischen den Knien und die Mütze tief in den Nacken geschoben:

»Dazumalen, als die jetzige Mrs Mulvaney noch Miss Shad hieß, waren Sie, Herr, noch ein Gutteil jünger als heute, und mit der Armee stand's in mancher Hinsicht auch ganz anders. Heutzutage haben die Jungen keine Lust mehr zum Heiraten, und das is auch der Grund, warum es in der Armee jetzt so viel weniger echte, brave, ehrliche, fluchende, tüchtige Weiber gibt – 'n bisschen elefantenfüßig vielleicht, aber mit dem Herz auf dem richtigen Fleck. Aber damals, als ich noch Unteroffizier war … Ich hab die Tressen später wieder verloren – macht nichts –, aber ich *war* mal Unteroffizier. Dazumalen also lebte *und starb* ein Kerl noch mit seinem Regiment; und wie's ganz natürlich war, heiratete er, wenn er Mann wurde. Als ich nun Unteroffizier war – Herrgott noch mal, was im Regiment inzwischen alles geboren und gestorben is –, war der alte McKenna Fahnenträger; auch ein verheirateter Mann. Un' seine Frau – seine erste Frau, denn er hat dreimal geheiratet, der McKenna – war Bridget McKenna, aus Portarlington wie ich. Ich weiß nich mehr, was ihr Mädchenname war; aber wir von der zweiten Kompanie nannten sie nur ›Mutter Pauken‹, von wegen ihrer Figur, die vollkommen kreisrund war. Wie die große Trommel! Die Frau nun – der Herrgott schenk ihr die ewige Seligkeit und lass es ihr im Himmel gut gehn! – bekam egal weg Kinder; un' McKenna schwor, als das fünfte oder sechste angekommen war und sich brüllend zur Stammrolle meldete, er würde se von nun an nummerieren. Aber Mutter Pauken bat ihn, se doch lieber nach den Garnisonen, in denen sie zur Welt kämen, zu taufen. Es gab also Colaba McKenna un' Muttra McKenna, ja 'ne ganze Provinz anderer McKennas, un' die kleine Jhansi, die wo da drüben tanzt. Wenn die Kinder nich grade geboren wurden, dann starben sie; un' sterben unsere Kinder heute wie die Schafe, so starben se damals wie die Fliegen. Meinen eigenen kleinen Shad hab ich auch verloren – aber tut nichts zur Sache. 's is schon lange her, un' die Alte hat nie wieder eins gehabt.

Zur Sache. Einen verdammt heißen Sommer kam da so 'n Befehl von irgend 'nem hirnverbrannten Idioten, von dem ich den Namen vergessen habe, dass das ganze Regiment ins Innere vorrücken sollte. Vielleicht wollten se auch bloß wissen, wie die Truppenverschiebungen auf der neuen Eisenbahn funktionierten … Na, sie erfuhren es! Bei Gott, sie erfuhren es, und zwar gründlich, eh se damit fertig waren. Mutter Pauken hatte gerade eben Mutter McKenna begraben; von den ganzen jungen McKennas war in dem ungesunden Sommer nur die kleine Jhansi übrig geblieben, die damals gerade vier Jahre alt war.

In vierzehn Monaten fünf Kinder verloren. Es is 'n bisschen hart, was?

Also wir fuhren in der glühenden Hitze los nach unserer neuen Station – der Teufel fresse den Mann, der den Befehl dazu gab! Ob ich den Transport je vergessen werde? Zwei kurze Züge hatten se uns zugewiesen – un' wir waren achthundertsiebzig Mann stark. Im zweiten Zug waren die erste, zweite, dritte un' vierte Kompanie mitsamt zwölf Frauen – keine Offiziersdamen – un'

dreizehn Kindern untergebracht. Sechshundert Meilen sollten
wir fahren – un' Eisenbahnen waren damals noch was Neues.
Nachdem wir so 'ne Nacht im Bauch des Zugs gehockt hatten –
die Mannschaft sämtlich in Hemdsärmeln und rasend vor Durst
und saufend, was ihnen unter die Finger kam, un' faules Obst
runterstopfend, wo se's nur erwischen konnten, denn aufhalten
konnten wir se nich – damals war ich noch Unteroffizier –, brach
bei Morgengrauen die Cholera aus.

Beten Sie zum Himmel, dass Sie niemals die Cholera auf 'nem
Truppentransport erleben! 's is wie das Strafgericht Gottes, das am
helllichten Tag über einen reinbricht. Wir machten in 'nem pro-
visorischen Lager halt – 's hätt das von Ludianny sein können, nur
war's nich ganz so gemütlich. Der Kommandierende schickte 'n
Telegramm dreihundert Meilen landeinwärts mit der Bitte um
Hilfe. Wahrhaftig, wir hatten se nötig, denn jede einzelne Seele
von den Hilfstruppen nahm Reißaus, sobald der Zug nur stopp-
te. Bis das Telegramm geschrieben war, war auf der ganzen Station kein Nigger mehr zu finden, ausgenommen der Telegrafenbe-
amte – un' der auch nur, weil er bei seinem dreckigen schwarzen
Genick in seinem Stuhl festgehalten wurde. Un' dann fing der Tag
an mit dem Radau in den Waggons un' mit dem Gepolter der
Leute, die mit Waffen und allem Drum und Dran der Länge nach
auf den Bahnsteig schlugen, als se vor dem Abmarsch ins Lager
zum Appell gerufen wurden. Na, meine Sache is es nich, zu beschreiben, wie so 'ne Choleraepidemie aussieht. Der Doktor
hätt's Ihnen vielleicht sagen können, wenn er nich auch vom
Waggon runter, wo wir die Toten aufluden, auf den Perron gestürzt wäre. Er starb dann mit den anderen. Einige von den Jungs
waren noch in der ersten Nacht gestorben, un' weitere zwanzig
waren schwer krank, als wir se rausholten. Un' die Frauen standen
alle in 'ne Ecke gedrängt un' schrien nur so vor Furcht.

Da sagt der Kommandierende – ich hab seinen Namen vergessen –: ›Bringt die Weiber dort rüber nach der Baumgruppe.
Schafft sie aus dem Lager raus. Das ist hier kein Platz für sie.‹
Währenddem sitzt Mutter Pauken auf ihrer Matratze und versucht die kleine Jhansi zu beruhigen. ›Marsch, weg mit Ihnen
nach den Bäumen da‹, sagt der Offizier. ›Gehen Sie den Leuten
aus dem Weg!‹

»Der Satan soll mich holen, wenn ich das tu!«, sagt die alte Pauken, un' die kleine Jhansi, die neben ihrer Mutter auf der Matratze hockt', quakt gleichfalls los: ›Der Satan soll mich holen!‹
Dann wandte sich Mutter Pauken an die Weiber und fährt se an:
›Wollt ihr die Jungs hier krepieren lassen, während ihr Picknicks
feiert, ihr Dreckschlampen? Gutes Wasser is, was se brauchen.
Los, packt zu!‹

Un' damit krempelt se sich die Ärmel auf und marschiert auf einen Brunnen los – die kleine Jhansi mit 'nem Schöpfgefäß
un'ner Strippe immer hinterdrein – un' hinter ihr die anderen
Weiber, folgsam wie die Lämmer, mit Pferdeeimern und Koch-
pötten. Als alles Geschirr voll war, marschiert die alte Pauken
wieder an der Spitze ihres Weiberregiments ins Lager zurück –
's war das reinste Schlachtfeld, nur ganz ohne den Ruhm und die
Ehre.

›McKenna, mein Jung'!‹, sagt sie mit 'ner Stimme, die wie so 'n
Trompetenstoß klang, ›sag den Jungs, dass se Ruhe halten sollen.
Die alte Pauken kommt un' sorgt für se mit 'ner Runde Freibier
für alle.‹

Dann schrien wir Hurra, un' das Hurra in den Linien war lauter
als das Geschrei der armen Teufel, die die Krankheit im Leibe
hatten – aber nich so sehr viel lauter.

Sie müssen nämlich wissen, das Regiment war damals noch
grün, un' wir kannten uns in der Krankheit überhaupt nich aus,

un' so waren wir zu nichts zu gebrauchen. Die Leute gingen nur immer wie die blöden Schafe im Kreise herum un' warteten, bis der Nächste umfallen würde, un' flüsterten so ganz für sich: ›Was is denn nur los? Im Namen Gottes, was is denn bloß los?‹ Es war furchtbar. Aber derweil marschierte die alte Pauken in einem fort hin un' her, her un' hin, mit der kleinen Jhansi an ihrem Rockzipfel – wenigstens alles, was von dem Kind noch zu sehen war, denn se hatte sich den Helm von 'nem Toten über den Kopf gestülpt, un' der Kinnriemen hing ihr bis auf den kleinen Bauch herab – hin un' her mit dem Wasser un' mit dem, was an Schnaps vorhanden war.

Von Zeit zu Zeit sagte die alte Pauken, un' die Tränen kullerten nur so über ihr dickes, rotes Gesicht: ›Meine Jungs, meine armen, lieben, guten, toten Jungs!‹ Meistens aber versuchte se den Leuten Mut einzureden un' se bei der Stange zu halten, un' die kleine Jhansi erzählte ihnen in einem fort, morgen früh würde ihnen schon besser sein. Das war so 'n Trick, den se von der alten Pauken aufgeschnappt hatte, als Mutter am Fieber ausbrannte. Morgen früh! Der Morgen, der siebenundzwanzig tüchtigen Leuten aufging, war der ewige Morgen vor den Toren Sankt Peters; un' weitere zwanzig Mann lagen da sterbenskrank in der bitteren, brennenden Sonne. Aber, wie gesagt, die Weiber arbeiteten wie die Engel un' die Männer wie die Teufel, bis endlich von da oben her zwei Ärzte kamen un' wir gerettet waren. Aber kurz vorher – die alte Pauken lag auf den Knien neben einem Jungen aus meiner Gruppe – im Schlafsaal in der Kaserne war er mein rechter Nebenmann – un' hielt ihm das Gotteswort vor, das noch keinen im Stich gelassen hat – un' da sagt se plötzlich: ›Haltet mich, Jungs! Ich fühl mich verdammt schlecht!‹, 's war die Sonne, nich die Cholera, die's ihr angetan hatte. Mutter Pauken hatte vergessen, dass se nichts als ihren alten schwarzen

Kapotthut aufhatte, un' se starb, während ›McKenna, mein Jung‹
se in den Armen hielt, un' die Jungs heulten wie die Kinder, als
se sie begruben.

Noch in derselben Nacht sprang 'n mächtiger Wind auf, un' er
blies un' blies unsere Zelte einfach um. Aber er blies auch die
Cholera weg – keinen einzigen neuen Fall hatten wir die ganze
Zeit – zehn Tage –, die wir in Quarantäne lagen. Un' Sie mögen's nun glauben oder nich, aber die Spur, die die Seuche durch
das Lager gezogen hatte, glich aufs Haar der Spur eines Mannes,
der viermal hintereinander in 'ner doppelten Schleife durch die
Zeltgassen gegangen is. Sie sagen, der Ewige Jude führe die
Cholera mit sich. Un' ich glaube, se haben recht.

Un' das«, bemerkte Mulvaney unlogisch, »is der Grund, warum
die kleine Jhansi McKenna is, wie se is. Als McKenna starb, wurde se von der Frau des Unterquartiermeisters erzogen, aber ge-
hören tut se der zweiten Kompanie; un' die Geschichte, die ich
Ihnen eben erzählt habe – mitsamt der richtigen Wertschätzung
Jhansi McKennas –, die hab ich jedem Rekruten der Kompanie
eingebläut. Straf mich, wenn ich Unteroffizier Slane nich so lange verdroschen habe, bis er um se anhielt!«

»Nein, wirklich?«

»Mensch, wahrhaftig! Se is nich gerade eine Schönheit, aber se
is der alten Mutter Pauken ihre Tochter, un' es is meine Pflicht,
für sie zu sorgen. Kurz eh der Slane seine ein Shilling achtzig den
Tag kriegte, sag ich zu ihm: ›Slane‹, sag ich, ›von morgen ab is es
Meuterei, wenn ich dich versohle, aber bei der Seele der alten
Pauken, die jetzt in der Verklärung weilt, wenn du mir nich dein
Wort gibst, dass du auf der Stelle um die Jhansi McKenna an-
hältst, dann schäl ich dir mit dem Messinghaken das Fleisch von
den Knochen. 's ja 'ne Schande für die zweite Kompanie, dass se
so lange ledig geblieben is‹, sag ich. Soll ich mich etwa mit so

'nem grünen Dreijährigen erst noch lange rumstreiten, wenn ich mir was in den Kopf gesetzt habe? Fällt mir ja gar nicht ein! Slane is auch gegangen un' hat se gefragt. Er is 'n guter Junge, der Slane. Der kommt eines schönen Tags noch in die Intendantur un' wird mal in seinem eigenen Einspänner spazieren fahren – dank seiner Ersparnisse. So hab ich der alten Pauken ihre Tochter versorgt! Un' jetzt gehen Sie mal hin un' tanzen Sie mit ihr.«

Ich gehorchte.

Ich empfand tiefen Respekt vor Miss Jhansi McKenna; und später ging ich auf ihre Hochzeit.

Vielleicht werde ich eines Tages auch davon noch erzählen.

In der Blüte seiner Jugend

Als ich von dem lustigen Streich berichtete, den »der Wurm«
dem Oberleutnant spielte, versprach ich eine ähnliche, aber jeder Komik bare Geschichte. Hier ist sie.

Dicky Hatt wurde in seiner frühen, frühen Jugend gekapert –
nicht von Wirtstochter, Dienstmädchen, Barmädchen oder Köchin, sondern von einer jungen Dame, so sehr seiner eigenen
Klasse und Erziehung, dass nur eine Frau entdeckt hätte, dass sie
in der Welt ein ganz, ganz klein wenig unter ihm stand. Dies geschah einen Monat vor seiner Abreise nach Indien und genau
fünf Tage nach seinem einundzwanzigsten Geburtstag. Das
Mädchen war neunzehn – will sagen sechs Jahre älter in den Erfahrungen dieser Welt als Dicky, also – im Augenblick – doppelt
so töricht wie er.

Nichts ist so gefährlich leicht – ausgenommen natürlich ein
Sturz vom Pferd – wie eine Trauung auf dem Standesamt. Die
Zeremonie kostet noch keine fünfzig Shilling und hat eine fata-
le Ähnlichkeit mit einem Gang aufs Leihhaus. Nach Angabe der
Personalien genügen vier Minuten für die übrigen Formalitäten:
Unterschriften, Zahlung der Gebühren usw. Zum Schluss fährt
der Standesbeamte mit dem Löschpapier über die Namen und
sagt grimmig, den Federhalter zwischen den Zähnen: »Jetzt sind
Sie Mann und Frau«; und das junge Paar marschiert auf die Straße mit dem Gefühl, dass irgendwo irgendetwas entsetzlich ille-
gal ist.

Aber diese Zeremonie ist trotzdem bindend und kann einen
Mann genauso sicher ins Verderben schleifen wie der Fluch: »Bis
der Tod euch scheidet«, der regelrecht von den Stufen des Altars

gesprochen wird, während kichernde Brautjungfern den Hintergrund ausfüllen und das Kirchenschiff erdröhnt vom Klang: »So nimm denn meine Hände«. Auf jene andere Weise wurde Dicky Hatt gekapert, und er fand die Sache wunderschön, denn soeben hatte er eine Anstellung in Indien erhalten, die vom heimatlichen Gesichtspunkt aus einen geradezu fürstlichen Gehalt mit sich brachte. Die Heirat sollte ein Jahr lang geheim gehalten werden. Dann sollte Frau Dicky Hatt ihm nachreisen, und der Rest ihres Lebens würde ein einziger goldener Traum sein. So wenigstens wurde der Plan unter den Laternen der Addison Road Station entworfen; und nach kurzen vier Wochen kam Gravesend, und Dicky dampfte seinem neuen Leben entgegen, während sich das Mädchen in einem Dreißig-Shilling-die-Woche kombinierten Wohn- und Schlafzimmer, Montpelier Square (Seitengasse des Knightsbridge-Kasernenviertels), die Augen ausweinte.

Aber das Land, in das Dicky reiste, war ein hartes Land, wo »Männer« von einundzwanzig Jahren noch als sehr junge Burschen gelten und das Leben ungewöhnlich teuer ist. Das Gehalt, das, aus einer Entfernung von sechstausend Meilen betrachtet, so stattliche Dimensionen zu haben schien, reichte nicht weit. Besonders wenn Dicky es durch zwei dividierte und mehr als die größere Hälfte nach Nummer 1–6 7/8 Montpelier Square sandte. Einhundertfünfunddreißig Rupien als Rest von dreihundertdreißig ist nicht viel zum Leben; aber es war natürlich lächerlich, anzunehmen, dass Mrs Hatt ewig mit den zwanzig Pfund auskommen könnte, die Dicky von seiner Ausrüstung abgespart hatte. Dicky sah das auch ein und sandte natürlich sofort eine Rimesse, wobei er jedoch ständig im Auge behielt, dass zwölf Monate später siebenhundert Rupien daliegen mussten, um die Überfahrt erster Klasse für eine Dame zu bezahlen. Wenn man zu diesen Bagatellen noch die natürlichen Instinkte eines Jungen hinzurechnet, der in einem neuen Land ein neues Leben anfängt und sich sehnt, unter die Leute zu gehen und sich zu amüsieren, sowie die Notwendigkeit, sich mühsam in ganz fremde Arbeit einzuarbeiten – das allein sollte eines jungen Burschen Kraft beanspruchen –, so wird man einsehen, dass Dicky unter ziemlichen Hindernissen seine Laufbahn begann. Ja, er selbst sah das sogar ein – für zwei, drei Sekunden, trotzdem ahnte er noch nicht den vollen Glanz seiner Zukunft.

Als das heiße Wetter einsetzte, schlangen sich die Ketten fester um ihn und fraßen sich ihm ins Fleisch. Anfänglich kamen Briefe – ausführliche, sieben Seiten lange, kreuz und quer geschriebene Briefe – von seiner Frau, die ihm erzählten, wie sehr sie sich nach ihm sehnte und was ihnen für ein Himmel auf Erden erblühen würde, wenn sie erst beisammen wären. Dann klopfte wohl irgendein jugendlicher Insasse des Junggesellenheims, in dem Dicky abgestiegen war, an die Tür von Dickys kahlem, kleinem Zimmer, um ihn aufzufordern, doch einmal herauszukommen und sich ein Pferd anzusehen – für ihn absolut das richtige. Aber Dicky konnte sich keine Pferde leisten und musste das dem anderen auseinandersetzen. Dicky konnte es sich auch nicht leisten, in dem Junggesellenheim zu wohnen, und auch das musste er auseinandersetzen, ehe er in ein einzelnes kleines Zimmer ganz in der Nähe des Büros zog, in dem er den ganzen Tag über beschäftigt war. Dort wirtschaftete er mit einem Inventar von einem grünen Wachstischtuch, einem Stuhl, einer eisernen Bettstelle, einer Fotografie, einem Zahnputzglas – sehr stark und möglichst unzerbrechlich – und einem Kaffeefilter im Wert von sieben Rupien sechs Annas. Mittagessen erhielt er laut Vereinbarung für siebenunddreißig Rupien im Monat, was eine schamlose Übervorteilung bedeutete. Einen Punkah – oder Luftfächer –

hatte er nicht, denn ein Punkah kostet monatlich fünfzehn Rupien; aber er schlief auf dem Dach seines Büros mit sämtlichen Briefen seiner Frau unter dem Kopfkissen. Hin und wieder wurde er zum Essen eingeladen, wo er sowohl einen Punkah wie eisgekühlte Getränke bekam. Allein das geschah nicht allzu oft, denn die Leute wollten keinen jungen Burschen bei sich sehen, der allem Anschein nach die Instinkte eines schottischen Seifenkrämers besaß und auf so unerfreuliche Art lebte. An Vergnügungen konnte sich Dicky auch nicht beteiligen, deshalb hatte er keine, außer der Freude, in seinem Bankbuch zu blättern und zu lesen, was darin über »Anleihen gegen genügende Sicherheit« zu lesen war. Die Rimessen schickte er übrigens durch eine Bank in Bombay, sodass niemand an dem Ort, wo er wohnte, etwas von seinen Privatangelegenheiten erfuhr.

Allmonatlich sandte er alles, was er nur irgend hatte erübrigen können, nach Hause, für seine Frau und für noch etwas anderes, von dem man erwartete, dass es demnächst konkrete Form annehmen und einiges Geld kosten würde.

Etwa um diese Zeit wurde Dicky von einer nervösen, quälenden Furcht befallen, wie sie einen verheirateten Mann mitunter verfolgt, wenn er sich nicht wohlfühlt. Er hatte keinen Anspruch auf Pension. Wie, wenn er nun plötzlich stürbe und seine Frau unversorgt zurückblieb? Dieser Gedanke pflegte sich seiner an stillen, heißen Nächten zu bemächtigen, wenn er oben auf dem Dach lag, bis er ihn schüttelte und sein Herz ihn glauben machte, dass er auf der Stelle an einem Krampf sterben müsste. Auch das ist eine Gemütsverfassung, wie sie kein Junge in seinem Alter kennen dürfte. Das Ganze ist eine Sorge für einen in sich gefestigten, reifen Mann, und unter diesen Umständen machte es den armen, punkahlosen, schwitzenden Dicky Hatt halb verrückt. Dabei konnte er sich niemandem anvertrauen.

Eine gewisse Anzahl Widerstände ist für jeden Mann so notwendig wie für einen Billardball. Beide verrichten gegebenenfalls Wunder. Dicky brauchte sehr dringend Geld und arbeitete wie ein Pferd dafür. Aber natürlich wussten die Leute, die seine Arbeitskraft gekauft hatten, dass ein junger Bursche mit einem gewissen Einkommen sehr behaglich leben kann – und Gehälter sind in Indien eine Frage des Alters, nicht der Leistungen. Wenn dieser spezielle junge Dachs also für zwei arbeiten wollte, Gott – der große Gott Geschäft – verhüte, dass sie es ihm untersagten! Aber der nämliche große Gott verbot auch, ihm in seinem geradezu lächerlich jugendlichen Alter eine Gehaltserhöhung zu gewähren! Dicky verdiente sich daher zwar einige kleine Zulagen – recht anständige für einen grünen Jungen –, aber lange nicht ausreichend für Frau und Kind und viel, viel zu klein für die siebenhundert Rupien Überfahrt, die er und seine junge Frau seinerzeit so leichten Herzens besprochen hatten. Trotzdem musste er sich wohl oder übel zufriedengeben.

Sein ganzes Geld – er wusste selbst nicht, wie – schmolz dank der Rimessen in die Heimat und der erdrückenden Wechselkurse dahin –, und der Ton der Briefe von zu Hause änderte sich und wurde unzufrieden. »Weshalb wollte er, Dicky, nicht Frau und Kind zu sich nehmen? Er hätte doch sein Gehalt – ein ausgezeichnetes Gehalt –, und es sei doch nicht recht von ihm, sich in Indien zu amüsieren. Und würde – könnte er nicht den Wechsel ein wenig erhöhen?« Hier folgte die Liste einer Baby-Ausstattung, so lang wie eine Wucherrechnung. Und Dicky, der sich halb krank sehnte nach seiner Frau und nach dem kleinen Sohn, den er nie gesehen hatte – was wiederum ein Erlebnis ist, das kein Junge seines Alters durchmachen dürfte –, erhöhte den Wechsel und schrieb sonderbare, halb knabenhafte, halb männliche Briefe des Inhalts, dass das Leben doch nicht ganz so vergnüglich sei, und würde die kleine Frau nicht noch ein Weilchen warten? Allein die kleine Frau nahm zwar das Geld bereitwilligst an, murrte aber gegen die Wartezeit, und in ihre Briefe schlich sich ein fremder, harter Ton, den Dicky nicht verstand. Wie sollte er auch, armer Junge!

Später, gerade als man Dicky zu verstehen gegeben hatte, dass eine Ehe nicht nur seine Karriere ruinieren, sondern ihn obendrein seine Stellung kosten würde – man zitierte das Beispiel eines anderen jungen Burschen, der sich, wie die Redensart lautet, ebenfalls »wie ein Esel benommen hatte« –, traf die Nachricht ein, dass Dickys Sohn, sein kleiner, kleiner Sohn, gestorben sei. Dahinter standen vierzig hastig gekritzelte Zeilen einer zornigen Frau, die besagten, dass der Tod hätte vermieden werden können, wenn gewisse kostspielige Dinge ermöglicht worden wären oder wenn Dicky Mutter und Kind zu sich genommen hätte. Der Brief traf Dicky bis ins Herz; da er aber offiziell zu einem Sohn nicht berechtigt war, durfte er seinen Kummer nicht zeigen.

Wie Dicky sich durch die nächsten vier Monate durchrang und welche Hoffnungen er in seinem Herzen nährte, um sich zur Arbeit zu zwingen, wagt kein Mensch zu sagen. Er kämpfte tapfer weiter, obwohl die Siebenhundert-Rupien-Überfahrt noch immer in weiter Ferne schwamm, und nichts änderte sich an seinem Lebensstil, außer dass er sich zu einem neuen Kaffeefilter aufschwang. Da war die Last seiner Büroarbeit und die Last seiner Rimessen und das Bewusstsein von seines Jungen Tod, der diesen Jungen vielleicht näher berührte, als es bei einem ausgewachsenen Mann der Fall gewesen wäre; und – härter als alles andere – die Last seiner täglichen Entbehrungen. Grauhaarige Kollegen, die seine Sparsamkeit und seine Gewohnheit, sich alles zu versagen, billigten, gemahnten ihn an den alten, weisen Reim:

»Will ein Jüngling es weit bringen in der Kunst, Kunst, Kunst,
So fliehe er der Weiber eitle Gunst, Gunst, Gunst.«

Und Dicky, der glaubte, alles durchgemacht zu haben, was ein
Mann durchmachen kann, musste ihnen lachend zustimmen,
während die Schlusszeile seines Bankbuchs ihm Tag und Nacht
im Kopf herumging.

Und doch sollte er, ehe das Ende kam, noch weiteren Elends in-
newerden. Es kam ein Brief von der kleinen Frau – die natürliche Folge der anderen Briefe, hätte Dicky es nur gewusst, und
der Kehrreim dieses Schreibens lautete: »Durchgegangen ist sie
mit 'nem Hübscheren als du!« Er war ein ziemlich merkwürdiges Produkt, ohne Komma und Punkt. Sie dächte gar nicht daran bis in alle Ewigkeit zu warten und das Baby wäre tot und Dicky sei ja nur ein Junge und er würde sie niemals wiedersehen
und weshalb hätte er bei der Abfahrt in Gravesend nicht mit dem
Taschentuch gewinkt und Gott sei ihr Zeuge dass sie eine
schlechte Frau wäre aber Dicky der sich in Indien amüsiere sei
noch viel schlechter und der andere Mann bete den Boden unter ihren Füßen an und würde Dicky ihr wohl vergeben denn sie
selber könne ihm nie verzeihen; und weitere Briefe würden sie
nicht erreichen.

Statt dem Himmel für seine Freiheit zu danken, lernte Dicky bis
ins Kleinste die Gefühle eines gekränkten Gatten kennen – wiederum keineswegs die richtige Erfahrung für einen Jungen seines Alters –, denn er sah seine Frau vor sich, wie sie in dem
Zimmer für dreißig Shilling in Montpelier Square im Bett geweint hatte, als sein letzter Tag in England anbrach. Worauf er
sich in seinem eigenen Bett wälzte und sich die Finger zerbiss.
Nicht einen Augenblick kam ihm der Gedanke, dass sie beide,
wenn sie sich jetzt nach zwei Jahren wiederträfen, vielleicht in-

zwischen ganz neue, andere Menschen geworden wären. Theoretisch hätte er daran denken sollen. So aber verbrachte er die Nacht nach dem Eintreffen des englischen Postschiffs in ziemlichen Schmerzen.

Am nächsten Morgen spürte Dicky Hatt keine Lust zur Arbeit. Er sagte sich ganz logisch, dass er sich die Freuden der Jugend hatte entgehen lassen. Er war müde und hatte sämtliche Nöte des Lebens noch vor seinem vierundzwanzigsten Lebensjahr kennengelernt. Seine Ehre war beim Teufel – hier rührte sich in ihm der Mann –, und jetzt wollte er auch zum Teufel gehen – das war wieder der Junge, der aus ihm sprach. So neigte er den Kopf auf das grüne Wachstischtuch und weinte, ehe er auf seine Stellung und auf alles, was sie ihm bot, verzichtete.

Doch jetzt kam der Lohn für seine Dienste. Man bot ihm drei Tage Bedenkzeit, und der Chef seines Büros sagte nach einigem Hin-und-her-Telegrafieren, es sei zwar ein ganz ungewöhnlicher Schritt, aber in Berücksichtigung der außerordentlichen Fähigkeiten, die Mr Hatt zu dieser und jener Zeit gezeigt hätte, sei er in der Lage, ihm eine ungleich höhere Stellung anzubieten – zu Anfang nur auf Probe, später jedoch, bei natürlichem Verlauf der Dinge, für dauernd. »Und wie hoch ist dieser Posten dotiert?«, fragte Dicky. »Mit sechshundertfünfzig Rupien«, antwortete langsam der Chef, in der festen Erwartung, den jungen Mann vor Dankbarkeit und Freude zusammenbrechen zu sehen.

Jetzt hatte er es also erreicht! Genug für die Siebenhundert-Rupien-Überfahrt und genug, um seine Frau und den kleinen Sohn zu retten! Dicky brach in brüllendes Gelächter aus – in ein Gelächter, das stärker war als er – ein hässliches, disharmonisches Gelächter, das augenscheinlich kein Ende nehmen wollte. Als er sich schließlich wieder in der Gewalt hatte, sagte er vollkommen ernst: »Ich habe die Arbeit satt. Ich bin ein alter Mann geworden. Es ist Zeit, dass ich mich zurückziehe, und ich werde gehen.«

»Der Junge ist verrückt geworden«, sagte der Chef.

Ich glaube, er hatte recht: Dicky Hatt jedoch ist nie wieder aufgetaucht, um diese Frage zu entscheiden.

Schweine

Ich glaube, die Differenz entstand durch ein Pferd mit etwas heimtückischem Charakter, das Pinecoffin an Nafferton weiterverkaufte und das Nafferton beinahe das Genick gebrochen hätte. Es können auch noch andere Gründe mitgespielt haben, aber das Pferd war der offizielle Vorwand. Nafferton war sehr aufgebracht, allein Pinecoffin lachte nur und meinte, er hätte ja niemals für des Gauls Gesittung garantiert. Nafferton lachte gleichfalls, erklärte aber, er würde seinen Sturz Pinecoffin schon noch heimzahlen, und wenn er fünf Jahre warten müsse. Nun wird zwar ein Flachländer aus der Skiptoner Gegend zur Not eine Kränkung verzeihen, wenn er mit einem blauen Auge davonkommt, ein Mann aus South Devonshire jedoch ist ungefähr so weich und nachgiebig wie ein Dartmoorer Sumpf. Man kann schon aus ihren Namen ersehen, dass Nafferton rassenmäßig Pinecoffin gegenüber im Vorteil war. Nafferton war ein merkwürdiger Mensch mit einer etwas grausamen Auffassung von Humor. Er lehrte mich eine neue und ungemein fesselnde Art der Jagd kennen. Er jagte Pinecoffin von Mithankot bis Jagadri und von Gurhaon bis Abbotabad – kreuz und quer durch den Pandschab, eine ziemlich ausgedehnte und stellenweise recht trockene Provinz. Er erklärte, er dächte gar nicht daran, es sich gefallen zu lassen, dass hochgestellte Beamte von der indischen Regierung ihm »einen Satan« in Form eines hundsgemeinen, verrückt gewordenen Bauernpferds verkauften. Er würde dem Betreffenden das Leben schon sauer machen.

Die meisten Beamten von Pinecoffins Klasse entwickeln, wenn sie ihre erste heiße Jahreszeit in Indien glücklich hinter sich haben, eine Neigung für irgendeine spezielle Tätigkeit. Die jungen Leute mit gesundem Magen hoffen, ihre Namen in großen Lettern an die Grenzpfähle zu schreiben, und lassen sich nach gottverlassenen Nestern wie Bannu und Kohat versetzen. Die Magenleidenden dagegen suchen sich in das Sekretariat hinaufzuschwingen, was wiederum für die Galle höchst ungesund ist. Noch andere werden von einer Manie für Distriktsarbeit, Ghuzni-Münzen und persische Poesie befallen. Und andere wieder, die aus einer Agrarfamilie stammen, entdecken, dass der Geruch der Erde nach der Regenzeit ihnen ins Blut geht und dass sie dazu berufen sind, »die Hilfsquellen der Provinz zu erschließen«. Diese Männer sind Enthusiasten. Pinecoffin gehörte ihrer Kategorie an. Er wusste eine Menge Tatsachen, zum Beispiel über die Kosten von Zugochsen, von temporären Brunnenanlagen und von Mohnquetschen und was alles passiert, wenn man, in der Hoffnung, einen ausgenutzten Boden zu düngen, auf dem Feld zu viele Abfälle verbrennt! Pinecoffin stammte wirklich aus einer Landmannsfamilie: Das Land forderte in ihm also nur seinen Sohn zurück. Unglücklicherweise – für Pinecoffin sollte es tatsächlich ein Unglück werden – war er aber im Hauptberuf Beamter. Nafferton beobachtete ihn und dachte dabei an das Pferd. Nafferton erklärte: »Jetzt passen Sie mal auf, wie ich den Burschen herumhetze, bis er vor Erschöpfung zusammenbricht.« – »Sie können einem Beamten von Pinecoffins Rang niemals zu Leibe rücken«, entgegnete ich. Aber Nafferton antwortete nur, ich hätte die Eigenheiten unserer Provinzialverwaltung nicht begriffen.

Unsere Verwaltung hat in der Tat ihre merkwürdigen Seiten. Sie ist überschäumend liebenswürdig in der Gewährung von Informationen allgemeiner und landwirtschaftlicher Natur und wird jeden, der sie höflich darauf anredet, mit allen möglichen

»ökonomischen Statistiken« versorgen. Ein Beispiel! Jemand interessiert sich für die Goldwäscherei an den Sandbänken des Sutlej. Er zieht an dem betreffenden Draht und entdeckt, dass er ein halb Dutzend Departments aus ihrem Schlummer aufgerüttelt hat. Zum Schluss steht er dann plötzlich in brieflicher Verbindung mit einem Mann, sagen wir, in der Telegrafenverwaltung, der früher einmal, als er beim Telegrafenbau in jener Gegend des Reichs beschäftigt war, einige Aufzeichnungen über die Gebräuche der Goldwäscher hinterlassen hat. Dieser ist dann entzückt oder auch nicht entzückt über den Befehl, seine sämtlichen Kenntnisse zu Papier zu bringen und dem Fragenden zur Verfügung zu stellen. Das hängt von seinem Temperament ab. Je mächtiger man ist, umso größer die Informationen, die man erhält, und die Scherereien, die man zu verursachen in der Lage ist.

Nafferton war kein mächtiger Mann; aber er genoss den Ruf, sehr »seriös« zu sein. Es war einmal ein »seriöser« Mann, der beinah … aber ganz Indien kennt jene Geschichte. Ich weiß eigentlich nicht genau, worin das »Seriös-Sein« in Wahrheit besteht. Eine ganz anständige Imitation lässt sich dadurch erzielen, dass man seine Kleidung vernachlässigt, in einer träumerischen, versonnenen Weise herumlungert, Büroarbeit mit nach Hause nimmt, nachdem man bis sieben Uhr im Büro geblieben ist, und an Sonntagen scharenweise gebildete Inder bei sich empfängt. Das ist die eine Art, »seriös« zu sein.

Nafferton schaute sich also nach einem Haken um, an dem er *seine* Art Seriosität aufhängen konnte, sowie nach dem Draht, um mit Pinecoffin in Verbindung zu treten. Er fand beides in der Form von Schweinen. Nafferton begann sich ernsthaft für Schweine zu interessieren. Er teilte der Regierung mit, er hätte einen Plan ausgearbeitet, nach dem ein großer Prozentsatz der

Britischen Armee in Indien bei starker Kostenersparnis von Schweinefleisch ernährt werden könnte. Dann ließ er durchblicken, Pinecoffin könnte ihm vielleicht »die verschiedenen Auskünfte geben, die zur korrekten Durchführung eines derartigen Projekts erforderlich sind«. Die Regierung schrieb daher auf der Rückseite von Naffertons Brief: »Mr Pinecoffin wird hiermit instruiert, Mr Nafferton mit allen ihm zur Verfügung stehenden Informationen zu versehen.« Regierungen neigen in einer geradezu verhängnisvollen Weise dazu, Schriftstücke mit Bemerkungen zu verzieren, die früher oder später zu Unruhe oder Verwicklungen führen.

Nafferton hatte nicht das leiseste Interesse an Schweinen, aber er wusste, Pinecoffin würde in die Falle stolpern. Pinecoffin war förmlich entzückt, über Schweine zurate gezogen zu werden. Das Schwein spielt landwirtschaftlich in Indien ja nicht gerade eine bedeutende Rolle, aber Nafferton machte Pinecoffin klar, dass man dem abhelfen könnte, und setzte sich mit besagtem jungen Mann direkt in Verbindung.

Vielleicht glaubt man, dass sich aus dem Gegenstand »Schwein« nicht viel herausholen lässt. Das hängt ganz davon ab, wie man zu Werke geht. Da Pinecoffin ein Zivilbeamter war und die Sache von Grund auf zu behandeln gedachte, begann er mit einem Essay über das primitive Schwein, über die Mythologie des Schweins und über das drawidische Exemplar dieser Gattung. Nafferton legte seine Auskunft – siebenundzwanzig Folioseiten lang – zu den Akten – und verlangte jetzt statistische Angaben über das Vorhandensein von Schweinen im Pandschab und wie die Tiere das heiße Wetter vertrügen. Von diesem Punkt an gebe ich hier lediglich die nackten Umrisse der Affäre – sozusagen die Rüstseile des riesigen Geflechts – wieder, in das Nafferton Pinecoffin verstrickte.

Pinecoffin zeichnete eine farbige Karte der Schweinebevölkerung Indiens und sammelte Informationen über die Lebensdauer von Schweinen: a) in den submontanen Gegenden des Himalaja, b) im Rechna Doab. Das bot Veranlassung zu ethnologischen Abschweifungen über Schweinehirten im Allgemeinen und entlockte Pinecoffin ausführliche Tabellen über die Verteilung pro tausend jener Kaste unter der Bevölkerung des Derajat. Nafferton legte auch dieses Bündel zu den übrigen Akten und setzte Pinecoffin auseinander, die Zahlen, die er haben wollte, bezögen sich auf die Cis-Sutlej-Staaten, wo seinen Auskünften zufolge Schweine ganz besonders groß und fett würden und wo er seine Züchterei ins Leben zu rufen beabsichtige. Inzwischen hatte die Regierung ihre Instruktionen an Pinecoffin längst vergessen. Sie gleicht darin den Leuten in dem Gedicht von Keats, die eine gut geölte Maschinerie zur Menschenschindung betreiben. Aber Pinecoffin hatte gerade erst begonnen, sich für die Schweinejagd zu erwärmen, was Nafferton wohl wusste. Zwar hatte er genug eigene Arbeit zu bewältigen, aber er setzte sich jetzt des Nachts hin, um das Thema »Schwein« auf fünfstellige Dezimalzahlen zu reduzieren – alles um der Ehre seiner Behörde willen. Er wollte es nicht auf sich sitzen lassen, in einer so einfachen Sache wie Schweinezucht als Ignorant zu erscheinen.

Die Regierung schickte ihn in einer Sondermission nach Kohat, um eine Untersuchung über die großen, sieben Fuß langen, eisenbeschlagenen Spaten jenes Bezirks anzustellen. Die Bevölkerung hatte zur Abwechslung angefangen, sich mit diesen friedlichen Werkzeugen totzuschlagen, und die Regierung wünschte zu wissen: »ob eine modifizierte Form derartiger landwirtschaftlicher Instrumente nicht versuchs- und vorübergehenderweise unter der landwirtschaftlichen Bevölkerung eingeführt werden könnte, selbstverständlich ohne in unnötigem und übertriebenem Maße die unter der Bauernschaft herrschenden religiösen Gefühle zu verletzen.«

Dank dieser Spaten und Naffertons Schweinen fühlte sich Pinecoffin ziemlich überlastet.

Nafferton begann jetzt folgendes Thema aufzugreifen: »a) die Ernährung des inländischen Schweins vom Standpunkt der Verbesserung seiner Anlage als Fleischformer, b) die Akklimatisation des ausländischen Schweins unter Aufrechterhaltung seiner Charaktermerkmale.« Pinecoffin antwortete erschöpfend, dass das ausländische Schwein in dem inländischen aufgehen müsste, und zitierte als Beleg Statistiken aus der Pferdezucht. Diese Nebenfrage musste von Pinecoffin sehr ausführlich behandelt werden, ehe Nafferton zuzugeben bereit war, dass er sich im Irrtum befände, und auf das Hauptthema zurückkam. Als Pinecoffin sich über fleischbildende Substanzen und Fibrine, Glykosen und nitrogene Bestandteile von Mais und Luzerne völlig ausgeschrieben hatte, schnitt Nafferton die Kostenfrage an. Inzwischen war Pinecoffin aus Kohat zurückgerufen worden und hatte sich eine eigene Schweinetheorie gebildet, die er auf fünfunddreißig Folioseiten auseinandersetzte. Nafferton legte sie gewissenhaft zu den übrigen Akten und – verlangte mehr.

Diese Dinge nahmen zehn Monate in Anspruch, und Pinecoffins Interesse an Naffertons künftiger Schweinezucht schien im Augenblick, da er seine eigenen Ansichten formuliert hatte, zu erkalten. Aber Nafferton bombardierte ihn mit Briefen über »die Bedeutung dieses Plans für das Indische Reich im Hinblick auf die Verstaatlichung des Schweinehandels unter gleichzeitiger Berücksichtigung der religiösen Empfindungen der mohammedanischen Bevölkerung Oberindiens«. Er erriet, dass Pinecoffin sich nach seinen knifflichen, tüpfeligen Dezimaldetails zu einer breiten, freihändigen Arbeit würde hingezogen fühlen. Pinecoffin

behandelte denn auch diese neueste Entwicklung der Schweine-
frage in geradezu überlegener Weise und bewies eindeutig, dass
»ein Überkochen der Volksseele nicht zu befürchten sei«. Nafferton bemerkte, die gesammelten Erfahrungen des Zivilbeamten-
tums wären in der Tat für die Beantwortung derartiger Fragen
von unschätzbarem Wert, und lockte ihn auf einen Seitenpfad –
»die eventuellen Gewinne, die der Regierung aus einem Verkauf
von Schweineborsten zufließen dürften«. Nun gibt es eine um-
fangreiche Literatur über Schweineborsten, ja der Schuhbürsten-
und Pinselhandel kennt mehr Varietäten von Schweineborsten,
als man für möglich halten sollte. Leicht verwundert über Naffertons unersättlichen Wissensdurst übersandte ihm Pinecoffin eine einundfünfzig Seiten lange Monografie über »Produkte des
Schweins«. Das brachte ihn unter der behutsamen Führung Naffertons direkt auf die Fabriken von Cawnpore, auf den Handel
mit Schweinehäuten für das Sattlergewerbe und weitergreifend
auf die Gerbereien. Pinecoffin schrieb, Granatapfelsamen wäre
das beste Gerbemittel für Schweinshäute, und ließ durchblicken –
die letzten vierzehn Monate hatten ihn wirklich ein wenig er-
müdet –, Nafferton möchte seine Schweine »doch lieber erst
züchten, ehe er ihnen die Häute gerbe«.
Nafferton kam jetzt auf Punkt zwei seiner fünften Frage zurück.
»Wie kann bei dem ausländischen Schwein die gleiche Fleisch-
menge erzielt werden wie im Abendland, unter gleichzeitiger
Heranzüchtung des außerordentlich charakteristischen Borsten-
kleids seines orientalischen Verwandten?« Pinecoffin war wie
betäubt; er hatte inzwischen vergessen, was er sechzehn Monate
vorher geschrieben hatte, und fürchtete die erneute Aufrollung
des ganzen Fragenkomplexes. Er war bereits zu sehr in dem wirren Knäuel verstrickt, um seinen Rückzug zu bewerkstelligen,
daher schrieb er in einem schwachen Moment: »Ziehen Sie

meinen ersten Brief zurate.« Dieser bezog sich auf das drawidische Schwein. In Wahrheit hatte Pinecoffin, da er bei der Frage
der Rassetypen abgezweigt war, noch nicht einmal den Akkli-
matisationskomplex erreicht.

Jetzt erst demaskierte Nafferton seine schwere Batterie! In ma-
jestätischer Sprache beschwerte er sich bei der Regierung über
»die geringe Unterstützung«, die ihm bei seinem ernsten Versuch, »eine potenziell remunerative Industrie in Gang zu bringen«, zuteilwürde, sowie über die »Frivolität«, mit der seine Bitten um Information von einem Herrn behandelt würden,
»dessen pseudogelehrte Meriten ihn zum Mindesten den primä-
ren Unterschied zwischen der drawidischen und der Berkshire-
Varietät des Genus Sus gelehrt haben sollten«. Ferner schrieb er:
»Habe ich zu verstehen, dass der Brief, auf den der betreffende
Herr mich verweist, in Wahrheit seine Ansichten über die Akklimatisation eines wertvollen, wenn auch zugestandenermaßen
unsauberen Tieres wiedergibt? In diesem Fall wäre ich zu meinem Bedauern gezwungen, anzunehmen«, usw. usw.

In dem Department für Rüffelerteilung war gerade erst ein neuer Mann an die Spitze getreten. Dem unglücklichen Pinecoffin
wurde daher zu verstehen gegeben, die Behörden seien für das
Land und nicht das Land für die Behörden da, und er möchte
sich gefälligst endlich daranmachen, einiges Material über
Schweine beizubringen.

In einem Anflug von Geistestrübung antwortete Pinecoffin, er
hätte so ziemlich alles, was es über Schweine zu sagen gäbe, bereits gesagt und habe im Gegenteil auf Urlaub Anspruch.

Pinecoffin verschaffte sich eine Abschrift dieses Briefs und
schickte sie mitsamt dem Essay über das drawidische Schwein an
eine fremde Provinzzeitung, die beides ungekürzt abdruckte.
Der Essay war ziemlich prätentiös. Hätte der Zeitungsredakteur

jedoch die Stöße von Papier, bedeckt mit Pinecoffins Hand-schrift, gesehen, die Nafferton auf seinem Schreibtisch aufgesta-pelt hatte, er hätte sich weniger sarkastisch ausgelassen über »die verschwommene Weitschweifigkeit und den krassen Dünkel modernen, streberischen Beamtentums und dessen totale Unfä-higkeit in der Erfassung wesentlicher, praktischer Gesichtspunk-te bei praktischen Fragen«.

Es ist bereits eingangs erklärt worden, dass Pinecoffin einer weichlichen Rasse angehörte. Dieser letzteSchlag erschreckte und erschütterte ihn. Er begriff ihn nicht, aber er fühlte, ir-gendwie hatte Nafferton ihn schändlich verraten. Er erkannte, dass er sich ohne zwingenden Grund in die Schweinshaut hatte einwickeln lassen und dass er sich andererseits auch nicht vor sei-ner Regierung zu rechtfertigen vermochte. Außerdem erkun-digten sich seine sämtlichen Freunde bei ihm nach seiner »ver-schwommenen Weitschweifigkeit und seinem krassen Dünkel«! Das machte ihn vollends unglücklich.

So setzte er sich in den Zug und fuhr zu Nafferton, den er seit Beginn der Schweineaffäre nicht wiedergesehen hatte. Er nahm auch den Ausschnitt aus der Zeitung mit und schimpfte in einer hilflosen Art herum und warf Nafferton allerhand wenig schmeichelhafte Ausdrücke an den Kopf, bis alles in einem mat-ten, wässrigen Protest von der »Es-ist-wirklich-nicht-nett-von-Ihnen«-Sorte erstarb.

Nafferton zeigte außerordentliches Mitgefühl.

»Ich fürchte, ich habe Ihnen wirklich erhebliche Scherereien ge-macht, nicht wahr?«

»Scherereien?«, jammerte Pinecoffin. »Die Scherereien sind mir noch relativ gleichgültig, obwohl sie wirklich schlimm genug waren; wogegen ich mich sträube, ist dies Hineinzerren der Öf-fentlichkeit. Das wird mir ja während meiner ganzen Karriere wie eine Klette anhaften. Dabei habe ich wirklich mein Möglichstes getan für ihre unersättlichen Schweine. Es ist wirklich nicht nett von Ihnen, bei Gott nicht!«

»Ich weiß nicht«, entgegnete Nafferton, »sind Sie eigentlich schon mal mit einem Pferd hereingelegt worden? Mir ist der Geldverlust ja so ziemlich gleichgültig, obwohl der natürlich an sich schlimm genug war; wogegen ich protestiere, ist der Spott, der sich danach über einen ergießt, besonders seitens des Kerls, der einen hereingelegt hat. Aber ich glaube, jetzt sind wir quitt.«

Pinecoffin fand hierauf keine Antwort, er vermochte nur zu schimpfen. Und Nafferton lächelte ungemein liebenswürdig und lud ihn zu Tisch.

Die Flucht der weißen Husaren

Manche Menschen glauben, ein englisches Kavallerieregiment verstünde sich nicht aufs Ausreißen. Das ist ein Irrtum. Ich habe vierhundertsiebenunddreißig Lanzen in wildem Entsetzen nach allen Richtungen davonjagen sehen – habe erlebt, dass das beste Regiment, das jemals zu Pferd gesessen, für die Dauer von zwei Stunden aus der Armeeliste gelöscht war. Sollte man jedoch die Geschichte den Weißen Husaren wiedererzählen, man liefe, glaube ich, Gefahr, etwas unfreundlich aufgenommen zu werden. Sie sind nicht gerade stolz auf die Begebenheit.

Man kann die Weißen Husaren an ihrer Einbildung erkennen, die größer ist als die sämtlicher anderer Kavallerieregimenter auf der Kommandorolle. Falls das nicht genügt, kann man sie an ihrem alten Kognak erkennen. Der gehört seit sechzig Jahren zum Bestand ihres Kasinos und verdient, dass man eine Reise macht, um ihn zu kosten. Man verlange den alten »MacGaire«-Kognak und achte darauf, dass man den richtigen bekommt. Falls der Kasinounteroffizier einen für ungebildet hält und der Meinung ist, man verstünde den echten nicht genügend zu würdigen, wird man dementsprechend von ihm behandelt. Der Unteroffizier ist ein wackerer Mann. Aber ich warne jeden, als Gast am Regimentstisch von Parforce-Märschen oder Distanzritten zu reden. Die Offiziere sind ungemein empfindlich und werden das jedem, der sie, ihrer Meinung nach, auslacht, auch zu verstehen geben.

Wie die Weißen Husaren behaupten, ist der Regimentskommandeur an allem schuld. Er war ein neuer und hätte das Kommando niemals übernehmen dürfen. Er behauptete, das Regiment sei ihm nicht schneidig genug. Das musste den Weißen Husaren passieren, von allen Regimentern der Welt den Weißen Husaren, die wussten, dass sie jede Truppe auf Gottes Erdboden – Kavallerie, Artillerie oder Infanterie – über-, nieder- und in Stücke reiten konnten. Diese Beleidigung war das Erste, was sie ihrem Kommandeur übel nahmen.

Dann kassierte er das Paukenpferd – das Paukenpferd der Weißen Husaren! Vielleicht begreift man im ersten Augenblick nicht das unsagbare Verbrechen, das er damit beging. Die Seele eines jeden Regiments lebt in dem Paukenpferd, das die silbernen Kesselpauken trägt. Es ist fast immer ein großer, scheckiger Wallach. Letzteres ist Ehrensache, und jedes Regiment ist bereit, jede beliebige Summe auf einen Schecken zu verwenden. Der jedoch ist dann über die gewöhnlichen Gesetze der Kassation erhaben und seines Wohlergehens sicher, solange er ausrücken kann und dem Regiment Ehre macht. Er versteht zuletzt auch mehr von Regimentssachen als der Adjutant selbst und könnte, auch wenn er es wollte, keinen Fehler mehr begehen.

Das Paukenpferd der Weißen Husaren war erst achtzehn Jahre alt und allen seinen Pflichten noch vollauf gewachsen. Von Rechts wegen stand ihm noch eine sechsjährige Dienstzeit bevor, und es bewegte sich mit dem Pomp und der Würde eines Tambourmajors von der Garde. Das Regiment hatte 1200 Rupien dafür bezahlt.

Aber der Oberst erklärte, der Gaul hätte zu verschwinden, und so wurde er in aller Form kassiert und durch einen verwaschenen Fuchs ersetzt, der so hässlich wie ein Maultier war und den Hals eines Schafs, einen Rattenschwanz und die Häcksen einer Kuh hatte. Der Trommler hasste das Vieh, und die besseren Pferde von der Regimentskapelle legten ihre Ohren zurück und zeigten ihm das Weiße ihrer Augen, wann immer sie es zu Ge-

sicht bekamen. Sie hatten es auf den ersten Blick als Empor-
kömmling und Plebejer erkannt. Ich glaube, des Obersten
Schneid erstreckte sich auch auf die Regimentskapelle, und er
wünschte, dass sie an den regulären Parademanövern teilnähme.
Eine Kavallerie-Kapelle jedoch ist heilig. Sie rückte nur bei Pa-
raden vor dem Höchstkommandierenden aus, und der Regimentskapellmeister ist eine Persönlichkeit, noch um einen Grad
bedeutender als der Oberst selbst. Er ist ein Hohepriester, und
das »Keel Row« ist sein heiliger Gesang. Das »Keel Row« ist die
Melodie für den Parademarsch im Trab, und wer seine Klänge
nicht laut und schrill das Getrappel des beim Salut vorbeitraben-
den Regiments hat übertönen hören, dem stehen noch einige
akustische und seelische Erfahrungen bevor.
Als der Oberst das Paukenpferd der Weißen Husaren kassierte,
hätte es beinah eine Meuterei gegeben.
Das Offizierskorps war böse, das Regiment wütend, und die Kapelle fluchte … wie eben nur Kavalleristen fluchen können. Das
Paukenpferd sollte versteigert – öffentlich versteigert – werden,
damit womöglich ein Parse es kaufte und vor einen Karren
spannte! Das war schlimmer, als hätte man die internen Angelegenheiten des Regiments vor aller Welt bloßgelegt oder das Ka-
sinosilber einem Juden – einem schwarzen Juden – verkauft!
Der Oberst war ein kleinlicher Mann und ein Tyrann. Er wusste, wie das Regiment über sein Verhalten dachte; als dann gar die
Mannschaft sich erbot, das Paukenpferd zu kaufen, erklärte er,
ihr Vorhaben grenze an Meuterei und sei reglementswidrig.
Aber einer der Leutnants – Hogan-Yale, ein Irländer – erstand
das Paukenpferd bei der Auktion für einhundertsechzig Rupien,
und der Oberst tobte. Yale heuchelte Reue – er war unnatürlich
gefügig – und erklärte, er hätte das Pferd nur gekauft, um es vor
eventuellen Misshandlungen und dem Hungertod zu retten; er

würde es auf der Stelle erschießen und damit der Sache ein Ende machen. Das schien den Obersten zu beruhigen, denn er
wollte, dass das Paukenpferd aus der Welt geschafft würde. Er
fühlte, er hatte einen Fehler begangen, konnte das aber selbstverständlich nicht zugeben. Inzwischen irritierte ihn die Gegenwart des Paukenpferdes.

Yale holte sich ein Glas des berühmten alten Kognaks, drei Zigarren und seinen Freund Martyn; alle zusammen verließen das
Kasino. Yale und Martyn konferierten zwei Stunden lang auf
Yales Bude; aber nur der Bullterrier, der über Yales Stiefelleisten
wacht, weiß, was sie besprachen. Zum Schluss verließ ein bis zu
den Ohren verdecktes und verhülltes Pferd Yales Stallungen, um
sehr gegen seinen Willen zu den Zivilquartieren herübergebracht
zu werden. Yales Reitknecht begleitete es. Darauf brachen zwei
Männer in die Theaterrequisitenkammer des Regiments ein und
entwendeten eine ganze Reihe von Farbtöpfen und einige gro
ße Pinsel für Dekorationsmalerei. Und schließlich senkte sich
Nacht herab auf die Kasernen, und in Yales Stall entstand ein
Lärm, wie wenn ein Pferd seine Box in lauter Splitter zerstampfte. Yale besaß ein Packpferd, einen großen weißen Wallach.

Der folgende Tag war Donnerstag, und als die Mannschaft hörte, Yale wolle am Abend das Paukenpferd erschießen, beschloss
sie, dem alten Tier ein regelrechtes militärisches Begräbnis zu gewähren – ein besseres, als sie im Augenblick dem Obersten gegeben hätte, wäre er dann gerade gestorben. Die Leute holten also einen Ochsenwagen, ein Stück Sackleinwand und ganze
Berge von Rosen, und der Kadaver wurde, bedeckt von der
Leinwand, an den Ort überführt, wo sonst die an Milzbrand verendeten Pferde verbrannt wurden, während zwei Drittel des Regiments ihm das Geleit gaben. Die Musik spielte zwar nicht, aber
alle sangen »Der Ort, wo der alte Gaul starb«, was ihnen in An

betracht der Gelegenheit passend und pietätvoll erschien. Als die Leiche ins Grab gelegt wurde und die Leute ganze Arme voll Rosen über sie ausschütteten, stieß der Regimentshufschmied einen saftigen Fluch aus und bemerkte laut: »Das ist so wenig unser Paukenpferd, wie ich es bin!« Da fragte ihn der Wachtmeister des fünften Zugs, ob er seinen Kopf vielleicht in der Kantine gelassen hätte? Aber der Regimentshufschmied erklärte, er kenne des Paukenpferds Beine so genau wie seine eigenen; er schwieg jedoch, als er auf dem armen, steif ausgestreckten Vorderhuf die Regimentsnummer eingebrannt sah.

So wurde das Paukenpferd der Weißen Husaren begraben, während der Regimentshufschmied murrte. Die Sackleinwand, die den Kadaver bedeckte, war stellenweise mit schwarzer Farbe beschmiert, und der Hufschmied lenkte des Wachtmeisters Aufmerksamkeit auf diese Tatsache. Aber der Wachtmeister versetzte ihm einen kräftigen Tritt gegen das Schienbein und meinte, er sei ohne Zweifel betrunken.

Am Montag nach dem Begräbnis rächte sich der Oberst an den Weißen Husaren. Da das Pech es wollte, dass er im Augenblick das Garnisonskommando führte, befahl er für diesen Tag eine Brigadefelddienstübung. Er erklärte, er würde das Regiment »für seine verdammte Unverschämtheit schon schwitzen lassen«, und er führte sein Vorhaben gründlich durch. Jener Montag war einer der härtesten Tage, deren die Weißen Husaren sich erinnern können. Sie wurden gegen einen vermeintlichen Feind geschickt, vorgeschoben, zurückgezogen, von ihren Pferden runterkommandiert und in einem staubigen Gelände auf jede nur mögliche vorschriftsmäßige Weise gezwiebelt, bis ihnen der Schweiß aus allen Poren rann. Das einzige Amüsement kam erst gegen Abend, als sie eine Batterie reitender Artillerie überrumpelten und zwei Meilen weit verfolgten. Das war eine persönliche Angelegenheit, und der größte Teil der Mannschaft hatte Wetten darauf gesetzt, wobei die Artilleristen ganz offen behaupteten, sie wären den Weißen Husaren über. Darin täuschten sie sich jedoch. Der Vorbeimarsch bildete den Schluss dieses Feldzugs, und als das Regiment in die Quartiere zurückkam, waren die Leute von den Sporen bis zu den Kinnriemen mit Schmutz bedeckt.

Die Weißen Husaren besitzen ein großes und ganz spezielles Privileg. Sie errangen es sich, soviel ich weiß, bei Fontenoy.

Viele Regimenter haben besondere Rechte, wie zum Beispiel das Tragen von Kragen bei der Interimsuniform oder von Bandschleifen zwischen den Schulterblättern oder von roten und weißen Rosen am Helm an gewissen Tagen im Jahr. Einige dieser Rechte hängen mit den Regimentsheiligen zusammen, andere dagegen mit den Ruhmestaten der Truppe. Und alle werden besonders hochgehalten, keines aber so hoch wie das Vorrecht der Weißen Husaren, im Quartier die Pferde bei klingendem Spiel zur Tränke zu reiten. Dabei wird immer nur ein Stück gespielt, das niemals wechselt. Ich weiß nicht, wie es in Wirklichkeit heißt, aber die Weißen Husaren nennen es »Führ mich nach London zurück«, und die Melodie ist sehr hübsch. Das Regiment würde sich eher von der Armeeliste streichen lassen als auf diese Auszeichnung verzichten.

Als das Kommando »Weggetreten!« erscholl, begaben sich die Offiziere nach Hause, um sich zurechtzumachen, und die Leute ritten im Schritt hintereinander in den Kasernenhof und machten es sich bequem. Das heißt, sie knöpften sich den engen Rock auf und schoben den Helm zurecht und fingen an, je nach Laune entweder zu scherzen oder zu fluchen; während die Vorsichtigeren unter ihnen Gurte und Zügel lockerten oder ganz abnahmen. Ein guter Kavallerist hält genauso viel auf seinen Gaul wie auf sich selbst und glaubt oder sollte doch glauben, dass sie beide zusammen Weibern wie Männern, Mädchen wie Kanonen gegenüber unwiderstehlich sind.

Dann gab der Ordonnanzoffizier den Befehl: »Pferde tränken!«, und das Regiment begab sich im Schlenderschritt zu den Schwadronstränken, die sich hinter den Stallungen zwischen diesen und den Kasernen befanden. Es waren vier riesige Krippen, eine für jede Schwadron, in Hufeisenform angeordnet, sodass sämtliche Pferde, wenn nötig, innerhalb von zehn Minuten getränkt werden konnten. Meist jedoch zog das Regiment die Sache noch um sieben weitere Minuten in die Länge, während die Musik spielte.

Die Kapelle legte los, und die verschiedenen Schwadronen begaben sich gemütlich an ihre Krippen, während die Mannschaft die Füße aus den Steigbügeln zog und sich untereinander zu necken begann. Die Sonne ging gerade hinter einer großen, heißen, rot glühenden Wolkenbank unter, und die Straße, die zu den Zivilquartieren hinüberführte, schien pfeilgerade das Auge der Sonne zu durchbohren. Mitten auf dem Weg zeigte sich ein winziger Punkt. Er wuchs und wuchs, bis er sich als ein Pferd entpuppte, das auf seinem Rücken eine Art Bratrost trug. Die rote Wolke leuchtete durch die eisernen Stäbe hindurch. Einige der Leute beschatteten mit der Hand die Augen und sagten: »Was zum Deibel trägt der Gaul da auf seinem Rücken?«

In der nächsten Minute hörten sie ein Wiehern, das jede einzelne Seele – Pferde wie Mannschaft – kannte, und erblickten – in gerader Linie auf die Regimentskapelle zuhaltend – das tote Paukenpferd der Weißen Husaren. Rechts und links auf dem Widerrist baumelten und hallten dumpf wider bei jedem Schlag die in schwarzen Flor gehüllten Kesselpauken, und auf seinem Rücken saß stramm und soldatisch ein barhäuptiges Gerippe.

Die Musik brach ab, und einen Augenblick herrschte Totenstille. Dann wendete irgendjemand aus Zug fünf seinen Gaul – die Leute sagen, es wäre der Wachtmeister gewesen – und entfloh schreiend. Keiner weiß genau, wie jetzt alles kam; es scheint jedoch, dass zum Mindesten ein Mann aus jedem Zug das Signal zu einer Panik gab, und die Übrigen gehorchten wie die Schafe. Die Pferde, die gerade erst ihre Schnauzen in die Krippen getaucht hatten, bäumten sich und keilten aus; kaum aber setzte die Musik aus, was geschah, als das Paukenpferd sich auf etwa eine Achtelmeile genähert hatte, als sämtliche Hufe dem Beispiel folgten, und das Rattern und Stampfen dieser wilden Flucht – das so ganz, ganz anders klang als das taktfeste, dröhnende Trapptrapp-trapp eines Parademanövers – gab den Tieren den Rest. Sie fühlten genau, dass die Männer auf ihren Rücken sich fürchteten; und haben Gäule das erst verstanden, so ist alles vorbei, bis auf das eigentliche Gemetzel.

Zug über Zug machte kehrt und floh, rannte auseinander – hierhin und dorthin – wie verschüttetes Quecksilber. Es war ein einzigartiges Schauspiel, denn Mannschaft wie Pferde befanden sich in jedem nur möglichen Zustand des Schreckens, und die Karabinertaschen, die lose gegen ihre Flanken schlugen, trieben die Tiere nur noch stärker an. Währenddessen schrien und fluchten die Leute durcheinander und versuchten, die Kapelle nicht zu überrennen, die von dem Paukenpferd gejagt wurde, dessen Reiter vornübergesunken war und sein Pferd anzutreiben schien, als gälte es, eine Wette zu gewinnen.

Der Oberst war zu dem Kasino hinübergegangen, um etwas zu trinken. Der größere Teil des Offizierskorps war ebenfalls dort, und der diensttuende Leutnant wollte sich eben nach der Kaserne zurückbegeben, um von den Wachtmeistern den Rapport über das Pferdetränken entgegenzunehmen. Als das »Führ mich nach London zurück« nach zwanzig Takten plötzlich abbrach, fragte jede einzelne Seele im Kasino: »Was in aller Welt ist passiert?« Eine Minute später hörte man höchst unmilitärische Geräusche und gewahrte, weit über die Ebene verstreut, die vollkommen aufgelösten, fliehenden Weißen Husaren.

Der Oberst war vor Wut sprachlos; er glaubte, das Regiment hätte gemeutert oder wäre bis auf den letzten Mann betrunken. Da jagte auch schon die Regimentskapelle – ein hoffnungslos desorganisierter Mob – vorbei, hinter ihr, im schwerfälligen Trab, das tote und bereits begrabene Paukenpferd mitsamt dem wippenden, rasselnden Gerippe. Hogan-Yale flüsterte Martyn leise zu: »Das hält der stärkste Draht nicht aus«, und die Kapelle, die wie ein Hase einen Haken geschlagen hatte, stürmte zum zweiten Mal vorbei. Das übrige Regiment jedoch war verschwunden – auf einer wilden Jagd durch die ganze Provinz, denn inzwischen war es dämmrig geworden, und jeder einzelne Mann brüllte seinem Nachbarn zu, das Paukenpferd sei ihm unmittelbar auf den Flanken. Kavalleriepferde werden im Allgemeinen viel zu schonend behandelt. Im Notfall vermögen sie selbst mit einer Belastung von zweihundert Pfund Außerordentliches zu leisten. Das merkten jetzt ihre Reiter.

Wie lange diese Panik währte, kann ich nicht sagen. Ich glaube, die Leute erkannten, als der Mond aufging, dass sie nichts mehr zu befürchten hatten, und schlichen sich, entsetzlich beschämt, langsam zu zweit, zu dritt und truppweise in die Kasernen zurück. Inzwischen hatte das Paukenpferd, verstimmt über die Behandlung, die seine alten Freunde ihm angedeihen ließen, angehalten und kehrtgemacht und war zu den Verandastufen des Kasinos getrabt, um sich sein Stück Brot zu holen. Niemand wollte sich die Blöße geben, auszureißen; aber es hatte auch niemand Lust, sich dem Pferd zu nähern, bis endlich der Oberst selbst eine Bewegung machte und das Geripppe am Fuß packte. Die Kapelle hatte inzwischen in einiger Entfernung gehalten und kam jetzt langsam näher. Der Oberst warf ihr einzeln und kollektiv jedes üble Schimpfwort an den Kopf, das ihm im Augenblick einfiel, denn er hatte mittlerweile das Paukenpferd an der Brust angefasst und gemerkt, dass es aus Fleisch und Blut war. Dann trommelte er mit geballter Faust auf die Kesselpauken los und entdeckte, dass sie nur aus Silberpapier und Bambusstäben bestanden. Zuletzt versuchte er immer noch fluchend, das Geripppe aus dem Sattel zu reißen, fand jedoch, dass es durch Drähte an die Sattelpausche befestigt war. Das Bild, wie der Oberst mit seinen Armen des Geripppes Hüften umschlang und sich mit dem Knie gegen des alten Paukenpferds Bauch stemmte, war etwas auffallend, um nicht zu sagen komisch. Nach zwei, drei Minuten hatte er das Gespenst glücklich heruntergezerrt und zu Boden geworfen, wobei er der Kapelle zuschrie: »Hier habt ihr das Zeugs, vor dem ihr ausgekniffen seid, ihr Hunde!« Das Geripppe sah in der Dämmerung nicht gerade reizvoll aus. Aber der Kapellmeister schien es wiederzuerkennen, denn er begann plötzlich zu kichern und zu schlucken. »Soll ich es wegräumen, Herr Oberst?«, fragte der Kapellmeister. »Ja«, sagte der Oberst, »schicken Sie's zur Hölle und reiten Sie selbst hinterdrein!«

Der Kapellmeister grüßte, schwang das Geripppe über den Sattel und führte das Pferd zu dem Stall. Dann begann der Oberst sich nach der übrigen Mannschaft zu erkundigen, und die Sprache, der er sich dabei bediente, war wunderbar. Er würde das ganze Regiment auflösen – jeden einzelnen Kerl vor's Kriegsgericht bringen – er verzichte darauf, ein derartiges Gesindel zu kommandieren. Als die Leute langsam und allmählich den Weg zurück fanden, wurden seine Ausdrücke immer wüster, bis sie zum

Schluss selbst die äußersten Grenzen der Redefreiheit überschritten, die einem Kavallerieoberst erlaubt ist.

Martyn zog Hogan-Yale beiseite und meinte, Geschasstwerden wäre wohl das Geringste, dessen sie sich zu versehen hätten, wenn die Sache herauskäme. Martyn war der weniger charaktervolle von beiden. Hogan-Yale zog nur die Augenbrauen hoch und bemerkte: Erstens sei er der Sohn eines Lords, und zweitens wäre er an der theatralischen Auferstehung des Paukenpferds so unschuldig wie ein neugeborenes Kind.

»Meine Instruktionen«, sagte Yale mit ganz besonders gewinnendem Lächeln, »lauteten: Ich solle das Paukenpferd auf möglichst eindrucksvolle Art zurückbefördern. Ich frage dich: Kann ich dafür, wenn irgendein Esel von Freund das in einer Weise tut, die die Gemüter von Ihrer Majestät Kavallerie in Aufruhr versetzt?«

Martyn entgegnete: »Du bist ein großer Mann und wirst dereinst General werden; aber ich würde meine Aussicht auf den Rittmeister opfern, wenn ich mit heiler Haut aus dieser Sache raus wäre.«

Die Vorsehung rettete Martyn und Hogan-Yale. Der Etatsmäßige führte den Obersten in eine Nische, wo sonst die Leutnants nachts ihren Poker spielten; dort unterhielten sie sich leise, nachdem der Oberst sich weidlich ausgeflucht hatte. Ich nehme an, der Etatsmäßige schilderte den Streich als das Werk irgendeines gemeinen Kavalleristen, den man nie und nimmer eruieren würde, und ich weiß, er betonte, welche Sünde und Schande es sei, das ganze Regiment zur Zielscheibe des Spotts und des öffentlichen Gelächters zu machen.

»Sie werden uns«, sagte der Etatsmäßige, der wirklich eine bewunderungswürdige Fantasie besaß, »sie werden uns die ›Wilde Jagd‹, die ›Geisterjäger‹ nennen; ja, sie werden uns von einem Ende der Armeeliste bis zum anderen mit jedem nur möglichen

Spitznamen belegen. Sämtliche Erklärungen der Welt werden nicht genügen, um den anderen klarzumachen, dass das Offizierkorps nicht dabei war. Um der Ehre des Regiments und Ihrer selbst willen: Vertuschen Sie diese Sache.«

Der Oberst war vor lauter Wut erschöpft; so war es nicht so schwierig, ihn zu beruhigen, wie man hätte annehmen können. Langsam und allmählich bewog man ihn zu der Erkenntnis, dass es offensichtlich unmöglich sei, das ganze Regiment vor ein Kriegsgericht zu stellen, und ebenso offensichtlich unmöglich, irgendeinem x-beliebigen Leutnant den Prozess zu machen, der seiner Meinung nach die Sache angezettelt hätte.

»Aber das Vieh lebt ja noch! Man hat es gar nicht erschossen!«, brüllte der Oberst. »Es ist glatter, frechster Ungehorsam! Ich habe erlebt, dass ein Kerl sich wegen geringerer Sachen das Genick gebrochen hat, wegen verdammt viel geringerer Sachen! Ich sage Ihnen, Mutman, sie machen sich über mich lustig! Lustig machen sie sich!«

Und wieder setzte sich der Etatsmäßige zum Obersten und rang mit ihm, eine volle halbe Stunde lang. Nach Ablauf dieser Zeit meldete sich der Regimentswachtmeister. Die Situation war für ihn so ziemlich neu, aber er war nicht der Mann, sich durch irgendetwas aus der Fassung bringen zu lassen. Er grüßte und berichtete: »Melde gehorsamst, dass das ganze Regiment wieder beisammen ist.« Dann fügte er, um den Oberst zu besänftigen, hinzu: »Und die Pferde haben auch nicht gelitten.«

Der Oberst schnaubte nur und antwortete: »Na, dann bringen Sie die Leute nur ins Bettchen, und sorgen Sie dafür, dass sie in der Nacht nicht aufwachen und schreien.« Darauf zog sich der Wachtmeister zurück.

Dieser kleine Scherz gefiel dem Obersten; außerdem fing er an, sich der Ausdrücke zu schämen, die er gebraucht hatte. Der

Etatsmäßige redete ihm nochmals zu, und die beiden saßen bis tief in die Nacht zusammen.

Am übernächsten Tag gab es eine feierliche Parade vor dem Obersten als dem Garnisonskommandanten, und er hielt den Weißen Husaren eine kräftige Strafpredigt. Der Kern seiner Rede war: Da das Paukenpferd sich trotz seines Alters fähig gezeigt hätte, das ganze Regiment in die Flucht zu schlagen, sollte es auf seinen stolzen Posten an der Spitze des Regiments zurückkehren – *aber* das Regiment sei und bleibe ein Pack erbärmlicher Schufte mit schlechten Gewissen.

Da brachen die Weißen Husaren in ein Hoch aus und warfen alles Bewegliche, was ihnen zur Hand war, in die Luft; und am Schluss der Parade ließen sie den Obersten hochleben, bis sie heiser waren. Leutnant Hogan-Yale dagegen erhielt keine Ovation; er hielt sich still im Hintergrund auf und lächelte nur ungemein freundlich.

Und der Etatsmäßige bemerkte zum Obersten – außerdienstlich: »Derartige Kleinigkeiten machen außerordentlich populär und erschüttern nicht im Geringsten die Disziplin.«

»Aber ich habe mein Wort nicht gehalten«, sagte der Oberst.

»Lassen Sie's gut sein«, erwiderte der Etatsmäßige. »Die Weißen Husaren werden Ihnen von jetzt ab überallhin folgen. Regimenter sind wie die Weiber. Wenn man ihnen in Kleinigkeiten nachgibt, kann man sie um den Finger wickeln.«

Eine Woche später erhielt Hogan-Yale einen überaus merkwürdigen Brief, unterzeichnet: »Sekretär des Wohlfahrtsvereins Charitas und Zelos, 3709 E. C.« Der Betreffende verlangte ein Gerippe zurück, von dem er, wie er schrieb, begründetermaßen vermute, dass es sich in Hogans Besitz befinde.

»Wer zum Teufel ist der Verrückte, der mit alten Knochen handelt?«, fragte Hogan-Yale.

»Verzeihung, Herr Leutnant«, sagte der Regimentskapellmeister, »das Gerippe befindet sich bei mir, und ich werde es zurückschicken, wenn der Herr Leutnant die Kosten für den Transport zur Stadt übernehmen. Ein Sarg ist auch noch dabei.«

Hogan-Yale lächelte und reichte dem Regimentskapellmeister zwei Rupien mit den Worten: »Gravieren Sie auf dem Schädel das Datum ein, verstanden?«

Sollte man also diese Geschichte bezweifeln, so weiß man jetzt, wohin man sich wenden muss, um das Datum auf dem Schädel des Gerippes zu lesen. Aber ich rate jedem, nicht mit den Weißen Husaren über die Angelegenheit zu sprechen.

Ich weiß zufällig einiges über die Sache, weil ich das Paukenpferd für seine Auferstehung vorbereitete. Es konnte sich nur schwer an das Gerippe gewöhnen.

Die Bronckhorst'sche Scheidung

Es war einmal ein Mann, der hieß Bronckhorst – ein eckiger, ungehobelter Patron mittleren Alters aus der indischen Armee –, grau wie ein Dachs und mit einem Tropfen Bauernblut in den Adern, wie die Leute behaupteten. Das jedoch lässt sich nicht beweisen. Frau Bronckhorst war auch nicht mehr gerade jung, wenn auch fünfzehn Jahre jünger als ihr Gatte. Sie war eine große, blasse, stille Frau mit schweren Lidern und schwachen Augen und mit Haaren, die, je nachdem wie das Licht fiel, rötlich oder gelblich schimmerten.

Bronckhorst war in keiner Hinsicht ein angenehmer Mensch. Er hatte nicht den geringsten Respekt vor den hübschen öffentlichen und privaten Lügen, die das Leben etwas weniger scheußlich machen, als es in Wirklichkeit ist. Sein Benehmen gegenüber seiner Frau war ordinär. Es gibt viele Dinge – einschließlich eines tätlichen Angriffs mit geballter Faust –, die eine Frau ertragen kann, aber nur selten kann sie sich abfinden, wie Frau Bronckhorst es tat, mit jahrelangen brutalen, plumpen Hänseleien, die all ihre kleinen Schwächen verspotten: ihre Anfälle von Migräne, ihre seltenen heiteren Momente, ihre lächerlichen kleinen Versuche, sich ihrem Gatten anziehender zu machen, entstanden aus der Kenntnis, dass sie nicht mehr ist, was sie war, und – sicherlich das Schlimmste von allem – die Liebe, die sie ihren Kindern entgegenbringt. Diese spezielle Art von schwerfälligem Witz war Bronckhorst besonders teuer. Wahrscheinlich war er ihm, ohne sich etwas Böses dabei zu denken, während der Flitterwochen verfallen, in einer Zeit, da Menschen ihren gewöhnlichen Vorrat an Liebkosungen erschöpft haben und zu dem anderen Extrem greifen, um ihre Gefühle auszudrücken. Der gleiche Impuls treibt einen Mann dazu, »Scher dich, alte Mähre!« zu sagen, wenn sein Lieblingspferd die Schnauze an seinem Rock reibt. Zum Unglück bleibt aber diese Ausdrucksform haften, auch wenn die Reaktion der Ehe eintritt, und verletzt dann, nach erloschener Zärtlichkeit, die Frau mehr, als sie sagen kann.

Trotzdem vergötterte Frau Bronckhorst ihren »Teddy«, wie sie ihn nannte. Vielleicht war das der Grund, weshalb er sie nicht ausstehen konnte. Vielleicht – aber das ist nur eine Theorie, die sein späteres infames Benehmen erklären soll – gab er jenem seltsamen, primitiven Gefühl nach, das mitunter einen Ehegatten nach zwanzigjährigem Beisammensein an der Kehle würgt, wenn er an der anderen Seite des Tischs das gleiche Gesicht, immer und immer wieder das gleiche Gesicht, seines ihm angetrauten Weibes sieht und sich vorstellt, dass er ihr so, wie er es jetzt tut, bis an das Ende ihres oder seines Lebens gegenübersitzen muss. Die meisten Männer und Frauen kennen diesen Krampf. Er dauert in der Regel nur drei Atemzüge und muss eine Art »Rückfall« sein in die Zeiten, da Mann und Weib noch um einen Grad schlimmer waren als jetzt, und er ist viel zu unangenehm, um erörtert zu werden.

Eine Einladung zu Tisch bei den Bronckhorsts war eine Strafe, der sich nur wenig Menschen freiwillig unterzogen. Bronckhorst fand Freude daran, Dinge zu sagen, die seiner Frau wehtaten. Wenn der Kleine beim Dessert hereingebracht wurde, gab Bronckhorst ihm meistens ein halbes Glas Wein zu trinken, worauf das Kerlchen natürlich ausgelassen wurde und zum Schluss den Katzenjammer bekam und schreiend entfernt werden musste. Bronckhorst pflegte sich dann zu erkundigen, ob Teddy sich immer so benehme und ob Frau Bronckhorst nicht gefälligst ein wenig von ihrer Zeit darauf verwenden möchte, »dem Bengel einige Manieren beizubringen«. Frau Bronckhorst, die den Jungen mehr als ihr Leben liebte, versuchte, nicht zu weinen – die Ehe schien ihren Willen vollkommen gebrochen zu haben. Zum Schluss erklärte Bronckhorst dann: »Nun ist's aber genug. Um Gottes willen, versuche, dich wie ein vernünftiger Mensch zu benehmen. Geh voran in den Salon.« Und Frau Bronckhorst ging, mit dem Versuch, die ganze Sache durch ein Lächeln zu vertuschen, aber der Gast war den ganzen Abend über verstimmt und fühlte sich unbehaglich.

Nach drei Jahren dieses heiteren Lebens – Frau Bronckhorst besaß keine Freundinnen, mit denen sie sich aussprechen konnte – wurde die ganze Garnison durch die Nachricht in Aufruhr versetzt, Bronckhorst hätte Klage wegen *kriminellen Ehebruchs* gegen einen gewissen Biehl anhängig gemacht, der – das war nicht zu leugnen – Frau Bronckhorst auf Gesellschaften besondere Aufmerksamkeiten erwiesen hatte. Der völlige Mangel an Reserve, mit der Bronckhorst seine eigene Unehre behandelte, verhalf uns zu der Erkenntnis, dass die Beweise gegen Biehl unter allen Umständen nur Indizienbeweise aufgrund von Aussagen Farbiger sein würden. Briefe waren nicht vorhanden; aber Bronckhorst erklärte öffentlich, er würde Himmel und Erde in Bewegung setzen, bis er Biehl im Zentralgefängnis die Fabrikation von Teppichen beaufsichtigen sähe. Frau Bronckhorst setzte keinen Fuß mehr vor die Tür und ließ die lieben Mitmenschen reden, was sie wollten. Die Meinungen waren geteilt. Zwei Drittel der Garnison glaubten auf der Stelle an Biehls Schuld, aber ein halbes Dutzend Männer, die ihn gut leiden konnten, hielt zu ihm. Biehl selbst war wütend und überrascht. Er leugnete von A bis Z und schwor, er würde Bronckhorst halb totprügeln. Wir wussten, keine Jury würde einen Mann lediglich auf einheimische Zeugenaussagen hin in einem Land verurteilen, wo man eine Anklage wegen Mordes, alles komplett, einschließlich sogar der Leiche, für vierundfünfzig Rupien haben kann; indessen hatte Biehl wenig Lust, nur mangels Beweisen mit einem blauen Auge davonzukommen. Er wünschte restlose Klarheit in dieser Angelegenheit; aber, wie er uns eines Abends erklärte: »Bronckhorst kann aufgrund der Dienstbotenaussagen alles beweisen, und ich habe nichts als mein bloßes Wort.« Das war, etwa einen Monat ehe der Prozess begann; und wir konnten wenig anderes tun als Biehl zustimmen. Wir wussten nur, dass die Aussagen der indischen Dienerschaft schlimm genug sein würden, um Biehls Ruf für den Rest seiner Karriere zu ruinieren, denn wenn ein Einheimischer anfängt, meineidig zu werden, wird er es gründlich. Vor Einzelheiten schreckt er nicht zurück.

Irgendein Genie am Fußende des Tischs, an dem die Affäre durchgesprochen wurde, sagte: »Passt einmal auf! Ich glaube, Anwälte nützen hier gar nichts. Irgendjemand soll an Strickland telegrafieren und ihn bitten, herüberzukommen und uns rauszureißen.«

Strickland lebte ungefähr hundertachtzig Meilen landeinwärts. Er hatte sich erst vor Kurzem verheiratet, aber er witterte aus dem Telegramm eine Möglichkeit, seine alte Detektivarbeit wieder aufnehmen zu können, nach der es seine Seele gelüstete, und schon am nächsten Abend war er da und ließ sich die Geschichte vortragen. Er rauchte seine Pfeife zu Ende und sagte orakelhaft: »Wir müssen die Zeugen beim Wickel nehmen. Der Sänftenträger, die Kinderfrau und der mohammedanische Aufwärter werden vermutlich die Säulen der Anklage sein. Ich spiele mit in diesem Stück, obwohl ich fürchte, dass mein Dialekt etwas eingerostet ist.« Er erhob sich und begab sich in Biehls Schlafzimmer, wo man seinen Koffer abgestellt hatte, und schloss die Tür. Eine Stunde später hörten wir ihn die Worte sagen: »Ich brachte es nicht übers Herz, mich bei meiner Verheiratung von meinen alten Requisiten zu trennen. Wird das genügen?« Dort, in der Tür, verneigte sich mit vielen Salaams ein widerlicher Fakir.

»Jetzt leiht mir bitte fünfzig Rupien«, sagte Strickland, »und gebt mir Euer Ehrenwort, dass Ihr meiner Frau nichts sagen werdet.« Er erhielt, was er wünschte, und verließ das Haus, während die ganze Tafelrunde auf sein Wohl trank. Was er dann tat, weiß nur er selbst. Zwölf Tage lang trieb sich ein Fakir in der Nähe von Bronckhorsts Grundstück herum. Danach erschien plötzlich ein »Mether«, und als Biehl von dem hörte, meinte er, Strickland sei ein ausgewachsener Engel. Ob der »Mether« Janki, Frau Bronckhorsts Kinderfrau, Liebeswerbungen vortrug, ist eine Frage, die nur Strickland selbst angeht.

Nach drei Wochen erschien er von Neuem auf der Bildfläche und erklärte ruhig: »Sie haben die Wahrheit gesprochen, Biehl. Die ganze Geschichte ist von Anfang bis Ende fingiert. Bei Gott! Fast überrascht sie sogar mich! Dieses Schwein von Bronckhorst verdiente, abgeschossen zu werden.«

Es gab ein großes Hallo und Geschrei, und Biehl fragte:

»Wie wollen Sie es beweisen? Sie können doch nicht erklären, Sie hätten sich widerrechtlich und in Verkleidung auf Bronckhorsts Grundstück herumgetrieben!«

»Nein«, entgegnete Strickland. »Sagen Sie Ihrem Esel von Anwalt, er solle irgendeinen kräftigen Senf über »inhärente Unwahrscheinlichkeit« und die »Diskrepanz der Zeugenaussagen« aufsetzen. Er wird zwar gar nicht erst zu reden brauchen, aber es wird ihn glücklich machen.«

Biehl hielt den Mund, und die anderen warteten die Ereignisse ab. Sie hatten Vertrauen zu Strickland, so wie man ruhigen Männern vertraut. Als es zur Verhandlung kam, war der Gerichtssaal überfüllt. Strickland hielt sich inzwischen auf der Veranda des Gerichtsgebäudes auf, bis er dem mohammedanischen Aufwärter begegnete. Dann murmelte er ihm einen Fakirsegen ins Ohr und fragte ihn, wie es seiner zweiten Frau ginge. Der Mann fuhr herum und sperrte, als er in die Augen von »Estrekeen Sahib« blickte, vor Schreck Mund und Nase auf. Man bedenke, Strickland war vor seiner Heirat unter den Eingeborenen eine Macht gewesen. Strickland flüsterte ihm ein etwas ordinäres einheimisches Sprichwort zu, des Inhalts, dass er über alles unterrichtet sei, und begab sich, bewaffnet mit einer handfesten Trainerpeitsche, in den Gerichtssaal.

Der Mohammedaner war der erste Zeuge, und Strickland strahlte ihn aus dem Hintergrund des Saals wohlwollend an. Der Mann befeuchtete mit der Zunge die Lippen und nahm, in seiner hündischen Furcht vor »Estrekeen Sahib«, dem Fakir, jeden Punkt seiner Aussage zurück; er erklärte, er sei ein armer Mann, und Gott sei sein Zeuge, dass er total vergessen hätte, was Bronckhorst Sahib ihm zu sagen befohlen habe. In seiner tödlichen Angst vor Strickland, dem Richter und Bronckhorst brach er weinend zusammen. Da setzte die Panik unter den Zeugen ein. Janki, die Kinderfrau, die keusch aus den Falten ihres Schleiers hervoräugelte, wurde aschgrau im Gesicht, und der Sänftenträger verließ den Gerichtssaal. Er erklärte, seine Mama läge im Sterben, und es wäre für niemanden ratsam, in Gegenwart von »Estrekeen Sahib« ausgiebig zu lügen.

Biehl sagte höflich zu Bronckhorst: »Ihre Zeugen scheinen nicht zu funktionieren. Haben Sie nicht vielleicht noch ein paar gefälschte Briefe bei der Hand?« Aber Bronckhorst schwankte nur in seinem Stuhl hin und her, und es trat eine Totenstille ein, als man Biehl zur Ordnung gerufen hatte.

Bronckhorsts Anwalt sah den Ausdruck auf seines Klienten Gesicht, warf unverzüglich seine Papiere von sich auf den kleinen grünen Tisch und murmelte irgendetwas von »falsch unterrichtet sein«. Der ganze Saal brach in donnernden Beifall aus, wie Militär in einem Theater, und der Richter begann seine Seele zu erleichtern.

★

Biehl stand von seinem Platz auf, und Strickland ließ auf der Veranda eine handfeste Trainerpeitsche fallen. Zehn Minuten später war Biehl hinter den alten Gefängniszellen dabei, Bronckhorst still und ohne Skandal in Fetzen zu schlagen. Was von Bronckhorst übrig blieb, wurde in einen Wagen gepackt; und seine Frau weinte über den Überresten und pflegte sie, bis sie wieder menschenähnlich wurden.

Später, nachdem es Biehl gelungen war, die Gegenklage wegen Zeugenbestechung niederzuschlagen, meinte Frau Bronckhorst mit ihrem matten, wässrigen Lächeln: Es hätte wohl irgendein Irrtum vorgelegen, und ganz wäre ihr Teddy ja nicht an der Sache schuld. Vielleicht hätte er sie ein wenig sattbekommen, oder sie hätte seine Geduld auf eine zu harte Probe gestellt; und vielleicht würden wir sie jetzt nicht mehr schneiden, und am Ende erlaubten die Mütter auch, dass ihre Kinder wieder mit dem kleinen Teddy spielten. Er wäre ja so einsam. Dann wurde Frau Bronckhorst überall eingeladen, bis Bronckhorst wieder fähig war, auszugehen, worauf er nach England reiste und seine Frau mitnahm. Nach allem, was man zuletzt von ihm hörte, ist ihr Teddy tatsächlich »zu ihr zurückgekehrt«, und sie sind mäßig glücklich. Obwohl er ihr natürlich die Tracht Prügel, die sie ihm indirekt verschaffte, nie verzeihen kann.

★

Biehl möchte gern das eine wissen: – »Weshalb habe ich die Klage gegen das Schwein Bronckhorst nicht weiterverfolgt und ihn ins Kittchen gebracht?«

Frau Strickland möchte gerne wissen: – »Wie ist mein Mann nur zu dem fabelhaft schönen Wallach gekommen, den er von Eurer Station mitgebracht hat? Ich bin ganz genau über seine Geldangelegenheiten unterrichtet und bin überzeugt: Gekauft hat er ihn sich nicht.«

Und ich möchte vor allem wissen: – »Wie kommt eine Frau wie Frau Bronckhorst dazu, einen Mann wie Bronckhorst zu heiraten?«

Und mein Rätsel ist von allen dreien am schwersten zu lösen.

Venus Annodomini

Sie hat nichts zu tun mit Nummer achtzehn im Braccio Nuovo des Vatikans, die zwischen Viscontis Ceres und dem Nilgott steht. Sie war eine rein indische Gottheit – und wir nannten sie die Venus Annodomini, um sie von den übrigen Annodominis dieser nie aussterbenden Gattung zu unterscheiden. In den Bergen ging die Sage, dass sie einmal jung gewesen war; allein unter den Lebenden war kein Mann, der den Mut gehabt hätte, vorzutreten und kühn die Wahrheit dieser Legende zu bezeugen. Männer ritten hinauf nach Simla und blieben dort und gingen wieder weg und verrichteten ihre Lebensarbeit und kehrten zurück, nur um die Venus Annodomini gänzlich unverändert zu finden. Sie war so ewig wie die Berge, wenn auch nicht ganz so grün. Alles, was ein Mädchen von achtzehn Jahren an Reiten, Spazierengehen, Tanzen, Picknickfeiern und allgemeiner Überanstrengung zu leisten vermag, das leistete auch die Venus Annodomini, ohne das leiseste Anzeichen von Abspannung oder Müdigkeit. Außer ihrer ewigen Jugend, hieß es, hätte sie noch das Geheimnis ewiger Gesundheit entdeckt, und ihr Ruhm mehrte sich weit und breit im Land. Von einem schlichten Exemplar der Gattung Weib entwickelte sie sich zu einer Institution, insofern man von keinem jungen Mann behaupten konnte, dass seine Erziehung vollendet sei, wenn er nicht zu irgendeiner Zeit vor dem Altar der Venus Annodomini gekniet hatte. Ja, sie hatte nicht ihresgleichen, obwohl es viele Nachahmungen gab. Für sie bedeuteten sechs Jahre nicht mehr als für andere Frauen sechs Monate; und zehn Jahre hinterließen an ihr weniger Spuren als eine Woche Fieber an ihren Geschlechtsgenossinnen. Jeder Einzelne betete sie an, und sie ihrerseits war fast zu jedem freundlich und liebenswürdig. Das Jungsein war ihr bereits eine so alte Gewohnheit geworden, dass sie sich nicht davon zu trennen vermochte – in Wahrheit hatte sie niemals die Notwendigkeit hierzu erkannt –, und so wählte sie zu ihren bevorzugten Genossen junge Leute.

Unter den Andächtigen, die auf dem Altar der Venus Annodomini opferten, war auch der junge Gayerson. Er wurde der »noch jüngere« Gayerson genannt, um ihn von seinem Vater, dem »jungen Gayerson«, einem Mitglied des bengalischen Zivildiensts – zu unterscheiden, der gleichfalls die Gewohnheiten der Jugend angenommen hatte und auch ein jugendliches Herz besaß. Der »noch jüngere« Gayerson war nun nicht zufrieden, seelenruhig und um der Form willen anzubeten, wie die anderen jungen Männer das taten, und einen Spazierritt, einen Tanz oder ein Gespräch seitens der Venus Annodomini mit der gebührend demütigen und dankbaren Gesinnung hinzunehmen. Er stellte im Gegenteil Ansprüche, sodass die Venus Annodomini ihn zurechtweisen musste, ja er machte sich ihretwegen ganz überflüssigerweise halb krank, und der Ernst seiner Hingabe bewirkte, dass er neben den älteren Männern, die mit ihm die Venus Annodomini verehrten, je nach seiner Laune entweder stürmisch oder ungezogen erschien. Der Venus selbst tat es leid. Er erinnerte sie an einen jungen Burschen, der ihr vor dreiundzwanzig Jahren einmal eine grenzenlose Verehrung gezollt und für den sie etwas länger als eine Woche ebenfalls eine Schwäche gezeigt hatte. Aber der Junge hatte sich von ihr abgewendet und in weniger als einem Jahr nach seinem Götzendienst eine andere Frau geheiratet; und die Venus Annodomini hatte fast – nicht ganz – seinen Namen vergessen. Der »noch jüngere« Gayerson hatte die gleichen großen blauen Augen und die nämliche Art, zu schmollen und die Unterlippe vorzustrecken, wenn er aufgeregt oder unglücklich war. Trotz alledem hielt ihn die Venus Annodomini streng in Schach. Zu viel Wärme erregte ihr Missfallen; sie zog eine gemäßigte und ernste Zärtlichkeit vor.

Der »noch jüngere« Gayerson war todunglücklich und gab sich nicht die geringste Mühe, sein Elend zu verbergen. Er stand in der Armee – bei einem Linienregiment, glaube ich, obwohl ich das nicht ganz genau weiß –, und da sein Gesicht ein Spiegel und seine Stirn, dank seiner vollkommenen Unschuld, ein offenes Buch war, machten ihm seine Kameraden das Leben zur Last und verbitterten seinen von Natur aus liebenswürdigen Charakter. Niemand außer dem »noch jüngeren« Gayerson – und der gab seine Ansichten niemals zum Besten – wusste, für wie alt der »noch jüngere« Gayerson die Venus Annodomini hielt. Vielleicht glaubte er, dass sie fünfundzwanzig sei, vielleicht sagte sie ihm auch, sie sei so alt wie er. Der »noch jüngere« Gayerson hätte den Gugger bei Hochwasser durchwatet, um ihren leisesten Befehl weiterzutragen, und vertraute ihr rückhaltlos. Jeder mochte ihn gern, und jedem tat es leid, ihn so als Sklaven der Venus Annodomini zu sehen. Jeder gab aber auch offen zu, dass es nicht ihre Schuld sei; denn die Venus Annodomini unterschied sich in einem besonderen Punkt von Mrs Hauksbee und Mrs Reiver: Sie rührte nie einen Finger, um irgendjemanden an sich zu fesseln, doch gleich Ninon de Lenclos zog sie alle Männer an. Man konnte Mrs Hauksbee bewundern und respektieren und Mrs Reiver verachten und meiden, aber man war einfach gezwungen, die Venus Annodomini zu vergöttern.

Des »noch jüngeren« Gayerson Papa verwaltete eine Abteilung oder einen Bezirk oder war sonst irgendwie administrativ tätig in einer ganz besonders unerfreulichen Gegend Bengaliens – voller Babus, die Zeitungen herausgaben, in denen bewiesen

wurde, dass der »junge« Gayerson ein »Nero« und eine »Scylla«
und eine »Charybdis« wäre; und außer den Babus gab es dort unten neun Monate im Jahr noch ziemlich viel Dysenterie und
Cholera. Der »junge« Gayerson – er war etwa fünfundvierzig –
konnte Babus ganz gut leiden; sie amüsierten ihn; aber er hatte
etwas gegen die Dysenterie, und wenn er fortkonnte, ging er
meistens nach Darjeeling. In diesem besonderen Jahr setzte er es
sich aber in den Kopf, einmal nach Simla zu reisen und seinen
Jungen zu besuchen. Der Junge war nicht durchwegs entzückt.
Er erzählte der Venus Annodomini, dass er seinen Vater erwarte,
und sie errötete ein wenig und sagte, sie würde sich ungemein
freuen, seine Bekanntschaft zu machen. Dann sah sie den »noch
jüngeren« Gayerson lange gedankenvoll an, weil er ihr sehr, sehr
leidtat und weil er ein sehr, sehr großer Idiot war.
»Meine Tochter wird in etwa vierzehn Tagen von drüben kommen, Mr Gayerson«, bemerkte sie.
»Ihre *was*?«, fragte er.
»Meine Tochter«, entgegnete die Venus Annodomini. »Sie ist
nun schon seit einem Jahr daheim in die Gesellschaft eingeführt,
und ich möchte, dass sie Indien auch ein wenig kennenlernt. Sie
ist jetzt neunzehn und soll ein sehr nettes, vernünftiges Mädel
sein.«
Der »noch jüngere« Gayerson, der knapp zweiundzwanzig Jahre
alt war, fiel vor Erstaunen fast vom Stuhl, aber er fuhr fort, gegen
alle Möglichkeit an die Jugend der Venus Annodomini zu glauben. Sie dagegen stand mit dem Rücken gegen das verhängte
Fenster und beobachtete lächelnd die Wirkung ihrer Worte.
Zwölf Tage später erschien der Papa des »noch jüngeren« Gayerson und war noch keine vierundzwanzig Stunden in Simla, bevor zwei Männer, alte Bekannte von ihm, ihm erzählten, wie der
»noch jüngere« Gayerson sich aufgeführt hatte.

Der »junge« Gayerson lachte ziemlich viel und fragte, wer denn die Venus Annodomini sei. (Was beweist, dass er die ganze Zeit in Bengalien gelebt hatte, wo niemand über irgendetwas Bescheid weiß, außer über den Stand der Wechselkurse.) Dann meinte er, »junge Burschen wären nun mal überall gleich«, und sprach mit seinem Sohn über die Angelegenheit. Der »noch jüngere« Gayerson sagte, dass er unglücklich und untröstlich sei, und der »junge« Gayerson sagte, dass er bedaure, jemals dazu beigetragen zu haben, einen derartigen Esel in die Welt zu setzen. Er meinte, dass es angebracht wäre, wenn sein Sohn seinen Urlaub abbräche und in seinen Dienst zurückkehrte. Dies rief einige unehrerbietige Antworten hervor, und die Beziehungen waren einigermaßen gespannt, bis der »junge« Gayerson verlangte, dass sie der Venus Annodomini einen Besuch machten. Der »noch jüngere« Gayerson begleitete seinen Papa, fühlte sich aber unbehaglich und kam sich irgendwie klein vor.

Die Venus Annodomini empfing sie mit großer Liebenswürdigkeit, und der »junge« Gayerson sagte: »Bei Jove! Es ist Kitty!« Der »noch jüngere« Gayerson hätte auf seine Erklärungen geachtet, wäre seine Zeit nicht vollauf von dem Versuch in Anspruch genommen worden, sich mit einem großen, schönen, ruhigen und gut gekleideten Mädchen zu unterhalten, das die Venus Annodomini ihm als ihre Tochter vorgestellt hatte. Das Mädchen war in Haltung, Stil und Sicherheit weit älter als der »noch jüngere« Gayerson, und als er dies erkannte, spürte er eine gewisse Übelkeit.

Nach einer Weile hörte er die Venus Annodomini sagen: »Wissen Sie, dass Ihr Sohn einer meiner treuesten Verehrer ist?«

»Das wundert mich nicht«, sagte der »junge« Gayerson. Und dann hob er seine Stimme: »Er tritt in seines Vaters Fußtapfen. Ich betete doch den Boden an, auf dem Sie schritten, Kitty, damals – vor undenklich langen Zeiten –, und Sie haben sich seitdem nicht im Geringsten verändert. Wie seltsam das alles einem vorkommt!«

Der »noch jüngere« Gayerson sagte gar nichts. Seine Unterhaltung mit der Tochter der Venus Annodomini war während des übrigen Besuchs unzusammenhängend und fragmentarisch.

★

»Also morgen Nachmittag um fünf«, sagte die Venus Annodomini. »Und seien Sie ja pünktlich.«

»Punkt fünf«, sagte der »junge« Gayerson. »Du kannst deinem alten Vater doch einen Gaul leihen, was, Junge? Ich mache morgen Nachmittag einen Spazierritt.«

»Selbstverständlich«, sagte der »noch jüngere« Gayerson. »Ich reise morgen früh nach Hause. Meine Ponys stehen zu deiner Verfügung.«

Die Venus Annodomini blickte durch das Zwielicht des Zimmers zu ihm hinüber, und ihre großen grauen Augen wurden feucht. Sie erhob sich und schüttelte ihm die Hand.

»Leben Sie wohl, Tom«, flüsterte die Venus Annodomini.

Der Bisara von Pooree

Ein Teil der Eingeborenen sagt, dass er von jenseits Kulu stamme, wo der elf Zoll hohe Tempelsaphir zu finden ist. Andere behaupten, er wäre vor dem Teufelsschrein von Ao-Chung in Tibet entstanden und von einem Kafir gestohlen worden, dem ihn ein Ghorka entwendete, der seinerseits von einem Lahuli beraubt wurde, den ein Khitmatgar oder Eingeborenendiener bestahl, der ihn an einen Engländer weiterverkaufte, wodurch er ihm all seine Zauberkräfte nahm; denn um zu wirken, muss der Bisara von Pooree gestohlen werden – wenn möglich unter Blutvergießen, gestohlen aber jedenfalls.

Alle diese Erzählungen, wie er nach Indien gelangte, sind falsch. Er wurde vor Jahrhunderten in Pooree selbst gemacht. – Wie? das würde ein kleines Buch füllen. Dann wurde er von einer Tempelbajadere gestohlen, die damit ihre eigenen Zwecke verfolgte, und wanderte immer in gerader nördlicher Richtung von Hand zu Hand, bis er Hanlé erreichte: und immer trug er den gleichen Namen – der Bisara von Pooree. Seine Form ist die eines winzig kleinen Kästchens aus Silber, außen mit acht kleinen Bala-Rubinen besetzt. Im Innern des Kästchens, das sich durch eine Feder öffnen lässt, ruht ein kleiner, augenloser Fisch, der aus einer dunklen Nussholzart geschnitzt und in einen Fetzen vergilbten Goldbrokats gewickelt ist. Das ist der Bisar von Pooree, und besser wäre es für einen Menschen, er nähme eine Königskobra in die Hand, als dass er den Bisara von Pooree berührte.

Magie jeglicher Art ist heute unmodern geworden und abgetan, außer in Indien, wo nichts sich ändert, trotz des glänzenden, oberflächlichen und billigen Lacks, den man als »Zivilisation«

bezeichnet. Jeder, der über den Bisara von Pooree Bescheid weiß, kann sagen, welches seine Kräfte sind – immer vorausgesetzt, dass der Bisara ehrlich gestohlen wurde. Er stellt mit einer Ausnahme den einzigen zuverlässigen, wirksamen Liebeszauber Indiens dar. (Die Ausnahme ist im Besitz eines Gemeinen von der Nizam-Kavallerie, an einem Ort, Tuprani genannt, direkt nördlich von Hyderabad.) Man kann sich auf diese Tatsache verlassen. Erklären mag sie jemand anders.

Wird der Bisara nicht gestohlen, sondern verschenkt, gekauft oder gefunden, so wendet er sich innerhalb dreier Jahre gegen seinen Besitzer und führt zum Ruin oder zum Tod. Das ist eine weitere Tatsache, die aufklären mag, wer Zeit dazu hat. Inzwischen kann man sich ja darüber lustig machen. Gegenwärtig ist der Bisara von Pooree sicher aufgehoben an eines Ekka-Ponys Hals hinter der Schnur aus blauen Glasperlen, die den bösen Blick abwehrt. Falls der Ekka-Kutscher ihn finden und tragen oder seiner Frau schenken sollte, tut er mir leid.

1884 befand sich der Bisara in Theog im Besitz einer sehr schmutzigen Kulifrau aus den Bergen. Ich kam vom Norden her nach Simla, kurz ehe Churtons Khitmatgar oder Speisenträger den Bisara erstand und für seinen dreifachen Silberwert an Churton, der Kuriositäten sammelte, weiterverkaufte. Der Diener wusste ebenso wenig wie sein Herr, was er gekauft hatte; ein Mann jedoch, der eines Tages Churtons Raritätensammlung durchsah, entdeckte das Amulett – und schwieg. Er war zwar ein Engländer, verstand aber zu glauben. Was beweist, dass er sich von den meisten Engländern unterschied. Er wusste, es war gefährlich, mit dem kleinen Kästchen, ganz gleich ob es aktiv oder latent war, etwas zu tun zu haben; denn ungewollte Liebe ist ein furchtbares Geschenk.

Pack – wir nannten ihn »die Made« – war in jeder Hinsicht ein so widerlicher kleiner Kerl, als sich nur je durch einen Irrtum in die Armee eingeschlichen hatte. Er war genau drei Zoll größer als sein Degen, aber nicht halb so stark. Dabei war der Degen nicht mehr als fünfzig Shilling wert und Fabrikware. Niemand konnte Pack leiden, und es war wohl aus seiner allgemeinen Verkümmerung und Wertlosigkeit heraus, dass er sich so hoffnungslos in Miss Hollis verliebte, die gut und reizend war und fünf Fuß sieben Zoll in ihren Tennisschuhen maß. Er begnügte sich obendrein nicht damit, sich still und anständig zu verlieben, sondern legte die ganze Kraft seiner elenden Zwergnatur in diese Sache. Wäre er nicht so unsympathisch gewesen, man hätte ihn bemitleiden können. Er war übellaunig, reizbar und ungeduldig, immer auf dem Quivive und versuchte vergeblich, sich in den stillen, großen grauen Augen von Miss Hollis liebenswert zu machen. Es war einer von den Fällen, denen man selbst in diesem Land begegnet, wo alle nach dem Standesregister heiraten, ein Fall von wirklich blinder, einseitiger Liebe ohne die leiseste Hoffnung auf Gegenliebe. Miss Hollis betrachtete Pack, wie man irgendeine Art Ungeziefer betrachtet, das einem über den Weg kriecht. Aussichten hatte er zudem keine, außer, es dereinst zum Hauptmann zu bringen, und so wenig Geist, dass er nicht einmal einen Kupfergroschen nebenher verdienen konnte. Bei einem kräftigen, ausgewachsenen Mann wirkt eine derartige Hingabe rührend, bei einem guten Mann groß. Aber bei einem Menschen wie Pack war sie einfach lästig.

So weit wird man mir glauben. Was man nicht glauben wird, ist das Folgende: Churton und der Mann, der über die Beschaffenheit des Bisara von Pooree Bescheid wusste, speisten zusammen im Simlaer Klubhaus. Churton erging sich in allgemeinen Klagen über das Leben. Seine beste Stute war direkt aus dem Stall heraus den Berg hintergerollt und hatte sich das Rückgrat gebrochen; seine beruflichen Entscheidungen wurden von den oberen Instanzen wieder umgestoßen, und zwar in einem Maß, wie es ein Mann nach achtjähriger Tätigkeit an exponierter Stelle gleich Churton kaum erwarten durfte. Er wusste, was Fieber und Leberleiden sind, kurz, fühlte sich seit Wochen nicht mehr auf dem Posten.

Der Speisesaal des Simlaer Klubhauses hat, wie alle Welt weiß, zwei Abteilungen, die durch eine Art Torbogen voneinander getrennt sind. Wenn man sich am Eingang direkt nach links wendet und den Tisch am Fenster wählt, kann man niemanden sehen, der sich nach seinem Zutritt direkt nach rechts wendet und an einem Tisch auf der rechten Seite des Bogens Platz nimmt. Seltsamerweise ist jedoch jedes Wort, das man selber spricht, nicht nur von dem anderen Gast, nein auch von den Kellnern zu hören, die von der anderen Seite des Wandschirms her die Speisen auftragen. Es lohnt sich, das zu wissen; ein so stark widerhallender Raum ist eine Falle, vor der man gewarnt sein will.

Halb aus Scherz und halb in der Hoffnung, Glauben zu finden, erzählte der Mann, der Bescheid wusste, Churton die Geschichte des Bisaras von Pooree, und zwar etwas ausführlicher, als sie hier erzählt wurde. Er schloss mit dem Vorschlag, das verhängnisvolle Kästchen doch lieber den Berg hinunterzuwerfen und abzuwarten, ob es nicht alle Sorgen und Unannehmlichkeiten mitnähme. Für gewöhnliche Ohren – europäische Ohren – war das Ganze nichts als ein interessantes Stückchen Volksaberglaube. Churton lachte auch nur; er meinte, jetzt nach dem Lunch wäre ihm schon viel wohler, und ging. Pack hatte für sich allein auf der rechten Seite des Bogens gefrühstückt und alles mit angehört. Er war inzwischen dank seiner lächerlichen Vernarrtheit in Miss Hollis, über die ganz Simla lachte, halb verrückt geworden.

Merkwürdig ist, dass ein Mann, der über das vernünftige Maß hinaus hasst oder liebt, bereit ist, auch unvernünftige Schritte zu tun, um seine Leidenschaft zu befriedigen; Dinge, die er lediglich um des Geldes oder der Macht willen nie tun würde. Verlasst euch darauf, Salomo hätte nie und nimmer Ashtaroth und all den anderen Damen mit den fremdartigen Namen Altäre gebaut, wenn es nicht in seiner Zenana – nirgends sonst – Schwierigkeiten gegeben hätte. Aber das hat nichts mit unserer Geschichte zu tun. Die Tatsachen sind folgende: Tags darauf besuchte Pack Churton, als Churton nicht zu Hause war, gab seine Visitenkarte ab und *stahl* den Bisara von Pooree von seinem Platz unter der Uhr auf dem Kaminsims! Stahl ihn, Diebsnatur, die er war! Drei Tage später wurde ganz Simla durch die Nachricht elektrisiert, dass Miss Hollis Pack ihr Jawort gegeben hätte – Pack, der elenden, verschrumpelten Ratte! Braucht man noch klarere Beweise als diese? Der Bisara von Pooree war gestohlen worden und hatte seine Macht bewiesen – wie er das immer tat, wenn er auf unrechtmäßige Weise erworben wurde.

Jeder Mensch kommt in seinem Leben drei, vier Mal in die Lage, sich mit Recht in anderer Leute Angelegenheit zu mischen und die Vorsehung zu spielen.

Der Mann, der Bescheid wusste, fühlte sich hierzu berechtigt, aber Fühlen und nach seinem Glauben Handeln sind zwei ganz verschiedene Dinge. Die unverschämte Befriedigung, mit der Pack neben Miss Hollis einhertrabte, sowie Churtons überraschende Erholung von seinem Leberleiden im Augenblick, da er von dem Bisara befreit war, brachten indes die Sache zum Klappen. Der Mann, der Bescheid wusste, klärte Churton auf, und Churton lachte, weil man ihn nicht dazu erzogen hatte, Leute, die auf der vizeköniglichen Einladungsliste stehen, des Diebstahls für fähig zu halten – wenigstens, wenn es sich um kleine

Dinge handelt. Jedoch die ans Wunderbare grenzende Erhörung des Schneidergesellen Pack bewog ihn dazu, auf den schieren Verdacht hin Schritte zu ergreifen. Er schwor, dass ihm nur daran gelegen sei, sein rubinenbesetztes Silberkästchen ausfindig zu machen. Nun kann man aber einen Menschen, dessen Name auf der vizeköniglichen Einladungsliste steht, nicht des Diebstahls bezichtigen. Und wenn man sein Zimmer plündert, ist man selbst ein Dieb. Churton, getrieben von dem Mann, der Bescheid wusste, entschied sich für den Einbruch. Falls er in Packs Zimmer nichts entdeckte … aber es ist nicht angenehm, zu bedenken, was in diesem Fall geschehen wäre.

Pack besuchte einen Ball in Benmore – Benmore war damals noch Benmore und kein Büro – und tanzte fünfzehn von zweiundzwanzig Walzern mit Miss Hollis. Churton und der betreffende Mann nahmen alle Schlüssel, die ihnen in die Hände fielen, und begaben sich auf Packs Hotelzimmer, überzeugt, dass die Dienerschaft ausgegangen wäre. Pack war ein schäbiger Kerl. Er hatte nicht einmal eine anständige Kassette gekauft, um seine Papiere aufzubewahren, sondern eine von den billigen inländischen Imitationen, die für zehn Rupien zu haben sind. Sie ließ sich mit jedem beliebigen Schlüssel öffnen, und da – auf ihrem Boden unter Packs Versicherungspolice lag der Bisara von Pooree!

Churton gab Pack alle möglichen schmeichelhaften Namen, steckte den Bisara von Pooree in die Tasche und ging mit »dem Mann« auf den Ball. Wenigstens kam er noch rechtzeitig zum Souper und erblickte in Miss Hollis Augen den Anfang vom Ende. Sie bekam nach dem Souper einen hysterischen Anfall und wurde von ihrer Mama nach Hause gebracht.

Auf dem Ball verstauchte sich Churton, der den abscheulichen Bisara in der Tasche trug, den Fuß, während er die Treppe, die nach der alten Rollschuhbahn führte, hinabging, und musste murrend in einer Rikscha nach Hause gebracht werden. Er glaubte trotz dieses erneuten Beweises nicht an den Bisara, aber er suchte Pack auf und warf ihm einige unfreundliche Bezeichnungen an den Kopf, von denen der Ausdruck »Dieb« noch der mildeste war. Pack nahm die Beschimpfung mit dem nervösen Lächeln des Schwächlings auf, dem es sowohl an körperlicher wie an seelischer Kraft gebricht, eine Beleidigung zu verübeln. Dann ging er still seines Wegs. Einen öffentlichen Skandal gab es nicht.

Eine Woche später erhielt Pack von Miss Hollis einen endgültigen Korb. Sie sagte, sie hätte sich in ihren Gefühlen geirrt. So ließ er sich nach Madras versetzen, wo er, selbst wenn er alt genug wird, um Oberst zu werden, keinen großen Schaden anrichten kann.

Churton bestand darauf, dem Mann, der Bescheid wusste, den Bisara von Pooree zu schenken. Der Mann nahm ihn in Empfang und eilte damit nach der großen Wagenstraße, wo er ein Ekka-Pony mit einer blauen Glasperlenkette fand und den Bisara von Pooree mittels eines Schnürsenkels unterhalb der Halskette befestigte. Dann dankte er dem Himmel, dass er sich der Gefahr entledigt hatte. Falls man selber einmal den Bisara von Pooree finden sollte, denke man daran, dass man ihn nicht zerstören darf. Die genauen Gründe hierfür habe ich nicht die Zeit auseinanderzusetzen, aber die Kraft liegt in dem kleinen hölzernen Fisch. Mr Gubernatis oder Max Müller werden darüber mehr zu berichten haben als ich.

Man wird behaupten, die Geschichte sei von Anfang bis Ende erlogen. Gut. Wem jemals ein kleines, rubinenbesetztes Silberkästchen in die Hände fällt, sieben achtel mal drei viertel Zoll groß, in dessen Innerem ein dunkelbrauner, mit Goldbrokat um-

wickelter Fisch ruht, der behalte es. Er behalte es drei Jahre lang
und sehe selbst, ob meine Geschichte wahr oder falsch ist.
Besser noch, er stiehlt es, wie Pack es tat; es wird ihm leidtun,
dass er sich nicht gleich zu Anfang aufgehängt hat.

Meines Freundes Freund

Diese Geschichte muss aus vielen Gründen in der ersten Person erzählt werden. Der Mann, den ich entlarven will, ist Tranter aus der Bombayer Gegend. Ich will, dass Tranter von seinem Klub boykottiert, von seiner Frau geschieden, aus seinem Amt hinausgeworfen und ins Kittchen gesperrt wird, bis ich eine schriftliche Entschuldigung von ihm in Händen habe. Ich will die ganze Welt vor Tranter aus der Bombayer Gegend warnen.

Man kennt die leichtfertige Art, in der hier in Indien Bekannte abgefertigt und weitergeschoben werden. Sie ist außerordentlich praktisch, weil man sich auf diese Weise eines Menschen, den man nicht leiden kann, zu entledigen vermag, indem man ihm einen Empfehlungsbrief schreibt und ihn mitsamt dem Schreiben in irgendeinen Zug steckt. Globetrotter werden am besten so behandelt. Wenn man sie unaufhörlich in Bewegung hält, haben sie keine Zeit, beleidigende und anstößige Dinge über die anglo-indische Gesellschaft zu sagen.

Eines Tages während der kühlen Jahreszeit erhielt ich einen vorbereitenden Brief von Tranter aus der Bombayer Gegend, der mich von dem Eintreffen eines solchen Weltreisenden namens Jevon in Kenntnis setzte; und wie gewöhnlich stand in dem Brief zu lesen, dass jede Freundlichkeit, die ich Jevon erweisen würde, gleichzeitig eine Freundlichkeit gegen Tranter sei. Jeder kennt die Form dieser Art von Mitteilungen.

Zwei Tage später tauchte Jevon mit einem Empfehlungsbrief auf, und ich tat für ihn, was in meinen Kräften stand. Er war semmelblond, rotbäckig und typisch – wirklich typisch englisch. Trotzdem hatte er keine persönlichen Ansichten über die indische Regierung. Und er bestand auch nicht darauf, auf der Hauptpromenade der Stadt Tiger zu schießen, noch bezeichnete er uns als »Kolonisten«, um aufgrund dieses Irrtums in Flanellhemd und Sportanzug mit uns zu Abend zu speisen. Er hatte im Gegenteil ungewöhnlich gute Manieren und war sehr dankbar für das wenige, was ich ihm verschaffte – am dankbarsten für eine Einladung zu dem afghanischen Ball und für die Vermittlung der Bekanntschaft mit Mrs Deemes, einer Dame, für die ich die größte Bewunderung und Hochachtung hegte und die tanzte – wie der Schatten eines Blatts in einem leichten Wind. Ich hielt große Stücke auf meine Freundschaft mit Mrs Deemes; hätte ich jedoch gewusst, was mir bevorstand, ich würde Jevon mit einer Gardinenstange das Genick gebrochen haben, ehe ich ihm jene Einladung verschafft hätte.

Ich war indes ahnungslos, und er speiste am Abend des Balls, soviel ich weiß, im Klub, während ich zu Hause aß. Als ich dann auf den Ball ging, fragte mich der Erste, dem ich in die Arme lief, ob ich Jevon schon gesehen hätte. »Nein«, sagte ich. »Er war im Klub. Ist er noch nicht gekommen?« – »Gekommen?«, fragte der andere. »Und ob er gekommen ist! Ich rate Ihnen, sich einmal nach ihm umzuschauen.«

Ich hielt nach Jevon Umschau. Ich fand ihn, wie er auf einer Bank saß und sich selbst und seinem Programm zulächelte. Schon ein halber Blick genügte. Von allen Abenden des Jahres hatte er diesen langen, durstigen Abend damit begonnen, dass er zu tief ins Glas geguckt hatte! Er atmete mühsam durch die Nase, seine Augen waren ziemlich entzündet, und er schien mit der ganzen Welt ungemein zufrieden. Ich sandte ein kleines Stoßgebet zum Himmel, dass das Tanzen die Wirkungen des Weins beheben möchte, und machte mich mit einem äußerst unbehaglichen Gefühl daran, meine Tanzkarte auszufüllen. Doch da sah ich Jevon auf Mrs Deemes zusteuern, um sie zu dem ersten Walzer zu engagieren, und nun wusste ich, dass sämtliche Tänze auf dem Programm nicht genügen würden, um Jevons widerspenstige Beine zur Räson zu bringen. Das Paar machte im Ganzen sechs Runden – ich habe sie gezählt. Dann ließ Mrs Deemes Jevons Arm fallen und kam auf mich zu.

Ich will nicht wiederholen, was Mrs Deemes mir sagte; sie war wirklich sehr böse. Ich werde auch nicht schreiben, was ich Mrs Deemes sagte, denn ich sagte gar nichts. Ich spürte nur den einen Wunsch, Jevon erst einmal umzubringen und dann dafür gehenkt zu werden. Mrs Deemes fuhr mit ihrem Bleistift durch sämtliche Tanznummern, für die ich mich bei ihr eingeschrieben hatte, und zog ab, worauf mir einfiel, ich hätte Mrs Deemes sagen sollen, sie selbst hätte mich gebeten, ihr Jevon vorzustellen, weil er so glänzend tanzte, und ich hätte wirklich nicht vorsätzlich und voller Raffinement ein Komplott geschmiedet, um sie zu beleidigen. Allein ich fühlte, alles Reden hatte keinen Zweck, und es war gescheiter, Jevon davor zu bewahren, dass er mich in weitere Unannehmlichkeiten hineintanzte. Jevon jedoch war verschwunden; so machte ich mich nach jedem dritten Tanz auf die Suche nach ihm, und das ruinierte natürlich den letzten Rest von Vergnügen, den ich von diesem Abend erhofft hatte.

Kurz vor dem Souper erwischte ich Jevon, wie er mit weit gespreizten Beinen vor dem Buffet stand und sich mit einer sehr dicken und ungemein empörten Mama unterhielt. »Wenn dieser Mensch Ihr Freund ist, wie ich aus seinen Reden entnehme, so kann ich Ihnen nur empfehlen, ihn nach Hause zu bringen«, sagte sie. »Er ist in anständiger Gesellschaft unmöglich.« Da wusste ich, dass der Himmel allein wusste, was Jevon alles angerichtet hatte, und machte den Versuch, ihn zu entfernen.

Aber Jevon dachte gar nicht daran, zu gehen; o nein! Er wusste ganz allein, was gut für ihn war, jawohl! Und es fiel ihm nicht ein, sich von dem ersten besten »lokonialen« Niggeraufseher kujonieren zu lassen! Und überhaupt wäre ich der Freund, der seit frühester Jugend sein Gemüt geformt und gepflegt und ihn dazu erzogen hätte, imitierte Messingwaren aus Benares zu kaufen und den lieben Gott zu fürchten, wahrhaftig! Und wir würden noch einige verdammt gute Drinks miteinander nehmen, Himmelherrgott noch einmal! Und sämtliche schwarz gekleidete alte Kamelstuten der Welt würden ihn nicht von der Meinung abbringen, dass nichts über einen Benediktiner gehe, um den Appetit zu reizen. Und … aber nein, er war ja mein Gast.

Ich setzte ihn also in einen stillen Winkel des Speisesaals und begab mich auf die Suche nach einem zuverlässigen männlichen Mauerblümchen. Da war ein lieber, menschenfreundlicher kleiner Leutnant – der Himmel segne ihn und mache ihn zum Oberstkommandierenden! –, der von meiner Verlegenheit hörte. Er selber tanzte nicht und hatte einen Schädel, so unempfindlich wie ein Balken aus fünf Jahre altem Teakholz. Er sagte, er würde bis zum Schluss des Balls auf Jevon aufpassen.

»Es ist Ihnen wohl gleich, was ich mit ihm anstelle?«, erkundigte er sich.

»Gleich? Meinetwegen können Sie das Scheusal erwürgen!«

Aber der Leutnant erwürgte ihn nicht. Er trabte stattdessen in den Speisesaal und setzte sich zu Jevon, mit dem er Schnaps über Schnaps trank. Ich wartete, bis die beiden gut im Zuge waren, und begab mich dann etwas erleichtert hinweg.

Als die Musik zum Essen blies, hörte ich Näheres über Jevons Aufführung zwischen dem ersten Tanz und meinem Zusammentreffen mit ihm vor dem Buffet. Nachdem Mrs Deemes sich seiner entledigt hatte, lotste er sich, wie es scheint, in die Galerie durch und erbot sich, die Kapelle zu dirigieren oder jedes Instrument zu spielen, das dem Kapellmeister vorzuschlagen beliebte.

Als der Kapellmeister sich weigerte, meinte Jevon, er würde hier nicht genügend gewürdigt, und begann sich nach einem mitfühlenden Herzen zu sehnen. Also trollte er sich wieder die Treppe hinunter und unterhielt sich während der nächsten vier Tänze mit vier verschiedenen Mädchen, von denen er dreien einen Heiratsantrag machte. Eines von den Mädchen war übrigens eine verheiratete Frau. Dann begab er sich in das Whistzimmer, wo er mit dem Gesicht nach vorn hinfiel und auf dem Teppich vor dem Kamin in Tränen ausbrach, weil er einer Bande von Falschspielern in die Hände gefallen sei und seine Mama ihn immer schon vor schlechter Gesellschaft gewarnt hätte. Daneben hatte er sich aber noch alles Mögliche geleistet und ungefähr drei viertel Liter gemischten Alkohols konsumiert. Außerdem hatte er über mich die skandalösesten Dinge erzählt!

Sämtliche Frauen verlangten, dass er hinausgeworfen würde, und sämtliche Männer wollten ihn verprügeln. Das Schlimmste aber war, dass jeder erklärte, ich wäre an allem schuld! Nun frage ich ganz ehrlich: Wie zum Teufel konnte ich ahnen, dass dieser unschuldige, flaumige junge Globetrotter in so ekelhafter Weise über die Stränge schlagen würde? Nachdem er fast die ganze Welt bereist hatte! Seine Flüche waren wirklich kosmopolitisch, obwohl er die meisten in einem gemeinen japanischen Teehaus in Hakodate aufgelesen hatte. Sie klangen wie eine Dampfpfeife.

Während ich erst der einen, dann der anderen Schilderung von Jevons schamlosem Benehmen lauschte und alle Männer nacheinander von mir sein Blut forderten, fragte ich mich, wo er jetzt wohl steckte. Ich war bereit, ihn auf der Stelle der Gesellschaft zu opfern.

Aber Jevon war verschwunden, und dort, in einer fernen Ecke des Speisesaals, saß mit leicht gerötetem Kopf mein lieber, guter kleiner Leutnant und stärkte sich an Salat. Ich ging zu ihm hin und forschte: »Wo ist Jevon?« – »In der Garderobe«, sagte der Leutnant. »Es hat Zeit, bis die Damen gegangen sind. Lassen Sie bloß meinen Gefangenen in Ruhe.« Ich wollte ihn auch in Ruhe lassen, trotzdem warf ich einen Blick in die Garderobe und gewahrte meinen Gast, den man auf einigen zusammengelegten Teppichen, ohne Kragen und mit einem nassen Wickel um den Kopf, hübsch gemütlich zu Bett gebracht hatte.

Den Rest des Abends verbrachte ich mit schüchternen Erklärungen gegenüber Mrs Deemes und drei, vier anderen Damen sowie mit dem Versuch, meinen Ruf von den schändlichen Verleumdungen zu reinigen, durch die mein Gast ihn beschmutzt hatte. (Ich bin wirklich ein anständiger Mensch.) Der Ausdruck Verleumdungen reicht noch nicht für das, was er über mich verbreitet hatte.

Wenn ich nicht gerade mit meinen Erklärungen beschäftigt war, rannte ich in die Garderobe, um zu sehen, ob Jevon auch nicht einem Schlaganfall erlegen wäre. Ich wollte nicht, dass er mir hier unter den Händen starb. Immerhin hatte er von meinem Salz und Brot gekostet.

Endlich, endlich war jener entsetzliche Ball zu Ende, ohne dass ich jedoch bei Mrs Deemes einen Zollbreit Boden zurückgewonnen hätte. Als die Damen fort waren und irgendjemand bei der zweiten Abendtafel nach einem Tischlied verlangte, befahl mein Engel von Leutnant dem Speisemeister, das eine Ende der Speisetafel abzuräumen und den Sahib aus der Garderobe herzubringen. Während dieses geschah, konstituierten wir uns zu einem Strafgericht, dessen Vorsitz der Doktor übernahm.

Jevon wurde von vier Mann hereingetragen und auf den Tisch

gelegt wie eine Leiche im Seziersaal, und der Doktor hielt ihm eine Strafpredigt über die Sünden der Unmäßigkeit, während Jevon schnarchte. Dann machten wir uns an die Arbeit.

Wir schwärzten ihm das ganze Gesicht mit Korkruß. Wir schmierten sein Haar so voller Schlagsahne, dass es das Aussehen einer weißen Perücke hatte. Um das Ganze ungestört trocknen zu lassen, zog ein Mann von der Feldzeugmeisterei, der sich auf die Sache verstand, eine große blaue Papiermütze aus einem Knallbonbon bis tief in Jevons Stirn und leimte sie dort mit Schlagsahnekleister fest. Man bedenke, das geschah als Strafe, nicht zum Scherz. Wir nahmen Gelatinepapier von den Knallbonbons und klebten ihm blaue Gelatine auf die Nase und gelbe Gelatine auf das Kinn und grüne und rote Gelatine auf die Backen, wobei wir jedes Stück so fest aufdrückten, dass es haftete wie Goldschlägerhaut.

Wir legten ihm eine Schinkenkrause um den Hals und banden sie vorn als Krawatte zusammen. Er wackelte dabei mit dem Kopf wie ein Mandarin.

Wir klebten Gelatinepapier auf seine Handrücken und beschmierten die Innenflächen mit gebranntem Kork und umwanden die Gelenke mit kleinen Kotelettenkrausen; dann banden wir beide Hände mit Bindfaden zusammen. Wir wachsten seine Schnurrbartspitzen mit Fischleim, bis er äußerst martialisch aussah.

Wir drehten ihn auf sein Gesicht, steckten seine Frackschwänze zwischen den Schulterblättern zusammen und befestigten darunter eine Rosette aus Kotelettenkrausen. Wir holten rotes Tuch aus dem Ballsaal in den Speisesaal und umwickelten ihn damit. Es waren ungefähr sechzig Fuß roten Tuchs von etwa drei Meter Breite; und er wurde zu einem ungeheuer dicken Bündel zusammengeschnürt, aus dem nur jener fantastische Kopf herausragte.

Endlich banden wir den überflüssigen Rest roten Tuchs mit Kokosnussfaser so fest, wie wir nur irgend konnten, zur Schleppe zusammen. Wir waren so wütend, dass wir kaum dabei lachten. Gerade als wir fertig waren, hörten wir das Rattern von Ochsenwagen, die eine Reihe von Stühlen und anderen Sachen, die die Frau Generalin für das Fest geliehen hatte, wegholen sollten. So warfen wir Jevon wie einen Teppichballen auf einen der Wagen, und die Wagen rollten davon.

Nun ist aber das Merkwürdigste an dieser ganzen Geschichte, dass ich nie wieder etwas von Jevon, dem Globetrotter, zu sehen oder zu hören bekam. Er löste sich einfach in Rauch auf. Er wurde nicht im Haus des Generals mit den Teppichen abgeliefert. Er verschwand einfach in der tiefen Finsternis der letzten Nachtstunden und wurde von ihr verschlungen. Vielleicht starb er auch und wurde in den Fluss geworfen.

Aber lebend oder tot, wie hat er sich nur von dem roten Tuch und von der Schlagsahne befreit? Das habe ich mich inzwischen oft gefragt. Ferner habe ich mich oft fragen müssen, ob Mrs Deemes mich je wieder in Gnaden aufnehmen wird und ob es mir wohl gelingen wird, die infamen Gerüchte über meine Sitten und Gewohnheiten niederzukämpfen, die Jevon in der Zeit zwischen dem ersten und neunten Walzer des afghanischen Balls in Umlauf gesetzt hat? Sie haften fester als jede Schlagsahne.

Und das ist der Grund, weshalb ich Tranters aus der Bombayer Gegend habhaft werden möchte – tot oder lebendig. Am liebsten aber tot.

Das Tor der hundert Leiden

»So ich für einen Groschen den Himmel gewinnen kann,
willst du es mir missgönnen?«

Sprichwort der Opiumraucher

Das Folgende ist keine Arbeit von mir. Mein Freund, Gabral
Misquitta, der Mischling, erzählte mir das Ganze zwischen
Monduntergang und Morgen, sechs Wochen vor seinem Tod;
und ich brachte es nach seinem Diktat zu Papier, während er
meine Fragen beantwortete. Etwa so:

Es liegt zwischen der Kupferschmiedgasse und dem Viertel der
Pfeifenstielverkäufer, noch keine hundert Meter im Vogelflug
von der Wasir-Khan-Moschee. So viel kann ich jedem verraten,
aber ich setze meinen Kopf zum Pfand, dass keiner das Tor finden wird, mag er noch so überzeugt sein, die Stadt zu kennen.
Hundert Mal kann man durch die nämliche Gasse gehen, ohne
das Tor zu finden. Wir nannten die Gasse »die Gasse des schwarzen Rauchs«, aber der einheimische Name lautet natürlich ganz
anders. Ein beladener Esel wäre außerstande, zwischen ihren
Mauern hindurchzukommen; ja, an einem Punkt, kurz vor
»dem Tor«, zwingt eine vorspringende Hausfront die Leute, sich
seitwärts durchzuzwängen.

In Wirklichkeit ist es gar kein Tor. Es ist ein Haus. Der alte
Fung-Tsching war sein erster Besitzer – fünf Jahre ist es her. Er
war ein Schuhmacher aus Kalkutta. Sie sagen, er hätte dort in
der Trunkenheit seine Frau ermordet. Das ist auch der Grund,
weshalb er auf den Basar-Rum verzichtete und sich stattdessen
dem schwarzen Rauch ergab. Später zog er in den Norden und

eröffnete »das Tor« als Stätte, wo man in Ruhe seinen Rauch trinken konnte. Sie müssen wissen, es war ein »Pukka« – ein anständiges Opiumhaus, und keine von den dumpfen, stickigen Höhlen, wie man sie überall in der Stadt findet. Ja, der Alte verstand sein Geschäft gründlich und war für einen Chinesen ungewöhnlich sauber. Er war einäugig – ein kleines Kerlchen, keine fünf Fuß hoch, und hatte beide Mittelfinger verloren. Trotzdem habe ich noch niemanden getroffen, der ihm an Geschicklichkeit beim Drehen der schwarzen Pillen gleichkam. Er schien außerdem gegen den Rauch vollkommen unempfindlich. Was er tagaus, tagein darinnen leistete, grenzte ans Wunderbare. Ich bin nun schon fünf Jahre dabei und kann auch meinen Teil vertragen; aber in dieser Hinsicht war ich neben Fung-Tsching ein Kind. Trotzdem war der Alte scharf auf sein Geld aus: Das habe ich an ihm nie verstanden. Er soll vor seinem Tod noch ziemlich viel zusammengerafft haben, aber jetzt hat alles sein Neffe, und der Alte ist, nur um begraben zu werden, nach China zurückgelangt.

Er hielt den großen Raum im Oberstock, wo seine besten Kunden sich versammelten, so blank wie eine Stecknadel. In der einen Ecke stand Fung-Tschings Götze – fast ebenso hässlich wie Fung-Tsching selbst –, und unter seiner Nase wurden Tag und Nacht Räucherspäne abgebrannt; aber man roch sie nicht, wenn die Pfeifen ordentlich im Gange waren. Gegenüber von dem Götzen stand Fung-Tschings Sarg. Er hatte einen hübschen Teil seiner Ersparnisse auf diesen Sarg verwandt, und immer wenn sich ein neuer Kunde im »Tor« meldete, wurde er zuerst dem Sarg vorgestellt. Der war aus schwarzem Lack mit roten und goldenen Inschriften, und es hieß, Fung-Tsching hätte ihn die ganze weite Reise aus China mitgebracht. Ich weiß zwar nicht, ob das stimmt, aber das eine ist sicher: Wenn ich als Erster am Platz war, breitete ich meine Matte direkt unterhalb des Sargs aus. Es war ein stiller Winkel, wissen Sie, und durch das Fenster kam hin und wieder von der Gasse her ein kleiner Luftzug. Außer den Matten gab es in dem Raum kein Mobiliar – nur den Sarg und den alten Götzen, über und über grün und blau und purpurfarben vor lauter Alter und Lack.

Fung-Tsching hat uns niemals verraten, weshalb er das Haus »Das Tor der hundert Leiden« nannte. (Er war der einzige Chinese, den ich je gekannt habe, der sich übel klingender, fantastischer Namen bediente. Die meisten klingen sonst sehr blumenreich.) Davon können Sie sich in Kalkutta überzeugen. Wir kamen ganz von selbst dahinter. Nichts packt einen so, wenn man ein Weißer ist, wie der schwarze Rauch. Die Gelben sind darin anders. Opium hat auf sie fast gar keine Wirkung; aber Weiße und Schwarze nimmt es ziemlich mit. Natürlich gibt es überall Menschen, die es im Anfang nicht stärker spüren als zum Beispiel den Tabak. Sie dösen nur so 'n bisschen vor sich hin, wie wenn man von selbst einschläft, und sind am nächsten Morgen fast arbeitsfähig. Ich war nämlich auch einer von der Sorte, als ich mit dem Zeugs anfing, aber nun bin ich schon fünf Jahre ununterbrochen dabei – und jetzt ist es ganz anders geworden. Hatte so 'ne alte Erbtante, unten in der Agraer Gegend, die mir da bei ihrem Tod 'ne Kleinigkeit hinterließ. So rund sechzig Rupien im Monat – fest. Sechzig ist nicht viel. Kann mich noch auf 'ne Zeit besinnen – es scheint mir 'ne Ewigkeit her –, da verdiente ich dreihundert im Monat und noch Nebeneinnahmen – damals, als ich die großen Holzlieferungen in Kalkutta hatte. Ich blieb nicht lange bei der Arbeit. Der schwarze Rauch gestattet nicht, dass man sich viel mit anderen Dingen beschäftigt, und obgleich er auf mich, verglichen mit den meisten Menschen, nur wenig Wirkung hat, könnte ich doch nicht einen Tag arbeiten, und wenn es um mein Leben ginge! Und schließlich komme ich ja auch mit sechzig Rupien aus. Als der alte Fung-Tsching noch lebte, gab er mir ungefähr die Hälfte der Summe für meinen Unterhalt (ich esse nur sehr wenig) und behielt den Rest für sich. Jederzeit, Tag und Nacht, konnte ich »das Tor« aufsuchen und, wann ich wollte, dort rauchen und schlafen, und das Übrige war mir ja gleichgültig. Ich weiß, der Alte hat ein hübsches Stückchen Geld dabei verdient; aber das war mir ganz gleich; außerdem lief ja immer wieder Geld ein – regelmäßig, jeden Monat.

Wir waren unser zehn, als »das Tor« eröffnet wurde. Ich – und zwei Eingeborenengentlemen von irgendeinem Amt in Anarkulli; aber sie bekamen später den Abschied und konnten nicht mehr bezahlen (niemand, der tagsüber arbeiten muss, kann es bei dem schwarzen Rauch ohne Unterbrechung aushalten); ein Chinese, der Fung Tschings Neffe war; ein Weib aus den Basaren, das irgendwo 'ne Menge Geld liegen hatte; ein englischer Bummler – Mac Soundso hieß er, den genauen Namen habe ich vergessen –, der große Mengen rauchte, aber niemals etwas zu bezahlen schien (es hieß, er habe einmal, bei irgendeinem Prozess in Kalkutta, wo er als Anwalt tätig war, Fung-Tsching das Leben gerettet); ein anderer Eurasier, wie ich, aus Madras gebürtig; eine Halbeuropäerin und ein paar Männer, die behaupteten, aus dem Norden zu stammen. Ich glaube, es waren Perser oder Afghanen oder so etwas. Heute sind nur noch fünf von uns am Leben, aber wir fünf kommen ganz regelmäßig. Ich weiß nicht, was aus den indischen Beamten geworden ist; das Weib aus den Basaren starb nach einem halben Jahr des schwarzen Rauchs, und Fung-Tsching behielt, glaube ich, ihre Fuß- und Armspangen und den Nasenring für sich. Genau weiß ich es aber nicht. Der Engländer trank außerdem noch und gab die Sache schließlich auf. Einer der Perser wurde vor langer, langer Zeit eines Nachts bei einem Straßenkampf neben dem großen Brunnen in der Nähe der Moschee getötet, und die Polizei schüttete den Brunnen zu, weil er die Luft verpestete. Da fanden sie den Perser auf dem Grund – tot. Wie Sie sehen, sind also nur noch der Chinese, die Halbeuropäerin, die wir die Memsahib nennen (sie lebte früher mit Fung-Tsching zusammen), der andere Eurasier, der eine Perser und ich selbst übrig geblieben. Die Memsahib sieht jetzt sehr alt aus. Ich glaube, sie war noch eine junge Frau, als »das Tor« eröffnet wurde; aber was das anbetrifft, so sind wir alle alt – Hunderte und Hunderte von Jahren alt. Es ist sehr schwer, die Jahre zu zählen, wenn man im »Tor« lebt, und außerdem ist mir die Zeit ganz gleich. Ich beziehe jeden Monat sechzig Rupien. Vor vielen, vielen Jahren, als ich noch durch die Holzlieferungen in Kalkutta meine dreihundertfünfzig Rupien und Nebeneinnahmen verdiente, hatte ich auch so eine Art Frau. Jetzt ist sie aber gestorben. Die Leute sagen: Dass ich mich an den schwarzen Rauch gewöhnte, wäre ihr Tod gewesen. Vielleicht stimmt das auch, aber das ist so lange her, dass es schon ganz gleich ist. Die erste Zeit, als ich »das Tor« besuchte, tat mir die Sache manchmal noch leid; aber das ist nun alles längst vorbei; ich beziehe jeden Monat meine sechzig Rupien, ganz regelmäßig, und bin vollkommen glücklich. Nicht gerade berauschend glücklich, aber immer ruhig und friedlich und zufrieden.

Wie ich dazu gekommen bin? Ich probierte es ein paarmal zu Hause, nur um es kennenzulernen. Niemals sehr viel auf einmal, aber ich glaube, das war in der Zeit, als meine Frau starb. Wie dem auch sei, ich fand mich eines Tages in dieser Stadt wieder und machte dann die Bekanntschaft von Fung-Tsching. Ich weiß nicht mehr genau, wie es kam; aber er erzählte mir von

»dem Tor«, und ich gewöhnte es mir an, dorthin zu gehen, und seitdem bin ich, ich weiß nicht wie, hängen geblieben. Aber vergessen Sie nicht, zu Fung-Tschings Lebzeiten war »das Tor« ein anständiges Haus, wo man sich sehr wohlfühlen konnte, ganz anders die Höhlen, in denen die Nigger verkehren. Nein; es war dort sauber und ruhig und nicht überfüllt. Natürlich gab es außer uns zehn und dem Wirt noch andere Kunden; aber wir hatten stets eine eigene Matte mit einem wattierten, wollenen Kopfstück, das ganz mit schwarzen und roten Drachen bedeckt war, genau wie in der Ecke der Sarg.

Nach der dritten Pfeife fingen die Drachen an, sich zu bewegen und miteinander zu kämpfen. Ich habe sie beobachtet, nächtelang, wieder und immer wieder. Ich maß meinen Rauch an ihnen; jetzt braucht es schon ein Dutzend Pfeifen, um sie lebendig zu machen. Außerdem sind sie jetzt alle schmutzig und zerrissen, wie die Matten, seitdem der alte Fung-Tsching nicht mehr lebt. Er starb vor wenigen Jahren und hinterließ mir die Pfeife, die ich jetzt immer rauche – eine silberne, mit allerlei tollem Getier, das sich um den Rauchbehälter unterhalb des Pfännchens windet. Vordem benutzte ich, glaube ich, eine große Bambuspfeife mit einem sehr kleinen, kupfernen Pfännchen und einem Mundstück aus grünem Nephrit. Sie war etwas dicker als ein Bambusspazierstock und schmeckte sehr, sehr süß. Der Bambus schien den ganzen Rauch aufzusaugen. Silber tut das nicht; ich muss die silberne jetzt von Zeit zu Zeit reinigen, das macht natürlich viel Arbeit, aber ich rauche sie trotzdem, um des Alten willen. Er muss ja ganz anständig an mir verdient haben, aber er hat mir stets saubere Matten und Kissen gegeben sowie das beste Zeugs, das zu haben war.

Als er starb, übernahm sein Neffe, Tsin-ling, »das Tor«; er nannte es den »Tempel des dreifachen Besitzes«, aber wir Alten spre-

chen immer noch von den »Hundert Leiden«. Der Neffe führt
die Sache auf sehr schäbige Art, und ich glaube, die Memsahib
muss ihm helfen. Sie lebt bei ihm, wie früher bei dem Alten. Die
beiden lassen Gott weiß was für Pack herein, selbst Nigger und
dergleichen, und der schwarze Rauch ist nicht mehr so gut wie
früher. Ich habe wiederholt verbrannte Kleie in meiner Pfeife
gefunden. Der Alte wäre gestorben, wenn das zu seiner Zeit passiert wäre. Außerdem wird das Zimmer jetzt nie mehr gereinigt,
und sämtliche Matten sind zerfetzt und an den Ecken ausge-
franst. Der Sarg ist fort – nach China zurückgebracht worden –
mitsamt dem Alten und zwei Unzen Rauchs, die man ihm hi-
neinlegte, falls er unterwegs welchen brauchen sollte.

Unter des Hausgötzen Nase werden auch nicht mehr so viele
Späne abgebrannt wie früher; und das ist bestimmt ein böses
Zeichen, darauf schwöre ich. Er ist inzwischen ganz braun geworden, und niemand kümmert sich mehr um ihn. Daran ist,
wie ich weiß, nur die Memsahib schuld, denn als Tsin-ling einmal Goldpapier vor ihm verbrennen wollte, sagte sie, das sei nur
Geldverschwendung, und wenn er ständig vor ihm einen Span
langsam verkohlen ließe, würde der Götze den Unterschied
nicht merken. Jetzt haben wir Späne, die mit 'ner Menge Leim
beschmiert sind; sie brennen zwar 'ne halbe Stunde länger, stin-
ken aber dafür. Und dazu noch der Geruch von dem Zimmer
selbst! Bei so einer Führung kann kein Geschäft gedeihen! Dem
Götzen gefällt es auch nicht. Das sehe ich ganz genau. Spät in
der Nacht nimmt er mitunter alle möglichen Farben an – blau
und grün und rot –, genau wie in der Zeit, als Fung-Tsching
noch lebte; aber jetzt rollt er die Augen und stampft mit den Füßen wie ein richtiger Teufel.

Ich weiß wirklich nicht, weshalb ich nicht wegbleibe und in
Ruhe für mich rauche – in einem Privatzimmer des Basars.

Wahrscheinlich jedoch würde mich Tsin-ling umbringen – er bezieht jetzt meine sechzig Rupien –, außerdem würde es schreckliche Umstände machen, und ich liebe »das Tor« wirklich sehr. Äußerlich ist es ja ziemlich unansehnlich, beileibe nicht, was es zu des Alten Zeiten war, aber ich könnte es doch nicht verlassen. Ich habe so manchen da ein und aus gehen sehen. Und viele habe ich hier auf den Matten sterben sehen, sodass ich jetzt selber Angst hätte, da draußen zu endigen. Manche Dinge habe ich hier erlebt, die die meisten Menschen recht seltsam anmuten würden, und doch gibt es nichts Seltsames, wenn man den schwarzen Rauch trinkt, außer dem schwarzen Rauch selbst. Und wenn es das gäbe, wäre es ja auch ganz gleich. Fung-Tsching hielt sehr auf gutes Publikum und ließ niemanden herein, der beim Sterben irgendwelche Scherereien machte – tobsüchtig wurde und dergleichen mehr. Aber sein Neffe ist nicht halb so vorsichtig. Er erzählt jedem, der ihm über den Weg läuft, dass er ein »erstklassiges Etablissement« besäße. Macht nicht den leisesten Versuch, die Leute ruhig und unauffällig in sein Haus zu ziehen und es ihnen dann gemütlich zu machen. Deshalb ist »das Tor« jetzt auch ein klein wenig bekannter geworden – bei den Schwarzen natürlich. Der Neffe wagt nicht, einen Weißen oder eine Mischhaut hierherzuziehen. Uns drei muss er natürlich behalten – mich und die Memsahib und den anderen Eurasier. Wir sind Stammgäste. Aber er würde uns keinen Pfeifenkopf Kredit geben – nicht um die Welt!

Eines Tages hoffe ich hier im »Tor« zu sterben. Der Perser und der Mann aus Madras sind schon arg zitterig geworden. Sie haben jetzt einen Jungen, um ihnen die Pfeifen anzuzünden. Ich tue das immer noch selbst. Wahrscheinlich werden sie noch vor mir zur Tür herausgetragen werden. Ich glaube aber nicht, dass ich die Memsahib oder Tsin-ling überlebe. Frauen halten den schwarzen Rauch länger aus als Männer, und Tsin-ling hat einen guten Teil von des Alten Blut in den Adern, trotzdem er das billige Zeugs raucht. Das Weib aus den Basaren wusste zwei Tage vorher, dass ihre Zeit gekommen war; sie starb auf einer sauberen Matte mit einem hübschen, wattierten Kissen unter dem Kopf, und der Alte hing ihre Pfeife über dem Hausgötzen auf. Er hing sehr an ihr, soviel ich weiß. Aber das hinderte ihn nicht, ihre Spangen an sich zu nehmen.

Ich möchte sterben, wie das Weib gestorben ist – auf einer sauberen, kühlen Matte mit einer Pfeife voll anständigen Zeugs zwischen den Lippen. Wenn ich fühle, dass ich so weit bin, werde ich Tsin-ling darum bitten; er kann dafür meine sechzig Rupien weiterbeziehen, solange er will, ganz regelmäßig. Dann werde ich mich still und behaglich ausstrecken und die schwarzen und roten Drachen bei ihrem letzten, großen Kampf beobachten; und dann …

Nun, es ist ja ganz gleich. Alles ist mir so ziemlich gleich – wenn nur Tsin-ling nicht Kleie unter den schwarzen Rauch mischte.

Der Wahnsinn des Gemeinen Ortheris

Meine Freunde Mulvaney und Ortheris hatten sich auf einen eintägigen Jagdausflug begeben. Learoyd lag noch im Lazarett, wo er sich von einem Fieber, das er sich in Birma zugezogen hatte, erholen sollte. Mulvaney und Ortheris sandten auch mir eine Aufforderung und waren aufrichtig gekränkt, als ich außer mir selbst noch Bier – fast genügend Bier, um den Durst zweier Linieninfanteristen zu löschen – mitbrachte.

»Von wegen dem Bier haben wir Sie doch nich ingeladen, Herr«, meinte Mulvaney verstimmt, »sondern nur von wegen der Freude an Ihrer Gesellschaft.«

Ortheris kam mir zu Hilfe. »Na, 's wird ihm nischt schaden, wenn er 'n bischen was zu saufen bei sich hat. Un' wir sin' auch nich gerade Fürsten- und Grafensöhne. Wir sin' nur 'n paar gemeine Tommys, du missvergnügter Irländer, du; also auf Ihr ganz Spezielles!«

Wir jagten den ganzen Vormittag und erlegten zwei Pariaköter, vier grüne, brütende Papageienweibchen, eine Gabelweihe, eine Schlange, eine Sumpfschildkröte und acht Krähen. Der Wildbestand war wirklich reichhaltig. Dann ließen wir uns am Flussufer zum Frühstück nieder – »bei Zadder und Kommisbrot«, wie Mulvaney sagte – und schossen in den Zwischenpausen, in denen wir nicht beschäftigt waren, das Essen mit unserem einzigen Taschenmesser zu zerlegen, auf gänzlich unweidmännische Art nach Krokodilen. Danach tranken wir das ganze Bier, warfen die Flaschen ins Wasser und benutzten sie als Zielscheibe. Zuletzt lockerten wir unsere Gürtel und streckten uns zum Rauchen in dem warmen Sand aus. Wir waren zu faul, um die Jagd fortzusetzen.

Da stieß Ortheris, der, die Brust auf die Fäuste gestützt, auf dem Bauch lag, plötzlich einen tiefen Seufzer aus. Dann fluchte er leise den blauen Himmel an.

»Was soll 'n das heißen?«, forschte Mulvaney. »Haste noch nich genug gesoffen?«

»London, Tottenham Court Road un'n Mädel, an das ich gerade denken musste. Was hat das ganze Militär überhaupt für'n Sinn?«

»Ortheris, mein Sohn«, entgegnete Mulvaney hastig, »ich glaube viel eher, es is nach all dem Bier was in deinem Bauch nich ganz in Ordnung. Ich kenne das an mir, wenn mir die Leber so 'n bisschen einrostet.«

Langsam, ohne auf die Unterbrechung zu achten, fuhr Ortheris fort: – »Ich bin 'n Tommy – ein verdammter, Hunde stehlender Tommy, mit 'nem Acht-Anna-Sold un'ner Nummer statt 'nem anständigen Namen. Was bin ich denn schon groß? Wenn ich nun zu Hause geblieben wäre, hätt ich das Mädel da heiraten un'nen kleinen Laden auf der Hammersmith Road aufmachen können. ›S. Ortheris, Konservator und Ausstopfer‹, mit 'nem ausgestopften Fuchs im Schaufenster, wie sie's in Haylesbury Dairies haben, un'nem kleinen Kasten blauer und gelber Glasaugen. Un' ich hätte dann 'n kleines Frauchen, das immerzu ›Kundschaft‹ ruft, wenn die Ladenglocke bimmelt. Aber so bin ich nur 'n Tommy – 'n verdammter, gottverlassener, Bier saufender Tommy. ›Gewehr bei Fuß – Gewehr über! Rührt euch! – Achtung! Rechtsum – linksum – ohne Tritt marsch! Das Ganze – halt! Gewehr bei Fuß – Gewehr über! Ladet das Gewehr!‹ Das is noch mal mein Ende.« Er zitierte Bruchstücke aus dem militärischen Begräbnisreglement.

»Maul gehalten!«, brüllte Mulvaney. »Haste erst mal so oft in die Luft gefeuert wie ich, über 'nen bessern Kerl weg, als du selber bist, dann wirste dich über das Reglement da nich mehr lustig machen. Das is ja schlimmer als im Quartier 'nen Trauermarsch pfeifen. Wo du obendrein den ganzen Bauch voll Bier hast un' die Sonne so hübsch kühl is. Ich muss mich für dich schämen. Du bist ja nich besser als so 'n hergelaufener Schwarzer – du mit deinem Begräbniskommando un' deinen Glasaugen. Können Sie's ihm nich verbieten, Herr?«

Was sollte ich machen? Konnte ich Ortheris auf bisher unbekannte Freuden seines Daseins hinweisen? Ich war weder der Regimentsgeistliche noch Ortheris' spezieller Vorgesetzter; er hatte also ein Recht, zu reden, wie ihm ums Herz war.

»Lassen Sie ihn in Ruh, Mulvaney«, sagte ich. »Es ist nur das Bier.«

»Nee – 's is nich das Bier«, widersprach Mulvaney. »Ich weiß, was jetzt kommt. Von Zeit zu Zeit packt's ihn so – 's is arg – wirklich arg – ich kann den Jungen gut leiden.«

Tatsächlich – Mulvaney schien sich unnötig aufzuregen, aber ich wusste ja, er wachte über Ortheris wie ein Vater.

»Lass mich nur, lass mich mein Herz ausschütten«, fügte Ortheris träumerisch hinzu. »Willste 'nem armen Papageien das Schreien verbieten, Mulvaney, wenn es heiß is un' der Käfig ihm seine armen kleinen rosa Zehen verbrennt?«

»Rosa Zehen! Willste damit sagen, dass du unter John Bull's Militärsocken rosa Zehen hast? Du verpimpelte« – Mulvaney raffte alle Kraft für eine ungeheuerliche Beschimpfung zusammen – »versimpelte Schulmamsell, du! Rosa Zehen! Wie viel echtes Bertoner Bier mit der Marke drauf hat das verrückte Baby eigentlich gesoffen?

»'s is gar nich das Bertoner«, erwiderte Ortheris. »'s is ein bittereres Bier als das. 's is das Heimweh!«

»Nun hör einer das an! Wo er in den nächsten vier Monaten mit der ›Serapis‹ zurücktransportiert werden soll!«

»Was frag ich 'n schon danach? Mir is doch alles eins! Weißte denn, ob ich nich Bammel habe, abzuschrammen, eh ich meine Papiere bekomme?« Und er hub von Neuem an, im Singsang das Begräbnisreglement zu rezitieren.

Diese Seite von Ortheris' Charakter war mir vollständig neu, aber Mulvaney schien sie offensichtlich schon zu kennen und ihr ernsthafte Bedeutung beizumessen. Während Ortheris, den Kopf in den Händen begraben, weiterlallte, flüsterte Mulvaney mir zu: »'s packt ihn immer, wenn die Säuglinge, die sie heutzutage zu Unteroffizieren machen, ihn ganz besonders gezwiebelt haben. Weil se nischt Besseres anzufangen wissen. Ich kann's nich verstehn.«

»Na, was schadet es denn? Lassen Sie ihn sich doch aussprechen.« Jetzt stimmte Ortheris die Parodie auf ein bekanntes Soldatenlied an, die nur von Krieg, Totschlag und Moritaten handelte. Er starrte dabei über den Fluss, und sein Gesicht war mir ganz fremd geworden. Mulvaney packte mich am Ellbogen, um meine Aufmerksamkeit zu erzwingen.

»Schaden? Und ob es schadet: 's is so 'ne Art Anfall. Ich kenn's. 's wird noch die ganze Nacht so weitergehen, un' mittendrin wird er aufstehen un' im Schrank nach seinen Sachen suchen. Un' dann kommt er zu mir un' sagt: ›Ich geh jetzt nach Bombay. Antworte morgen beim Appell für mich.‹ Un' dann hauen wir beide uns, wie wir's schon öfters getan haben – er, um wegzukommen, un' ich, um ihn zu halten – un' so werden wir beide wegen Unruhe in der Kaserne aufgeschrieben. Ich hab ihn mit dem Riemen verhauen un' hab ihm eins über'n Detz gegeben, un' ich hab ihm gut zugeredet – aber alles nützt nischt, wenn er den Anfall hat. Er is 'n guter Junge, wie's bald keinen zweiten gibt, wenn er klar is. Aber ich weiß, was heute Nacht in der Kaserne alles passieren wird. Der liebe Gott verhüte, dass er mir nich abschrammt, wenn ich aufstehe, um

ihm eins über'n Detz zu geben. Egal muss ich daran denken,
Tag und Nacht.«

Das rückte die Sache in ein weit weniger harmloses Licht und
bot für Mulvaneys Besorgnis eine völlig ausreichende Erklärung.
Im Augenblick schien er Ortheris durch allerlei Überredungs-
künste seinem Anfall entreißen zu wollen, denn er brüllte nach
der Böschung hinüber, auf der Ortheris ausgestreckt lag:

»Pass emal auf, du mit den ›armen, rosa Zehen‹ un' den Glasaugen. Biste nu des Nachts hinter mir her über den Irriwaddy geschwommen, wie's sich für 'nen braven Kerl schickt, oder haste
dich unter's Bett verkrochen, wie damals bei Ahmid Kheyl?«

Das war eine grobe Beleidigung und eine ausgesprochene Lüge,
aber Mulvaney wollte seinen Freund jetzt schon zu Handgreif-
lichkeiten treiben. Allein Ortheris schien in eine Art Trance versunken. Langsam und ohne Zeichen von Ärger antwortete er in
dem gleichen Singsang, in dem er das Begräbnisreglement zitiert
hatte:

»Ich bin des Nachts über den Irriwaddy geschwommen, wie du
genau weißt, um ganz nackt un' ohne Furcht die Stadt Lungtungpen zu nehmen. Un' wo ich bei Ahmid Kheyl gesteckt habe, weißt du auch ganz genau, und vier verdammte Afghanen
wissen's obendrein. Aber da gab's auch was zu tun; da dachte ich
nich ans Sterben. Aber jetzt will ich nach Hause zurück – nach
Hause, nach Hause. Nee, ich hab nich Heimweh nach meiner
Mama, weil mich nämlich mein Onkel erzogen hat, aber ich
hab Heimweh nach London – Heimweh nach den Gerüchen
un' nach all den Ansichten un' nach dem Gestank von der ollen
Stadt: nach den Apfelsinenschalen un' nach dem Asphalt un'
nach den Gaslaternen, wenn man über die Vauxhall Bridge
geht. Heimweh nach der Eisenbahn un' nach 'nem Ausflug nach
Box Hill, mit 'ner neuen Pfeife im Maul un' 'nem Mädel auf'm

Schoß. Danach hab ich Heimweh un' nach den Lichtern auf der »Strand«, wo man jeden Menschen kennt un' wo der Schutzmann, der einen aufschreibt, 'n alter Freund is, der einen schon oft uffgeschrieben hat, als man noch 'n kleiner Steppke war un' zwischen dem Tempel un' dem Triumphbogen übernachten wollte. Wo's kein verdammtes Wacheschieben un' kein Knöppeputzen un' keinen Khaki gibt, wo einem niemand nischt zu sagen hat un' man sein Mädel sonntags ausführen kann, um zuzusehen, wie die Rettungsgesellschaft ihre Übungen macht un' aus'm Serpentine River im Park die toten Leichen rauszieht. Das alles hab ich nun aufgegeben, um hier draußen ›der Witwe‹* zu dienen, wo's keine Weiber un' nischt Anständiges zu trinken un' gar nischt zu sehen gibt, nee un' auch nischt zu tun un' zu reden un' zu denken un' zu fühlen. Gott im Himmel, Stanley Ortheris, du bist 'n größerer Esel als das ganze Regiment un' Mulvaney zusammengekoppelt! Zu Hause, da sitzt nun ›die Witwe‹ mit 'ner goldenen Krone auf'm Kopp, un' hier sitze ich, Stanley Ortheris, der Witwe ihr Eigentum, un'n verdammter, ausgemachter Esel!«

Diesen letzten Satz sprach er mit gesteigerter Betonung und schloss ihn mit einem sechsfachen anglo-indischen Fluch. Mulvaney antwortete nichts, sah mich aber an, als erwarte er von mir, dass ich Ortheris' getrübten Verstand in Ordnung brächte.

Da erinnerte ich mich, in Rawal Pindi einen Mann gesehen zu haben, der, obwohl halb wahnsinnig vom Trunk, durch eine große Blamage ernüchtert wurde. Einige Regimenter werden vielleicht wissen, was ich damit meine. Ich hoffte, Ortheris auf die gleiche Manier zur Vernunft zu bringen, obwohl er durchaus nüchtern war. Ich sagte also:

* Bezeichnung für die verstorbene Königin Victoria.

»Was hat es für einen Sinn, den Kopf hängen zu lassen und auf die ›Witwe‹ zu schimpfen?«

»Das tu ich ja gar nicht!«, protestierte Ortheris. »So wahr mir Gott helfe, ich hab kein Wort gegen sie gesagt un' werd auch nie 'n Wort sagen – nee, un' wenn ich jetzt auf der Stelle desertiere.« Hier war meine Chance! »Na, es klang aber ganz so! Was nützt überhaupt die ganze Aufschneiderei? Würden Sie wirklich durchgehen, wenn Sie die Möglichkeit hätten?«

»Stellen Sie mich doch auf die Probe!«, rief Ortheris, aufspringend wie von der Tarantel gestochen.

Mulvaney sprang gleichfalls auf. »Was haben Sie vor?«

»Ortheris nach Bombay oder Karachi weiterzuhelfen. Sie können ja melden, er hätte sich vor dem Mittagessen von Ihnen getrennt und sein Gewehr hier auf der Böschung zurückgelassen.«

»Das soll ich melden – ich?«, wiederholte Mulvaney langsam. »Schön. Wenn der Ortheris jetzt desertieren will un' Sie, Herr, der Sie sein un' mein Freund sin', ihm dabei helfen, so werde ich, Terence Mulvaney, auf meinen Eid hin, den ich noch nie gebrochen habe, melden, was Sie von mir verlangen. Aber –«, hier schritt er auf Ortheris zu und hielt ihm den Kolben seines Jagdgewehrs unter die Nase – »aber, Gott steht deinen Fäusten bei, Stanley Ortheris, wenn du mir je wieder über den Weg läufst!«

»Mir is jetzt alles wurscht!«, erklärte Ortheris. »Ich hab das Hundeleben satt. Gebt mir nur mal 'ne Schangse! Macht mit mir keine Menkenkens. Lass mich los, sag ich dir!« – »Ziehen Sie die Kleider aus und nehmen Sie meine dafür«, sagte ich, »dann werde ich Ihnen sagen, was Sie zu tun haben.«

Ich hoffte, diese Lächerlichkeit würde Ortheris aufhalten; aber er hatte seine Kommiss-Stiefel weggeschleudert und seinen Waffenrock ausgezogen, fast ehe ich meinen Kragen abgeknöpft hatte. Mulvaney packte mich am Arm:

»Jetzt hat 'n der Anfall; der Anfall hat 'n immer noch tüchtig! Bei meiner Ehre un' Seligkeit, wir werden mitschuldig an 'ner Desertion! Sie haben recht, Herr, 's wird nur achtundzwanzig oder auch sechsundfünfzig Tage kosten, aber denken Sie nur an die Schande – an die schwarze Schande für ihn un' für mich!« In meinem Leben habe ich Mulvaney nicht so aufgeregt gesehen.

Ortheris dagegen war vollkommen ruhig und sagte nur kurz, sowie der Kleidertausch bewerkstelligt war und ich als Linieninfanterist in die Welt schaute: »So, nun weiter. Was jetzt? Is es Ihr Ernst? Was muss ich nun tun, um aus dieser Hölle hier rauszukommen?«

Ich sagte ihm, wenn er ein paar Stunden hier am Flussufer auf mich warten wollte, würde ich zur Stadt reiten und mit hundert Rupien zurückkehren. Mit dieser Summe in der Tasche könnte er bis zu der nächsten, etwa fünf Meilen entfernten Station der Zweig-Eisenbahnlinie marschieren und dort ein Billett erster Klasse nach Karachi lösen. Da das Regiment wusste, dass er bei seinem Ausflug kein Geld mitgehabt hatte, würde es nicht sofort an die Hafenstädte telegrafieren, sondern erst einmal in den Eingeborenendörfern am Fluss nach ihm suchen. Außerdem würde es keinem Menschen einfallen, in dem Insassen eines Coupés erster Klasse einen Deserteur zu vermuten. In Karachi sollte er sich dann weiße Anzüge besorgen und sich, wenn möglich, auf einem Frachtdampfer einschiffen.

Hier unterbrach er mich. Wenn ich ihm bis Karachi weiterhülfe, wolle er sich schon alleine durchschlagen. Darauf befahl ich ihm, hier auf mich zu warten, bis es dunkel genug wäre, um unbemerkt in meinem neuen Aufputz zur Stadt zu reiten. Nun hat Gott in seiner Weisheit das Herz des britischen Soldaten, der oft ein ungehobelter Rowdie ist, so weich wie das Herz eines kleinen Kindes erschaffen, auf dass er seinen Vorgesetzten vertraue und ihnen in allen unerfreulichen und bedenklichen Lagen anhänge. Zu einem »Zivilisten« fasst er nicht so rasch Vertrauen, aber tut er es dennoch, so traut er ihm rückhaltslos wie ein treuer Hund. Ich hatte obendrein seit über drei Jahren, mit Unterbrechungen, die Ehre der Freundschaft des Gemeinen Ortheris genossen, und wir hatten als Mann zu Mann aneinander gehandelt. Folglich hielt er alle meine Worte für Wahrheit und nicht für leichtfertig und im Scherz gesprochen.

Mulvaney und ich ließen ihn daher in dem hohen Ufergras zurück und schritten, uns ebenfalls nach Möglichkeit an das hohe Gras haltend, auf mein Pferd zu. Das Hemd scheuerte dabei ganz scheußlich.

Wir warteten fast zwei Stunden auf die Dämmerung, damit ich in ihrem Schutz wegreiten konnte. Währenddessen unterhielten wir uns flüsternd über Ortheris und spannten unser beider Gehör an, um jedes Geräusch aus der Richtung des Orts, wo wir ihn gelassen hatten, aufzufangen. Aber nichts rührte sich, außer dem Wind in dem Federgras.

»Ich hab ihn auf'n Detz geschlagen«, bemerkte Mulvaney inbrünstig, »wieder un' immer wieder. Ich hab 'n mit meinem Riemen hier fast dotgeprügelt, un' doch kann ich ihm die Anfälle da nich austreiben. Beileibe nich! Dabei is er nich verrückt, sondern von Haus aus ganz gescheit un' vernünftig. Was is es nur eigentlich? Is es seine Erziehung, die nischt taugt, oder seine Bildung, die er nie gehabt hat? Sie glauben doch über alles Bescheid zu wissen, also geben Sie mir mal 'ne Antwort.«

Aber ich fand keine. Ich fragte mich die ganze Zeit, wie lange Ortheris da unten an der Uferböschung wohl aushalten würde und ob er mich wirklich zwingen würde, ihm beim Desertieren zu helfen, wie ich es ihm versprochen hatte.

Gerade als die Dämmerung dichter zu werden begann und ich mit schwerem, schwerem Herzen mein Pferd satteln wollte, hörten wir aus der Richtung des Flusses wildes Geschrei.

Die Teufel hatten die Seele des Gemeinen Stanley Ortheris, Nr. 22 639, II. Kompanie, freigegeben. Die Einsamkeit, die Dämmerung und das Warten hatten sie, meinen Erwartungen entsprechend, vertrieben. Wir machten uns im Geschwindschritt auf den Weg zu dem Fluss und fanden Ortheris wild durch das Gras irrend. Seinen – ich meine, meinen Rock hatte er weggeworfen. Er schrie nach uns wie ein Wahnsinniger.

Als wir ihn erreichten, sahen wir, dass er vor Schweiß troff und wie ein erschrecktes Tier an allen Gliedern zitterte. Wir hatten große Mühe, ihn zu beruhigen. Er beklagte sich, dass er in Zivilkleidern stecke, und wollte sich meinen Anzug vom Leib reißen. Ich befahl ihm, sich zu entkleiden, und wir vollzogen so rasch wie möglich diesen zweiten Tausch.

Das Scheuern seines eigenen grauen Militärhemds und das Quietschen seiner Stiefel brachten ihn anscheinend wieder zu sich. Er fuhr mit der Hand über die Augen und fragte:

»Was war nur mit mir los? Ich bin nich verrückt, ich hab auch keinen Sonnenstich – un' ich hab da geschimpft – un' hab mich benommen ...«

»Wie du dich benommen hast?«, wiederholte Mulvaney. »Schande haste dir selbst gemacht – aber das wär ja ganz egal. Nee, Schande haste auch über die zweite Kompanie gebracht – un' was das Allerschlimmste is – über *mich*! Wo ich erst 'n Kerl aus dir gemacht habe – aus dir dreckigem, fischgrätigem, winselndem kleinen Rekruten. Zu dem du heute wieder geworden bist – Stanley Ortheris!«

Eine ganze Weile sprach Ortheris kein Wort. Dann schnallte er seinen Riemen los, der über und über mit Abzeichen der Regimenter bedeckt war, mit denen sein eigenes in Garnison gelegen hatte, und überreichte ihn Mulvaney.

»Ich bin zu schwach, um dich zu verdreschen, Mulvaney«, sagte er, »aber du hast mich schon öfters verhauen. Heute kannste mich mit dem Ding da kaputt schlagen, wennde Lust dazu hast.«

»Lassen Sie mich mal 'n Wörtchen mit ihm reden, Herr«, sagte Mulvaney.

Ich verabschiedete mich, und auf dem Heimweg dachte ich ziemlich lange nach, im Besonderen über Ortheris und im Allgemeinen über meinen Freund, den Infanteristen Tommy Atkins, den ich liebe.

Aber ich vermochte zu keinem Schluss zu gelangen.

Die Geschichte von Muhammad Din

Wer ist glücklich zu preisen unter den Menschen? Er, der daheim in seinem eigenen Haus kleine Kinder sieht hüpfen, fallen und lärmen und aus dem Staub Kronen sich erbauen.

Munichandra

Der Poloball war alt, zerschrammt, verbeult und voller Kerben. Er lag auf dem Kaminsims zwischen den Pfeifenstielen, die Imam Din, der Speiseträger, für mich reinigte.

»Braucht der Himmelsgeborene diesen Ball?«, fragte Imam Din ehrerbietig.

Der Himmelsgeborene legte keinen besonderen Wert darauf; aber was konnte der Poloball einem Khitmatgar nützen?

»Mit Euer Gnaden Erlaubnis, ich besitze einen kleinen Sohn. Er hat diesen Ball gesehen und wünscht damit zu spielen. Ich begehre ihn nicht für mich.«

Keinem Menschen wäre es auch nur im Traum eingefallen, den wohlbeleibten Imam Din zu beschuldigen, mit Poloällen spielen zu wollen. Er trug das schäbige Ding auf die Veranda hinaus, und es folgte ein Orkan entzückter kleiner Schreie, ein Trippeln kleiner Füße und das Poch-Poch-Poch des auf dem Boden rollenden Balls. Augenscheinlich hatte der kleine Sohn vor der Tür gewartet, um sich seinen Schatz zu sichern. Aber wie hatte er es nur fertiggebracht, den Poloball zu entdecken?

Als ich am folgenden Tag eine halbe Stunde früher als gewöhnlich aus dem Büro heimkehrte, bemerkte ich im Speisezimmer eine kleine Gestalt – eine winzige, rundliche Gestalt in einem lächerlich kurzen Hemdchen, das ihr vielleicht halbwegs über den prallen Bauch reichte. Der Kleine wanderte, Finger im Mund und leise vor sich hin summend, im Zimmer umher und besah sich die Bilder. Zweifellos war dies der »kleine Sohn«.

Natürlich hatte er in meinem Zimmer nichts zu suchen; er war jedoch so gründlich in seine Entdeckungen vertieft, dass er mich, der ich auf der Schwelle stehen geblieben war, nicht bemerkte. Ich betrat das Zimmer und hätte ihn um ein Haar in einen Krampfanfall versetzt. Atemlos vor Schreck ließ er sich auf den Boden fallen. Er riss die Augen und dann den Mund auf. Ich wusste, was nun kommen würde, und floh, verfolgt von einem lang gezogenen, trockenen Geheul, das die Dienstbotenquartiere viel rascher erreichte, als irgendein Befehl meinerseits es je getan hatte. Zehn Sekunden später stand Imam Din im Speisezimmer. Dann ertönte verzweifeltes Schluchzen, und ich kehrte zurück und erblickte Imam Din, wie er dem kleinen Sünder eine Strafpredigt hielt, der seinerseits sein Hemd ausgiebig als Taschentuch benutzte.

»Dieser Junge«, meinte Imam Din strafend, »ist ein Taugenichts – ein großer Taugenichts. Ohne Zweifel wird er für sein Benehmen ins Gefängnis – in die Khana – kommen.« Erneutes Gebrüll vonseiten des reuigen Sünders und eine umständliche Entschuldigung an mich von Imam Din.

»Sage dem Kleinen«, erwiderte ich, »dass der Sahib nicht böse ist, und nimm ihn fort.« Imam Din vermittelte dem Verbrecher, der sich inzwischen sein Hemd strickähnlich um den Hals gewunden hatte, meine Verzeihung, und das Gebrüll dämpfte sich zum Schluchzen. Die beiden bewegten sich zur Tür. »Sein Name«, erklärte Imam Din, als wäre der Name ein Teil des Verbrechens, »ist Muhammad Din, und er ist ein Taugenichts.« Nun, da die unmittelbare Gefahr von ihm abgewendet war, drehte sich Muhammad Din in seines Vaters Armen um und meinte ernsthaft:

»Es ist wahr, dass mein Name Muhammad Din ist, Tahib, aber ich bin kein Taugenichts. Ich bin ein Mann!«

Von jenem Tag datiert meine Bekanntschaft mit Muhammad Din. Niemals wieder betrat er mein Esszimmer, doch auf dem neutralen Boden des Grundstücks pflegten wir uns mit großer Feierlichkeit zu begrüßen, obwohl unsere Unterhaltung sich von ihm aus auf »Talaam, Tahib« und meinerseits auf »Salaam, Muhammad Din« beschränkte. Täglich tauchten bei meiner Rückkehr aus dem Geschäft aus dem Schatten des mit Schlingpflanzen bedeckten Gitterwerks, wo sie sich verborgen gehalten hatten, das weiße Hemdchen und der dicke kleine Körper auf, und täglich parierte ich mein Pferd, damit unsere Begrüßung auch mit der nötigen Bedachtsamkeit und mit geziemender Würde erfolge.

Niemals hatte Muhammad Din einen Spielgefährten. Er pflegte in seine eigenen geheimnisvollen Angelegenheiten vertieft durch das Grundstück zu trotten, hin und her zwischen den Rizinusbüschen. Eines Tages stieß ich an einer entlegenen Stelle des Gartens auf eine seiner Arbeiten. Er hatte den Poloball halb im Staub vergraben und um ihn im Kreis sechs welke, alte Maßliebchen gesteckt. Außerhalb dieses Kreises wiederum war aus Stückchen roten Ziegels, die mit Porzellanscherben wechselten, ein rohes Viereck gezogen, das Ganze von einem kleinen Staubwall umgrenzt. Der Bhisti oder Wasserträger vom Brunnen legte ein gutes Wort für den kleinen Architekten ein und meinte, es sei ja nur das Spiel eines kleinen Kindes und verschandele meinen Garten doch kaum.

Der Himmel weiß, dass ich weder damals noch später die Absicht hatte, des Kindes Werk zu zerstören; allein noch am gleichen Abend führte mich ein Spaziergang unversehens geradenwegs dorthin, sodass ich, noch ehe ich es recht wusste, Maßliebchen,

Staubwall und die Bruchstücke eines ehemaligen Seifennapfes zertreten und in ein hoffnungsloses, unrettbares Chaos verwandelt hatte. Am nächsten Morgen entdeckte ich Muhammad Din, wie er über der Trümmerstätte, die ich geschaffen hatte, leise in sich hineinweinte. Irgendjemand hatte ihm in roher Weise erklärt, der Sahib sei sehr böse auf ihn, dass er ihm seinen Garten ruiniere, und dann unter Flüchen des Kindes kostbaren Plunder in alle vier Wände zerstreut. Muhammad Din arbeitete eine ganze Stunde lang, um auch die kleinste Spur des Staubwalls und der Töpferscherben zu beseitigen, und das Gesicht, mit dem er mir bei meiner Rückkehr aus dem Büro sein »Talaam Tahib« wünschte, war tränennass und zerknirscht. Eine in aller Eile angestellte Untersuchung endigte damit, dass Imam Din Muhammad Din zu verstehen gab, dass es ihm durch meine ganz außerordentliche Gnade gestattet sei, nach Belieben weiterzuspielen. Worauf das Kind wieder Mut fasste und sich daranmachte, den Grundriss eines Gebäudes aufzuzeichnen, das die Maßliebchen-Poloball-Schöpfung in den Schatten stellen sollte.

Einige Monate lang verfolgte dieses rundliche kleine Original auch weiterhin seine anspruchslose Bahn im Staub und unter den Rizinussträuchern; immer wieder die prunkvollsten Paläste bauend aus verdorrten, weggeworfenen Blumen, aus runden, vom Wasser geglätteten Kieseln, aus kleinen Glasscherben und aus Federn, die er – vermutlich – meinen Hühnern ausgerupft hatte – immer allein, unablässig vor sich her summend.

Einmal wurde eine besonders lustig gefärbte Muschel dicht neben seiner jüngsten Schöpfung fallen gelassen, und ich erwartete, dass Muhammad Din damit ein mehr als gewöhnlich prächtiges Bauwerk aufführen würde. Ich hatte mich auch nicht getäuscht. Fast eine ganze Stunde sann er tief nach, und sein Summen schwoll zu einem Triumphlied an. Dann begann er in den Staub zu zeichnen. Diesmal würde es entschieden ein ganz besonders wunderbarer Palast werden, denn der Grundriss maß der Länge nach nicht weniger als zwei Meter und einen Meter in der Breite. Doch der Palast sollte nie vollendet werden.

Am folgenden Tag stand kein Muhammad Din am Eingang zur Auffahrt, und kein »Talaam, Tahib« grüßte mich bei meiner Rückkehr. Ich war an den Willkomm so gewöhnt, dass dieser Wegfall mich beunruhigte. Am nächsten Tag erzählte mir Imam Din, das Kind litte an leichtem Fieber und brauche Chinin. Es erhielt das Chinin und einen englischen Arzt obendrein.

»Die Bälger haben alle keine Widerstandskraft«, meinte der Arzt, als er Imam Dins Wohnung verließ.

Eine Woche später begegnete ich, obwohl ich viel darum gegeben hätte, ihm aus dem Wege gehen zu können, Imam Din auf dem Weg zum mohammedanischen Friedhof, begleitet von einem Freund, und er trug auf seinen Armen, eingehüllt in ein weißes Tuch, alles, was übrig geblieben war von dem kleinen Muhammad Din.

Aufgrund einer Ähnlichkeit

»Ist dein Spiegel zerbrochen, so blicke in stilles Wasser,
aber hüte dich, hineinzufallen.«

Indisches Sprichwort

Nach einer glücklichen Liebe ist so ziemlich das Unbequemste,
was ein junger Mann zu Beginn seiner Laufbahn mit sich herum-
schleppen kann, eine Liebe, die nicht erwidert wird. Er kommt
sich dabei wichtig und businesslike vor, wird blasé und zynisch
und kann jedes Mal, wenn er mit der Leber nicht ganz in Ordnung ist oder an Mangel an Bewegung leidet, um seine verlorene
Geliebte trauern und sich auf eine zarte, dämmrige Weise sehr
glücklich fühlen.

Hannasydes Liebesaffäre war für ihn eine wahre Gottesgabe. Die
Sache war nun schon vier Jahre alt, und das Mädchen hatte ihn
längst vergessen. Sie hatte inzwischen geheiratet und kämpfte
mit zahlreichen eigenen Sorgen. Damals hatte sie Hannasyde erklärt: Obwohl sie ihn nie anders als mit den Augen einer
Schwester betrachten könnte, nähme sie doch ein anhaltendes
lebhaftes Interesse an seinem Wohlergehen. Diese überraschend
neuartige und originelle Bemerkung gab Hannasyde für die
Dauer zweier Jahre Stoff zum Denken, und seine Eitelkeit füllte
die übrigen vierundzwanzig Monate aus. Hannasyde war jedoch
ein ganz anderer Kerl als Phil Garron, trotzdem er mit diesem
unverdienten Glückspilz einiges gemein hatte.

Er hegte und pflegte also jene unglückliche Liebe, wie Männer
eine gut eingerauchte Pfeife hegen und pflegen, um der Behag-
lichkeit willen und weil sie ihm durch den Gebrauch teuer ge-

worden war. Sie brachte ihn glücklich über die erste Simlaer Saison hinweg. Hannasyde war keine Beauté. Außerdem hatte er etwas ungeschliffene Manieren und eine gewisse raue Art, einer Dame aufs Pferd zu helfen, die ihm in den Augen des schönen Geschlechts keinen besonderen Reiz verliehen. Daran wäre selbst dann nichts zu ändern gewesen, wenn er sich um weibliche Gunst bemüht hätte, was er nicht tat. Eine ganze Weile behielt er sein verwundetes Herz für sich.

Dann traf ihn das Unglück. Jeder, der schon in Simla gewesen ist, kennt den Abhang, der sich vom Telegrafenamt nach dem Büro für öffentliche Arbeiten hinzieht. Hannasyde schlenderte eines Septembermorgens in der Besuchszeit diesen Abhang hinauf, als eine Rikscha eilig den Berg hinunterrollte, und in der Rikscha saß das leibhaftige Ebenbild des Mädchens, deretwegen er so glücklich unglücklich war. Hannasyde lehnte sich gegen die Brüstung und rang nach Luft. Er wollte den Berg wieder hinunterlaufen, der Rikscha nach, aber das war unmöglich; also schritt er weiter, während der größere Teil seines Bluts ihm in den Schläfen hämmerte. »Sie« war, wie er später ausfindig machte, die Frau eines Mannes aus Dindigul oder Coinbatore oder sonst irgendeinem gottverlassenen Nest und war um ihrer Gesundheit willen schon früh im Jahr nach Simla gekommen. Nach Schluss der Saison wollte sie nach Dindigul, oder wie das Nest hieß, zurück und würde aller Wahrscheinlichkeit nach im Leben nicht wieder nach Simla kommen, denn ihr nächster Kurort in den Bergen war Ooctacamund. Noch in der gleichen Nacht ging Hannasyde, aufgewühlt und zuckend unter der Gewalt seiner zu neuem Leben angefachten Gefühle, eine geschlagene Stunde mit sich zurate. Er entschied sich für das Folgende; und man selbst mag entscheiden, wie viel bei diesem Beschluss echter Anhänglichkeit für seine alte Liebe und wie viel einer ganz natürlichen Neigung, auszugehen und sich zu amüsieren, entsprang. Mrs Landys-Haggert würde nach aller menschlichen Voraussicht niemals wieder seinen Weg kreuzen, Es war also ganz gleich, wie er sich benahm. Sie ähnelte in einer ans Wunderbare grenzenden Weise dem Mädchen, das »ein tiefes, anhaltendes Interesse« nahm, und wie die Formel sonst noch lautete. Alles in allem würde es äußerst angenehm sein, Bekanntschaft mit Mrs Landys-Haggert zu schließen und sich auf kurze, nur sehr kurze Zeit hin einzureden, dass er wieder einmal mit Alice Chisane zusammen wäre. Jeder ist in irgendeinem Punkt mehr oder weniger verrückt. Hannasydes besondere Monomanie war seine alte Liebe zu Alice Chisane.

Er machte es sich daher zur Aufgabe, Mrs Haggert vorgestellt zu werden – mit Erfolg. Ebenfalls machte er es sich zur Aufgabe, so viel von seiner Zeit wie nur irgend möglich mit dieser Dame zu verbringen. Einem Mann, der es wirklich ernst meint, bietet Simla eine überraschende Fülle von Möglichkeiten für Tête-à-Têtes. Es gibt dort Gartenfeste, Tennispartien und Picknicks, Frühstücke in Annandale, Wettschießen, Diners und Bälle, nicht zu sprechen von Spazierritten und -gängen, die ja private Angelegenheiten sind. Hannasyde hatte sich mit dem festen Vorsatz, Ähnlichkeiten zu entdecken, ans Werk gemacht und endete damit, mehr zu finden als er gehofft hatte. Er wollte sich täuschen, er hatte es sich in den Kopf gesetzt, getäuscht zu werden, und er täuschte sich überaus gründlich. Nicht nur waren Gesicht und Figur von Mrs Landys-Haggert Gesicht und Figur von Alice Chisane, nein, auch die Stimme und die tieferen Töne waren genau die gleichen; ebenso die Redewendungen und kleinen Manierismen in Gang oder Gebärde, die jede Frau hat: Sie waren identisch, absolut identisch. Die Kopfhaltung war die gleiche; der müde Ausdruck in den Augen nach einem langen Spaziergang war der gleiche; und einmal – Wunder über Wunder – summte Mrs Haggert, während Hannasyde im Nebenzimmer auf sie wartete, um sie zu einem Spazierritt abzuholen, Ton für Ton ein altes Lied, genau so wie Alice es Hannasyde einmal in der Dämmerung eines englischen Salons vorgesummt hatte, mit genau dem gleichen, vollen Tremolo in der zweiten Zeile. An der Frau selbst – an ihrer Seele – war nicht die geringste Ähnlichkeit zu entdecken; Alice und sie waren von verschiedenem Guss. Trotzdem wollte Hannasyde diese aufreizende, verwirrende Ähnlichkeit in Gesicht, Stimme und Wesen erforschen, sehen und hegen. Er war versessen darauf, so und nicht anders einen Narren aus sich zu machen, und er wurde in keiner Hinsicht enttäuscht.

Offene und unverhohlene Verehrung, einerlei von welchem Mann, ist jeder Frau, einerlei wie sie beschaffen ist, angenehm; da Mrs Landys-Haggert aber eine Frau von Welt war, wusste sie nicht, was sie von Hannasydes Bewunderung halten sollte.

Keine Mühe schien ihm zu groß – im gewöhnlichen Leben war er ein Egoist –, um ihre Wünsche zu erfüllen, ja, wenn möglich, ihnen zuvorzukommen. Jeder ihrer Befehle war ihm Gesetz. Kein Zweifel, er genoss ihre Gesellschaft, solange sie mit ihm über Banalitäten schwatzte. Sobald sie jedoch ihre persönlichen Anschauungen und Klagen – gesellschaftliche kleine Reibereien, die in Simla die Würze des Lebens ausmachen – vorbrachte, war er weder angenehm berührt noch interessiert. Es lag ihm nicht das Geringste daran, Näheres von Mrs Landys-Haggert oder ihren vergangenen Erlebnissen zu erfahren – sie hatte fast die ganze Welt bereist und verstand, geistreich zu plaudern –, er wollte nur das Ebenbild von Alice Chisane vor Augen und Ohren haben. Alles, was ihn darüber hinaus an eine fremde Persönlichkeit gemahnte, irritierte ihn, und er machte aus seinen Gefühlen kein Hehl.

Eines Abends sagte ihm Mrs Landys-Haggert vor dem Postgebäude ohne jede vorherige Warnung kurz und bündig ihre Meinung. »Mr Hannasyde«, sagte sie, »wollen Sie mir bitte gütigst erklären, weshalb Sie sich zu meinem speziellen Cavalier servante ernannt haben? Ich verstehe es nicht; aber ich bin aus irgendeinem Grund fest überzeugt, dass ich selbst Ihnen vollkommen gleichgültig bin.« Übrigens erscheint das als eine Bestätigung der Theorie, dass kein Mann einer Frau etwas vorlügen kann, ohne entdeckt zu werden. Hannasyde wurde überrumpelt. Seine Stellung war zu keiner Zeit eine sehr feste gewesen, weil er in einem fort nur an sich selbst dachte, und ehe er so recht wusste, was er tat, platzte er mit der deplatzierten Antwort heraus: »Das sind Sie mir auch wirklich.«

Das Sonderbare an der Situation und diese Antwort zwangen Mrs Landys-Haggert zum Lachen. Und jetzt kam die ganze Geschichte heraus, und am Schluss von Hannasydes lichtvoller Erklärung bemerkte Mrs Haggert mit einem kaum hörbaren Anflug von Verachtung in der Stimme: »Also ich soll Ihnen als Puppe dienen, die Sie mit den Lumpen ihrer alten und brüchigen Liebe bekleiden?«

Hannasyde war sich nicht im Klaren, welche Antwort jetzt die richtige war, er erging sich daher in undeutlichen und allgemeinen Lobpreisungen von Alice Chisane, und das war auch nicht gerade befriedigend. Nun ist aber ausdrücklich darauf hinzuweisen, dass Mrs Haggert auch nicht den Schatten eines wärmeren Gefühls für Hannasyde hegte. Aber … aber keine Frau liebt es, für eine andere, statt um ihrer selbst willen, umworben zu werden – besonders wenn die Betreffende eine etwas abgestandene Göttin älteren Jahrgangs ist.

Hannasyde vermochte indes nicht einzusehen, dass er einen ganz besonderen Narren aus sich gemacht hatte. Er freute sich vielmehr, in der Wüstenei von Simla eine mitfühlende Seele getroffen zu haben.

Als die Saison zu Ende war, kehrte Hannasyde an seinen Wohnort und Mrs Haggert an den ihrigen zurück. »Es war eigentlich so, wie wenn man einem Gespenst den Hof macht«, sagte sich Hannasyde, »und vollkommen ohne Belang; jetzt werde ich mich an die Arbeit machen.« Allein er ertappte sich dabei, dass er in einem fort an das Haggert-Chisane-Gespenst denken musste, ohne sich darüber klar werden zu können, ob die Haggert- oder die Chisane-Mischung an diesem reizenden Gespenst überwog.

*

Die Klarheit kam ihm einen Monat später.

Eine besonders charakteristische Eigenschaft dieses Landes ist die Art, in der eine herzlose Regierung ihre Beamten von einem Ende des Reichs zu dem anderen schickt. Niemals kann man überzeugt sein, dass man einen Freund oder Feind endgültig losgeworden ist, bis nicht der oder die Betreffende stirbt. Ich kenne einen Fall … aber das ist eine andere Geschichte.

Haggerts Abteilung beorderte ihn innerhalb von zwei Tagen von Dindigul an die Grenze, und er ging – von Dindigul zu seiner neuen Station – und setzte bei jeder Etappe aus seiner eigenen Tasche Geld zu. Seine Frau ließ er unterwegs in Luknow bei Freunden zurück, um an einem großen Ball auf der Chutter Munzil teilzunehmen und ihm nachzureisen, sobald er das neue Haus ein wenig wohnlich gemacht hätte. Luknow war auch Hannasydes Station, und Mrs Haggert blieb eine Woche dort. Hannasyde ging, um sie vom Bahnhof abzuholen, und als der Zug hereinbrauste, wusste er plötzlich, an welche er den ganzen vergangenen Monat hatte denken müssen. Gleichzeitig ging ihm die Unklugheit seines Verhaltens auf. Die Luknower Woche, in der sie sich auf zwei Bällen trafen und eine unbegrenzte Anzahl Spazierritte machten, war für den Fall entscheidend; Hannasyde merkte plötzlich, dass er in Gedanken ständig folgenden Kreis durchlief: Er bete Alice Chisane an – zum Mindesten hatte er sie einmal angebetet. *Und* er bewundere Mrs Landys-Haggert, weil sie Alice Chisane gleiche, obwohl sie zehntausendmal reizender sei. *Dabei* »gehöre« Alice Chisane einem anderen, und Mrs Landys-Haggert ebenfalls – (obendrein war sie eine gute, anständige Frau). *Daher* sei er, Hannasyde ... hier gab er sich verschiedene nicht gerade schmeichelhafte Namen und wünschte, er wäre gleich zu Anfang klüger gewesen.

Ob Mrs Landys-Haggert ahnte, was in seiner Seele vorging, weiß nur sie allein. Er schien, ganz abgesehen von der Chisane-Ähnlichkeit, plötzlich ein rückhaltloses Interesse an allem zu nehmen, was sie selbst betraf, und er sagte ein oder zwei Dinge, die Alice Chisane, wenn sie noch mit ihm verlobt gewesen wäre, selbst aufgrund der Ähnlichkeit nicht hätte verzeihen können. Aber Mrs Haggert tat, als höre sie diese Bemerkungen nicht, und setzte Hannasyde ausgiebig auseinander, was für ein Herzenstrost und eine Erquickung sie ihm dank ihrer seltsamen Ähnlichkeit mit seiner alten Liebe gewesen wäre. Und Hannasyde stöhnte beim Reiten in sich hinein und sagte: »Da haben Sie wirklich recht.« Dann beschäftigte er sich mit Vorbereitungen für ihre Abreise an die Grenze und fühlte sich dabei ganz ungewöhnlich klein und unglücklich.

Es kam der letzte Tag ihres Aufenthalts in Luknow, und Hannasyde brachte sie zum Bahnhof. Sie war sehr dankbar für seine Güte und für all die Mühe, die er sich ihretwegen gemacht hatte, und lächelte freundlich und voller Mitgefühl, wie jemand, der sich des Alice-Chisane-Grunds dieser Güte vollauf bewusst ist. Und Hannasyde schalt die Kulis, die das Gepäck trugen, und schob die Leute auf dem Bahnsteig beiseite und flehte innerlich zum Himmel, dass das Dach einstürzen und ihn erschlagen möchte.

Als der Zug sich langsam in Bewegung setzte, lehnte sich Mrs Landys-Haggert zum Fenster hinaus, um Hannasyde Lebewohl zu sagen: – »Übrigens fällt mir da ein, Mr Hannasyde, ich reise ja im Frühjahr nach England; vielleicht sehen wir uns dann auf der Durchreise. Also sage ich nur Auf Wiedersehen.«

Hannasyde schüttelte ihr die Hand und erwiderte sehr ernst und in tiefster Verehrung: – »Ich hoffe zu Gott, dass ich Ihr Gesicht nie wiedersehen werde!«

Und Mrs Haggert verstand ihn.

Wressley vom Auswärtigen Amt

Einer der Flüche unseres Lebens hier draußen ist – im malerischen Sinne gesprochen – der völlige Mangel an Atmosphäre. Es gibt bei uns keine nennenswerten Halbtöne. Die Menschen heben sich alle krass und roh gegen den Horizont ab; es gibt nichts, was einen versöhnlichen Schimmer über sie würfe, nichts, gegen das man sie messen könnte. Sie verrichten ihre Arbeit und fangen allmählich an zu glauben, dass es außer ihrer Arbeit nichts gibt, ja dass nichts über die Arbeit geht und dass sie selbst der Mittelpunkt sind, um den sich die ganze Verwaltung dreht. Hier ein Beispiel! Ein eurasischer Schreiber war an einer Kasse angestellt, um Formulare auszufüllen. Er bemerkte zu mir: »Wissen Sie, was passieren würde, wenn ich auf diesem Bogen eine einzige Zeile hinzufügte oder wegließe?« Und im Ton eines Verschwörers fügte er hinzu: »Sämtliche Zahlungen des Schatzamts im ganzen weiten Umkreis des Gouvernements würden in Unordnung geraten! Stellen Sie sich das einmal vor!«
Hätten die Menschen nicht diese Illusion von der alles überragenden Wichtigkeit ihrer eigenen speziellen Arbeit, ich glaube, sie setzten sich eines schönen Tages hin und machten ihrem Leben ein Ende. Aber ihre Schwäche ist mitunter lästig, besonders wenn der Zuhörer sich darüber klar ist, dass er an genau dem gleichen Fehler leidet.
Selbst das Indische Sekretariat glaubt, dass es Gutes tut, wenn es einen überarbeiteten Beamten von der Exekutive auffordert, in einem Distrikt von fünftausend Quadratmeilen eine statistische Erhebung über den Kornwurm anzustellen.
Es war einmal ein Mann vom Auswärtigen Amt – ein Mann, der

in seinem Dienst bereits die mittleren Lebensjahre erreicht hatte und von dem respektlose junge Unterbeamten behaupteten, er könne Aitchisons »Verträge und Sunnuden« nachts im Schlaf von hinten nach vorn auswendig aufsagen. Was er mit seinem aufgespeicherten Wissen tat, wusste allein der Staatssekretär, und der spürte begreiflicherweise keinerlei Neigung, darüber etwas verlauten zu lassen. Dieses Mannes Name lautete Wressley, und es war seinerzeit zu einer stehenden Redensart geworden, zu behaupten, dass Wressley über die Staaten von Mittelindien besser Bescheid wüsste als sonst irgendeine lebende Seele auf Erden. Wer das nicht erklärte, galt für einen Mann von beschränktem Verstand.

Heutzutage ist der Mann, der behauptet, das wirre Gewebe zwischenstammlicher Beziehungen jenseits der Grenze zu kennen, ein nützlicheres Individuum, aber zu Wressleys Zeit wurde viel Aufmerksamkeit auf die mittelindischen Staaten verwandt. Sie wurden als »Foci« und »Faktoren« bezeichnet, kurz, erhielten alle möglichen und unmöglichen Namen.

Und hier machte sich der Fluch anglo-indischen Lebens heftig fühlbar. Wenn Wressley seine Stimme erhob und über diese und jene Erbfolge von diesem und jenem Thron sprach, schwieg das ganze Auswärtige Amt, und die Department-Chefs wiederholten nur die letzten zwei, drei Worte Wressleys und setzten ihr »Ja, ja« darunter, in dem erhabenen Gefühl, dass sie »das Reich in seinen schweren politischen Entscheidungen« unterstützten. So ist es aber in fast allen großen Betrieben: Ein oder zwei Leute verrichten die Arbeit, während die anderen danebensitzen und reden, bis der Ordenssegen sich über sie ergießt.

Wressley war der aktive Teilhaber der Firma »Auswärtiges Amt«, und um ihn bei der Stange zu halten, wenn er Spuren der Ermüdung zeigte, verhätschelten ihn seine Vorgesetzten und rieben ihm unter die Nase, was er für ein Prachtkerl sei. In Wahrheit hatte er einen Sporn gar nicht nötig, denn er war ein zäher Bursche; was er jedoch an Lob erhielt, bestätigte ihn in der Meinung, dass es auf der Welt niemanden gäbe, so absolut und zwingend unentbehrlich für den Bestand des Indischen Reichs wie Wressley vom Auswärtigen Amt. Er arbeitete damals unter einem Vizekönig, der genau wusste, wann es an der Zeit war, einen widerspenstigen großen Mann zu »streicheln« und einen im Joch schwitzenden müden, kleinen zu ermutigen; folglich arbeiteten seine sämtlichen Gespanne glatt und reibungslos. Wressley gab er die oben geschilderte Meinung von sich selbst, und sogar zähe Burschen werden mitunter von den Lobpreisungen eines Vizekönigs ein wenig aus ihrer Bahn geworfen. Es war einmal ein Mann – aber das ist eine andere Geschichte.

Ganz Indien kannte Wressleys Namen und Amt – beide standen sogar in Thacker und Spinks Auskunftsbuch verzeichnet –, aber was er als Mensch war, was er eigentlich tat und welches seine besonderen Meriten waren – das wussten und darum kümmerten sich noch keine fünfzig Seelen. Seine Arbeit füllte sein Leben aus, und er fand keine Zeit, Bekanntschaften zu pflegen, ausgenommen die von toten Rajput-Häuptlingen mit einem »Ahir«-Fleck auf ihrem Wappenschild. Wressley hätte einen vorzüglichen Clerk im Heroldsamt abgegeben, hätte er nicht im bengalischen Zivildienst gestanden.

Eines Tages – zwischen zwei Gängen aufs Amt – traf Wressley ein großes Unglück; es traf und überwältigte ihn, warf ihn wie einen kleinen Schuljungen einfach über den Haufen, sodass er keuchend und nach Luft ringend auf dem Kampfplatz zurückblieb. Ohne jeden Grund und entgegen den Gesetzen der Vorsicht verliebte er sich auf den ersten Blick in ein frivoles, goldhaariges Mädchen, das auf einem langbeinigen, grobknochigen

Wallach mit einer blausamtenen Jockeymütze tief in die Stirn geschoben die Simla Mall auf und ab zu jagen pflegte. Sie hieß Venner – Tillie Venner – und war reizend. Sie eroberte Wressleys Herz im kurzen Galopp, und Wressley entdeckte, dass es nicht gut sei, dass der Mensch allein bleibe; selbst wenn er die Hälfte der Akten des Auswärtigen Amts in seinen Schränken liegen hat.

Dann lachte ganz Simla, denn Wressley als Verliebter bot einen lächerlichen Anblick. Er tat sein Möglichstes, um das Mädchen für sich – das heißt für seine Arbeit – zu interessieren – und auch sie gab sich, nach Weiberart, die größte Mühe, Interesse zu zeigen für das, was sie hinter seinem Rücken als »Mr Wressleys Wajahs« bezeichnete: Sie hatte eine sehr hübsche Art zu lispeln. Sie verstand auch nicht das Geringste von alledem, heuchelte aber Verständnis. Männer haben auch schon vor Wressleys Zeit auf jenen bloßen Schein hin geheiratet.

Jedoch die Vorsehung wachte über Wressley. Er war ganz betroffen von Miss Venners Intelligenz. Er wäre noch betroffener gewesen, hätte er gehört, wie sie privatim und im Vertrauen seine Besuche schilderte. Er hatte eine sonderbare Auffassung von der Art, wie man um Mädchen wirbt. Er meinte, ein Mann sollte ihnen das Beste, was er in seinem Leben geleistet hätte, ehrfurchtsvoll zu Füßen legen. Ich glaube, Ruskin schreibt irgendwo dasselbe; im gewöhnlichen Leben jedoch sind ein paar Küsse wirksamer und weniger zeitraubend.

Etwa einen Monat nachdem er sein Herz an Miss Venner verloren hatte – die Folge war, dass er seine Arbeit elend vernachlässigte –, kam Wressley der erste Gedanke zu seinem »Eingeborenenregime in Mittelindien« und erfüllte ihn mit Freude. So, wie er den Plan des Buchs entwarf, musste es ein großes Buch werden – sein Lebenswerk –, ein wirklich umfassendes Werk über einen ungemein fesselnden Gegenstand, geschrieben aufgrund all der mühsam erworbenen Spezialkenntnisse Wressleys vom Auswärtigen Amt – ein Geschenk für eine Kaiserin.

Miss Venner sagte er, er beabsichtige, Urlaub zu nehmen, und hoffe, ihr bei seiner Rückkehr ein ihrer würdiges Geschenk mitbringen zu können. Würde sie wohl bereit sein, so lange zu warten? Natürlich war sie bereit! Wressley bezog ein Gehalt von eintausendsiebenhundert Rupien im Monat. Dafür wartete sie, wenn nötig, ein Jahr. Ihre Mama half ihr sogar dabei.

Also nahm Wressley Urlaub auf ein Jahr sowie sämtliche verfügbaren Dokumente – es war ungefähr eine Wagenladung voll – und zog, seinen Kopf heiß von großen Gedanken, nach Mittelindien. Er begann sein Werk in dem Lande, von dem er schrieb. Eine allzu ausgedehnte Amtstätigkeit hatte ihn zu einem kalten Arbeiter gemacht; und er hatte wohl geahnt, dass er für seine Palette der lebendigen Macht des Lokalkolorits bedurfte. Ein gefährlicher Farbstoff für die Versuche eines Amateurs!

Der Himmel allein weiß, wie der Mann arbeitete! Er sammelte seine Rajahs, analysierte seine Rajahs und verfolgte sie samt ihren Gattinnen und Konkubinen bis in prähistorische Zeiten und noch weiter zurück. Er datierte und konterdatierte, pedigrierte und pedigrierte noch einmal, eruierte und kritisierte, inferierte, notierte, kombinierte, selektierte, sortierte und klassifizierte zehn Stunden am Tag. Und weil dieser neue und unverhoffte Glanz der Liebe ihn umspielte, verwandelte er jenes tote Gebein und die unsaubere Geschichte vergangener Missetaten in etwas, über das man nach Wressleys Willen lachen oder weinen musste. Sein Herz und seine Seele lebten in seiner Feder und flossen in die Tinte über. Für die Dauer von zweihundertdreißig Tagen und Nächten war er ein Wesen mit Mitgefühl, Einsicht, Humor und Stil, und sein Buch wurde ein Buch. Ihm standen seine ungeheuren Spezialkenntnisse zur Verfügung, aber der Geist, der aus ihm atmete, der menschlich verstehende Funke, die Poesie und die Gewalt der Rede waren über jede Spezialkenntnis erhaben. Ich zweifle indes, ob er der Gabe, die ihm gewährt war, wirklich innewurde; so ist es immerhin möglich, dass er seines Glücksgefühls zum Teil verlustig ging. Er arbeitete ja für Tillie Venner, nicht für sich selbst. Männer leisten nicht selten ihre beste Arbeit blind, um eines anderen Menschen willen.

Außerdem kann man – eine Bemerkung, die nichts mit dieser Geschichte zu tun hat – überall in Indien, wo jeder jeden kennt, Männer beobachten, die unter dem Bann einer Frau aus Reih und Glied hinaus auf Einzelposten getrieben werden. Taugt der Betreffende was, so wird er, einmal in Bewegung gesetzt, weitermarschieren; aber der Durchschnittsmensch kehrt, sobald die Frau an seinen Erfolgen als Tribut ihrer Macht das Interesse verloren hat, in Reih und Glied zurück.

Wressley brachte das erste Exemplar seines Buchs nach Simla mit und überreichte es errötend und stotternd Miss Venner. Sie las einen kleinen Teil daraus. Ihre Kritik gebe ich verbatim wieder: »Ach ja, Ihr Buch! Es handelt ja nur von jenen scheußlichen Wajahs! Ich habe es nicht verstanden.«

★

Wressley vom Auswärtigen Amt war erledigt, zerbrochen – ich übertreibe nicht – durch dieses eine frivole, dumme kleine Mädchen. Er vermochte nur noch zu stammeln: »Aber – aber es ist mein *magnum opus*! Mein Lebenswerk!« Miss Venner wusste nicht, was er mit *magnum opus* sagen wollte, aber sie wusste, dass Hauptmann Kerrington bei der letzten Ghymkhana drei Rennen gewonnen hatte. Wressley ersuchte sie, hinfort nicht mehr auf ihn zu warten. So viel Verstand war ihm noch geblieben.

Dann kam die Reaktion auf eine einjährige Überanstrengung, und Wressley kehrte in das Auswärtige Amt und zu seinen »Wajahs« zurück, ein kompilierender, Exzerpte machender, Berichte schreibender Tagelöhner, der schon mit dreihundert Rupien im Monat überbezahlt gewesen wäre. Er ließ es bei Miss Venners Kritik bewenden; das beweist, dass die Inspiration seines Buches eine rein vorübergehende war und mit ihm selbst nichts zu tun hatte. Trotzdem hatte er kein Recht, fünf Bücherkisten voll des besten Werkes über indische Geschichte, das je geschrieben wurde, die er mit ungeheuren Kosten den ganzen Weg von Bombay hatte kommen lassen, unterwegs in irgendeinem kleinen Gebirgssee zu versenken.

Als er wenige Jahre später kurz vor seinem Rücktritt seinen Haushalt auflöste, sah ich mir seine Bibliothek durch und stieß dabei auf das einzige noch existierende Exemplar seines »Eingeborenenregimes in Mittelindien« – das Exemplar, das Miss Venner nicht hatte verstehen können. Ich las es, auf seinen Koffern sitzend, die ganze Nacht hindurch und bot ihm an, dafür zu zahlen, was er haben wollte. Er durchflog, über meine Schulter gebeugt, ein paar Seiten und sagte dann müde:

»Wie zum Teufel bin ich dazu gekommen, einmal so was Anständiges zu schreiben?«

Und zu mir gewandt fügte er hinzu:

»Nehmen Sie's und behalten Sie's. Schreiben Sie eine Ihrer Penny-Geschichten über seine Entstehung. Vielleicht – vielleicht – war der ganze Fall überhaupt nur bestimmt, diesem Zweck zu dienen.«

Und das schien mir, der ich wusste, was Wressley vom Auswärtigen Amt einmal gewesen war, so ziemlich das Bitterste, was ich je einen Mann über sein eigenes Werk habe sagen hören.

Eine mündliche Botschaft

Diese Geschichte mag von denen erklärt werden, die wissen, aus welchem Stoff die menschliche Seele ist und wo die Grenze des Möglichen liegt. Ich habe lang genug in diesem Land gelebt, um zu wissen, dass man nichts weiß, und kann daher nur berichten, was sich ereignete.

Dumoise war unser Zivilarzt in Meridki; wir nannten ihn »die Maus«, weil er klein, rundlich und still war. Er war ein guter Arzt und kam mit jedem gut aus, sogar mit dem stellvertretenden Regierungskommissar, der die Manieren eines Schifferknechts und den Takt eines Regimentsgauls besaß. Dumoise heiratete ein Mädchen, so rund und still wie er selbst. Sie war eine Miss Hillardyce, die Tochter von »Squash« Hillardyce, der aus Versehen seines Chefs Tochter zur Frau erhielt. Aber das ist eine andere Geschichte.

Flitterwochen dauern in Indien nur selten länger als acht Tage, indes steht es jedem jungen Paar frei, sie auf zwei, drei Jahre auszudehnen. Indien ist für Eheleute, die ganz ineinander aufgehen, ein ideales Land. Niemand hindert sie, allein für sich, ohne Verkehr, zu leben – wie »die Mäuse« das taten. Dieses stille, kleine Pärchen zog sich nach der Hochzeit vor der Welt zurück und war sehr glücklich. Zwar sahen sie sich gezwungen, gelegentlich einmal eine Gesellschaft zu geben, aber sie schlossen sich niemandem an, und die Station ging ihre eigenen Wege und vergaß die beiden ganz; nur von Zeit zu Zeit bemerkte jemand so nebenbei: »Die Maus« wäre ein vorzüglicher Kerl, aber ein wenig langweilig. Um die Wahrheit zu sagen, ein Zivilarzt, der sich mit jedem verträgt, ist eine Seltenheit und wird als solche entsprechend gewürdigt. Jedoch nur wenig Menschen können es sich leisten, Robinson Crusoe zu spielen – am wenigsten in Indien, wo wir Europäer spärlich sind und ganz besonders von der Hilfsbereitschaft anderer abhängen. Dumoise tat unrecht, sich ein Jahr lang vor der Welt zu verschließen, und er entdeckte seinen Fehler, als mitten in der kalten Jahreszeit auf der Station eine Typhusepidemie ausbrach, an der auch seine Frau erkrankte. Dumoise war ein scheues, zurückhaltendes Kerlchen, und fünf Tage vergingen in Untätigkeit, ehe er erkannte, dass seine Frau an etwas Schlimmerem als einfachem Fieber ausbrannte, und drei weitere Tage verstrichen, bevor er es wagte, Mrs Shute, die Frau des Ingenieurs, aufzusuchen und ihr schüchtern seine Not zu gestehen. Fast jeder Haushalt in Indien weiß, dass die Ärzte dort dem Typhus gegenüber machtlos sind. Der Kampf muss in solchen Fällen zwischen der Pflegerin und dem Tod ausgefochten werden, Minute für Minute, Grad für Grad. Mrs Shute hätte Dumoise »wegen einer verbrecherischen Saumseligkeit« auch fast geohrfeigt und machte sich unverzüglich auf den Weg, das arme Ding zu pflegen. In jenem Winter hatten wir in unserer Station verschiedene Typhusfälle, und da die durchschnittliche Sterbeziffer ungefähr fünf zu eins beträgt, waren wir überzeugt, jemanden unter uns verlieren zu müssen. Aber wir taten alle unser Möglichstes. Die Frauen wachten bei den Frauen, und die Männer machten sich ans Werk und pflegten die Junggesellen, die daniederlagen. Sechsundfünfzig Tage lang rangen wir mit jenen Fällen und brachten sie im Triumph durch das Tal der Schatten. Und gerade, als wir glaubten, nun wäre die Sache endlich vorbei, und einen kleinen Ball geben wollten, um den Sieg zu feiern, bekam die kleine Mrs Dumoise einen Rückfall und starb innerhalb einer Woche, und die Station ging stattdessen zu ihrem Begräbnis. Dumoise brach am Grab vollständig zusammen und musste schließlich weggeführt werden.

Nach dem Tod verkroch sich Dumoise in sein Haus und verweigerte jeden Trost. Er ging zwar nach wie vor gewissenhaft seinen Pflichten nach, aber wir alle hatten das Empfinden, dass er unbedingt Urlaub nehmen müsse, und seine Kollegen vom Dienst gaben ihm das auch zu verstehen. Dumoise bedankte sich sehr für ihren freundlichen Vorschlag – er war in jenen Tagen für alles dankbar – und ging auf eine Wandertour nach Chini. Chini liegt einige zwanzig Tagesmärsche von Simla entfernt im Herzen der Berge, und die dortige Szenerie ist sehr wohltuend für Menschen in innerlicher Not. Man wandert durch große schweigende Deodarwälder am Fuße von großen schweigenden Felsklippen und über große schweigende Almen, wogend und schwellend wie ein Frauenbusen, und der Regen, der auf die Deodare niederfällt, sagt: »Still, still, still.« So wurde der kleine Dumoise nach Chini expediert, um in Begleitung einer großen Plattenkamera und eines Jagdgewehrs seinen Kummer niederzukämpfen. Außerdem nahm er noch einen völlig überflüssigen Träger mit, weil der Bursche seiner Frau Lieblingsdiener gewesen war. Er war zwar ein Faulpelz und ein Dieb, aber Dumoise traute ihm rückhaltlos.

Auf dem Rückweg von Chini machte Dumoise einen Abstecher nach Bagi durch die Waldschläge am Ausläufer des Mount Huttoo. Einige Menschen, die schon mehr als ein wenig in der Welt herumgekommen sind, behaupten, der Weg von Kotegarh nach Bagi sei einer der schönsten dieser Erde. Er führt durch dunkle, nasse Wälder und gipfelt ganz plötzlich in einem öden, kargen Berghang mit schwarzen Klippen. Der Bagi-Dak-Bungalow ist gegen alle Stürme ungeschützt und bitterkalt. Nur wenig Menschen kommen nach Bagi; vielleicht war das der Grund, weshalb Demoise dorthin ging. Er machte um sieben Uhr abends Rast, und sein Träger eilte den Berg hinunter ins Dorf, um für den nächsten Tagesmarsch Kulis zu engagieren. Die Sonne war bereits untergegangen, und die Nachtwinde begannen zwischen den Felsen zu singen und zu summen. Dumoise lehnte sich gegen das Verandageländer und wartete auf die Rückkehr seines Trägers. Der Mann war kaum verschwunden, da kehrte er auch schon in solcher Hast zurück, dass Dumoise glaubte, ein Bär wäre ihm über den Weg gelaufen. Der Bursche jagte, so rasch er nur konnte, den Berg hinauf.

Aber kein Bär war da, um dieses Entsetzen zu erklären. Der Mann stürzte auf die Veranda und fiel der Länge nach hin, das Gesicht aschgrau, während Blut ihm aus der Nase strömte. Dann stieß er gurgelnd hervor: »Ich habe die Memsahib gesehen! Ich habe die Memsahib gesehen!«

»Wo?«, fragte Dumoise.

»Dort unten auf dem Weg zum Dorf. Sie trug ein blaues Kleid und lüftete den Schleier ihres Huts und sagte: ›Ram Dass, überbringe dem Sahib meine Salaams und melde ihm, dass ich ihn nächsten Monat in Nuddea treffen werde.‹ Dann lief ich, weil ich mich fürchtete.«

Was Dumoise darauf sagte oder tat, weiß ich nicht. Ram Dass erklärt, er hätte nichts geantwortet, sondern sei die ganze kalte Nacht auf der Veranda auf und ab geschritten, wartend, dass die Memsahib den Berg hinauf zu ihm komme, und hätte wie ein Wahnsinniger die Arme in das Dunkel hinausgestreckt. Aber keine Memsahib kam, und am folgenden Tag ging Dumoise weiter nach Simla, stündlich den Träger einem neuen Kreuzverhör unterwerfend.

Ram Dass vermochte nur zu wiederholen, er hätte Mrs Dumoise getroffen, und sie hätte ihren Schleier gelüftet und ihm die Botschaft aufgetragen, die er getreulich ausgerichtet hätte. An dieser Darstellung hielt Ram Dass fest. Er wusste nicht, wo

Nuddea lag, und besaß auch keine Freunde in Nuddea und wäre, selbst wenn man seinen Lohn verdoppelt hätte, unter keinen Umständen nach Nuddea gegangen.

Nuddea liegt in Bengalien, und ein im Pandschab angestellter Arzt hat nicht das Geringste mit Nuddea zu schaffen. Die Reise von dort nach Meridki misst über zwölfhundert Meilen.

Dumoise marschierte ohne weiteren Aufenthalt bis Simla durch und kehrte von dort nach Meridki zurück, um den Kollegen abzulösen, der ihn während seiner Tour vertreten hatte. Es galt noch ein paar Rechnungen auszugleichen und einige Anweisungen des Generalarztes zu notieren, kurz, die Übernahme dauerte einen ganzen Tag. Am Abend erzählte Dumoise seinem Locum tenens – einem alten Freund aus seiner Junggesellenzeit –, was sich in Bagi ereignet hatte, und der Freund erklärte, Ram Dass hätte, wenn er schon einmal mit dergleichen Dingen anfinge, doch ebenso gut Tuticorin vorschlagen können.

Im gleichen Augenblick erschien der Telegrafenbote mit einem Telegramm aus Simla, in dem Dumoise angewiesen wurde, gar nicht erst die Station in Meridki zu übernehmen, sondern sofort in besonderer Mission nach Nuddea weiterzureisen. In Nuddea war eine hässliche Choleraepidemie ausgebrochen, und die bengalische Regierung hatte sich, wie immer, in Ermangelung der erforderlichen Anzahl Ärzte eine Kraft aus dem Pandschab geborgt.

Dumoise warf das Telegramm über den Tisch weg dem anderen hin und fragte: »Nun?«

Der andere sagte gar nichts. Was sollte er schließlich auch sagen? Dann fiel ihm ein, dass Dumoise ja auf dem Weg nach Bagi Simla hatte passieren müssen und dass ihm dort vielleicht etwas von der bevorstehenden Versetzung zu Ohren gekommen wäre.

Er versuchte, die Frage und den dahinterstehenden Verdacht zu formulieren, aber Dumoise fiel ihm ins Wort: »Hätte ich das gewollt: ich wäre gar nicht erst aus Chini zurückgekehrt. Ich befand mich dort auf einer Jagdexpedition. Ich wünsche im Gegenteil weiterzuleben, da ich noch allerhand zu leisten habe … obwohl mir das andere ebenso lieb ist.«

Der Kollege neigte den Kopf und half Dumoise in der Abenddämmerung die eben erst geöffneten Koffer packen. Da trat Ram Dass mit der Lampe ein.

»Wohin reisen der Sahib?«, fragte er.

»Nach Nuddea«, antwortete Dumoise leise.

Ram Dass umklammerte Dumoises Knie und Stiefel und flehte ihn an, nicht zu gehen. Ram Dass weinte und heulte, bis er aus dem Zimmer gewiesen werden musste. Dann packte er seine Habseligkeiten zusammen und kehrte noch einmal zurück, um seinen Herrn um ein Zeugnis zu bitten. Er wollte nicht mit nach Nuddea, um dort seinen Sahib sterben zu sehen und vielleicht selbst sterben zu müssen.

So zahlte Dumoise ihm seinen Lohn und reiste allein nach Nuddea, nachdem der andere Arzt von ihm wie von einem zum Tode Verurteilten Abschied genommen hatte.

Elf Tage später gesellte sich Dumoise zu seiner Memsahib, und die bengalische Regierung musste sich einen neuen Arzt borgen, um die Epidemie in Nuddea zu bekämpfen. Der erste lag tot in dem Chooadanga-Dak-Bungalow.

Ad acta zu legen

»Sag, graut schon der Tag, senkt der Abend sich nieder,
Du, die ich begehre, die meiner begehrt?
Oh, lass es Nacht sein in deinem Gemache,
Oh, lass mich, ja, lass …«

Hier stürzte er über ein Kamelfüllen, das in dem Serail schlief, in dem die Pferdehändler und die tüchtigsten Gauner Zentralasiens wohnen; und da er ungewöhnlich betrunken und die Nacht sehr dunkel war, vermochte er erst aufzustehen, als ich ihm half. Das war der Anfang meiner Bekanntschaft mit McIntosh Jellaludin. Wenn ein Strolch im Trunk das »Lied des Begehrens« singt, lohnt es sich, seinen Umgang zu pflegen. Er kletterte von dem Rücken des Kamels und sagte ziemlich schwerfällig: »Ich bin nicht mehr so ganz klar – aber ein kurzes Bad in Loggerhead wird die Sache schon in Ordnung bringen; und sagen Sie mal, haben Sie schon mit Symonds über der Stute Fesseln gesprochen?«

Nun lag Loggerhead sechstausend lange, lange Meilen fern, hart an der mesopotamischen Grenze, wo das Fischen verboten und Wilddieberei unmöglich ist, und Charley Symonds Stallungen lagen eine weitere halbe Meile entfernt, jenseits der Koppeln. Es war seltsam, hier in einer warmen Mainacht unter den Pferden und Kamelen der Sultan-Karawanserei die alten Namen wiederzuhören. Aber jetzt schien der Mann sich auf sich selbst zu besinnen und war im gleichen Augenblick verhältnismäßig nüchtern. Er lehnte sich gegen das Kamel und wies auf einen Winkel des Serails, in dem eine Lampe brannte:

»Da drüben wohne ich«, sagte er, »und ich wäre Ihnen außerordentlich zu Dank verpflichtet, wenn Sie die Güte hätten, meinen etwas meuterisch veranlagten Füßen dorthin zu verhelfen; heute bin ich ganz ungewöhnlich voll – einfach – einfach phänomenal besoffen. Mit Ausnahme meines Kopfes. ›Mein Hirn empört sich gegen‹ – wie heißt es doch? Aber mein Kopf schwimmt über – nein, wälzt sich auf dem Misthaufen und kontrolliert die Dünste.«

Ich lotste ihn durch die Reihen angekoppelter Pferde, und auf den Stufen der Veranda vor den Gängen der Eingeborenenquartiere erlitt er einen Kollaps.

»Danke – tausend Dank! Oh Mond und kleine, kleine Sterne! Dass ein Mann sich so schamlos betrinken kann … Dazu an infamem Fusel. Ovid trank im Exil keinen schlechteren. Besseren. Eisgekühlt. Und ich hatte leider kein Eis. Gute Nacht. Ich würde Sie meiner Frau vorstellen, wäre ich nüchtern oder das Weib zivilisiert.«

Eine Inderin trat aus dem Dunkel des Zimmers und begann den Mann mit Schimpfworten zu überhäufen; ich entfernte mich daher. Er war der interessanteste Strolch, den kennenzulernen ich seit Langem das Glück gehabt hatte, und wurde später einer meiner Freunde. Er war entsetzlich durch Alkohol mitgenommen, ein großer, gut gewachsener, blonder Mensch, der eher nach fünfzig als nach fünfunddreißig aussah, was, wie er mir sagte, sein richtiges Alter wäre. Wenn ein Mann in Indien zu sinken beginnt und nicht so bald wie möglich von seinen Freunden nach Hause geschickt wird, sinkt er vom Standpunkt der bürgerlichen Moral aus wirklich sehr tief. Und hat er erst, wie McIntosh, seinen Glauben gewechselt, so ist er rettungslos verloren.

In den meisten Großstädten wissen die Einheimischen von zwei, drei »Sahibs« – gewöhnlich der unteren Klassen – zu erzählen, die

Hindus oder Mohammedaner geworden sind, aber man erhält nicht häufig Gelegenheit, sie kennenzulernen. Wie McIntosh selbst bemerkte: »Wenn ich um meines Magens willen meine Religion wechsle, suche ich damit weder ein Märtyrer christlicher Missionare zu werden, noch lege ich besonderen Wert auf stadtbekannte Popularität.«

Am Anfang unserer Bekanntschaft erteilte mir McIntosh eine Warnung. »Vergessen Sie bitte das eine nicht: Ich bin kein Objekt der Nächstenliebe. Ich brauche weder Ihr Geld noch Ihr Essen, noch Ihre abgetragenen Kleider. Ich bin jenes seltene Tier: ein sich selbst ernährender Säufer. Wenn Sie es wünschen, werde ich mit Ihnen rauchen, da der Tabak der Basare, das will ich gerne zugeben, meinem Gaumen nicht zusagt, und ich werde mir alle Bücher borgen, auf die Sie keinen besonderen Wert legen. Es ist mehr als wahrscheinlich, dass ich sie gegen Flaschen niederträchtigen einheimischen Fusels eintauschen werde. Als Revanche sollen Sie die geringe Gastfreundschaft genießen, die mein Haus zu bieten vermag. Hier ist ein Feldbett, auf dem zwei Personen sitzen können, und es ist immerhin möglich, dass sich von Zeit zu Zeit in jener Schüssel etwas Essbares findet. Alkohol dagegen ist, leider, jederzeit vorhanden: So heiße ich Sie in meinem bescheidenen Heim willkommen.«

Ich wurde in die Familie McIntosh aufgenommen – ich und mein guter Tabak – sonst nichts. Unglücklicherweise kann man aber einen Strolch im Serail nicht bei Tage besuchen. Pferde kaufende Bekannte würden nur geringes Verständnis dafür haben. Folglich war ich gezwungen, meine Visiten auf die Zeit nach Dunkelwerden zu beschränken. McIntosh lachte darüber und sagte: »Sie haben vollkommen recht. Als ich noch eine Stellung in der Gesellschaft einnahm – ein wenig höher als die Ihrige –, hätte ich genauso gehandelt. Großer Gott! Ich war einmal« – er sprach, als hätte er das Kommando eines Regiments verloren – »Oxforder Student!« (Hier war die Erklärung für jene Bemerkung über Chancy Symonds Gestüt.)

»Sie«, fuhr McIntosh langsam fort, »haben nicht diesen Vorteil genossen; aber Sie besitzen, Ihrem Aussehen nach zu schließen, auch nicht meine Neigung für starke Getränke. Alles in allem, schätze ich, hatten Sie von uns beiden das größere Glück. Obwohl ich davon noch nicht überzeugt bin. Sie sind – verzeihen Sie diese Bemerkung in einem Augenblick, da ich Ihren vorzüglichen Tabak rauche – Sie sind zum Beispiel in gewissen Dingen ein krasser Ignorant.«

Wir saßen zusammen auf dem Rand seines Betts – Stühle besaß er nicht – und beobachteten die Pferde, die zur nächtlichen Tränke geführt wurden, während das Eingeborenenweib das Essen kochte. Im Allgemeinen liebe ich es nicht, von Vagabunden gönnerhafte Lehren zu empfangen, aber ich war im Augenblick sein Gast, wenn er auch nur Eigentümer eines arg zerrissenen Alpaka-Rocks sowie eines Paars grober sackleinener Hosen war. Er nahm die Pfeife aus dem Mund und fügte kritisch hinzu: »Alles in allem bezweifle ich doch, ob Sie der Glücklichere sind. Ich gedenke dabei nicht Ihrer außerordentlich beschränkten humanistischen Bildung sowie Ihrer himmelschreiend mangelhaften mathematischen Kenntnisse, sondern Ihrer peinlichen Ignoranz in Bezug auf Dinge, die sich unmittelbar unter Ihren Augen vollziehen. Dinge wie das da zum Beispiel.«

Er deutete auf eine Frau, die an einem Brunnen in der Mitte des Serails einen Samowar reinigte. Sie schnellte das Wasser in regelmäßig abgemessenen, rhythmischen Bewegungen aus dem Wasserhahn.

»Es gibt verschiedene Arten, einen Samowar zu reinigen. Wüssten Sie nun, weshalb sie ihre Arbeit auf diese besondere Art verrichtet, dann verstünden Sie auch den Sinn der Worte des spanischen Mönchs:

›Ich, ein Bild der Drei-in-eins,
Trinke Saft der Goldorangen,
Nippe dreimal und durchkreuze
Arianer, die in einem
Zug das Nass hinunterspülen‹,

sowie zahlreiche andere Dinge, die Ihnen bis heute verschlossen sind. Aber ich sehe, Mrs McIntosh hat das Essen fertig zubereitet. Kommen Sie, und lassen Sie uns speisen nach der Sitte der Leute dieses Landes – von denen Sie, nebenbei bemerkt, nichts wissen.«
Die Inderin tauchte gleichzeitig mit uns ihre Hand in den Napf. Das war ungehörig. Eine Frau hat stets zu warten, bis der Gatte gegessen hat. McIntosh Jellaludin entschuldigte sich und meinte: »Das ist noch so ein europäisches Vorurteil, das ich nicht habe überwinden können; außerdem liebt sie mich. Weshalb, habe ich nie begriffen. Drei Jahre ist es her, dass ich in Jullundu mit ihr zusammenzog, und sie ist seitdem bei mir geblieben. Ich halte sie sogar für anständig und weiß, dass sie eine geschickte Köchin ist.«
Mit diesen Worten strich er ihr über den Scheitel, und sie stieß ein leises, befriedigtes Gurren aus. Sie war keineswegs hübsch anzusehen.
McIntosh hat mir nie verraten, welche Stellung er vor seinem Sturz einnahm. Er war, wenn nüchtern, ein Mann von umfangreichem Wissen und ein Gentleman. Im Rausch traf das Erstere mehr auf ihn zu. Er war gewohnt, sich etwa einmal die Woche für zwei volle Tage zu betrinken. Bei diesen Gelegenheiten pflegte ihn die Inderin, während er in allen Zungen der Welt mit Aus-

nahme seiner Muttersprache delirierte. Ja, eines Tages begann er »Atlanta in Calydon« aufzusagen und rezitierte es von Anfang bis Ende, indem er mit einem Pfosten aus seiner Bettstatt den Takt dazu schlug. Meist jedoch tobte er auf Griechisch oder Deutsch. Dieses Mannes Gedächtnis war ein förmlicher Lumpensack nutzlosen Wissens. Ein anderes Mal, als ihm langsam das Bewusstsein zurückkam, erklärte er mir, er sei das einzige vernunftbegabte Wesen in dem Inferno, in das er hinabsteige – ein Virgil unter den Schatten –, und dass er mir zum Dank für meinen Tabak, ehe er stürbe, Stoff zu einem neuen Inferno geben wollte, das mich zu einem größeren Dichter als Dante machen würde. Dann schlief er auf einer Pferdedecke ein und erwachte vollkommen klar.

»Mensch«, sagte er, »wenn man erst die tiefsten Grade der Erniedrigung erreicht hat, verlieren nebensächliche Ereignisse, die Euch auf einer höheren Lebensstufe noch ärgern, restlos an Bedeutung. Gestern Nacht war meine Seele bei den Göttern, aber ich zweifle keinen Augenblick, dass mein bestialischer Körper sich hier unten im Unflat wälzte.«

»Sie waren viehisch betrunken, wenn Sie das meinen«, entgegnete ich.

»Ich war in der Tat betrunken – schweinisch betrunken. Ich, der ich der Sohn eines Mannes bin – der Sie nichts angeht –, der Sohn einer Alma Mater, deren Butterkammer Sie noch nicht einmal gesehen haben. Ich war schweinisch betrunken. Aber bedenken Sie nur, wie wenig ich darunter leide. Im Grunde genommen macht es mir gar nichts, ja weniger als nichts aus. Wie furchtbar wäre dagegen die Strafe, die ich in einem höheren Leben erdulden müsste, wie bitter die Reue! Glauben Sie mir, mein Freund mit der vernachlässigten Erziehung, das Höchste ist nicht anders als das Tiefste – immer vorausgesetzt, dass man den letzten Grad annimmt.«

Er drehte sich auf seinem Deckenlager um, griff sich mit beiden Fäusten an die Schläfen und fuhr fort:

»Bei der Seele, die ich verloren, und dem Gewissen, das ich ertötet habe: Ich sage Ihnen, dass ich nichts mehr empfinden kann! Ich gleiche darin den Göttern: Ich erkenne zwar das Gute wie das Böse, bleibe aber von beidem unberührt. Ist das nun beneidenswert oder nicht?«

Wenn ein Mensch in diesem Maße die Warnung eines morgendlichen Katzenjammers eingebüßt hat, so muss es in Wahrheit schlecht um ihn stehen. Ich antwortete daher, das Bild McIntoshs auf der Pferdedecke mit dem wirr in das Gesicht hängenden Haar und den weißblauen Lippen vor Augen, dass ich diese Gefühllosigkeit nicht für gut hielte.

»Um Himmels willen, sagen Sie das nicht! Ich erkläre Ihnen, sie *ist* gut und im höchsten Grade beneidenswert. Denken Sie nur an meine Kompensationen!«

»Haben Sie deren wirklich so viele, McIntosh?«

»Selbstverständlich; Ihre Versuche, sarkastisch zu sein, typische Waffen eines kultivierten Menschen, sind allzu plump. Erstens einmal habe ich mein Wissen: meine humanistische Bildung, ein wenig getrübt vielleicht durch unmäßiges Trinken – wobei mir einfällt, ich habe gestern Nacht, ehe meine Seele bei den Göttern weilte, Ihren mir so liebenswürdig geliehenen Pickering'schen Horaz verkauft. Ditta Mull, der Kleinhändler, hat ihn. Er gab mir acht Annas dafür, das Buch kann aber für eine Rupie wieder eingelöst werden –, aber immerhin, der Ihrigen ist sie weit überlegen. Zweitens: die unverbrüchliche Zuneigung von Mrs McIntosh, beste aller Frauen. Drittens: ein Monument, unverwüstlicher als Erz, das ich in den sieben Jahren meiner Degradation errichtet habe.«

Hier hielt er inne und kroch durch das Zimmer, nach einem Trunk Wasser. Er war schon recht zittrig und schwer krank.

Verschiedene Male kam er wieder auf diesen »Schatz« – auf irgendeine in seinem Besitz befindliche Kostbarkeit – zu sprechen, aber ich hielt die Sache jedoch für ein Wahngebilde seiner Trinkerfantasie. Er war so arm und so stolz wie nur möglich. Sein Benehmen war keineswegs liebenswürdig, aber er kannte die Eingeborenen, unter denen er sieben Jahre seines Lebens verbracht hatte, so gründlich, dass der Verkehr mit ihm sich wirklich lohnte. Er pflegte sogar über Strickland zu lachen, den er als einen Ignoranten bezeichnete – »in westlichen wie östlichen Dingen ein Ignorant«. Er rühmte sich erstens: seiner Eigenschaft als Oxfordmann von erlesensten Talenten, eine Angabe, die ebenso gut auf Wahrheit wie auf Unwahrheit beruhen konnte – ich vermochte sie in keiner Hinsicht zu kontrollieren; zweitens: der Tatsache, »dass seine Hand auf dem Puls des Eingeborenenlebens ruhe«.

Letzteres war wirklich wahr. Als Oxforder Akademiker kam er mir ein wenig snobistisch vor: Er protzte ständig mit seiner Bildung. Als mohammedanischer Fakir – als McIntosh Jellaludin dagegen – konnte ich mir keinen wertvolleren Menschen denken. Er rauchte mehrere Pfund meines Tabaks und lehrte mich etliche Unzen kostbaren Wissens; niemals jedoch wollte er das geringste Geschenk annehmen, auch nicht als das kalte Wetter kam und ihm unter dem elenden dünnen Alpaka-Rock mit Eisesfingern an die Brust griff. Er wurde sogar sehr böse und erklärte, ich hätte ihn beleidigt, und er dächte gar nicht daran, ins Krankenhaus zu gehen. Er hätte zwar wie ein Vieh gelebt, aber sterben wolle er als Mensch.

Tatsächlich starb er auch an Lungenentzündung. In seiner Todesnacht schickte er mir ein schmutziges kleines Billett mit der Bitte, herüberzukommen und ihm beim Sterben zu helfen.

Die Inderin saß weinend neben seinem Bett. McIntosh, in ein

dünnes Baumwolltuch gehüllt, war zu schwach, um wütend zu werden, als ich ihn mit einem Pelzmantel zudeckte. Geistig war er jedoch vollkommen rege, und seine Augen flammten. Nachdem er den Arzt in meiner Begleitung derart beschimpft hatte, dass der alte Herr empört wieder abzog, fluchte er eine Weile auf mich und beruhigte sich dann schließlich.

Darauf befahl er seiner Frau, aus einem Loch in der Wand »das Buch« zu holen. Sie schleppte ein großes, in einem alten Unterrock eingewickeltes Bündel alter, kunterbunter Papiere herbei, die eng mit kleiner, zierlicher Schrift bedeckt waren. McIntosh fuhr mit der Hand liebevoll durch den alten Plunder.

»Das hier«, sagte er, »ist mein Werk – das Buch McIntosh Jellaludins, in dem zu lesen ist, was er sah und was ihm und vielen anderen zustieß; gleichzeitig ist es eine Darstellung des Lebens, der Sünden und des Todes von Mutter Maturin. Was Mirza Murad Ali Begs Buch bedeutet, verglichen mit allen anderen Büchern über das Leben der Eingeborenen, das bedeutet mein Werk, verglichen mit dem von Mirza Murad Ali Beg!«

Das ist, wie jeder Kenner von Mirza Murad Ali Begs Buch zugeben wird, eine kühne Behauptung. Die Papiere sahen nicht gerade kostbar aus, aber McIntosh überreichte sie mir, als wären sie lauter Banknoten. Dann fügte er langsam hinzu:

»Trotz der zahlreichen Mängel Ihrer Erziehung haben Sie anständig an mir gehandelt. Ich werde Ihren Tabak erwähnen, wenn ich zu den Göttern eingehe. Ich bin Ihnen wegen vieler Freundlichkeiten zu großem Dank verpflichtet. Ich hasse jedoch Verpflichtungen. Aus diesem Grund vermache ich Ihnen ein Monument, dauernder als Erz – mein eigenes Buch –, roh und unvollkommen in manchen Teilen, doch ach – selten und einzigartig in anderen. Ich bin gespannt, ob Sie es verstehen werden. Es ist eine Ehrengabe, größer als … Pah, ich fantasiere wieder! Sie werden es natürlich entsetzlich verstümmeln. Sie als Philister werden die Edelsteine, die Sie ›lateinische Zitate‹ nennen, ausmerzen und den Stil zerstückeln, bis er in Ihren eigenen, ungehobelten Jargon hineinpasst; aber Sie werden das Ganze doch nicht umbringen können. Ich vermache es Ihnen. Ethel … da, wieder geht mir mein Gehirn durch! Frau McIntosh, du bist Zeugin, dass ich diesem Sahib hier alle meine Papiere übergebe. Sie würden dir nichts nützen, Herz meines Herzens; und Ihnen mache ich es zur Pflicht« – hier wandte er sich wieder an mich –, »mein Buch in seiner jetzigen Gestalt nicht untergehen zu lassen. Sonst ist es bedingungslos Ihr Eigentum – die Geschichte McIntosh Jellaludins, die gar nicht die Geschichte McIntosh Jellaludins, sondern eines weit größeren Mannes und einer weit, weit größeren Frau ist! Hören Sie mich an! Ich bin weder wahnsinnig noch betrunken! Jenes Buch wird Sie berühmt machen.«

Ich sagte »Danke«, als die Inderin mir das Bündel in die Arme legte.

»Mein einziges Kind«, meinte McIntosh mit einem Lächeln. Es ging jetzt rasch bergab, aber er fuhr fort zu reden, solange er noch Atem hatte. Ich wartete auf das Ende; ich wusste, in neun Fällen von zehn verlangt ein Sterbender nach seiner Mutter. McIntosh drehte sich auf die Seite und sagte:

»Erzählen Sie, wie es in Ihren Besitz gelangte. Zwar wird Ihnen niemand glauben, aber mein Name wird wenigstens weiterleben. Ich weiß, Sie werden es brutal behandeln. Ein Teil muss ja auch kassiert werden: Die Menschen sind eine Herde Narren, prüder Narren obendrein. Ich stand einst in ihren Diensten. Aber gehen Sie bei ihren Verstümmelungen behutsam vor, recht behutsam. Es ist ein großes Werk, und ich habe mit sieben Jahren der Verdammnis dafür bezahlt.«

Zehn, zwölf Atemzüge lang schwieg er, dann begann er auf

Griechisch eine Art Gebet zu murmeln. Die Inderin weinte bitterlich. Endlich richtete er sich auf seinem Lager auf und sagte laut und langsam: »Nicht schuldig, mein Herr und Gott!«

Dann sank er zurück, und Bewusstlosigkeit hielt ihn umfangen bis zu seinem Tod. Das Eingeborenenweib lief hinaus in das Serail zu den Pferden, heulte und schlug sich auf die Brüste; sie hatte ihn geliebt.

Vielleicht liegt in dem letzten Ausspruch McIntoshs der Schlüssel dessen, was er im Leben durchmachte; wie dem auch sei, mit Ausnahme des dicken Bündels Papiere fand sich nichts in seiner Wohnung, um zu verraten, wer und was er gewesen war.

Die Papiere befanden sich in hoffnungsloser Unordnung.

Strickland half mir sie sortieren und meinte, der Verfasser sei entweder ein phänomenaler Lügner oder eine einzigartige Persönlichkeit. Er glaubte mehr an das Erstere. Eines Tages wird sich jeder vielleicht ein Urteil darüber bilden können. Die Papiere bedurften einer gründlichen Expurgation. Sie wimmelten, besonders an den Kapiteleingängen, von allem möglichen griechischen Unsinn, der inzwischen aber gestrichen wurde.

Sollte das Zeugs jemals veröffentlicht werden, so wird irgendein Leser sich vielleicht dieser Geschichte erinnern, die als Schutzmaßnahme geschrieben wurde, um zu beweisen, dass McIntosh Jellaludin und nicht ich das Buch von Mutter Maturin verfasst hat.

Ich möchte nicht, dass sich das Märchen von des Riesen Kleid in meinem Fall bewahrheitet.